पटना ब्लूज़

पटना ब्लूज़ की प्रशंसा

"*पटना ब्लूज़* को पढ़ना लगभग अनजाने से भारत में रास्ता तय करने जैसा है। यह कहानी न सिर्फ़ बेहद हैरतअंगेज़ है बल्कि यह आपको ऐसे बेबाक विचारों से भर देगी जिसे शब्दों में वर्णन करना संभव नहीं। *पटना ब्लूज़* लेखक की प्रभावशाली पहली रचना है और हमें एक पुख़्ता आवाज़ देती है।" - **अनीस सलीम**

"मैं न केवल उन जगहों से परिचित हूं जिनका उल्लेख इस उपन्यास में हुआ है - तंग कमरे, दुकानों या गलियों के नाम, बल्कि मुझे लगता है कि इसमें उल्लेखित लोगों, उनकी छोटी-छोटी ख़ुशियों, उनके संघर्षों, उनकी अतार्किक आशाओं व इच्छाओं, उनके अपराध-बोध, और उनकी ख़ूबसूरती से भी वाकिफ़ हूं। अर्ध-साहित्यिक उपन्यास व आधी कल्पना, *पटना ब्लूज़* अंग्रेज़ी में भारतीय लेखन की दुर्लभ-सी दिखने वाली दुनिया की रिपोर्ट है, जो स्थानीय मुसलमानों की सम-सामयिक झलक देती है।" - **अमिताव कुमार**

पटना ब्लूज़

कुछ ख़्वाब अधूरे से

अब्दुल्लाह खान

MANJUL

मंजुल पब्लिशिंग हाउस

MANJUL

मंजुल पब्लिशिंग हाउस

कॉरपोरेट एवं संपादकीय कार्यालय

• द्वितीय तल, उषा प्रीत कॉम्प्लेक्स, 42 मालवीय नगर, भोपाल-462 003

विक्रय एवं विपणन कार्यालय

• 7/32, अंसारी रोड, दरियागंज, नई दिल्ली-110 002

वेबसाइट : www.manjulindia.com

वितरण केन्द्र

अहमदाबाद, बेंगलुरू, भोपाल, कोलकाता, चेन्नई,

हैदराबाद, मुम्बई, नई दिल्ली, पुणे

पटना ब्लूज़ : कुछ ख़्वाब अधूरे से

यह हिन्दी संस्करण 2020 में पहली बार प्रकाशित

ISBN 978-93-89647-30-3

मुद्रण व जिल्दसाज़ी : थॉमसन प्रेस (इंडिया) लिमिटेड

जन्नतनशीं दादी अमिरुन्निसा और जन्नतनशीं
अम्मा शहीदा ख़ातून को समर्पित
जिनसे मैंने कहानी सुनाने
की कला विरासत में पाई

और भी दुख हैं ज़माने में मोहब्बत के सिवा
राहतें और भी हैं वस्ल की राहत के सिवा

– फ़ैज़ अहमद फ़ैज़

ख़्वाब

इक मुअम्मा है समझने का न समझाने का
ज़िंदगी काहे को है ख़्वाब है दीवाने का

– फ़ानी बदायूंनी

1

हवा का एक तेज़ झोंका आया और आरिफ़ कांप-सा गया।

मुझे जैकेट पहन लेनी चाहिए थी, आरिफ़ ने सोचा और उसने अपनी साइकिल को पीले रंग की दो-मंज़िला इमारत के सामने रोका। वह अभी-अभी कॉलेज से लौटा था। उसने अपनी साइकिल को सीढ़ियों के नीचे खड़ा कर, उसके कैरियर से अपनी नोट बुक निकाली और फिर धीरे-धीरे सीढ़ियों पर चढ़ने लगा। सीढ़ियों की रेलिंग कहीं-कहीं से थोड़ी टूटी हुई थी। सीढ़ियों की छत पर मकड़ी के जाले फ़ानूस की तरह लटक रहे थे।

पहली मंज़िल पर एक दरवाज़े को उसने हल्का-सा धक्का दिया और एक अपार्टमेंट की बालकनी में दाख़िल हो गया। उसने अपनी नोटबुक एक चंपई रंग की लकड़ी के कुर्सी के ऊपर रख दी। कुर्सी के ठीक पास एक सुरमई रंग का सोफ़ा पड़ा था, जो रेक्सीन का बना हुआ था। आरिफ़ झुक कर अपने काले चमड़े के जूतों के फीते खोलने लगा। आरिफ़ दोनों जूतों को हाथ में लेकर एक दूसरे से पीट-पीट कर जूतों के तले में फंसी मिट्टी को निकालने लगा। जूतों को एक कोने में रखकर उसने अपनी हथेलियों को एक दूसरे से रगड़-रगड़ कर साफ़ किया फिर उसने नोटबुक उठाई और अपने बेडरूम की तरफ़ बढ़ चला।

आरिफ़ थका हुआ था और वह आराम करना चाहता था। लेकिन वह अपने कमरे के दरवाज़े से लौट आया जब उसने देखा कि उसके कमरे में पहले से दो अजनबी मौजूद हैं। उनमें से एक क़रीब 20-22 साल का नौजवान था, मोटा तगड़ा और छोटे-छोटे बाल वाला। वह बेख़बर हो कर आरिफ़ के बिस्तर पर सो रहा था। दूसरा शख़्स खिचड़ी दाढ़ी वाला अधेड़ आदमी था जो कुर्सी पर बैठ कर *इंडिया टुडे* का नया अंक बड़े ध्यान से

पढ़ रहा था। आरिफ़ सीधा अम्मा के पास गया जो किचन में सब्ज़ियां काट रही थीं।

'ये लोग कौन हैं, अम्मा?' आरिफ़ ने पूछा।

'तुम्हारे अब्बा के दूर के फुफेरे भाई हैं। वह अपने बेटे का इलाज कराने पटना आए हैं। इंदिरा गांधी इंस्टिट्यूट ऑफ़ मेडिकल साइंसेज में। बस चार या पांच दिन रहेंगे,' अम्मा ने सब्ज़ी के टुकड़ों को एक बर्तन में डालते हुए जवाब दिया।

'फिर मेहमान! यह घर है या सराय। हर दूसरे रोज़ कोई न कोई आ जाता है,' आरिफ़ ने अपने बाल नोचते हुए कहा, 'कुल मिलकर तीन ही तो कमरे हैं और हमारे घर के 8 लोगों के लिए ही काफ़ी नहीं हैं।'

'अपनी आवाज़ नीची रखो बेटा। वे लोग सुन लेंगे,' अम्मा ने धीरे से कहा। वह कटे हुए बैंगन, आलू और मूली को पानी से धोने लगी।

'तो क्या हुआ,' आरिफ़ खीझ कर बोला और पांव पटकते हुए किचन से निकल गया। सीधा कॉरिडोर से चलते हुए वो दूसरे छोर पर बने एक कमरे में गया।

वह छोटा-सा कमरा उसका स्टडी रूम था जिसका इस्तेमाल तब होता था जब घर में मेहमान ज़्यादा होते थे। वो कमरा स्टोरेज का भी काम करता था। एक टेबल और एक कुर्सी के अलावा, उस कमरे में एक छोटा-सा बुकशेल्फ़ था। कोने में चावल और गेहूं की तीन बोरियां भी पड़ीं थी। अनाज को कीड़ों से बचाने के लिए उनमें दवाई मिलाई गई थी। उस दवाई की महक से कमरा गमकता रहता था। आरिफ़ को उस बदबू से हमेशा परेशानी होती थी। उस कमरे में ज़्यादा देर बैठने से उसकी एलर्जी बढ़ जाती थी और छींकें आने लगती थीं। उस कमरे में कोई भी खिड़की नहीं थी इसलिए हवा आने-जाने के लिए दरवाज़ा हमेशा खुला रखना पड़ता था। आज आरिफ़ उस कमरे में बहुत ज़्यादा देर तक नहीं बैठ सका और वहां से बाहर निकल आया।

आरिफ़ के खानदान के लिए मेहमानों का आना-जाना तो न ख़त्म होने वाला एक सिलसिला था। उसके रिश्तेदारों का जब भी पटना आना होता वे उसके फ़्लैट में ही ठहरते थे। कौन हज़ारों रुपये ख़र्च करना चाहेगा होटल में, जब रहना और खाना दोनों मुफ़्त मिल रहा हो। कुछ लोग इलाज कराने के लिए आते थे, कुछ लोग पुलिस की भर्ती में शामिल होने के लिए और

कुछ पटना हाईकोर्ट में मुकदमा लड़ने के लिए। कुछ मेहमान तो इतने दूर के रिश्तेदार थे कि वह अम्मा और अब्बा के लिए भी अजनबी होते थे। लेकिन उनके आने से पहले आरिफ़ के चाचा या मामा का फ़ोन अब्बा के ऑफ़िस में आ जाता था। नहीं तो मेहमान खुद किसी क़रीबी रिश्तेदार की सिफ़ारिश की चिट्ठी लेकर आ जाते थे।

अब्बा भी कई बार मेहमानों की लगातार आवाजाही से परेशान हो जाते थे। वह गुस्से में आकर कहते कि मेरा घर नहीं धर्मशाला है यह। लेकिन वह अपनी नाराज़गी का इज़हार तब करते थे जब मेहमान जा चुके होते थे। वरना मेहमानों के सामने तो वो इतनी अच्छी तरह से पेश आते थे कि कई मेहमान बार-बार उन्हें मेज़बानी का मौक़ा देते थे।

अम्मा हमेशा काम के बोझ से दबी रहती थीं। कई बार तो उन्हें बीस-बीस लोगों के लिए खाना बनाना पड़ता था, और वो भी कोयले के चूल्हे पर। अब्बा पिछले तीन सालों से गैस कनेक्शन ख़रीदने का मंसूबा बना रहे थे लेकिन अब तक उसका कुछ भी नतीजा नहीं निकला था। पिछले साल उन्होंने कनेक्शन के लिए अप्लाई भी किया था लेकिन अभी तक उनका नंबर नहीं आया था। ब्लैक मार्केट से एक सिलेंडर ख़रीदना भी उनके बजट से बाहर था।

हर सुबह अम्मा चूल्हा जलाने के लिए जल्दी उठ जाती थीं। फिर कोयले के भारी-भरकम चूल्हे को छत पर ले जातीं। चूल्हा सुलगाने के बाद जब धुआं पूरी तरह से ख़त्म हो जाता तो उसे नीचे लेकर आतीं। वह कभी भी किचन में चूल्हा नहीं जलाती थीं। वो नहीं चाहती थीं कि चूल्हे के धुएं से उनके बच्चों को कोई दिक़्क़त हो और उनकी नींद में ख़लल पड़े। वह अपनी बेटियों को भी अपनी मदद के लिए कभी नहीं जगाती थीं। उनका यह मानना था कि भारी सामान उठाने से लड़कियों को बाद में माहवारी में मुश्किल आ सकती है। कभी कभार आरिफ़ और ज़ाकिर चूल्हा जलाने में अम्मा की मदद करते थे। लेकिन ज़्यादातर मौक़ों पर उनके जागने से पहले अम्मा अपना काम पूरा कर चुकी होती थीं। 'कल से सुबह जल्दी उठ जाया करूंगा, और अम्मा की हेल्प करूंगा।' आरिफ़ ने ये इरादा पिछले साल ही किया था लेकिन अक्सर सुबह जब उठता तो चूल्हा जल चुका होता था।

आरिफ़ और ज़ाकिर एक बेडरूम शेयर करते थे। दूसरे कमरे में दो तख़्त पड़े थे जिस पर अब्बा और अम्मा सोते थे। उस कमरे में प्लास्टिक

की एक टेबल और चार कुर्सियां थीं। दिन में यह कमरा ड्रॉइंग रूम का काम करता था। तीसरा कमरा थोड़ा बड़ा था जिसके कोने में एक छोटा-सा तख़्त था जिस पर दादीजान सोती थीं। एक डबल बेड भी था उस कमरे में, जिस पर आरिफ़ की तीनों बहनें, राबिया, नाज़नीन और हुमा, किसी तरह से फ़िट हो जाती थीं। जब भी कोई मेहमान आता तो अम्मा को कॉरिडोर में सोना पड़ता था, ज़मीन पर चटाई बिछा कर।

'अम्मा, आज मैं सोऊंगा कॉरिडोर में। आप अपने कमरे में सोइए,' ज़ाकिर और आरिफ़ ने कितनी बार कहा होगा लेकिन हर बार अम्मा टाल देतीं। अगर मेहमानों की तादाद ज़्यादा होती तो आरिफ़ और ज़ाकिर का कमरा भी छिन जाता। वैसे आरिफ़ अपनी परवाह नहीं करता था लेकिन अम्मा को खर की चटाई पर ज़मीन पर सोते हुए देख कर उसे बड़ी तकलीफ़ होती थी। अम्मा तकिए की जगह पर कुछ पुराने कपड़ों को समेट कर अपने सर के नीचे रख लेती थीं। वह एक और वजह से परेशान रहता था। मेहमानों के कारण उसकी पढ़ाई का बहुत नुक़सान होता था।

आरिफ़ अपने कमरे में लौट आया। दाढ़ी वाला आदमी अब उर्दू में कोई किताब पढ़ रहा था। वह बीच-बीच में अपनी काली-सफ़ेद दाढ़ी को खुजाता। वह नौजवान अभी तक बिस्तर में सो रहा था।

'अस्सलाम अलैकुम,' आरिफ़ ने उस अधेड़ आदमी की तरफ़ मुखातिब होकर कहा।

'वालेकुम अस्सलाम रहमतुल्लाहे बरकातहु,' उसने जवाब दिया और अपने दोनों हाथ आरिफ़ की तरफ़ बढ़ाए।

आरिफ़ का दिल तो नहीं कर रहा था लेकिन फिर भी उसने हाथ बढ़ाकर उसने हाथ मिला लिए।

'तुम राशिद साहब के छोटे बेटे हो ना?' उसने बड़ी गर्मजोशी से पूछा।

'नहीं। मैं सबसे बड़ा हूं,' आरिफ़ ने थोड़े रूखेपन से जवाब दिया।

'अच्छा,' वह ताज्जुब से बोला। 'अभी कुछ देर पहले मैं ज़ाकिर से मिला था वह दिखने में तुमसे बड़ा लगता है। काफ़ी लंबा है। माशाअल्लाह, वह क़द-काठी में पक्का पठान है।' अगर देखा जाए तो आरिफ़ की लंबाई क़रीब 5 फुट 10 इंच थी यानी आम हिंदुस्तानियों की औसत ऊंचाई से काफ़ी ऊंचा था आरिफ़। लेकिन ज़ाकिर उससे भी लंबा था।

'क्या उम्र होगी ज़ाकिर की?' उस मेहमान में पूछा।

'बीस साल,' आरिफ़ ने जवाब दिया।

'और तुम?' दाढ़ी वाले आदमी के सवालों का सिलसिला ख़त्म ही नहीं हो रहा था। आरिफ़ समझ नहीं पा रहा था कि वह इतने सवाल क्यों कर रहा था। ज़रा बेरुख़ी से आरिफ़ ने कहा, 'मैं ज़ाकिर से एक साल बड़ा हूं।'

वह मेहमान थोड़ी देर चुप-सा हो गया और फिर उसने पूछा, 'इस्मे शरीफ़ – आपका भला नाम?' अब वह एकदम लखनवी अंदाज़ में उर्दू बोल रहा था।

'आरिफ़ ख़ान,' आरिफ़ की आवाज़ में आज़िज़ी झलक रही थी। वह उस दाढ़ी वाले मेहमान के सवालों से परेशान हो चुका था।

'माशाअल्लाह, बहुत ख़ूबसूरत नाम है तुम्हारा। पढ़ाई कैसी चल रही है? बीए कर रहे हो ना?'

'नहीं, बी.एससी. केमिस्ट्री ऑनर्स।'

'कौन-सा कॉलेज?'

'ए.एन. कॉलेज।'

'ज़ाकिर और तुम्हारी बहनें?'

'ज़ाकिर भी ए.एन. कॉलेज में है। वह बीए के दूसरे साल में है। राबिया जे.डी. विमेंस कॉलेज में। नाज़नीन और हुमा बिहार मिलिट्री पुलिस हाई स्कूल में हैं।'

'आरिफ़ बाबू!' उस आदमी के बोलने का लहज़ा अचानक बदल गया। 'तुम्हारे पास अगर वक़्त हो तो चलो मेरे साथ डॉक्टर के यहां। यह शहर बिलकुल नया है मेरे लिए, अगर मोतिहारी होता तो कोई बात नहीं थी।'

'माफ़ कीजिएगा मैं नहीं आ सकता। मेरा इम्तहान अगले हफ़्ते ही है और मुझे बहुत सारी पढ़ाई करनी है,' आरिफ़ सामने अलगनी से अपना विंडचीटर उतारते हुए बोला।

'हम रोज़-रोज़ थोड़े आते हैं तुम्हारे यहां,' वो अधेड़ आदमी शिकायती लहज़े में बोला।

'सॉरी,' बोल कर आरिफ़ ने सामने की टेबल से एक पतली-सी किताब, नीली नोटबुक और क़लम उठाई और झटके से कमरे से बाहर

निकल गया। सिर्फ़ 10 मिनट बाद ही आरिफ़ नेहरू पार्क के मख़मली और हरे-भरे लॉन पर बैठा था। उसके पास ही उसकी नीली डायरी और *दीवान-ए-मोमिन* पड़ा था।

'मेरा केमिस्ट्री का इम्तहान है और मैं यहां शायरी पढ़ रहा हूं,' आरिफ़ अपने आप से बोला फिर उसकी निगाहें पूरे पार्क का मुआयना करने लगीं। पार्क लगभग सुनसान था सिर्फ़ दूर के कोने में दो बच्चे झूले पर खेल रहे थे। फूलों की क्यारियां रंग-बिरंगे गुलाबों और चमकीले गेंदों से सजी हुई थीं। पार्क के बीचोबीच जवाहरलाल नेहरू की एक छोटी-सी सफ़ेद संगमरमर की मूर्ति लगी थी।

हवा के एक झोंके ने आसपास के पौधों को झूमने पर मजबूर कर दिया। सर्दी की एक लहर-सी आरिफ़ के जिस्म को छूकर गुज़र गई। अपने विंडचीटर की ज़िप को ऊपर करते हुए आरिफ़ ने अपनी किताब को घास पर से उठा लिया। उसने किताब के पन्नों को पलटना शुरू ही किया था कि कुछ क़दमों की आहट ने उसका ध्यान अपनी तरफ़ खींच लिया।

एक बीमार-सा बूढ़ा आदमी सफ़ेद चादर में लिपटा हुआ उसकी तरफ़ आ रहा था। एक लंबी छरहरे बदन की ख़ूबसूरत औरत उसके साथ चल रही थी। वह काले रंग की साड़ी पहने हुए थी। उसके बाल बिखरे हुए थे। आंखों का काजल ऐसे फैला हुआ था जैसे वह कुछ देर पहले काफ़ी रोई हो। आरिफ़ ने उसको देखा तो देखता ही रह गया।

'सुभान अल्लाह!' इतना बोल कर वो झट से अपनी किताब के पन्नों पर लौट गया जब उसने देखा कि वह बुज़ुर्ग सामने वाली बेंच पर बैठ रहा है, और वह औरत उसको सहारा दे रही है। कुछ लम्हों के बाद, आरिफ़ ने नोटबुक लॉन पर से उठाई और उसके बारे में क़लम से उर्दू में कुछ लिखने लगा।

स्याह ज़ुल्फ़ उसका स्याह पैरहन उसका
मानिंद संग-ए-मरमर है बदन उसका
मिसाल क्या दूं इस हुस्ने बेमिसाल की
चांद से भी है हसीं रुख़-ए-रोशन उसका

(उसकी ज़ुल्फ़ें काली हैं और वैसा ही उसका लिबास है
उसका बदन संगमरमर जैसा है
उसकी ख़ूबसूरती बेमिसाल है
उसका चेहरा पूर्णमासी के चांद से भी ज़्यादा सुंदर है)

'बाबूजी आप कैसा महसूस कर रहे हैं?' उस काले लिबास वाली औरत ने पूछा। बुज़ुर्ग ने कोई जवाब नहीं दिया। वह औरत उस बूढ़े आदमी की बग़ल में बेंच पर बैठ चुकी थी और उसका कंधा पकड़कर आसपास अपनी निगाहें दौड़ा रही थी। उसके चेहरे पर बेबसी और बदहवासी साफ़-साफ़ झलक रही थी।

'बाबूजी! बाबूजी!' उसकी आवाज़ तेज़ होती चली गई। उसने एक हाथ से उस बुज़ुर्ग का गाल छुआ और फिर झुक कर अपने कानों को उनके सीने पर रख दिया। फिर वह ज़ोर-ज़ोर से उन्हें हिलाने लगी।

आरिफ़ ने फटाक से अपनी डायरी बंद की, अपने पेन को जेब में रखा और फिर उठ खड़ा हुआ। अपनी डायरी और किताब को बग़ल में दबाए हुए, आरिफ़ बेंच की तरफ़ दौड़ पड़ा। आरिफ़ को देखते ही वह औरत कंपकंपाती आवाज़ में बोली, 'मेरी मदद कीजिए प्लीज़!' वह अपने आंसुओं को रोकने की नाकाम कोशिश कर रही थी। आरिफ़ ने अपनी किताब और डायरी को बेंच पर रख दिया और उस बुज़ुर्ग का हाथ पकड़कर उनकी नब्ज़ टटोलने लगा।

'प्लीज़ एंबुलेंस बुलाइए!' वह औरत घबरा कर बोली। वह अपनी हथेली से अपने नाक का निचला हिस्सा रगड़ रही थी।

'यहां तो एंबुलेंस आने में बरसों लग जाएंगे। मैं टैक्सी का इंतज़ाम करता हूं। आप घबराइए मत,' आरिफ़ बोला और तेज़ क़दमों से पार्क के गेट की तरफ़ बढ़ चला जहां पर एक पान-बीड़ी की दुकान थी और साथ में एक छोटा-सा टेलीफ़ोन बूथ भी। रोबदार मूंछवाला एक मोटा और सांवला-सा इंसान बड़ा मगन होकर पान के पत्तों का किनारा कैंची से कुतर रहा था। और एक पुराने पैनासोनिक टेपरिकॉर्डर पर शारदा सिन्हा गा रही थीं, '*ले ले अइ ह ओ पिया चोलिया बंगाल के...*'

'लोकल कॉल,' आरिफ़ बोला और फिर पान वाले के सामने दो रुपये का सिक्का रख दिया। दुकानदार ने अपनी बाईं तरफ़ लकड़ी और शीशे से बने एक केबिन की तरफ़ इशारा किया। बूथ के अंदर दाख़िल होते ही आरिफ़ ने फटाफट एक नंबर डायल किया और बोला, 'फिरोज़ टैक्सी सर्विस?'

क़रीब बीस मिनट लगे टैक्सी को आने में। ड्राइवर हबीब हट्टा-कट्टा व्यक्ति था। उसने आसमानी रंग का पठानी सूट पहन रखा था। वह आरिफ़ को पहले से जानता था। आरिफ़ ने उससे कहा कि वो उस बुज़ुर्ग को कार तक ले जाने में उसकी मदद करे। हबीब काफ़ी देर तक अपने कान को अपनी कानी अंगुली से खुजाता रहा जैसे उसने आरिफ़ की बात सुनी ही न हो और फिर बेंच पर बेहोश पड़े बुज़ुर्ग को अज़ीब-सी निगाहों से घूरने लगा और फिर बोला, 'ठीक है आरिफ़ भाई।'

जब आरिफ़ और हबीब उस बुज़ुर्ग को कार की पिछली सीट पर लिटा रहे थे तो वह औरत भी उनकी मदद करने आगे बढ़ी। उसी वक़्त ग़लती से उस औरत की बांह आरिफ़ की छाती को छू गई। आरिफ़ को अज़ीब-सा अहसास हुआ और एक झुनझुनी-सी सारे बदन में दौड़ गई। आरिफ़ उस औरत को एकटक देखता रहा जब वो अपने पिता का सिर अपनी में गोद ले रही थी।

'जल्दी चलिए,' उसकी आवाज़ में घबराहट थी।

आरिफ़ चौंक गया जैसे किसी ने उसे अचानक नींद से जगा दिया हो। आरिफ़ अपने व्यवहार पर लजाया हुआ था। कैसे वो बेशर्मी से उस महिला को घूर रहा था। वह झट से कार में ड्राइवर के साथ वाली सीट पर बैठ गया।

'पटना मेडिकल कॉलेज हॉस्पिटल, इमरजेंसी वार्ड,' आरिफ़ हबीब की तरफ़ मुखातिब होकर बोला।

कार जब गर्दनीबाग़ से आगे निकल गई थी तब आरिफ़ ने बैकव्यू मिरर में देखा कि वह बुज़ुर्ग अभी भी बेहोश है और वह औरत उसके हाथ और सीने को सहला रही है। आंसू की बूंदें उसके गुलाबी गालों पर लुढ़क रही थीं। *या अल्लाह इस बुज़ुर्ग की मदद कर,* आरिफ़ मन ही मन ही दुआएं मांगने लगा।

डाक बंगला चौराहे के पास गाड़ी अचानक एक झटके से साथ रुक गई। सामने सड़क बंद थी।

सड़क के बीचोबीच प्लास्टिक की कुर्सियां, साइकिल और स्कूटर खड़े किए गए थे। वहां पर क़रीब 60-70 लोग मौजूद थे जिनमें से ज़्यादातर नौजवान थे। कुछ लोग ज़मीन पर पालथी मार कर बैठे थे और कुछ खड़े होकर नारेबाज़ी कर रहे थे।

वीपी सिंह मुर्दाबाद!!

मंडल कमीशन वापस लो!!

काग़ज़ के और कपड़ों के बैनर-पोस्टर चारों तरफ़ लगे हुए थे और उन पर लिखा था :

मंडल कमीशन हमें मंज़ूर नहीं
आरक्षण को न, मेरिट को हां
वोट बैंक पॉलिटिक्स बंद करो
जाति के नाम पर तुष्टिकरण बंद करो

जब तक वे कार को पीछे मोड़ने का फ़ैसला लेते उनके पीछे कार, मोटरसाइकिल, रिक्शा और ऑटो की क़तार लग चुकी थी। आरिफ़ ने धक्का लगा कर दरवाज़ा खोला और बाहर आ गया। उसके ठीक बाईं तरफ़ रेशमी धोती पहने एक अधेड़ उम्र का आदमी एक राजदूत पर बैठे तगड़े नौजवान से आरक्षण की राजनीति पर चर्चा कर रहा था। धोतीवाला तुनक कर बोल रहा था, '27 प्रतिशत अगर पिछड़ी जाति को मिल गया तो हम फ़ॉरवर्ड लोगों के लिए क्या बचेगा? अब सब ऊंची जात के लोग भीख मांगेंगे।'

उसने पीछे मुड़ कर देखा तो पाया कि वो औरत कार की खिड़की का शीशा खोल कर बाहर की तरफ़ देख रही है। वो शांत थी पर उसकी डबडबाती आंखें आरिफ़ से गुज़ारिश कर रही थीं कि मेरे पिताजी को किसी तरह से जल्द से जल्द हॉस्पिटल ले चलो।

उसके आंसुओं ने आरिफ़ को बेचैन-सा कर दिया। वो किसी भी तरह इस भीड़ से निकल कर अस्पताल पहुंचना चाहता था। आरिफ़ हबीब की तरफ़ मुड़कर बोला, 'हबीब भाई चल के स्टूडेंट्स से बात करते हैं।'

हबीब ने कार के शीशे को पूरी तरह से नीचे कर के अपनी गर्दन बाहर निकाली और खखार कर बोला, 'कोई फ़ायदा नहीं आरिफ़ भाई।' हबीब फिर से अंगुली से अपने कान को खुजा रहा था।

आरिफ़ ने तिरछी निगाह से काले लिबास वाली औरत को फिर से देखा और ये फ़ैसला किया कि विद्यार्थियों से बात करने वह अकेला ही जाएगा।

'मैं आपके साथ आऊं?' उस औरत ने कार से बाहर झांकते हुए पूछा।

'नहीं! आप अपने पिता जी के पास ही रहिए। मैं बात करता हूं।' बोलते वक़्त आरिफ़ की आवाज़ में कंपकंपी थी और वो अंगूठे से अपने ठोड़ी को लगातार रगड़ रहा था। वह डर रहा था ऐसे माहौल में विद्यार्थियों की इस भीड़ के बीच जाने से। ऐसे हालात में कुछ भी हो सकता था। फिर भी किसी तरह से उसने ख़ुद की हिम्मत बंधाई और एक गहरी सांस लेकर स्टूडेंट्स की भीड़ की तरफ़ चल पड़ा।

'बात क्या है मिस्टर? देखते नहीं रास्ता ब्लॉक है!' उस भीड़ में से एक प्रदर्शनकारी ने आरिफ़ को अपनी तरफ़ आते हुए देखकर पूछा। वो एक लंबा-तगड़ा व्यक्ति था। छोटी-छोटी दाढ़ी और लाल रंग का तिलक लगाए हुए वो बड़ी ख़तरनाक नज़रों से आरिफ़ को घूर रहा था।

आरिफ़ उससे विनती करने लगा, 'भाई साहब, एक बुज़ुर्ग बहुत बीमार हैं और उनको तुरंत अस्पताल ले जाना बहुत ज़रूरी है। देर हुई तो कुछ भी हो सकता है।'

'भागो यहां से, ये संभव नहीं है। रास्ता बंद का मतलब बंद!'

'भाई, ये किसी की ज़िंदगी और मौत का सवाल है। प्लीज़ हमारी मदद कीजिए!' आरिफ़ गिड़गिड़ाने लगा।

'जब लाखों नौजवानों का भविष्य दांव पर लगा हो तो हमें एक बूढ़े के बारे में सोचने का समय नहीं है।' एक 35-36 साल का सांवला-सा व्यक्ति भीड़ से निकल कर सामने आया। उसने भूरे रंग का सफ़ारी सूट पहन रखा था और उसके चेहरे पर अज़ीब-सी मुस्कान थी।

'अबे भाग यहां से,' दाढ़ी वाले ने फिर से कहा। इस बार उसका लहज़ा धमकाने वाला था।

आरिफ़ को भी गुस्सा आ गया। 'मैं नहीं जाऊंगा। एक तो ग़ैर-क़ानूनी काम कर रहे हो और धमका भी रहे हो।'

अचानक एक तगड़ा नौजवान, जो 20-21 का रहा होगा, कूद कर सामने आ गया और आरिफ़ को इतनी ज़ोर से धकेला कि वो सड़क पर

चारों खाने चित हो गया। 'अबे साला हमें ज्ञान देने आया है कि क्या क़ानूनी है और क्या गैरक़ानूनी। भाग यहां से नहीं तो कचूमर बन जाएगा। साला चूतिया!'

आरिफ़ अंदर से अपमानित और लाचार महसूस कर रहा था। दांत पीसते हुए उसने कुछ पलों के लिए सोचा कि इनका जवाब दे लेकिन उसे पता था कि इतनी बड़ी भीड़ के सामने वह बेबस है।

उसने देखा कि बाक़ी प्रदर्शनकारी उसे चारों तरफ़ से घेर रहे हैं। उनमें से एक के पास हॉकी स्टिक भी थी। आरिफ़ घबरा गया था और उसे समझ में नहीं आ रहा था कि अब क्या करे। तभी उसने भागते हुए तेज़ क़दमों की आवाज़ सुनी।

'प्लीज़ इन्हें कुछ मत कीजिए!' ये किसी औरत की आवाज़ थी जो जानी-पहचानी सी लगी। आरिफ़ जब पीछे घूमा तो वो काले लिबास वाली औरत को देख कर चौंक गया। वह हाथ जोड़ कर प्रदर्शनकारियों से गुज़ारिश कर रही थी। उसने अपने सिर को पल्लू से ढंक रखा था और उसकी आंखों से आंसू टपक रहे थे।

उस दाढ़ी वाले व्यक्ति ने अपना सिर हिलाया और दूसरे प्रदर्शनकारियों की तरफ़ मुड़कर बोला, 'जाने दो इसे!'

जिन विद्यार्थियों ने आरिफ़ को घेर रखा था वे धीरे-धीरे पीछे हटने लगे लेकिन उनकी आंखों में अभी गुस्सा झलक रहा था। आरिफ़ सड़क से उठा और अहसानमंद निगाहों से उस औरत की तरफ़ देखने लगा। फिर उसने अपनी हथेलियों को एक दूसरे से रगड़ कर साफ़ किया। अभी वह कार की तरफ़ चलने ही वाला था कि उसने देखा कि हबीब हाथ हिला कर उन्हें बुला रहा है। वह शायद चिल्ला भी रहा था लेकिन उसकी आवाज़ उन तक नहीं आ रही थी। आरिफ़ का दिल बैठ-सा गया जब उसे लगा कि शायद वो बुज़ुर्ग गुज़र गए हैं। वह औरत तुरंत कार की तरफ़ भागने लगी। आरिफ़ उसके पीछे दौड़ा।

कार की पिछली सीट पर वो बुज़ुर्ग लेटा हुआ था और कुछ बड़बड़ा रहा था। हबीब एक पुराने अख़बार को मोड़ कर उससे पंखा कर रहा था। उस बुज़ुर्ग की सांसें चलती देखकर आरिफ़ ने राहत महसूस की। उस औरत ने तब तक कार में दाख़िल हो कर अपने पिता के सिर को गोद में ले लिया

था और उनके सीने के बाएं हिस्से को सहला रही थी। साथ में वह हनुमान चालीसा का पाठ भी कर रही थी :

पवन तनय संकट हरन, मंगल मूरति रूप।
राम लखन सीता सहित, हृदय बसहु सुर भूप।।

(हे पवनपुत्र! आप संकट दूर करने वाले, आनंद-मंगल के स्वरूप हैं। हे देवराज! आप श्रीराम, लक्ष्मण और सीता सहित मेरे हृदय में निवास कीजिए।)

कुछ ही पलों में बुज़ुर्ग ने बड़बड़ाना छोड़ दिया और वह पहले की तरह शांत हो गया। लेकिन वह औरत अभी भी हनुमान चालीसा का जाप किए जा रही थी। आरिफ़ नज़रें उठाकर चारों तरफ़ देखने लगा। शायद कोई उपाय हो वहां से निकलने का लेकिन काफ़ी सोचने के बाद भी कुछ समझ में नहीं आया। इंतज़ार के अलावा और कोई चारा नहीं था।

मुश्किल से दस मिनट ही बीते होंगे कि तेज़ आवाज़ करती हुईं दो बड़ी-बड़ी बसें डाक बंगला चौराहे से कुछ दूरी पर रुकीं और उनमें से सिपाही उतरने लगे। सिपाहियों के पास मोटे-मोटे डंडे थे और उन्होंने लोहे का हेलमेट पहन रखा था। बस के पास एक सफ़ेद रंग की एंबेसडर कार भी रुकी और पुलिस का एक सीनियर अफ़सर बाहर निकला। उसके हाथ में एक भोंपू था जिस पर वह ऐलान करने लगा। उसने प्रदर्शनकारियों से अपील की कि वे रास्ता ख़ाली कर दें।

जवाब में प्रदर्शनकारियों ने पथराव शुरू कर दिया। आरिफ़ ने भांप लिया कि अब फसाद होने वाला है और जल्द से कार के अंदर घुस गया। ईंटों के कुछ टुकड़े ट्रैफ़िक में फंसे लोगों के ऊपर भी गिरे और एकदम से अफरा-तफरी मच गई। लोग मोटरसाइकिल और रिक्शा को छोड़कर अपने आप को बचाने के लिए इधर-उधर भागने लगे। जिनके पास कार या टैक्सी थी वे अंदर ही दुबक गए।

पुलिस वाले लाठी लेकर प्रदर्शनकारियों के पीछे दौड़ पड़े। आरिफ़ ने कार की विंडस्क्रीन से देखा कि पुलिस बड़ी बेरहमी से विद्यार्थियों को पीट रही थी। कुछ लड़के ज़मीन पर गिर पड़े हैं फिर भी उन पर लाठियां बरस

रही थीं। बाद में उन्हें गिरफ़्तार कर के पुलिस बस में बैठाया गया। जल्द ही चौराहा ख़ाली हो गया और हबीब हवा की रफ़्तार से हॉस्पिटल की तरफ़ चल पड़ा।

पटना मेडिकल कॉलेज हॉस्पिटल के गेट पर एक वार्डबॉय स्ट्रेचर लेकर आया और बुज़ुर्ग को अंदर ले गया। वह औरत भी उसके साथ चली गई। आरिफ़ टैक्सी का किराया देने के लिए थोड़ी देर रुक गया। ख़ुशक़िस्मती से आज सुबह ही अब्बा ने उसे जेबख़र्च दिया था जो टैक्सी के किराए के लिए काफ़ी था।

जब आरिफ़ इमरजेंसी वार्ड के वेटिंग हॉल में दाख़िल हुआ तो उसने देखा कि वह औरत अपना सिर झुकाए एक कुर्सी पर बैठी है। उसने साड़ी के पल्लू को अपने मुंह पर दबा रखा था, शायद रो रही थी।

'आपके पिता कहां हैं?' आरिफ़ ने उसके पास वाली कुर्सी पर बैठते हुए पूछा। हॉल डेटॉल और फ़िनाइल की मिली-जुली महक से गमक रहा था। एक 40-45 साल का पतला-दुबला आदमी एक भीगे कपड़े से फ़र्श को पोंछ रहा था।

'उनकी जांच करने के लिए अंदर ले गए हैं। मुझे यहीं इंतज़ार करने को कहा है,' उसने भर्राई आवाज़ में कहा।

अभी आरिफ़ उससे बात ही कर रहा था कि सफ़ेद वर्दी में घनी मूंछों वाला एक वार्डबॉय उनके पास आया और उनको आईसीयू में साथ चलने को बोला। आरिफ़ भी उस औरत के साथ जाने को खड़ा हो गया।

'सिर्फ़ एक आदमी!' वार्डबॉय बोला। उसके चेहरे पर कोई भाव नहीं था। वह उस औरत और आरिफ़ से जवाब का इंतज़ार कर रहा था।

'आप यहीं इंतज़ार कीजिए,' वह औरत आरिफ़ से मुखातिब हो कर बोली।

'ठीक है,' बोलकर आरिफ़ अपनी जगह पर वापस आ गया।

एक-डेढ़ घंटे बाद वह औरत वापस आ गई। उसका चेहरा दमक रहा था।

'आपका बहुत-बहुत शुक्रिया। आपने मेरे पिताजी की ज़िंदगी बचा ली। हार्ट अटैक था। वह अब काफ़ी बेहतर हैं।' उसकी आवाज़ में एक अपनापन था जो आरिफ़ को काफ़ी अच्छा लगा।

'मुझे खुशी है कि मैं आपकी हेल्प कर पाया,' आरिफ़ ने शरमाते हुए कहा। वह यह कोशिश कर रहा था कि उस औरत से आंखें चार न करनी पड़ें।

'आपका नाम क्या है? और आप कहां पढ़ रहे हैं?' उसने बड़े एहतराम से पूछा। उसकी ज़बान में एक नज़ाकत थी। उसने आरिफ़ को 'तुम' कहने के बजाय आदरसूचक 'आप' कहकर संबोधित किया।

'मेरा नाम आरिफ़ ख़ान है और मैं बी.एससी. का स्टूडेंट हूं।' आरिफ़ ने सोचा कि वह भी उसका नाम पूछ ले। लेकिन अपने से बड़ी उम्र की औरतों का नाम पूछना बदतमीज़ी होगी और यही सोचकर आरिफ़ कुछ और ही पूछ बैठा।

'आप नेहरू पार्क के आसपास ही रहती हैं?' आरिफ़ ने बड़े झिझकते हुए पूछा।

'हां, मैं स्वागत नगर में रहती हूं। लेकिन हमलोग वहां से जल्द ही शिफ़्ट हो रहे हैं। मेरे हस्बैंड स्टेट बैंक में मैनेजर हैं,' उस औरत ने जवाब दिया और फिर कुछ बोलते-बोलते रुक-सी गई।

'आप कुछ और कहना चाहती थीं?' आरिफ़ बोला। आरिफ़ भांप गया था कि वह कुछ बोलना चाहती है पर हिचकिचा रही है।

'मैं सोच रही हूं कि मैं आपको कितना परेशान करूं। दरअसल...' वह फिर से रुक गई।

'बोलिए प्लीज़।'

'आरिफ़ आप दानापुर जाकर मेरे मामा के लड़के को ख़बर कर दीजिए कि मेरे पिता जी बीमार हैं।' वह काफ़ी सकुचाते हुए बोली और एक कागज़ का टुकड़ा उसके हाथ में दे दिया। 'इस पर एड्रेस लिखा है। आप कहिएगा कि सुमित्रा ने आपको भेजा है।'

'सुमित्रा! क्या ख़ूबसूरत नाम है।' आरिफ़ मन ही मन उस नाम को दोहरा रहा था जैसे कोई मंत्र पढ़ रहा हो।

'मैं अभी जाता हूं। आप फ़िक्र मत कीजिए,' आरिफ़ अपनी आंखों के कोने से उसे देख रहा था। सुमित्रा के चेहरे पर इत्मीनान था क्योंकि उसके पिता अब काफ़ी बेहतर थे। वह आरिफ़ को शुक्रिया अदा करते वक़्त

मुस्कराई भी थी और उसके गालों पर दुनिया के सबसे हसीन डिंपल उभर आए थे।

सुमित्रा कुछ क़दम आगे बढ़ी और आरिफ़ के क़रीब आकर कुछ पैसे उसकी जेब में डालने लगी और बोली, 'आरिफ़ यह टैक्सी वाले के लिए है।'

'नहीं! नहीं! इसकी ज़रूरत नहीं है। मैंने टैक्सी का किराया दे दिया है।'

'रख लीजिए आरिफ़। आप अभी कमाते थोड़े हैं।' सुमित्रा आरिफ़ के कुछ और क़रीब आ गई और अपने बाएं हाथ से आरिफ़ की बांह पकड़ी और दाहिने हाथ से नोट उसकी जेब में ठूंस दिया। जिस पल सुमित्रा के हाथ ने आरिफ़ को छुआ, आरिफ़ को एक अज़ीब तरह का एहसास हुआ। उसके दिल की धड़कन बेक़ाबू थी। उसे लगा कि वह जम-सा गया है और काफ़ी देर तक वो हिला-डुला भी नहीं।

हॉस्पिटल से बाहर आते हुए आरिफ़ ने गहरी सांस छोड़ी और उस लम्हे को याद करने की कोशिश की जब सुमित्रा के छुअन को उसने महसूस किया था। उसके रोंगटे खड़े हो गए।

अशोक राजपथ पर हर रोज़ की तरह भीड़-भाड़ थी और ट्रैफ़िक धीरे-धीरे आगे बढ़ रहा था। आरिफ़ ने हाथ देकर एक ऑटो रिक्शे को रोका। गांधी मैदान पहुंच कर उसने दानापुर जानेवाला एक ऑटो रिक्शा ले लिया।

दो घंटे के बाद आरिफ़ सुमित्रा के दिए पते पर पहुंच गया। लेकिन उस मकान पर ताला लगा था। उसने पड़ोसियों से पूछा पर सुमित्रा के ममेरे भाई के बारे में कुछ भी पता नहीं चला। आख़िरकार आरिफ़ हॉस्पिटल लौट आया। तब तक पांच बचकर दस मिनट हो चुके थे। लेकिन सुमित्रा हॉस्पिटल में नहीं थी।

आरिफ़ ने जब रिसेप्शन से पता किया तो उसे बताया गया कि वो अपने पिता को लेकर किसी प्राइवेट हॉस्पिटल चली गई है। दरअसल सुमित्रा के कुछ रिश्तेदार आए थे और वे उस बुज़ुर्ग को चेकअप के लिए कहीं और ले गए। जब आरिफ़ ने पूछा कि क्या उसके लिए सुमित्रा ने कोई संदेश छोड़ा है, तो रिसेप्शनिस्ट ने जवाब दिया कि उसके लिए कोई मैसेज नहीं छोड़ा गया है।

आरिफ़ ने दोपहर से कुछ भी नहीं खाया था और वह काफ़ी थक भी गया था। उसने घर वापस आने का फ़ैसला कर लिया। रास्ते भर वह सुमित्रा के बारे सोचता रहा। वह समझ नहीं पा रहा था कि सुमित्रा बिना बताए कैसे चली गई। ये सोच कर कि सुमित्रा से वह शायद फिर मिल नहीं पाएगा, उसे सीने में एक दर्द का का एहसास हो रहा था, और वह उदास हो गया।

बाद में रात को उसने अपनी डायरी निकाली और सुमित्रा के बारे में एक नज़्म लिखी। नज़्म का शीर्षक था : *सियाह लिबास में लिपटी एक हसीन औरत।*

2

साल था 1992। सुमित्रा से मुलाक़ात वाले उस दिन को गुज़रे लगभग दो साल हो चुके थे। शनिवार की एक सुबह आरिफ़ पुलिस कॉलोनी में स्थित अपने फ़्लैट की छत पर चहल-क़दमी कर रहा था। सुबह की हवा में सांसें लेकर आरिफ़ को एक ताज़गी और फुर्ती का एहसास हो रहा था। कई हफ़्तों बाद उसकी नाक सर्दी की वजह से बंद नहीं थी। आरिफ़ ने अपनी नाक को दबाकर छिनकने की कोशिश की लेकिन हवा के अलावा कुछ भी बाहर नहीं आया। उसने अपनी कानी अंगुली को नाक के अंदर डाल कर देखा। वह बिलकुल साफ़ थी। खखार कर उसने गला साफ़ किया और सामने फ़र्श पर थूक दिया। कोई कफ़-वफ़ नहीं था। वह ख़ुश था कि डॉक्टर गांगुली के इलाज से काफ़ी फ़ायदा हुआ है।

लेकिन आरिफ़ की ख़ुशी की एक वजह और भी थी।

दरअसल आज के दिन यूपीएससी सिविल सेवा परीक्षा के प्रीलिम्स का नतीजा आया था। कामयाब उम्मीदवारों में उसका भी नाम था। आरिफ़ को पूरा यक़ीन था कि वह मेन्स एग्ज़ाम और इंटरव्यू की अड़चन को ज़रूर पार कर लेगा।

अब्बा का जो ख़्वाब है मुझे आईएएस बनाने का वह जल्द ही पूरा हो जाएगा। आरिफ़ ने तस्सवुर किया कि उसकी तसवीर *कम्पटीशन सक्सेस रिव्यू* के कवर पेज पर छपी है और वहां पर कैप्शन लिखा हुआ है : यूपीएससी सिविल सेवा टॉपर आरिफ़ ख़ान के साथ एक बातचीत।

अब्बा-अम्मा को कितना नाज़ होगा उस पर। आईएएस बनने के बाद आरिफ़ क्या-क्या करेगा इसकी एक फ़ेहरिस्त उसने अपने दिमाग़ में बना रखी थी। सबसे पहले तो घर का काम-काज करने के लिए एक नौकरानी

रखेगा जो अम्मा की मदद करेगी। अम्मा ने अपनी सारी उम्र निकाल दी घर के काम में। अब उसे आराम की ज़रूरत है। दूसरा अपनी दादी को हज पर भेजेगा। जब दादी को पता चलेगा कि वो मक्का-मदीना के सफ़र पर जा रही हैं तो उनके चेहरे का भाव देखने लायक़ होगा। उसने ये भी इरादा किया कि अपनी तीनों बहनों के लिए बेहतरीन से बेहतरीन दूल्हा ढूंढ़ेगा। वैसे भी एक आईएएस के घर से कौन अपना रिश्ता जोड़ना न चाहेगा? *वैसे भी मेरी तीनों बहनें एक से बढ़कर एक हैं।* जो भी देखेगा इन्हें तुरंत पसंद करेगा। लेकिन नाज़नीन तीनों में सबसे ख़ूबसूरत और तहज़ीब वाली है। वह अब्बा को भी रिटायरमेंट लेने के लिए कहेगा। आख़िर कितने दिनों तक 14-14 घंटे काम करेंगे।

हां, वह अपने भाई ज़ाकिर के लिए अब्बा से बात करेगा और उनसे गुज़ारिश करेगा कि ज़ाकिर को उसको शौक़ के हिसाब से मुंबई जाकर अपनी तक़दीर आजमाने दें। जहां तक पैसा-कौड़ी का सवाल है वह आरिफ़ देख लेगा। लेकिन इन सारे मंसूबों को पूरा करने के लिए उसे पहले आईएएस बनना होगा। और उसके लिए काफ़ी मेहनत करनी पड़ेगी। आख़िर आईएएस का मेन्स है, कोई मज़ाक़ थोड़े है। दस से बारह घंटे रोज़ पढ़ना पड़ेगा। उससे कम में काम नहीं चलेगा।

आरिफ़ ने देखा कि उसके फ़्लैट के पिछवाड़े दो औरतें पीपल की पूजा कर रही थीं। सबसे पहले उन्होंने पीपल के तने पर सिंदूर जैसा कुछ लाल रंग लगाया और फिर उन्होंने अपने लोटे से पीपल पर पानी डाला और फिर आंखें मूंद कर कुछ देर के लिए खड़ी हो गईं, शायद कोई मंत्र पढ़ रही थीं। आरिफ़ को ये सब देख कर बहुत अच्छा लग रहा था, उसे ऐसा लग रहा था जैसे वह जाड़े के मौसम में धूप सेंक रहा हो। कुछ ही देर में उन महिलाओं ने अपनी पूजा ख़त्म की और पूजा का सामान डोलची में रखा और वापस चली गईं। आरिफ़ भी नीचे जाने के लिए मुड़ने ही वाला था कि तभी उसने देखा कोई औरत अपने हाथ में पूजा की डोलची लिए पीपल की तरफ़ आ रही है।

वह एक लंबी और छरहरी औरत थी। काले रंग की साड़ी और ब्लाउज़ में जैसे अप्सरा लग रही थी। उसके स्याह और लंबे बाल भीगे हुए थे और उसके कंधे पर बिखरे हुए थे। आरिफ़ बेसुध-सा उसे निहार रहा था। उसे ऐसा लग रहा था कि ये चेहरा जाना-पहचाना है। और जब उस औरत ने

पूजा मुकम्मल कर के आरिफ़ की तरफ़ चेहरा किया तो उसे उसका गोल और हसीन चेहरा साफ़ दिखाई देने लगा। आरिफ़ ने यह भी देखा कि उसकी आंखें बड़ी-बड़ी थीं और उसके होंठ के ऊपर तिल था - बिलकुल रति अग्निहोत्री की तरह।

या अल्लाह! ये तो सुमित्रा है।

यह वही औरत थी जो आरिफ़ को दो साल पहले नेहरू पार्क में मिली थी और उसने उसके बीमार पिता को अस्पताल पहुंचाया था।

वह एकटक सुमित्रा को निहारता रहा जब तक वह स्वागत नगर जाने वाली टेढ़ी-मेढ़ी सड़क पर ओझल नहीं हो गई।

'बेटा, नाश्ता तैयार है। नीचे आ जाओ।' यह अम्मा की आवाज़ थी जो बालकनी से आ रही थी।

जब वह सीढ़ी से नीचे आ रहा था तो आरिफ़ को ये महसूस हुआ कि उसके आसपास की चीज़ें बदल-सी गई हैं। दिन और सुहाना हो गया है और हवाओं में जैसे किसी ने इत्र मजमुआ की ख़ुशबू घोल दी हो।

अपने कमरे में बैठकर जब वह आलू का इस्टू और रोटी खा रहा था तो उसे ऐसा लग रहा था जैसे वह जन्नत से आया खाना खा रहा हो। अभी नाश्ता ख़त्म ही हुआ था कि दादी आ गईं एक प्लेट में कटे हुए आम लेकर। मिठास भरी ख़ुशबू और सुनहरे रंग ने पहले ही ज़ाहिर कर दिया था कि ये ज़र्दालु आम हैं। अपनी पसंद का फल देख कर उसका चेहरा खिल गया।

'ये अपने बगीचे का आम है। तुम्हारे बड़के बाबा ने जमालपुरा से भेजा है,' दादी ने मुस्कराते हुए कहा और प्लेट को उसके सामने रख दिया। दादी वहीं उसके पास बैठ गईं और अपने पोते को आम खाते हुए देखने लगीं।

'ज़र्दालु आम से लज़ीज़ कोई आम नहीं,' आरिफ़ ने अपने आप से कहा जब आम की मिठास ने उसके लबों और ज़बान को छुआ। उसने अपनी आंखें बंद कर लीं और फिर उसने तसव्वुर किया कि सुमित्रा ने अभी-अभी उसे होंठों पर चूमा है। सुमित्रा का चुंबन किसी ज़र्दालु आम की मिठास काम थोड़े होगा। सिर्फ़ ख़यालों में सुमित्रा क़रीब पाकर आरिफ़ ये हाल हो रहा था। *अगर सचमुच में वह उसके पास आ गई तो न जाने क्या क़यामत होगी।*

'कितना मुबारक दिन है आज का। पहले प्रीलिम्स का रिज़ल्ट और फिर उस हूर परी सुमित्रा का दीदार।' उसने सरगोशियों में अपने आप से बात की और फिर अपने स्टडी रूम में चला गया।

उसके सामने मेन्स एग्ज़ाम की किताबें खुली पड़ी थीं लेकिन वह सुमित्रा के बारे में सोच रहा था।

और जब रात हुई तो ख़्वाबों में भी सुमित्रा ही थी।

अगले दिन आरिफ़ काफ़ी जल्दी उठ गया। अभी मुअज़्ज़िन ने फ़ज़र की अज़ान भी नहीं दी थी। ज़ाकिर बिस्तर के दूसरे किनारे बेख़बर सो रहा था। पुलिस कॉलोनी के भीतर के शिव मंदिर के लाउडस्पीकर पर भजन बजने बाक़ी थे। दादी और अम्मा को छोड़कर बाक़ी लोग भी अभी नींद के आगोश में थे। अम्मा किचन में बर्तन धो रही थीं और उसे बर्तनों की खड़खड़ाहट साफ़ सुनाई दे रही थी। दादी अपने कमरे में तिलावत-ए-क़ुरान कर रही थीं, जिनकी मख़मली आवाज़ सारे घर के माहौल को पाकीज़ा कर रही थी।

आरिफ़ ने पहले शेविंग की, फिर नहाया और उसके बाद वह छत पर चला गया। छत की रेलिंग पर झुक कर वह सामने पीपल के पेड़ की तरफ़ देखने लगा। उसे इंतज़ार था सुमित्रा का। धीरे-धीरे चार घंटे बीत गए लेकिन पीपल पूजा के लिए कोई भी नहीं आया। न सुमित्रा और न और कोई। आसमान पर सूरज पूरे शबाब पर था। घड़ी में 9 बज चुके थे। उसने मायूसी भरी निगाहों से पीपल की तरफ़ देखा और फिर नीचे अपने कमरे में आ गया।

अगले चार दिन बड़ी बेचैनी और बेक़रारी से गुज़रे। सुमित्रा पीपल पूजा करने के लिए वहां नहीं आई। *लेकिन मैं उसका इंतज़ार क्यों कर रहा हूं? वह तो शादीशुदा है।*

'पीपल की पूजा ज़्यादातर शनिवार को होती है,' आरिफ़ के दोस्त मृत्युंजय पांडेय ने बताया। मृत्युंजय एक कान्यकुब्ज ब्राह्मण था और उसे पीपल को शनिवार को पूजे जाने की एक कथा भी मालूम थी। उसने आरिफ़ वह कथा सुनाई : संस्कृत में पीपल को अश्वत्थ कहते हैं। और पीपल वृक्ष के बारे में *ब्रह्म पुराण* में एक कथा है। युगों पहले अश्वत्थ एवं पीपल नाम के दो राक्षस रहते थे। दोनों बड़े ही दुष्ट थे और लोगों को सताया करते थे। अश्वत्थ अकसर पीपल का रूप ले लेता और पीपल ब्राह्मण का वेश

बना लेता। पीपल लोगों को बहला-फुसला कर पीपल वृक्ष के पास ले आता और जैसे लोग पीपल को छूते अश्वत्थ अपने असली रूप आकर लोगों की हत्या कर देता। जब इनकी इस करतूत का पता शनिदेव को लगा तो उन्होंने तुरंत आकर दोनों राक्षसों को मौत के घाट उतार दिया। शनिदेव के प्रभाव की वजह से शनिवार के दिन पीपल को छूना सुरक्षित माना जाता है। उसके अतिरिक्त यह भी मान्यता है कि शनिवार के दिन लक्ष्मी देवी पीपल वृक्ष पर वास करती हैं।

'तो मुझे शनिचर का इंतज़ार करना पड़ेगा सुमित्रा के दीदार करने के लिए,' आरिफ़ ने अपने आप से कहा।

मृत्युंजय ने भी प्रीलिम्स पास किया था इसलिए वह दोनों साथ मिलकर अक्सर पढ़ाई किया करते थे। उस शुक्रवार को आरिफ़ मृत्युंजय के यहां था और वो दोनों आने वाले इम्तहान की चर्चा कर रहे थे।

मृत्युंजय मझोले कद का था। वह आरिफ़ की तरह पुष्ट नहीं था बल्कि थोड़ा थुलथुला था। मृत्युंजय की मूंछें जैकी श्रॉफ़ की तरह चौड़ी और घनी थीं। मृत्युंजय का कमरा लगभग पंद्रह फुट लंबा और दस फुट चौड़ा था। कमरे में एक गोदरेज की अलमारी के अलावा एक स्टडी टेबल, दो कुर्सी और चंपई रंग का एक बुकशेल्फ़ था जो दीवार पर टंगा था। वे दोनों कुर्सियों पर बैठे थे और मेन्स के पेपर्स पर चर्चा कर रहे थे।

'अरे आरिफ़, ज़रा मुझे डिसीज़न मेकिंग थ्योरी समझाना। ये ससुरा हर्बर्ट साइमन और चेस्टर बर्नार्ड मुझे हमेशा कन्फ्यूज़ कर देता है,' मृत्युंजय ने एक किताब के पन्ने पलटते हुए बोला।

'क्यों नहीं,' आरिफ़ बोला। 'ज़रा किताब इधर तो दो।'

इससे पहले कि मृत्युंजय किताब आरिफ़ को पकड़ाता, रसोई से मृत्युंजय की मां की आवाज़ आई कि वह किचन में आ जाए।

'अभी आया,' कहकर मृत्युंजय कमरे से बाहर निकल गया।

आरिफ़ अब कमरे में अकेला था। वह अपनी जगह से उठा और टहलते हुए खिड़की तक पहुंच गया। वह यूं ही खिड़की के बाहर देखने

लगा। जैसे ही उसकी निगाह सामने वाली बालकनी पर खड़ी औरत पर पड़ी वह अपनी आंखों पर यक़ीन नहीं कर पाया। वह औरत बालकनी पर कपड़े डाल रही थी।

वह इतनी दूरी पर थी कि वह साफ़-साफ़ उसकी तिरछी नाक के घुमाव को देख सकता था। उसने अपने बालों का जूड़ा बना रखा था। आरिफ़ को सुमित्रा को देखकर बड़ी खुशी हुई और इससे भी बड़ी खुशी की बात थी कि वह मृत्युंजय की पड़ोसन है।

सुमित्रा ने भी उसे देख लिया था। वह मुस्कराई और उसकी डिंपल वाली मुस्कान में पागल कर देने वाला असर था। आरिफ़ तो जवाब में मुस्करा भी न पाया और चंद लम्हों के बाद वह कमरे के अंदर चली गई। इधर मृत्युंजय लौट आया अपने हाथ में पकौड़ों से भरी थाली लेकर जिस पर चटकदार चाट मसाला छिड़का हुआ था। जब उसने पकौड़े चखे तो ऐसा लगा कि पकौड़ों ज़ायका बेजोड़ है।

आरिफ़ के अंदर एक जद्दोजहद चल रही थी। क्या मुझे सुमित्रा से मिलने जाना चाहिए?

नहीं, नहीं ये ठीक नहीं होगा।

मैं इस जुनून को क्या नाम दूं। सुमित्रा के लिए ये जो आकर्षण है यह मुझे कहां लेकर जाएगा। आरिफ़ ने अपने आप से पूछा। जवाब भी उसे पड़ोस में रेडियो या टीवी पर बज रहे गुलज़ार के लिखे एक गीत से मिला :

हमने देखी है उन आंखों की महकती खुशबू
हाथ से छू के इसे रिश्तों का इल्ज़ाम न दो
सिर्फ़ एहसास है ये रूह से महसूस करो
प्यार को प्यार ही रहने दो कोई नाम न दो

यह क्या हो रहा है मुझे?

3

वह सोमवार का दिन था। आरिफ़ अपने कमरे में बिपिन चन्द्र की किताब *इंडियाज़ स्ट्रगल फ़ॉर इंडिपेंडेन्स* पढ़ने में मशगूल था तभी क़दमों की आहट हुई और अब्बा कमरे में दाखि़ल हुए। अब्बा ने इंस्पेक्टर वाली रौबदार वर्दी पहन रखी थी और उनकी हरे रंग टोपी थोड़ी तिरछी थी। आरिफ़ के पास बिस्तर पर बैठते हुए उन्होंने प्यार से आरिफ़ की पीठ थपथपाई। आरिफ़ अब्बा की तरफ़ देख कर मुस्कराया।

'शाबाश बेटा! मुझे बेहद ख़ुशी है कि तुम जी-जान से मेन्स की तैयारी में जुटे हो,' अब्बा ने कहा और उनका चेहरा एक उम्मीद की रोशनी से जगमगा रहा था। 'इंशाल्लाह, पहले चांस में ही तुम आईएएस निकाल लोगे।'

'इंशाल्लाह,' आरिफ़ ने कहा।

'अच्छा यह चेक लो और स्टेट बैंक जजेज़ कोर्ट रोड ब्रांच से कैश करवा लेना। एहसान चाचा के बेटे ने उनके इलाज़ के लिए भेजा है', अब्बा आरिफ़ को दस हज़ार रुपये का चेक थमाते हुए बोले।

'ठीक है अब्बा', आरिफ़ ने अपने शर्ट के जेब में चेक डालते हुए कहा।

'पता है न ब्रांच कहां पर है?'

'हां अब्बा। गांधी मैदान बस अड्डा के पीछे।'

'ठीक है,' अब्बा ने मुस्कराते हुए कहा और फिर अपना चश्मा उतार कर आंख रगड़ने लगे। उसके बाद वह कमरे के बाहर चले गए।

आरिफ़ ने दीवार घड़ी की तरफ़ निगाहें कीं। अभी दो घंटे बाद ब्रांच खुलेगी तब तक वह बिपिन चन्द्र का 'भारत में उन्नीसवीं सदी में

सांप्रदायिकता का उदय' नाम का एक चेप्टर पूरा कर सकता है। लेकिन तभी दादी कमरे में दाख़िल हुईं और उनके हाथ में स्टेनलेस स्टील का एक कटोरा था।

'मेरा प्यारा पोता क्या कर रहा है?' दादी ने मुस्कराते हुए पूछा।

'पढ़ाई, दादी,' आरिफ़ ने उत्तर दिया।

'यह लो चटपटा चना,' दादी ने मसालेदार भुने चने का कटोरा उसके सामने रख दिया।

आरिफ़ के मुंह में पानी आ गया। उसने झट से एक मुट्ठी चना अपने मुंह में डाल लिया और चटकारा लेते हुए बोला, 'वाह!' फिर वह अपनी जगह पर खड़ा हो गया और दादी को गले से लगा लिया, 'शुक्रिया दादी जान!' दादी ने मुस्कराकर अपने पोते का माथा चूम लिया।

दिन के सवा ग्यारह बज चुके थे जब आरिफ़ गांधी मैदान पहुंचा। मैदान रंग-बिरंगे शामियाने से सजा हुआ था। और मैदान के अंदर हज़ारों मर्द और औरत बैठे हुए थे। लोग बार-बार 'जय श्री राम' और 'विद्या देवी ज़िंदाबाद' के नारे लगा रहे थे।

मैदान के चारों तरफ़ भगवा झंडे और विद्या देवी के स्वागत के बैनर और पोस्टर लगे हुए थे। कहीं-कहीं मैदान की दीवार पर 'गर्व से कहो हम हिंदू हैं' और 'मंदिर वहीं बनाएंगे' पेंट से लिखा हुआ था।

आरिफ़ धीरे-धीरे साइकिल की पैडल मार रहा था क्योंकि सड़क पर लोगों की भीड़ थी जो भारतीय जनता पार्टी की रैली में हिस्सा लेने आए थे। विद्या देवी अभी नहीं आई थीं। चारों तरफ़ पुलिस का जमावड़ा था। आरिफ़ ने देखा कि एक डीएसपी वायरलेस सेट पर बात कर रहा था। 'जय श्री राम' के नारे तेज़ हो गए थे और आरिफ़ को डर-सा लगने लगा था। भाजपा समर्थकों का क्या भरोसा, अगर पहचान लिया तो 'मियां मियां' कह के पीट डालेंगे। यहां से जल्दी निकल लेने में ही भलाई थी लेकिन उस भीड़ में साइकिल तेज़ चलाना मुमकिन नहीं था।

आधे घंटे बाद वह जब लौटा तो सड़क लगभग ख़ाली थी क्योंकि गांधी मैदान के अंदर विद्या देवी का भाषण शुरू हो चुका था।

वह लाउडस्पीकर पर विद्या देवी की आवाज़ सुन रहा था, 'वे गौ हत्या करते हैं क्यों कि हम हिंदू गाय को माता मानते हैं। ये सब वो हिंदुओं को चिढ़ाने के लिए करते हैं। आप सब देखते ही होंगे जब भारत पाकिस्तान से क्रिकेट मैच हार जाता है तो ये क्या करते हैं? पटाखे चलाते हैं और खुशियां मनाते हैं। रहते हैं हिंदुस्तान में, खाते हैं हिंदुस्तान का, और गाते हैं पाकिस्तान का। अगर हमारी पार्टी ऐसे ग़द्दारों और नमक हरामों का विरोध करती है तो कांग्रेस हमें सांप्रदायिक कहती है। और यह सब इसलिए हुआ है कांग्रेस ने हमेशा इनका तुष्टिकरण किया है। अगर भारत वाकई में धर्मनिरपेक्ष देश है तो फिर हज सब्सिडी क्यों मिलती है। अभी तक समान नागरिक संहिता क्यों नहीं लागू हुई। ...और यह सब चलता रहेगा जब तक इस देश का हिंदू जागेगा नहीं। इस देश के हिंदू हज़ारों साल की गुलामी के कारण कायर हो गए हैं और अपना सुनहरा इतिहास भूल गए हैं। और जिस दिन इस देश का हिंदू जाग जाएगा उस दिन इन ग़द्दारों को उनकी औकात का पता चल जाएगा...'

विद्या देवी का ज़हरीला भाषण जारी रहा। आरिफ़ की निगाहें मैदान में इकट्ठा भीड़ पर पड़ी और भय से एक सिहरन सी सारे शरीर में दौड़ गई। उसने अपनी साइकिल की गति बढ़ा दी।

'साली रंडी!' वह बुदबुदाता हुआ बोला। उसे मालूम था कि अपने ज़हरीले भाषण से विद्या देवी कई शहरों में हिंदू-मुस्लिम दंगे करवा चुकी है। खुदाया ख़ैर! कहीं पटना में बलवा न हो जाए।

वहां से निकल कर आरिफ़ अपने फ़्लैट के बजाए मृत्युंजय के घर गया। मृत्युंजय के पास से उसे बाजी रामाराव के लोक प्रशासन के नोट्स लेने थे।

आरिफ़ खुश था कि इतने सस्ते में उसे नोट्स मिल गए। सिर्फ़ फ़ोटोकॉपी का ही ख़र्च पड़ा, 450 रुपये मात्र। ओरिजिनल नोट्स तो बहुत महंगे थे। मृत्युंजय ने तो डिस्काउंट पर ख़रीदे थे फिर भी 6200 रुपये लग ही गए थे। अभी वह मृत्युंजय के साथ उसके घर के सामने ही था कि नीले रंग की एक पद्मिनी प्रीमियर उसके सामने रुकी और लंबे और आकर्षक व्यक्तित्व वाला एक पुरुष कार से बाहर आया। उसने धूप का चश्मा पहन रखा था और उसकी मूंछें पतली सी थीं, पुराने हीरो राजकुमार की तरह।

'प्रणाम चाचा,' मृत्युंजय ने उसका अभिवादन किया। 'यह मेरा दोस्त आरिफ़ है। इसका भी यूपीएससी प्रीलिम्स में सलेक्शन हुआ है।' और फिर आरिफ़ की तरफ़ मुड़कर वह बोला, 'ये रमेश चाचा हैं, हमारे पड़ोसी। एसबीआई में मैनेजर हैं।'

आरिफ़ ने हाथ जोड़ कर नमस्ते किया। *तो यह है सुमित्रा का पति।*

'बाबा भोलेनाथ तुम को खुश रखें,' रमेश कुमार ने बड़ी खुशमिज़ाजी से जवाब दिया और उनके बात करने का लहज़ा आरिफ़ को बहुत पसंद आया।

रमेश कुमार ने मृत्युंजय की तरफ़ मुखातिब हो कर पूछा, 'क्या तुम्हारे फ़ादर घर पर हैं?'

'न चाचा,' मृत्युंजय ने कहा।

'ठीक है,' कहकर रमेश कुमार चला गया। आरिफ़ भी पुलिस कॉलोनी के लिए रवाना हो गया।

फ़्लैट में पहुंचने के क़रीब 2-3 घंटे बाद आरिफ़ को पता चला कि जेब से 10,000 रुपये ग़ायब हैं। उसे यक़ीन नहीं हो रहा था कि इतनी बड़ी रक़म उसने खो कैसे दी। जहां तक उसे याद था उसने बैंक के कैशियर से रुपये लेकर पतलून की बाईं जेब में डाले थे।

ये रक़म आरिफ़ के पुश्तैनी गांव जमालपुरा के एक बुज़ुर्ग अहसान अली ख़ान के इलाज के लिए थी। वे अभी ठाकुर नर्सिंग होम, बोरिंग रोड में भर्ती थे जहां उनके पेट के अल्सर का इलाज़ चल रहा था। डॉक्टर ने कहा था कि बगैर ऑपरेशन के कोई गुज़ारा नहीं है। दो दिन बाद ही उनकी सर्जरी होनी थी।

आरिफ़ ने अपनी जेब के अलावा अपने बेडरूम और स्टडी रूम को छान मारा, लेकिन रक़म का कुछ भी पता नहीं चला। आरिफ़ को अहसास था कि 10,000 बड़ी रक़म है जो उसके पिता की मासिक तनख़्वाह से अधिक है। वैसे भी एक ईमानदार पुलिस इंस्पेक्टर की कमाई ही क्या होती है? अब्बा घूस नहीं लेते थे वरना बात ही कुछ और होती। वर्मा जी को देखो वह भी तो इंस्पेक्टर हैं पर क्या ठाट हैं।

आख़िर अब्बा इतने कम समय में इतनी बड़ी रक़म का इंतज़ाम कैसे करेंगे। कल सुबह-सुबह ही हॉस्पिटल में पैसा जमा कराना है। हो सकता

है मृत्युंजय के घर पर मैंने पैसा गिरा दिया हो। *या अल्लाह मदद करना,* आरिफ़ मन ही मन दुआ मांगने लगा।

जब आरिफ़ मृत्युंजय के घर पहुंचा तो उसे देखकर उसके दोस्त को ताज्जुब हुआ और उसने पूछा, 'आरिफ़ कुछ सामान छूट गया क्या?'

'नहीं यार मैंने 10,000 रुपये गुम कर दिए। सोचा यहां भी एक बार देख लूं,' आरिफ़ रुआंसी आवाज़ में बोला और फिर उसने मृत्युंजय को सारा किस्सा बताया।

आरिफ़ को इस बात की फ़िक्र नहीं थी कि अब्बा उसे डांटेंगे या मारेंगे। वह अपने वालिद के उसूल जानता था जिनके मुताबिक़ बच्चों पर हाथ उठाना हराम था। उसे सिर्फ़ इस बात की तकलीफ़ थी कि अब्बा को इतनी बड़ी रक़म के लिए कितना परेशान होना पड़ेगा।

'तुम अपने पिताजी को जल्दी से बता दो। अब जो हो गया सो हो गया,' मृत्युंजय आरिफ़ के कंधे पर हाथ रख कर बोला। आरिफ़ मृत्युंजय के घर से निकल ही रहा था कि उसे पास वाले कमरे से सुमित्रा की हँसी सुनाई दी। वह मृत्युंजय की मम्मी से बात कर रही थी।

पुलिस कॉलोनी वापस आते वक़्त आरिफ़ ने फ़ैसला कर लिया था कि वह अब अब्बा को पैसे खो जाने वाली बात बता ही देगा। लेकिन जब वह फ़्लैट में पहुंचा तो अब्बा को बाहर वाले कमरे में कुर्सी पर बैठे देख कर चौंक गया। आज दिन में अब्बा ऑफ़िस से आ गए, क्या बात है? *कुछ न कुछ तो गड़बड़ है? इनकी तबियत तो ख़राब नहीं है।* वरना अब्बा तो 9 बजे रात से पहले ऑफ़िस से निकलते कहां हैं? आरिफ़ का दिल किसी अनजान घबराहट से डूबने-सा लगा। फिर उसने ध्यान से देखा, अब्बा बीमार तो नहीं लग रहे थे। उनका चेहरा गुस्से से ज़रूर तमतमा रहा था। अम्मा एक कोने में शीशे के गिलास में पानी लेकर चुपचाप खड़ी थीं। उनके चेहरे पर परेशानी की लकीरें साफ़-साफ़ दिख रही थीं।

'ये नेशनल इंटेलिजेंस डिपार्टमेंट का अफ़सर अपने आप को क्या समझता है? साला कहता है कि वो ख़ास फाइल मेरे हवाले नहीं करेगा क्योंकि उसमें बिहार में आईएसआई की गतिविधियों के बारे में अहम जानकारी है और मैं एक मुसलमान हूं। यह इनाम मिला मेरी ईमानदारी और वतनपरस्ती का। तिवारी जो चंद सिक्कों के लिए अपनी मां को बेच दे उस पर उसे

ज़्यादा भरोसा है क्योंकि वह एक हिंदू है, और उस पर भी ब्राह्मण,' अब्बा अपने आप से बात किए जा रहे थे।

'थोड़ा पानी पी लीजिए,' अम्मा ने गिलास अब्बा के हाथ में थमा दिया। अब्बा ने जल्दी से एक घूंट पिया और फिर गिलास को घुमा कर फ़र्श पर फेंक दिया। गिलास नीचे गिरते ही झनाक की आवाज़ के साथ हज़ार टुकड़ों में तब्दील हो गया।

'तुमको गिलास भी साफ़ करना नहीं आता,' अब्बा गुस्से से बोले।

अब्बा का रंग साफ़, क़द ऊंचा और कंधे चौड़े थे। उनकी आंखें छोटी और नाक लंबी थी। जब वह नाराज़ होते तो अपने बदन को और सीधा रखते थे उनकी लंबाई और ज़्यादा लगती थी। गुस्से में उनकी नाक फूल जाती थी और चौड़े माथे पर बल पड़ जाते थे।

ज़ाकिर चुपचाप किनारे खड़ा था।

थोड़ी देर बाद दादी कमरे में दाख़िल हुईं। उन्होंने अपने पल्लू से अपने सफ़ेद बालों को ढंका हुआ और धीरे-धीरे चल कर अब्बा के पास आईं। उनकी भूरी-भूरी आंखों में फ़िक्र साफ़ दिख रही थी। उन्होंने अब्बा के सिर पर हाथ रखा और बड़ी सुकूनियत भरी आवाज़ में कहा, 'मेरे बेटे ऑफ़िस में हुई किसी बात के लिए अपनी बीवी पर इस तरह गुस्सा मत किया करो। हमारे पैगंबर, सलल्लाहो अलैहे व सल्लम, फ़रमाते हैं, ए मोमिनो अपनी बीवियों के साथ अच्छा सलूक करो। बेचारी हमीदा दिन रात अपने घर परिवार के लिए काम में ही लगी रहती है।'

अब्बा कुछ भी नहीं बोले। उन्होंने अपनी दोनों आंखें बंद कर लीं। दादी अब्बा का सिर सहला रही थीं तभी दरवाज़े की घंटी बजी। कुछ देर में दो लोग कमरे में दाख़िल हुए। उसमें से एक बुज़ुर्गवार थे जिनकी उम्र 55-56 साल रही होगी। उन्होंने सफ़ेद धोती कुर्ता पहन रखा था। उनकी मूंछें घनी थीं और देखने में वह नेकदिल और सज्जन लगते थे। उनको देखते ही अब्बा अपनी कुर्सी पर से खड़े हो गए।

'राशिद, आओ ऑफ़िस चलो। बड़े साहब ने मुझे तुमको बुलाने के लिए भेजा है,' उनकी आवाज़ में एक तरह आदेश भी छुपा था और एक तरह स्नेह भी। 'तुम्हारे वहां से आने के बाद, बड़े साहब ने उस इंटेलिजेंस अफ़सर को बहुत लताड़ा।' बड़े साहब का मतलब बिहार का पुलिस

महानिदेशक था। उस बुज़ुर्गवार ने ये देखा कि दादी भी वहां हैं तो उन्होंने हाथ जोड़कर नमस्ते किया और दादी ने सिर हिलाकर उसका जवाब दिया।

वे राम चंद्र उपाध्याय थे, अब्बा के ऑफ़िस में सीनियर अकाउंटेंट। अब्बा उनकी बहुत इज़्ज़त करते थे और उन्हें अपना अभिभावक और गुरु मानते थे। आरिफ़ जानता था कि अब्बा उनकी बात को नहीं टालेंगे और वैसा ही हुआ। सिर्फ़ पांच मिनट के मान-मनौव्वल के बाद अब्बा उपाध्याय जी के साथ जाने को तैयार हो गए।

आरिफ़ अपने कमरे में चला गया। और फिर से उसे 10,000 रुपये गुम होने का ग़म सताने लगा। वह नहीं जानता था कि अब्बा को ये बुरी ख़बर कैसे दे। उसे पता था कि इस मुश्किल घड़ी में अब्बा अपने दोस्तों से उधार लेंगे। कुछ महीनों तक इस क़र्ज़ के बोझ से घर का बजट बिगड़ जाएगा। *टाइम्स ऑफ़ इंडिया* और *इंडिया टुडे* आना बंद हो जाएगा। दूध की खपत एक किलो से घट कर आधा किलो हो जाएगी। आलू की सब्ज़ी अब अक्सर खाने को मिलेगी। गोश्त और मछली तो अब किचन से ग़ायब ही हो जाएगी। ये सिलसिला तब तक चलेगा जब तक ये क़र्ज़ पूरी तरह से चुकता न हो जाए।

आरिफ़ को अपने आप पर बहुत गुस्सा आया और वो ज़ोर से चिल्लाना चाहता था : आरिफ़ तुम पक्के लापरवाह और बहुत बड़े चूतिया हो।

उसी समय ज़ाकिर कमरे में आया और आरिफ़ को परेशान देखकर पूछ बैठा, 'भैया क्या बात है?'

आरिफ़ से रहा नहीं गया और उसने अपने छोटे भाई को सारी कहानी बता दी।

'क्या?' ज़ाकिर उछल पड़ा। 'अब्बा को बताया आपने?' ज़ाकिर ने फ़िक्र वाले लहज़े में पूछा।

'नहीं, कल बताऊंगा।'

'आप इतना परेशान मत होइए। थोड़ा आराम से ढूंढ़िए, यहीं कहीं पैसे रखे होंगे। मैं पीसीओ पर जाकर फ़ोन करता हूं बैंक में। मेरे दोस्त मुकेश का भाई वहां पर क्लर्क है।'

ज़ाकिर तुरंत वहां से निकल गया। आरिफ़ ने अपनी शर्ट उतारी और आंखें मूंद कर बिस्तर पर लेट गया। तभी उसे किसी औरत के नमस्ते कहने की आवाज़ आई। कुछ मिनट बाद ही अम्मा ने उसका नाम लेकर पुकारा, 'आरिफ़ बेटा।'

आरिफ़ ने अंदाज़ लगा लिया था कोई औरत घर आई है और अम्मा उसका परिचय कराने के लिए बुला रही है। यह अम्मा की आदत में शामिल था जब कोई भी मेहमान आए वह अपनों बच्चों का परिचय ज़रूर कराती थीं। आरिफ़ को हमेशा वह बड़का बउआ कह कर परिचय करातीं और साथ में ये भी जोड़ देतीं कि वह आईएएस की तैयारी कर रहा है। जब इस परिचय का कार्यक्रम चल रहा होता तो अम्मा का चेहरा गर्व से दमकता था, मां होने का गर्व।

आरिफ़ किसी से भी मिलने के मूड में नहीं था। इसलिए वह सोने का नाटक करने लगा। लेकिन तभी उसने क़दमों की आहट सुनी और अपने बिस्तर से कूद पड़ा। वह अभी अपनी शर्ट पहन ही रहा था कि अम्मा सुमित्रा के साथ कमरे में दाख़िल हुईं। उसे ताज्जुब हो रहा था कि सुमित्रा यहां क्या कर रही है? अगर आरिफ़ रुपये गुम हो जाने से परेशान नहीं होता तो अभी सुमित्रा को यहां देखकर वह ख़ुशी से उछल पड़ता।

'ये सुमित्रा आंटी हैं। मृत्युंजय के पड़ोस में रहती हैं,' अम्मा ने जिस अंदाज़ से सुमित्रा से परिचय कराया था इससे साफ़ ज़ाहिर था कि उन्हें पता नहीं था कि आरिफ़ और सुमित्रा पहले मिल चुके हैं।

'सुमित्रा जी बैठिए और आरिफ़ से बात कीजिए तब तक मैं वापस आती हूं,' अम्मा ने सामने एक कुर्सी की तरफ़ इशारा करते हुए कहा और फिर बाहर चली गईं।

अम्मा के बाहर जाते ही सुमित्रा ने अपने बैग से निकाल कर एक डायरी और एक किताब आरिफ़ के सामने रख दी, 'ये है आपकी डायरी और किताब। उस दिन पार्क में आपने मुझे अपने पास रखने को दिया था और फिर पिता की बीमारी के चक्कर में मैं लौटाना भी भूल गई।' वह मुस्कराते हुए बोली। फिर थोड़ा रुक कर उसने कहा, 'किताबों के बीच आप के लिए कुछ है।'

आरिफ़ ने सोचा शायद सुमित्रा ने उसे लव लेटर दिया होगा। इस ख़याल से उसके अंदर एक तरंग सी दौड़ गई।

आरिफ़ ने किताब बीच एक खाकी लिफ़ाफ़ा का कुछ हिस्सा दिख रहा था। दरवाज़े पर निगाह रखते हुए आरिफ़ ने लिफ़ाफ़े को खोला और उसे सौ-सौ के करेंसी नोट दिखे। आरिफ़ ने आश्चर्य से सुमित्रा की तरफ़ देखा।

'मैंने आपको मृत्युंजय से बात करते सुन लिया था। आपका पैसा खो गया है न?' सुमित्रा सकुचाते हुए बोली, '...आप इसे क़र्ज़ समझ लीजिए। आईएएस बन जाने के बाद सूद समेत लौटा दीजिएगा।'

'बहुत-बहुत शुक्रिया,' आरिफ़ ने कहा और लिफ़ाफ़ा सुमित्रा की तरफ़ बढ़ा दिया। 'माफ़ कीजिएगा। लेकिन मैं ये पैसे नहीं ले सकता।'

'आप प्लीज़ बुरा मत मानिएगा। मेरा मतलब आपका दिल दुखाना नहीं है। लेकिन...' आरिफ़ बोलते-बोलते रुक गया।

'मैं आपकी दुविधा समझती हूं और मैंने बिलकुल बुरा नहीं माना। मैं आपके स्वाभिमान की भावना से प्रभावित हूं।' सुमित्रा मुस्कराते हुए बोली और उसके गालों पर वही डिंपल उभर आए जो आरिफ़ को दीवाना कर देते थे। आरिफ़ के दिल में आया कि वह आगे बढ़कर उन्हें चूम ले।

आरिफ़ अपने दिल में आए इस ख़याल पर पछताने लगा। याद रख आरिफ़ सुमित्रा शादीशुदा है। अपने खानदान की इज़्ज़त के बारे में भी कुछ सोच।

'आपने कुछ कहा क्या?' सुमित्रा ने पूछा। उसने सामने के टेबल से सामान्य अध्ययन की यूनिक गाइड उठा ली थी और उसके पन्ने पलट रही थी।

'नहीं तो,' आरिफ़ ने सिर्फ़ एक पल के लिए सुमित्रा की आंखों में आंखें डाल कर देखा और उसके शरीर में झुनझुनी-सी दौड़ गई। क़रीब से सुमित्रा और भी खूबसूरत लगती थी। आरिफ़ ने गहरी सांस ली और उसने सुमित्रा के टेलकम पाउडर की खुशबू को महसूस किया और उसकी निगाहें उसके भरे हुए सीने पर थम गईं। *तौबा! तौबा! या अल्लाह, मेरी आंखों के गुनाह के लिए मुझे माफ़ करना।*

सुमित्रा ने अब टेबल से *कुंदन लाल सहगल* के हिट गानों का कैसेट उठा लिया था और उसे ग़ौर से देख रही थी। 'देश में हुए अब तक के

महान गायकों में से एक। मेरे पिताजी सहगल साहब के बहुत बड़े फ़ैन हैं। जब मैं छोटी थी तब वह हमेशा बड़े से ग्रामोफ़ोन पर सहगल साहब के रिकॉड्र्स बजाया करते थे। "जब दिल ही टूट गया," "मधुकर श्याम हमारे चोर" और "ग़म दिए मुश्तकिल" उनके फ़ेवरिट गाने हैं। लेकिन आजकल सहगल को कौन सुनता है? मेरे पति कहते हैं नाक से गाया गाना किसे पसंद आएगा?'

आरिफ़ सुमित्रा की बातों पर मुस्करा तो रहा था लेकिन अंदर एक बैचेनी सी थी। बार-बार उसे खोए हुए रुपयों का ख़याल आ रहा था।

'आपके पिता जी कैसे हैं?' आरिफ़ ने सुमित्रा से पूछा।

'बिलकुल ठीक। कटिहार में हैं। वे अपनी ज़िंदगी बचाने के लिए आपके शुक्रगुज़ार हैं।' सुमित्रा ने कहा।

'केवल अल्लाह ही बचाने वाला है।'

अचानक सुमित्रा का ध्यान दीवार पर टंगे हुए टेनिस के दो रैकेटों पर गया और वह बड़े प्रभावित होने के अंदाज़ में बोली, 'तो आप टेनिस भी खेलते हैं?'

'खेलता था, अब नहीं।'

'मेरे हस्बैंड भी लॉन टेनिस के शौक़ीन हैं। न्यू पटना क्लब जाते रहते हैं।'

इसके बाद सुमित्रा आरिफ़ से उसकी पढ़ाई, हॉबीज़ और भविष्य से उसकी क्या अपेक्षाएं हैं, ये पूछने लगी। जब आरिफ़ उसके सवालों के जवाब दे रहा था तो वह बड़े ग़ौर से उसकी बातें सुन रही थी। आरिफ़ ने ये पाया कि सुमित्रा का उच्चारण बहुत अच्छा था और ख़ासकर उर्दू लफ़्ज़ों को बहुत अच्छे तरह से बोल पा रही थी।

इन बातों के बीच ही सुमित्रा ने टेबल पर से एक फ़ोटो एल्बम उठा लिया और उसे निहारते हुए बोली, 'ये ख़ूबसूरत नौजवान कौन है?'

'मेरा भाई ज़ाकिर,' आरिफ़ बड़े फ़ख्र से बोला, 'ज़ाकिर फ़िल्मों में जाना चाहता है।'

'माशाल्लाह।'

जिस अंदाज़ से उसने माशाल्लाह कहा था, आरिफ़ को इस पर ताज्जुब हुआ।

वह एल्बम के पन्ने पलट कर एक फ़ैमिली फ़ोटो देख रही थी जिसमें अब्बा, अम्मा और दादी कुर्सी पर बैठे हुए थे और आरिफ़, ज़ाकिर और उनकी तीनों बहनें कुर्सियों के पीछे खड़ी थीं।

'मेरी फ़ैमिली,' आरिफ़ ने कहा।

'आपकी तीन बहनें हैं?' सुमित्रा ने पूछा।

'हां।'

'तीनों बहुत सुंदर हैं।'

आरिफ़ जवाब में सिर्फ़ मुस्करा दिया।

जैसे ही अम्मा वापस आईं आरिफ़ और सुमित्रा ने बात करना बंद कर दिया। उनके पीछे-पीछे आरिफ़ की बहन राबिया थी जो कॉलेज से वापस आ गई थी। राबिया के हाथ में ट्रे थी जिसमें चाय के तीन कप थे तथा सूजी का हलवा और आलू के चिप्स थे।

जल्दी ही सुमित्रा यह कहते हुए अम्मा के साथ बाहर चली गई, 'आपको व्यस्त रहना चाहिए। मैं चाहती हूं कि आप पढ़ाई करें।' सुमित्रा की मौजूदगी में आरिफ़ गुम हुए रुपयों को भूल ही गया था। कुछ देर के लिए उसने सोचा कि उसे सुमित्रा से वह रुपयों वाला लिफ़ाफ़ा ले लेना चाहिए था। लेकिन आख़िरकार वह सुमित्रा से पैसे कैसे ले सकता था।

इसके बाद आरिफ़ ने फ़ैसला किया कि अम्मा को सबसे पहले ये बुरी ख़बर दी जाए। फिर वो अब्बा को अपने तरीक़े से बता देंगी। और कोई चारा भी नहीं था। आरिफ़ बिस्तर से उतर कर नीचे झुका और फिर अपनी हवाई चप्पलों को ढूंढ़ने लगा। तभी उसे सामने उसका रूमाल पड़ा दिखा। उसने अपनी दो अंगुलियों से पकड़कर रूमाल को अपनी तरफ़ खींच लिया। और फिर वो खुशी से चिल्ला पड़ा जब उसकी निगाह रूमाल में लिपटे करेंसी नोटों पर पड़ी। ज़ाकिर पीसीओ से फ़ोन कर के वापस लौट आया था और बालकनी में खड़ा था। वह दौड़ता हुआ कमरे में आया और आरिफ़ से पूछा, 'क्या हुआ भैया?'

आरिफ़ ने अपने हाथों में 500 रूपए के नोटों के बंडल को लहराने लगा और ज़ाकिर का चेहरा खिल उठा। उसने जल्दी से आरिफ़ को गले से लगा लिया। 'शुक्र है अल्लाह का,' ज़ाकिर ने ज़ोर से कहा।

शाम को आरिफ़ ने जब *दीवान-ए-मोमिन* को अपने हाथ में लिया तो उसे सुमित्रा की छुअन का एहसास हुआ। जैसे आरिफ़ ने किताब का दूसरा पन्ना खोला तो उस पर अपना नाम उर्दू में लिखा देखकर वह चौंक पड़ा। लिखावट इतनी ख़ूबसूरत थीं जैसे किसी कातिब ने लिखा हो। क्या सुमित्रा उर्दू जानती है? आख़िर कैसे? मैथिल ब्राह्मण होते हुए उसने उर्दू कहां से सीखी। उर्दू तो अब 'मुसलमानों की ही ज़बान' मानी जाती है। यह सोचकर वह किताब के पन्ने पलटने लगा कि कहीं और कुछ लिखा हो। किताब के बीचोबीच जब उसे तह किया हुआ एक काग़ज़ दिखा तो उसका दिल तेज़ी से धड़कने लगा। उसे पक्का यक़ीन था कि वह एक लव लेटर है। उसने अपनी बेतरतीब होती सांसों को समेट कर हलके से उस काग़ज़ को खोला और उस पर लिखे लफ़्ज़ों को पढ़ने लगा। वह कोई ख़त नहीं था बल्कि उस काग़ज़ पर एक ग़ज़ल लिखी हुई थी।

अपने बेताब अरमानों को उसके रूबरू किया मैंने
आज कुछ इस तरह से उससे गुफ़्तगू किया मैंने
लफ़्ज़ों के खंज़र से जिगर चाक किया फिर उसने
सब्र के धागों से फिर से दिल का रफ़ू किया मैंने
ख़ताएं बहुत हुईं नमाज़ ए इश्क अदा करने में
इसलिए बार बार सज्दा ए सहु किया मैंने
उसने कहा कि जाओ और डूब मरो दरिया में
उसकी जो ख़्वाहिश थी वही हूबहू किया मैंने
मयख़ाने के आदाब निभाए मैंने इस तरह से हरदम
के मयकदे जब भी गया तो पहले वज़ू किया मैंने

आरिफ़ को लगा कि उसने ये ग़ज़ल पहले भी कभी पढ़ी है। फिर उसे याद आया कुछ साल पहले उर्दू रिसाला *आजकल* में यही ग़ज़ल छपी थी। वह जल्दी-जल्दी पुराने रिसालों का कलेक्शन खंगालने लगा और क़रीब एक घंटे की जद्दोजहद के बाद आख़िर वह मैगज़ीन मिल ही गई। हूबहू वही ग़ज़ल थी। नीचे शायरा का नाम लिखा था : सुमित्रा, जमशेदपुर।

सुभान अल्लाह! तो सुमित्रा शायरी भी करती है। ये हुस्न और फन का नायाब संगम है। ये सब सोच कर आरिफ़ के दिल में एक अजीब सी धुकधुकी सी महसूस हुई। दिल में सुमित्रा से तुरंत मिलने की बेक़रारी सी

जाग गई। तभी अम्मा ने खाना खाने के लिए बुला लिया। वह उस काग़ज़ को वापस उसी किताब के बीच दबा कर अपने बिस्तर से उठा और कमरे से बाहर चला गया। बालकनी में एक चटाई और दस्तरख़्वान बिछा हुआ था। अब्बा और ज़ाकिर ने खाना शुरू कर दिया था। कमरे के अंदर से टीवी पर दूरदर्शन के समाचार की आवाज़ आ रही थी। वह आवाज़ मशहूर टीवी न्यूज़ रीडर सलमा सुलतान की थी।

4

आरिफ़ रबिन्द्र भवन के अंदर तीसरे सफ़े में बैठा था और उसकी निगाहें बड़ी बेसब्री से किसी को ढूंढ़ रही थीं। बस कुछ लम्हे पहले उसे सुमित्रा दिखी थी फिर न जाने भीड़ में कहां खो गई। वह नीली साड़ी पहने हुए सामने वाले दरवाज़े से दाख़िल हुई थी। *क्या सचमुच सुमित्रा ही थी या ये उसका वहम था।* आजकल तो वह सिर्फ़ उसके बारे में ही सोचता रहता है, शायद वहम ही हो।

हॉल खचाखच भरा था। सभी वहां शेक्सपियर के मशहूर नाटक *हैमलेट* का हिंदी रूपांतरण देखने आए थे। उस नाटक में ज़ाकिर डेनमार्क के राजकुमार हैमलेट का चरित्र निभा रहा था। इस नाटक के चर्चे बहुत हो रहे थे और सभी स्थानीय अख़बारों में प्रशंसा से भरपूर समीक्षा छपी थी। पिछले आठ दिन से यह शो हाउसफुल जा रहा था जो पटना में मंचित किए गए किसी नाटक के लिए एक बड़ी उपलब्धि थी।

जैसे ही पर्दा उठा आरिफ़ का ध्यान स्टेज की तरफ़ चला गया। पहले दृश्य में राजा का भूत स्टेज पर आया और चारों तरफ़ से धुआं उगलने वाली मशीन चालू हो गई। रोशनी भी मद्धिम कर दी गई थी और स्टेज पर डरावना सा माहौल बन चुका था। जब ज़ाकिर राजकुमार के गेटअप में स्टेज पर आया तो आरिफ़ बेतहाशा तालियां पीटने लगा। कुछ लोग मुड़-मुड़ कर उसे अजीब-सी निगाह से देख रहे थे। आरिफ़ शरमा कर अचानक रुक गया।

शो ख़त्म होते ही आरिफ़ मेकअप रूम की तरफ चल पड़ा। दरवाज़े पर गार्ड ने जब रोकने की कोशिश की तो उसने बता दिया कि वह ज़ाकिर का बड़ा भाई है।

अंदर उसने देखा कि काफ़ी गहमा गहमी है। संजय उपाध्याय जो उस नाटक के निर्देशक थे, ज़ाकिर को बधाई दे रहे थे। संजय की उम्र क़रीब

30-32 साल की रही होगी। आरिफ़ ने संजय को कहते सुना, 'ज़ाकिर कमाल कर दिया। हर शो के साथ तुम्हारा प्रदर्शन बेहतर होता जा रहा है। इस साल नेशनल स्कूल ऑफ़ ड्रामा के लिए ज़रूर कोशिश करना। मुझे यक़ीन है तुम सेलेक्ट हो जाओगे।'

वाक़ई जिस तरह से ज़ाकिर ने हैमलेट के चरित्र को निभाया था वो क़ाबिल-ए-तारीफ़ था। आरिफ़ को बेहद ख़ुशी और फ़ख्र का एहसास हो रहा था। वो अपने भाई के लिए तरह-तरह के ख़्वाब देखने लगा। ज़ाकिर ही आने वाले वक़्त का दिलीप कुमार या अमिताभ बच्चन होगा। ख़यालों में उसने देखा की ज़ाकिर *ज़ंजीर* का विजय है, *मुग़ल-ए-आज़म* का शहज़ादा सलीम और *क़यामत से क़यामत* तक का राज।

ज़ाकिर ने आरिफ़ को देख लिया था और वह मुस्कराते हुए उसकी तरफ़ बढ़ा।

'कमाल कर दिया भाई तुमने! तुम काफ़ी आगे तक जाओगे,' ये कह कर अपने छोटे भाई को गले से लगा लिया।

'थैंक यू भैया,' ज़ाकिर ने थकी आवाज़ में जवाब दिया।

'क्या बात है भाई, सब ठीक?' आरिफ़ ने फ़िक्रमंद लहज़े में पूछा।

'कुछ भी नहीं। बिलकुल ठीक हूं। दरअसल पिछले चार दिनों से मैं सोया नहीं इसलिए थकावट हो रही है।'

'अच्छा, तुम घर चल रहे हो न?' आरिफ़ ने पूछा।

'नहीं भैया मुझे अभी वक़्त लगेगा। संजय सर से कुछ डिस्कस करना है। वैसे भी स्पॉन्सर की कार मुझे घर तक छोड़ देगी।'

'ओके ज़ाकिर, पौने दस हो गए अब मैं निकलता हूं।'

ऑडिटोरियम के बाहर वीरचंद पटेल मार्ग के फुटपाथ पर खड़ा हो कर आरिफ़ ऑटो का इंतज़ार करने लगा। तभी उसकी निगाह सुमित्रा पर पड़ गई। वह भी शायद ऑटोरिक्शा का इंतज़ार कर रही थी।

'नमस्ते,' आरिफ़ ने हिचकिचाते हुए कहा।

'नमस्ते, नमस्ते,' सुमित्रा ने मुस्कराते हुए जवाब दिया। सुमित्रा के चेहरे से स्पष्ट था कि उसे आरिफ़ को वहां देखकर आश्चर्य नहीं हुआ था। मुमकिन है उसने आरिफ़ को रबिन्द्र भवन के अंदर देखा हो।

'आप अकेली हैं?'

'हां।'

'आज डे-नाइट क्रिकेट मैच है। इसलिए मेरे हस्बैंड...' इससे पहले कि सुमित्रा अपना वाक्य पूरा करती एक ऑटोरिक्शा आकर उनके ठीक सामने रुक गया। ऑटो के साइलेन्सर से हुंकार जैसी आवाज़ आ रही थी और सफ़ेद धुआं निकल रहा था। ऑटोरिक्शा की पिछली सीट पर दो लोग बैठे थे। अधेड़ उम्र का एक व्यक्ति कुर्ता पहने हुए, अपने हाथों में सुर्ती मल रहा था। दूसरा 20-22 साल का नौजवान था जो टी-शर्ट और जीन्स में था।

'एक आदमी आगे आ जाओ भाई, लेडीज़ सवारी है,' ड्राइवर ने पीछे मुड़कर कहा।

उस टी-शर्ट वाले नौजवान ने बड़े ध्यान से सुमित्रा और आरिफ़ की तरफ़ देखा और फिर अपनी सीट से उतर कर नीचे आ गया। फिर किसी तरह से वह ड्राइवर के साथ उसकी सीट पर बैठ गया। दाहिने हाथ से उसने ऑटो की रेलिंग को थाम लिया। आरिफ़ पिछली सीट के बीच में बैठा और सुमित्रा आरिफ़ के बाईं तरफ़ बैठ गई।

पच्चीस मिनट के सफ़र के दौरान, सुमित्रा बिलकुल ख़ामोश रही। शायद वो किसी ख़याल में गुम थी। आरिफ़ ने देखा कि वो अपनी अंगुलियों को हलके से बार-बार चटका रही थी। आरिफ़ उसकी मौजूदगी के एहसास से मदहोश होकर चुपचाप बैठा रहा।

नया मोड़ स्टॉप पर आरिफ़ ने किराया देने की ज़िद की तो सुमित्रा बड़ी मुश्किल से मानी। ऑटो के जाने के बाद, आरिफ़ सुमित्रा की ओर देखकर मुस्कराया लेकिन जवाब में सुमित्रा के चेहरे पर कोई भी भाव नहीं था।

नया मोड़ की सभी दुकानें बंद हो चुकी थीं और सड़कों पर सन्नाटा छाया हुआ था। पास के बिजली के खंभे पर एक अकेला बल्ब टिमटिमा रहा था। आरिफ़ ने नया मोड़ से फुलवारी शरीफ़ तक जाने वाली सड़क पर नज़र दौड़ाई लेकिन दूर-दूर तक कोई रिक्शावाला नहीं दिखा।

'मुझे नहीं लगता कि इस वक़्त कोई रिक्शा मिलेगा,' आरिफ़ ने सुमित्रा से कहा।

'अच्छा,' सुमित्रा ने इतना कहा और फिर वो सड़क पर चलने लगी। आरिफ़ भी उसके साथ-साथ चलने लगा।

'आपको ड्रामा कैसा लगा?' आरिफ़ ने सुमित्रा से यह सवाल पूछ कर ख़ामोशी तोड़ने की कोशिश की। सड़क के दोनों तरफ़ झाड़ियों के बीच से आने वाले झींगुरों की आवाज़ें माहौल को डरावना बना रही थीं। वैसे भी पटना में इतनी रात को घूमना-फिरना ख़तरे से ख़ाली नहीं था। और एक औरत के लिए तो ये और भी ख़तरनाक था।

'अच्छा था। ज़ाकिर की अदाकारी बेहतरीन थी,' सुमित्रा ने जवाब दिया।

'आपको अकेले नहीं आना चाहिए था,' आरिफ़ ने अपनापन जताते हुए कहा।

'दरअसल, ओफ़ेलिया का रोल करने वाली लड़की मेरी दूर की चचेरी बहन लगती है। उसकी ज़िद थी कि आज मैं उसका शो देखने ज़रूर आऊं। मेरे हस्बैंड भी आने वाले थे लेकिन क्रिकेट मैच की वजह से वे नहीं आ पाए।'

आरिफ़ ने महसूस किया कि अपने पति की बात करते हुए उसके लहज़े में थोड़ी तल्खी आ गई थी। आरिफ़ को याद था जब वह रमेश कुमार से पिछली बार मिला था वह उसे काफ़ी हँसमुख और मिलनसार लगे थे। आरिफ़ ने अचानक बातचीत का विषय बदलने का फ़ैसला कर लिया।

'आपके बच्चे कहां पढ़ते हैं?' आरिफ़ ने पूछा।

'मेरा बेटा राहुल सेंट करेन्स स्कूल में क्लास थ्री में है। बेटी दसवीं में है। इंदिरा गांधी बालिका विद्यालय, हज़ारीबाग़ में।'

'अच्छा!' आरिफ़ ने कहा और तभी उसे सुमित्रा की लिखी ग़ज़ल का ख़याल आया।

'मैंने आपकी ग़ज़ल पढ़ी थी *आजकल* में। आप तो बहुत अच्छी शायरा हैं। आपकी उर्दू बहुत अच्छी है। कहां सीखी आपने?'

'फिर कभी बताऊंगी,' सुमित्रा बोली।

बात करते करते दोनों एक मज़ार के क़रीब पहुंच गए। रिमझिम बारिश शुरू हो गई थी और साथ में सर्द हवाएं भी चलने लगी थीं। आरिफ़ ने सुमित्रा को ठिठुरते देखा। सुमित्रा ने अपने पल्लू को अपने कंधे के चारों तरफ़ लपेट लिया।

बिजली गुल हो गई चारों तरफ़ अंधेरे की हुकूमत थी। मज़ार के बरामदे में बुज़ुर्ग मुजाविर अपने हरे कुर्ते में बैठा था और हुक्का पी रहा

था। उसके सामने एक लालटेन जल रही थी जिसकी नारंगी रोशनी में उसका गोरा चेहरा चमक रहा था।

सुमित्रा मज़ार के सामने कुछ देर के लिए रुकी और हाथ जोड़कर अपना ख़िराज-ए-अक़ीदत पेश किया और फिर आगे बढ़ गई। मज़ार से अभी वे दोनों सौ मीटर भी आगे नहीं बढ़े थे कि बारिश तेज़ हो गई। *बेमौसम की बरसात, भीग गए तो सरदी बुखार पक्का।* आरिफ़ ने यह सोचा और इधर-उधर देखने लगा। तभी एक बुलेट मोटरसाइकिल दनदनाती हुई गुज़री और उसकी हेड लाइट की रोशनी में आरिफ़ ने देखा सामने ही एक बंद दुकान है। उसके सामने एक चबूतरा था जिसके ऊपर लहरदार एस्बेस्टस की छत बनी हुई थी। पनाह लेने के लिए यह बिलकुल सही जगह थी। उसने सुमित्रा को उधर चलने को कहा।

बारिश और तेज़ हो गई। एस्बेस्टस की छत से ढम-ढम की आवाज़ आ रही थी ऐसा लगता था कि कोई ढोल बजा रहा हो। सड़क पर दूर-दूर तक किसी भी आदमज़ाद का नामोनिशान नहीं था। आरिफ़ ने अपने रेडियम वाली घड़ी पर निगाह डाली। ग्यारह बज चुके थे। और जिस तरह से बारिश और तेज़ हवा की जुगलबंदी चल रही थी वहां से निकलना बहुत मुश्किल लग रहा था। अंधेरे में सुमित्रा के चेहरे का भाव देखना मुमकिन नहीं था पर आरिफ़ को एहसास था कि सुमित्रा बेचैन है। क्या होगा कोई अगर उन्हें इस वक़्त साथ देख ले तो?

स्कैंडल और बदनामी के डर के बावजूद आरिफ़ को सुमित्रा का साथ बड़ा सुहाना लग रहा था। उसे अचानक भारत भूषण और मधुबाला की फ़िल्म *बरसात की रात* याद आ गई और मन ही मन वह उस फ़िल्म का एक गाना गुनगुनाने लगा : *ज़िंदगी भर न भूलेगी वो बरसात की रात।*

वह सुमित्रा से कुछ कहना चाहता था। पर वह फ़ैसला नहीं कर पा रहा था कि वह उसे जो कहना चाहता है उसे कहने का हक़ है या नहीं। आख़िर सुमित्रा शादीशुदा है। यह सही नहीं था। काफ़ी देर तक दोनों ख़ामोश खड़े रहे और फिर आरिफ़ ने बात करना शुरू किया।

'उस दिन अस्पताल से अचानक कहां चली गई थीं आप?' आरिफ़ ने पूछा।

'क्या आपको मेरा लेटर नहीं मिला?' सुमित्रा ने आश्चर्य से पूछा।

'नहीं तो।'

'दरअसल आपके दानापुर जाने के बाद मेरे कुछ रिश्तेदार हॉस्पिटल आ गए थे और पिताजी को प्राइवेट हॉस्पिटल ले जाने की ज़िद करने लगे। मैंने आपके लिए एक नोट लिख कर रिसेप्शन पर दे दिया था। लेकिन शायद वह नोट आपको मिला नहीं।'

'अच्छा,' आरिफ़ कुछ देर के लिए रुका और फिर उसने सुमित्रा से हिचकिचाते हुए दूसरा सवाल पूछा, 'एक सवाल पूछूं आप से?'

'हां पूछिए,' सुमित्रा ने जवाब दिया और अपने पल्लू से अपना माथा पोंछने लगी।

तभी बिजली वापस आ गई और उनके ठीक ऊपर एक 40 वाट का बल्ब जल उठा और उसकी रोशनी में आरिफ़ सुमित्रा का चेहरा देखते हुए बोला, 'आपको क्या कह कर बुलाऊं। आपको आंटी बोलूं?'

'मैं उतनी भी बुज़ुर्ग नहीं हूं। आप मुझे सुमित्रा कह सकते हैं।' सुमित्रा की आवाज़ में एक तरह की झुंझलाहट थी।

'ओके, सुमित्रा जी।' सुमित्रा का नाम लेते ही आरिफ़ को ऐसा महसूस हुआ कि जैसे उसने सुमित्रा के होंठों को चूम लिया हो और एक मीठी सी सिहरन उसके जिस्म में दौड़ गई।

'चलिए यहां से चलते हैं। मुझे नहीं लगता कि बारिश अभी रुकने वाली है।' सुमित्रा आगे बढ़ी। बारिश कुछ धीमी हो गई थी। जैसे ही दोनों सड़क पर आए आरिफ़ की निगाह एक सांप पर पड़ी। वो उनके काफ़ी क़रीब से रेंगता हुआ जा रहा था। घबरा कर आरिफ़ एक क़दम पीछे हट गया और वह सुमित्रा को चेतावनी देने ही वाला था कि सुमित्रा निगाह उस सांप पर पड़ गई। वह ज़ोर से चीख़ी और आरिफ़ की तरफ़ मुड़कर उससे लिपट गई। हालांकि तब तक सांप सामने झाड़ियों में ग़ायब हो चुका था लेकिन सुमित्रा अभी भी आरिफ़ को कस कर पकड़े हुई थी और वह कांप रही थी।

आरिफ़ शुरू में कुछ समझ नहीं पाया पर अब सुमित्रा की नज़दीकी का एहसास उसके जिस्म में एक झुनझुनी सी पैदा कर रहा था। उसने अपना हाथ उसके रेशमी बालों पर रख दिया और एक गहरी सांस ली। आरिफ़ का वज़ूद सुमित्रा के जिस्म की ख़ुशबू से भर गया। उसकी सांसों की रफ़्तार काफ़ी तेज़ हो चुकी थी और दिल की धड़कनें बेक़ाबू। वह चाहता था कि

वक़्त का पहिया थम जाए और वह हमेशा के लिए सुमित्रा को अपनी बांहों में समेट ले।

कुछ देर बाद सुमित्रा ने झटके से अपने आप को आरिफ़ से अलग किया और लजाई हुई नज़र से उसकी तरफ़ देखा।

'सॉरी,' उसने शरमाते हुए कहा और दुकान के बरामदे से बाहर सड़क पर आ गई। आरिफ़ उसके पीछे भागा।

पांच से सात मिनट के बाद दोनों उस जगह पर पहुंच गए जहां पीपल का पेड़ था। वही पीपल जिस पर हर शनिवार को सुमित्रा जल चढ़ाती थी। पेड़ के ठीक बग़ल से बैंक कॉलोनी जाने वाली कच्ची सड़क थी जो आगे जाकर खरंजा में तब्दील हो जाती थी। पिच रोड की दूसरी तरफ़ एक बड़ा था मेहराबनुमा गेट था और गेट के पास एक पत्थर के साइन बोर्ड पर संगतराशी करके ये लिखा हुआ था : गेट नंबर 2, बिहार मिलिट्री पुलिस, 5 वीं बटालियन, पटना - 800014। एक संतरी गेट पर सावधान की मुद्रा में खड़ा था। उसने खाकी वर्दी और हरे रंग की टोपी पहन रखी थी और टोपी में किसी चिड़िया के पंख की रंग-बिरंगी कलगी भी लगा रखी थी। गेट के बाद दो मंज़िला इमारतों का सिलसिला था। गेट के बाद पहली इमारत की पहली मंज़िल पर आरिफ़ का फ़्लैट था।

'आरिफ़ आपका फ़्लैट आ गया। आप जाइए। यहां से मैं चली जाऊंगी।' सुमित्रा ने मुड़कर आरिफ़ को कहा।

'क्या बात करती हैं आप! आधी रात को मैं आपको अकेले जाने दूंगा? सोच कैसे लिया आपने?' आरिफ़ ने जवाब दिया।

'ठीक है बाबा, सॉरी,' सुमित्रा के लहजे में आरिफ़ के लिए स्नेह झलक रहा था। कुछ क़दम चलने के बाद सुमित्रा बोली, 'कभी फ़ुर्सत में आइए हमारे घर। कुछ आपकी शायरी सुनते हैं और कुछ अपनी सुनाते हैं।'

'ज़रूर।'

इतनी सी बात के बाद वे दोनों ख़ामोशी से चलते रहे। क़रीब 10 मिनट के बाद सुमित्रा का मकान आ गया। उसके मकान की बालकनी की लाइट जल रही थी और रमेश कुमार बालकनी में खड़े थे। शायद सुमित्रा का इंतज़ार कर रहे थे। आरिफ़ उसके घर से 50 गज़ पहले एक नीम के पेड़ के पास ही रुक गया। उसने सुमित्रा को तेज़ क़दम से अपने फ़्लैट की

तरफ़ जाते हुए देखता रहा। सुमित्रा सीढ़ियों से चढ़कर अपनी बालकनी में नज़र आई। वह रमेश कुमार के सामने खड़ी रही, लगभग 1-2 मिनट तक और फिर लाइट बुझ गई।

वापस आते वक़्त, आरिफ़ सुमित्रा के साथ बिताए पिछले 3-4 घंटों के बारे में सोच रहा था। वह सुमित्रा की तरफ़ खिंचा चला जा रहा है। आख़िर क्या चाहता है वह एक शादीशुदा औरत से? कहीं उसकी चाहत सुमित्रा का बसा-बसाया घर न उजाड़ दे। उसे अपने आप पर गुस्सा आ रहा था और उसका ज़मीर भी उसे धिक्कार रहा था। पाकीज़ा मुहब्बत का नाम देकर वह सुमित्रा के लिए अपने जज़्बात को सही ठहराने लगा। लेकिन यह मुहब्बत कितने दिनों तक पाकीज़ा रहेगी, वह नहीं जानता था। आज सुमित्रा की नज़दीकी ने उसके अंदर एक जिस्मानी ख़्वाहिश को भी जन्म दिया था। अपने अंदर उठने वाले तूफ़ान को कब तक रोक पाएगा वह। अगर अभी नहीं रोका अपने आपको तो फिर नहीं रुक पाएगा वह। फिर उसकी और सुमित्रा की बर्बादी पक्की है। क्या होगा अगर उसके माता-पिता को इस रिश्ते के बारे में मालूम हो गया? अगर उनके रिश्तों के बारे में दुनिया को पता चला तो हिंदू-मुस्लिम के दंगे भी हो सकते हैं। *अगर सुमित्रा के पति को पता चला तो नतीजा और बुरा हो सकता है। आरिफ़ को शायद जान से हाथ धोना पड़े।*

आरिफ़ अपने फ़्लैट सामने खड़ा हो कर आंखें बंद करके, *कुरान शरीफ़* की एक आयत पढ़ने लगा। उसने दिल में इरादा कर लिया था कि सुमित्रा के लिए जो एहसास है वह उसे कुचल देगा।

5

दूर तक फैले गंगा के रेतीले साहिल पर टहलते हुए, आरिफ़ ने सुमित्रा को देखा। वह सियाह साड़ी पहने हुए एक जगह पर खड़ी थी और उसने अपना सिर पल्लू से ढंक रखा था। वह अपनी अंगुली के इशारे से आरिफ़ को अपनी ओर बुला रही थी। तभी हवा एक झोंके ने उसके पल्लू को उसके सिर से गिरा दिया। उसकी जुल्फें अजीब-सी थीं जैसे सोने-चांदी के तार से बनी हों। अचानक एक छपाक की आवाज़ ने आरिफ़ का ध्यान खींचा और उसने मुड़कर देखा कि उसका भाई, ज़ाकिर, गंगा नदी में डूब रहा है। वह अपने भाई को बचाने के लिए नदी की तरफ़ बेतहाशा दौड़ पड़ा। ठीक उसी वक़्त सुमित्रा ने एक गीत गाना शुरू कर दिया। अजीब-सा गीत था जिसके शब्द उसे समझ में नहीं आ रहे थे। लेकिन उसकी आवाज़ में एक मिठास और एक दर्द सिमटा हुआ था। उस गीत ने आरिफ़ को बेचैन-सा कर दिया और वह सुमित्रा को अपनी बांहों में समेटने के लिए बेक़रार हो गया। अचानक सुमित्रा ठीक उसके सामने आ गई और आरिफ़ को निहारने लगी। पल्लू के ढलक जाने से उसके लो कट ब्लाउज़ से उसकी छाती का अच्छा खासा-हिस्सा बाहर झांक रहा था। आरिफ़ के अंदर ख़्वाहिशों ने अंगड़ाइयां लेना शुरू कर दिया और सांसों में तूफ़ान सा जग गया। आरिफ़ का भाई चीख़ता रहा लेकिन वह उसे बचाने नहीं गया। बल्कि उसने दौड़ कर सुमित्रा को अपनी बांहों में भर लिया और उसके होंठों को पागलों की तरह चूमने लगा।

'तौबा अस्तग़फ़ार! तौबा अस्तग़फ़ार! तौबा अस्तग़फ़ार!' आरिफ़ चौंक कर जाग गया। वह घबराया हुआ था और पसीने से तरबतर। बिस्तर के किनारे बैठकर वह उस सपने के बारे में सोचने लगा जो उसने अभी-अभी देखा था। अंधेरे के बावजूद, आरिफ़ देख सकता था कि ज़ाकिर बड़े आराम

से सोया है अपनी जगह पर। फिर भी तसल्ली के लिए उसने लाइट ऑन की और कमरा ट्यूबलाइट की दूधिया रोशनी से नहा गया। यह देखकर कि ज़ाकिर बिलकुल ठीक है, आरिफ़ ने कुछ हद तक राहत महसूस की। ज़ाकिर का एक पांव बिस्तर के बाहर लटक रहा था। आरिफ़ अपनी जगह से उठा और हौले से अपने भाई का पांव उठा कर बिस्तर पर डाल दिया। सामने खिड़की पर पेंगुइन क्लासिक्स का लेव तॉलस्तोय रचित *अन्ना कैरनिना* का अंग्रेज़ी अनुवाद रखा हुआ था। किताब के ठीक पास स्टील का एक पानी का जग भी था। आरिफ़ ने जग उठा कर दो-तीन घूंट पिए और फिर जग को वहीं वापस रख दिया। उसने किताब को हाथों में लिया और फिर किताब को भी उसने बिना खोले वापस रख दिया।

आरिफ़ वापस बिस्तर पर लेट गया और आंखें बंद करके सोने की कोशिश करने लगा। लेकिन बेकली ने उसका साथ नहीं छोड़ा। क्या वह सिर्फ़ एक बुरा सपना था या कुछ और? उसे अचानक याद आया बहुत पहले उसकी दादी जान ने सपनों के बारे में बताया था। 'ख़्वाब तीन तरह के होते हैं,' उन्होंने कहा था, 'ख़्वाब-ए-रहमानी खुदा के ज़रिए दिखाया गया ख़्वाब होता है। इस ख़्वाब से आगे आनेवाले वक़्त और हालात का इशारा मिलता है। शैतान जो ख़्वाब दिखाता है उसे ख़्वाब-ए-शैतानी कहते हैं। ये ख़्वाब डरावने और गंदे होते हैं। ख़्वाब की तीसरी क़िस्म को ख़्वाब-ए-नफ़्सानी या ज़ेहनी ख़्वाब कहते हैं। ये ख़्वाब हमारे ख़याल और सोच का आईना होते हैं और इनका कुछ भी मतलब नहीं होता। यानी जागते हुए जो भी हम जो भी सोचते हैं वह हमें ख़्वाब में दिखाई देता है।'

आरिफ़ सोच रहा था क्या वह एक शैतानी ख़्वाब था या कुदरत की तरफ़ से उसे आने वाले मुस्तक़बिल की तसवीर दिखाई गई है। ये क्या कोई गैबी इशारा है जो उसे सुमित्रा से दूर रहने के लिए कह रहा है। उसने अपनी आंखें बंद कीं और सूरत-उल-बक़रा पढ़ने लगा और कुछ देर बाद वह नींद के आगोश में चला गया।

रात के बुरे सपने की वजह से सुबह परेशानकुन थी। आरिफ़ बेचैन था और अपने फ़्लैट के इकलौते बाथरूम के सामने खड़ा था। चरमराहट की आवाज़ के साथ बाथरूम का दरवाज़ा खुला और अपने बाल को तौलिए से पोंछते हुए आरिफ़ की बहन राबिया बाहर आई। उसने नीले रंग का सलवार सूट पहन रखा था। उसने मुस्करा कर आरिफ़ को सलाम किया।

आरिफ़ भी जवाब में सिर हिला कर मुस्कराया। लेकिन इससे पहले कि वो बाथरूम में दाख़िल होता, उसकी दूसरी बहन नाज़नीन की आवाज़ पीछे से गूंजी।

'भैया, मुझे स्कूल आज जल्दी जाना है। प्लीज़ मुझे बाथरूम पहले यूज़ करने दीजिए।'

'हां, हां, क्यों नहीं,' आरिफ़ ने कहा, 'बस मेरा टूथब्रश और पेस्ट दे दो।' यह कह कर आरिफ़ एक किनारे हो गया और फिर टूथब्रश लेकर बाथरूम के सामने वाले गलियारे को छोड़कर फ़्लैट के पीछे वाले बालकनी में आ गया।

'भैया,' इस बार उसकी सबसे छोटी बहन हुमा ने आवाज़ दी थी। चौदह साल की उम्र में वह अपनी उम्र की और लड़कियों से बड़ी लगती थी। राबिया और नाज़नीन की तरह उसके नैन-नक़्श तीखे थे पर वह उनकी तरह गोरी-चिट्टी नहीं थी और उसका रंग थोड़ा कमतर था।

'हां हुमा बोलो,' आरिफ़ ने कहा।

'मुझे बीज गणित में आपकी मदद चाहिए।'

'हां क्यों नहीं। सवाल बताओ, अभी बना देता हूं।'

आरिफ़ अपनी बहन को गणित पढ़ाने में मशगूल हो गया। लेकिन हुमा के वहां से जाते ही उसे रात के डरावने सपने फिर से सताने लगे।

क्या वह अंधविश्वासी होता जा रहा है? या वह सपना वाक़ई में एक चेतावनी थी अल्लाह की तरफ़ से उसे ग़लत रस्ते पर जाने से रोकने के लिए। उसे सुमित्रा का पीछा छोड़ देना चाहिए।

किसी शादीशुदा औरत के बारे में सोचना भी गुनाह है। कुरान शरीफ़ का फ़रमान है कि ख़यालों में भी ज़ेना (परस्त्रीगमन) करना गुनाह है।

आरिफ़ बाथरूम से तरोताज़ा हो कर लौट आया था और अपने कमरे में अपने भाई ज़ाकिर का इंतज़ार कर रहा था। हर रोज़ की तरह ज़ाकिर सुबह-सुबह पुलिस स्टेडियम में जॉगिंग के लिए गया था। वह लकड़ी की कुर्सी पर बैठ गया और फिर से सुमित्रा उसके ख़यालों में आ गई। उसे याद आया वह लम्हा जब उसने सुमित्रा को पहली बार देखा था। कैसे उसने अपने नाज़ुक हाथों से अपने हसीन चेहरे से ज़ुल्फ़ों की लट को हटाया था। *उफ़!*

या अल्लाह, क्या करूं मैं? कैसे ख़यालों से निकालूं उसे? आरिफ़ बड़बड़ाते हुए सामने से अवस्थी एवं अवस्थी द्वारा लिखित लोक प्रशासन की किताब को हाथों में लेकर उसके पन्ने पलटने लगा।

'तुम से कुछ ज़रूरी बात करनी है,' ज़ाकिर के कमरे में दाख़िल होते ही आरिफ़ ने कहा।

आरिफ़ ने जिस तरह से ये बात कही वो ज़ाकिर को अचंभित कर गई। 'क्या बात है भैया?' ज़ाकिर ने चौंक कर पूछा। 'यहां नहीं। अकेले में बात करेंगे। छत पर चलते हैं,' आरिफ़ ने कहा।

छत पर आकर आरिफ़ इधर-उधर टहलने लगा और ज़ाकिर उसके पीछे-पीछे। आख़िरकार आरिफ़ छत के दूर कोने के रेलिंग पर बैठ गया और ज़ाकिर उसके सामने खड़ा हो गया।

'ज़ाकिर, मैं ये नहीं जानता कि अपने छोटे भाई को ये सब बातें बतानी चाहिए या नहीं लेकिन...', आरिफ़ बोलते-बोलते रुक सा गया और सामने छत पर फुदकती हुई दो गौरैयों को देखने लगा।

'भैया, बेशक़ मैं आपका छोटा भाई हूं लेकिन आपका दोस्त भी हूं और राज़दार भी। आप बग़ैर हिचकिचाहट के बताइए।'

'अच्छा ये बताओ अगर मैं ये कहूं कि मेरा दिल किसी शादीशुदा औरत पर आ गया है तो तुम क्या कहोगे?'

'क्या!!'

'वह एक हिंदू औरत है और वो भी दो बच्चों की मां।'

'यक़ीन नहीं होता कि आप ऐसा कर सकते हैं। आपने एक शादीशुदा औरत में आख़िर देखा क्या?'

'क्या कहूं मेरे भाई, वह इतनी हसीन है जैसे चौदहवीं का चांद। वह सामने हो तो निगाहें उसके चेहरे से हटती नहीं। फिर उसके बात करने का लखनवी अंदाज़। उसका बोलना, उसका चलना, उसका मुस्कराना, सब कुछ जादुई लगता है।' आरिफ़ थोड़ी देर के लिए रुका और फिर ठंडी आहें भर कर बोला, 'लेकिन सच कहूं तो मुझे ख़ुद भी पता नहीं कि उसमें क्या है आख़िर जो मुझे उसकी तरफ़ खींचता है। इससे पहले कभी ऐसा नहीं हुआ है मेरे साथ।'

'भैया, जो भी हो लेकिन जिस रस्ते पर आपने क़दम रखा है वो ख़तरों से भरा है। एक शादीशुदा औरत वह भी हिंदू। इसका नतीजा समझते हो? फ़साद भी हो सकता है।'

'मैं सब समझता हूं पर ये दिल है कि मानता ही नहीं।'

'अपने दिल को समझाओ। अब्बा और अम्मा के बारे में ज़रा सोचो। उन्हें पता चला तो वो शर्म से मर जाएंगे,' ज़ाकिर बोला, 'इस बात पर ग़ौर-व-फ़िक्र करो और सोचो कि तुम जो कर रहे वो समाजी और अख़लाक़ी तौर पर सही है या नहीं।'

ज़ाकिर ने जिस अंदाज़ में बात की थी वो आरिफ़ को चौंका गई। ज़ाकिर उस वक़्त बिलकुल एक फ़िलॉस्फ़र की तरह बात कर रहा था।

'मैं क्या करूं मेरे भाई? कुछ समझ में नहीं आता।'

'देखिए भैया उस औरत के साथ आपका कोई फ़्यूचर तो है नहीं। अगर आपने अपने बढ़ते क़दम को नहीं रोका तो ये आपके साथ उस औरत की ज़िंदगी भी बर्बाद कर सकता है। मेरी मानिए तो उसे अपने दिमाग़ से निकाल फेंकिए। मेरी सलाह है आप 1-2 महीने के लिए पटना से दूर चले जाइए।'

'तुम ठीक कहते हो भाई। मैं कुछ ऐसा ही...'

अभी आरिफ़ का जुमला पूरा होता उससे पहले अम्मा अचानक वहां आ गईं। वो काफ़ी गुस्से में लग रही थीं।

'कैसी आदतें पाल ली हैं तुम दोनों ने? नौ बज गए पर अभी तक नाश्ता नहीं किया। चलो नीचे और नाश्ता करो।'

दोनों में से किसी ने अम्मा की बात का कोई जवाब नहीं दिया और चुपचाप अम्मा के पीछे-पीछे नीचे आ गए। दरवाज़े पर आरिफ़ ने झुककर आज के *टाइम्स ऑफ़ इंडिया* को उठा लिया। और जो पहली चीज़ उसने अख़बार में पढ़ी वो थी उस पर लिखी तारीख़ : 31 अगस्त 1992, सोमवार।

'मेन्स एग्ज़ाम को सिर्फ़ 40 दिन बचे हैं,' आरिफ़ बड़बड़ाकर बोला।

इश्क़

मकतब-ए-इश्क़ का दस्तूर निराला देखा
उसको छुट्टी न मिली जिसको सबक़ याद हुआ
-मीर ताहिर अली रिज़वी

6

1992 के सितंबर के महीने में आरिफ़ ने अपने आप को अपने स्टडी रूम में बंद कर लिया और सारा ध्यान मेन्स की तैयारी पर लगा दिया। पिछले महीने अम्मा ने अब्बा को कह कर दो बड़े-बड़े स्टील के कनस्तर ख़रीद कर मंगवाए थे और चावल-गेहूं को उन डिब्बों में रख कर कॉरिडोर में रखवा दिया था। एक राज मिस्त्री को बुलाकर स्टडी रूम में एक खिड़की भी बनवा दी थी। वह खिड़की मकान के पीछे खुलती थी, जिसकी वजह से वह छोटा-सा कमरा काफ़ी हवादार हो गया था। अम्मा ने स्टडी रूम की पुताई करा दी थी और टेबल-कुर्सी पर वार्निश की पॉलिश भी।

'बौआ को आईएएस के तैयारी के लिए शांत और एकांत कोठरी तो चाहिए न। आईएएस का एग्ज़ाम है, कोई ठट्ठा थोड़े है।' आरिफ़ ने अम्मा को अब्बा से बात करते हुए सुना था।

मृत्युंजय के यहां आना-जाना बिलकुल बंद हो गया था क्योंकि आरिफ़ को डर था कि कहीं सुमित्रा से सामना न हो जाए। आरिफ़ जानता था कि अगर सुमित्रा सामने आ गई तो अपने को उससे दूर रखने की कसम एक सेकेंड में तार-तार हो जाएगी। न जाने कैसी कशिश है सुमित्रा की आंखों में, न जाने कैसा जादू है उसके चेहरे पर। उफ़! सिर्फ़ उसके तस्सव्वुर से रोंगटे खड़े होने लगे। मृत्युंजय ने कई बार शिकायत भी की कि आरिफ़ अब उसके घर नहीं आता लेकिन हर बार आरिफ़ कोई न कोई बहाना बना कर टाल देता।

लेकिन इन दूरियों के वावजूद सुमित्रा उसके ख़याल से पूरी तरह कहां गई थी। सुमित्रा के बारे में सोचकर आरिफ़ को कई बार सिमरन की याद आती थी। उसके बचपन का प्यार जब वह दरभंगा में रहा करता था। कितना

पागल था वह सिमरन के बारे में उस वक़्त लेकिन गुज़रते वक़्त के गर्द ने सिमरन को उसके तस्सव्वुर के दायरे से दूर कर दिया। और धीरे-धीरे आरिफ़ उसे भूल गया। सुमित्रा के लिए ये वहशत भी कुछ दिनों के लिए है। कुछ दिन में वह सुमित्रा को भी भूल जाएगा।

अक्टूबर में मेन्स का एग्ज़ाम हुआ और आरिफ़ ख़ुश था कि उसके पेपर्स काफ़ी अच्छे हुए थे। वह इंटरव्यू के लिए कॉल आने को दो सौ फ़ीसदी पक्का मान रहा था। इसलिए अगले दिन वह सुबह-सुबह अशोक राजपथ चला गया और इंटरव्यू की तैयारी की किताबें ख़रीद लाया। आरिफ़ ने अपने बारे में और अपने एजुकेशनल बैकग्राउंड के बारे में सारी जानकारी के तफ़सील से नोट्स बना लिए थे। इंटरव्यू में अक्सर इसी बारे में सवाल पूछे जाते हैं।

दो दिन बाद जब आरिफ़ अपने स्टडी रूम में बैठा था तो अब्बा कमरे में आए और उससे बोले, 'बेटा, अपने गांव के घर की पश्चिमी दीवार बारिश की वजह से ढह गई है और उसकी तुरंत मरम्मत ज़रूरी है। मैं चाहता हूं कि तुम जमालपुरा जाकर मरम्मत का काम करवा दो।'

'ठीक है अब्बा,' आरिफ़ फटाक से बोल पड़ा। उसने सोचा कि यही अच्छा रहेगा। *मैं भी देखना चाहता हूं कि क्या पटना से दूर रह कर वाक़ई सुमित्रा को भूला जा सकता है।* जमालपुरा में वह अकेला रहकर पढ़ाई पर भी ज़्यादा ध्यान दे सकता है। आईएएस बनना उसका सपना है और इस सपने के इतने क़रीब आकर चूकना कोई होशियारी की बात नहीं है।

'देखो बेटा, यहां तो मेहमानों का तांता लगा रहेगा और तुम्हारी पढ़ाई डिस्टर्ब होती रहेगी। जमालपुरा में जगह भी खुली-खुली है और कोई वहां तुम्हारी पढ़ाई में खलल डालने वाला भी कोई नहीं होगा।' अब्बा ने अपना चश्मा साफ़ करते हुए कहा।

'हां अब्बा, आप बिलकुल दुरुस्त फरमा रहे हैं,' आरिफ़ ने मुस्कराकर कहा।

अचानक अब्बा के चेहरे का हाव-भाव बदल गया और वो काफ़ी जज़्बाती अंदाज़ में बोले, 'मैं एक अच्छे बाप का फ़र्ज़ भी निभा नहीं पाया। मृत्युंजय की तरह मुझे भी तुमको किसी अच्छे कोचिंग इंस्टिट्यूट में भेजना चाहिए था लेकिन हाथ इतना तंग रहता है कि क्या करें। लेकिन मुझे फ़क्र

है तुम पर, सिर्फ़ अपनी मेहनत के भरोसे तुम ये सब कर पा रहे हो।'

'अरे अब्बा, आप क्या कह रहे हैं। आप तो दुनिया के सबसे अच्छे अब्बा हैं,' आरिफ़ अपनी जगह से उठा और अब्बा के गले लग गया। अब्बा और आरिफ़ दोनों की आंखें डबडबा गईं।

जमालपुरा जाने का रास्ता इनायत नगर हो कर जाता था। इनायत नगर एक कस्बा था जहां एक छोटा-सा रेलवे स्टेशन था। मीटर गेज के ट्रैक पर रोज़ रक्सौल और सीतामढ़ी से सुबह-शाम ट्रेनें आती थीं। दिल्ली, पटना या किसी भी बड़े शहर के लिए यहां से कोई ट्रेन नहीं खुलती थी। अलबत्ता एक बस स्टैंड ज़रूर था जहां पर रोज़ मुज़फ़्फ़रपुर और पटना से बस आती-जाती थी। इस बार आरिफ़ ट्रेन के घुमावदार सफ़र के बजाए बस से जाना चाहता था हालांकि बस में उसे यात्रा करना पसंद नहीं था। उसे धुआं और पेट्रोल की महक से ज़बरदस्त एलर्जी थी।

बस क़रीब एक घंटे में गंगा नदी के ऊपर बने महात्मा गांधी सेतु को पार कर गई और हाजीपुर में दाख़िल हुई। फिर यह मुज़फ़्फ़रपुर की तरफ़ जाने वाली सड़क पर आ गई। हाजीपुर और मुज़फ़्फ़रपुर के बीच सड़क के नाम पर छोटे-बड़े गड्ढों का सिलसिला था। बस ऐसे हिचकोले खा रही थी जैसे कोई बैलगाड़ी हो। एक चश्मेवाला अधेड़ आदमी लगातार बिहार के मुख्यमंत्री लालू प्रसाद को गाली दे रहा था। वह कह रहा था कि लालू जी का वादा था कि बिहार की सड़कों को हेमा मालिनी के गाल की तरह बना देंगे। क्या हुआ उस वादे का।

बस किसी शराबी की तरह झूमते हुए आगे बढ़ रही थी तभी एक छोटा-सा पुल आ गया जो बीच से धंस गया था और सभी गाड़ियां बग़ल के खेत से होकर गुज़र रही थीं। मज़े की बात ये थी कि खेत में सड़क से कम झटके लग रहे थे।

'जब चोर और ठग लोग विधान सभा और संसद में बैठे हों तो यही सब होगा। सब अपना जेब भरने में लगे हैं। ऐसे नेता से कोई उम्मीद नहीं है। बिहार में एक मसखरा आदमी को सीएम बना दिए हैं, यहां तो कुछ भी नहीं हो सकता,' वह चश्मे वाला अधेड़ आदमी बोले जा रहा था।

'अच्छा आप यही बता दीजिए कि आज़ादी के बाद इतने मुख्यमंत्री हुए उन्होंने क्या किया बिहार के लिए। बरसों से बिहार की हालत ख़राब रही है। लालू जी केतने साल से हैं, जादू थोड़े कर देंगे,' सामने बैठा एक 25-26 साल का नौजवान बोल पड़ा, 'मैं जानता हूं कि ऊँचा जात वालों को ये पच नहीं रहा है कि एक यादव सीएम की कुरसी पर बैठे।'

'ये कोई जात-पात का बात नहीं है। ये विकास और सुशासन का सवाल है,' उस अधेड़ आदमी ने उत्तर दिया।

ये वाद-विवाद चलता रहा और कई लोग उस बहस में शामिल हो गए। आरिफ़ चुपचाप उनके वाद-विवाद को सुनता रहा।

बस जैसे ही मुज़फ़्फ़रपुर के क़रीब पहुंची, ड्राइवर ने ज़ोर से ब्रेक लगाया और बस झटके से रुक गई। सामने सड़क बंद कर दी गई थी। सौ-डेढ़ सौ लोग सड़क के बीचोबीच बैठे हुए थे। बाद में पता चला कि वे 11-12 साल के एक मासूम बच्चे के अपहरण और हत्या के विरोध में धरना दे रहे थे। वह बच्चा मुज़फ़्फ़रपुर के एक अमीर व्यापारी का बेटा था जिसे अपहरणकर्ताओं ने उठा लिया था और फिर 20 लाख रुपये की फिरौती मांगी थी। उन्होंने लड़के के पिता को धमकी दी थी कि अगर पुलिस को कोई ख़बर दी तो अंजाम बुरा होगा। लेकिन घबराहट में बच्चे का पिता पुलिस को पहले ही ख़बर कर चुका था। अगले दिन ही उस बच्चे की लाश मुज़फ़्फ़रपुर के बाहर एक खेत में पड़ी मिली। ज़ालिमों ने उसके गले को बड़ी बेरहमी से रेत दिया था।

सभी मुसाफ़िर खिड़की से बाहर देख रहे थे और कुछ लोग तो नीचे उतर कर जानने की कोशिश कर रहे थे कि आख़िर आगे हो क्या रहा है। उनके बस के आगे दूसरी बस खड़ी थी। ऐसा मालूम होता था कि अगली बस का ड्राइवर रास्ता ख़ाली करने के लिए प्रदर्शनकारियों से बहस कर रहा था।

तभी अचानक शीशा टूटने की आवाज़ आई और भगदड़ मच गई। कुछ लोग बस में वापस चढ़ने की कोशिश कर रहे थे तभी एक बड़ा-सा पत्थर कहीं से उड़ता हुआ आया और बस की विंडस्क्रीन से टकराया। आरिफ़ ने देखा कि विंडस्क्रीन चटक गई है और सब मुसाफ़िर अपने-अपने थैले उठाकर बस से उतर रहे हैं। इस अफरा-तफरी के आलम में आरिफ़ भी अपना बैग

उठा कर दौड़ पड़ा। आरिफ़ ने मुड़ कर देखा तो बस में आग लग चुकी थी और प्रदर्शनकारी दूसरी बस को निशाना बना रहे थे। आख़िरकार वह चाय की एक छोटी-सी दुकान पर रुका जहां पर पहले से भीड़ जमा हो चुकी थी।

चायवाला तो पहले दुकान बंद करने की सोच रहा था लेकिन इतनी भीड़ देखकर दनादन चाय बनाने लगा। दूर से वे धू-धू कर जलती हुई बस को देख रहे थे। उसी वक़्त पुलिस की जीप वहां से गुज़री।

'पुलिस आ गई है। अब शायद रास्ता खुल जाए,' किसी मुसाफ़िर ने कहा।

'लेकिन इससे कोई फ़ायदा नहीं होने वाला। ख़बर ये है कि मुज़फ़्फ़रपुर-मोतिहारी रोड कई जगहों पर जाम है। लोगों ने टायर जला-जला कर सड़क पर डाल दिए हैं। पत्थरबाज़ी भी हो रही है।' दूसरे मुसाफ़िर ने कहा। वह एक अधेड़ उम्र का आदमी था।

'इनायत नगर कैसा जाया जाए?' आरिफ़ ने उस अधेड़ व्यक्ति से पूछा।

'आप ऐसा कीजिए सीतामढ़ी चले जाइए और वहां से ट्रेन मिल जाएगी,' उसने सलाह दी।

'अपने सही कहा। यही ठीक रहेगा,' आरिफ़ ने अपने घड़ी पर देखते हुए बोला। सवा बारह बज चुके थे।

दो बजते-बजते आरिफ़ सीतामढ़ी पहुंच चुका था। ज़ोरों की भूख लगी थी इसलिए पहले वह भगीरथ होटल गया और दाल, भात, तरकारी और भुजिया की एक थाली ऑर्डर की। उसके बाद वह स्टेशन पहुंचा। ट्रेन बस खुलने ही वाली थी और उसे लगभग दौड़ कर बोगी में चढ़ना पड़ा। ट्रेन ठसाठस भरी थी और बड़ी मुश्किल से उसे एक कोने में सीट मिली।

दरभंगा-इनायत नगर पैसेंजर दो घंटे बाद ईंट से बनी एक बिल्डिंग के पास रुकी। उस इमारत पर लिखा था इनायत नगर (पूर्व) और क़रीब 100 गज़ दूर बागमती नदी बल खाती हुई बह रही थी। नदी के ऊपर बांस की चचरी का एक पुल बना हुआ था और उस पुल पर एक आदमी साइकिल के साथ यूं ही खड़ा था।

इनायत नगर की आबादी लगभग 3000 के आसपास थी। बागमती नदी इनायत नगर के तीन तरफ़ से बहती थी और चौथी तरफ़ नेपाल का

बॉर्डर था। बरसात के मौसम में यह शहर हिंदुस्तान के बाक़ी हिस्से से पूरी तरह कट जाता था क्योंकि बाढ़ के पानी में चचरी का पुल बह जाता था। जब बारिश का मौसम चला जाता तो फिर से वह पुल बना दिया जाता।

रेलवे स्टेशन के बाहर टमटमों की लाइन लगी हुई थी और टमटमवाले ज़ोर-ज़ोर से चिल्ला-चिल्ला कर सवारियों को बुला रहे थे। वहां पर सवारियों के अलावा उन लोगों की भीड़ भी थी जो अपने रिश्तेदारों को लेने आए थे। लोगों की भीड़ को चीरते हुए आरिफ़ बाहर सड़क पर और सामने वाली गली में मुड़ गया। गली के दोनों तरफ़ मूढ़ी, जलेबी और बालूशाही की दुकानें थीं। गरमा-गरमा जलेबी की ख़ुशबू से आरिफ़ के मुंह में पानी आ गया लेकिन वो रुका नहीं। गली से निकलते ही सामने चौड़ी सड़क थी और फिर चौराहा। दस क़दम आगे ही शहर का मशहूर क्लॉक टावर था और उसके ठीक सामने एक डिस्पेन्सरी थी।

'हकीम साहब का शफ़ाख़ाना' बड़े-बड़े हर्फों में एक साइनबोर्ड पर लिखा था। बोर्ड हालांकि पुराना हो चुका था और लिखावट धुंधली पड़ चुकी थी। ऐसा मालूम होता था किसी ने बरसों से इस बोर्ड को साफ़ नहीं किया है। क्लीनिक के अंदर लकड़ी की एक पुरानी कुर्सी पर आरिफ़ के मामूजान यानी हकीम अजमल ख़ान बैठे हुए थे। वे मझोले क़द के पतले-दुबले इंसान थे। उनकी दाढ़ी खिचड़ी हो चुकी थी। आरिफ़ के वे इकलौते मामा थे यानी अम्मा के छोटे भाई। सामने काउंटर पर प्लास्टिक के कई जार पड़े थे जिसमें से एक पर आरिफ़ नज़र टिक गई। उस पर पीले रंग का लेबल लगा था और लिखा था 'स्वालीन' और उसे याद था कि बचपन में कैसे वह ख़ुशबूदार और मीठी स्वालीन की गोलियां चुराकर खाया करता था।

'अस्सलाम अलैकुम!' आरिफ़ ने अपना बैग फ़र्श पर रखते हुए कहा।

'वालेकुम सलाम, भांजे', हकीम साहब अपनी जगह से उठ खड़े हुए और मुस्कराते हुए आरिफ़ गले लगा लिया। 'चलो घर चलते हैं। तुम्हारी मामी तुम्हारा ही इंतज़ार कर रही है।'

'लेकिन इतनी जल्दी आप क्लीनिक क्यों बंद कर रहे हैं? अगर कोई मरीज़ आया तो?'

'अरे भांजे, आजकल सभी अंग्रेज़ी दवा इस्तेमाल करते है। यूनानी या आयुर्वेदिक के डॉक्टर को कौन पूछता है,' हकीम साहब ने रुआंसी आवाज़

में कहा, 'वैसे भी आज इमारत कमिटी की एक ख़ास मीटिंग भी है।'

आरिफ़ जानता था कि इमारत कमिटी स्थानीय मुसलमानों की एक ख़ैराती संस्था है जो आपसी झगड़े के निपटारे का काम करती है। आरिफ़ के मामा उस कमिटी के अध्यक्ष थे। उसके बाद कुछ और बात नहीं हुई। डिस्पेन्सरी में ताला लगाने के बाद हकीम साहब और आरिफ़ चुपचाप साथ-साथ चलने लगे।

हकीम साहब के घर के सामने एक लॉन था जिसमें तीन लोग कुर्सी और बेंच को करीने से लगा रहे थे। हकीम साहब को देख कर वे कुछ पलों के लिए रुक गए और उनको सलाम करने के बाद अपने काम में फिर से जुट गए। तीनों ने चेकवाली लुंगी और आधी बांह वाला कुर्ता पहन रखा था।

'एक शादीशुदा मुसलमान औरत एक हिंदू लड़के के साथ रंगे हाथ पकड़ी गई है और उसी की आज पंचायत होनी है,' आरिफ़ के पूछने पर वहां पर खड़े एक नौजवान ने बताया। ये बताते हुए उसके चेहरे पर एक अजीब सी मुस्कराहट थी।

एक लंबी दाढ़ीवाला अधेड़ उम्र का आदमी भी वहां पर खड़ा था। हकीम साहब दुआ-सलाम के बाद उसके साथ कुर्सी पर बैठ गए और बतियाने लगे। बीच में हकीम साहब ने आरिफ़ से मुखातिब हो कर कहा, 'भांजे अंदर जाओ और अपनी मामी से मिलो। फिर खाना खाकर आराम करो।'

'ठीक है मामूजान।'

घर के अंदर दाख़िल होते ही उसका सामना फ़रज़ाना से हुआ। वह गहरे नीले रंग की फूलदार सलवार-कमीज़ पहने हुई थी और दुपट्टे से अपना सिर ढंक रखा था। उसने आरिफ़ को देखते ही सलाम किया और कोने से खींच कर एक कुर्सी ले आई। आरिफ़ ने वालेकुम कह कर अपने बैग के साइड पॉकेट से उर्दू पत्रिका *पाकीज़ा आंचल* का नया अंक निकाल लिया। उसने फ़रज़ाना के हाथों में वो मैगज़ीन थमा दी, और फ़रज़ाना के चेहरे की मुस्कराहट देखने लायक़ थी।

'शुक्रिया भाई जान,' कह कर वह कमरे के अंदर चली गई। कुछ देर में फ़रज़ाना लौटी तो उसके हाथों में एक गिलास पानी और एक छोटी-सी थाली में दो देशी अंडे नून-मिरिच छिड़क कर रखे गए थे।

दस या पंद्रह मिनट के बाद फ़रज़ाना की अम्मी यानी आरिफ़ की मामी कमरे से बाहर आईं। सबसे पहले उन्होंने आरिफ़ की बलाएं लीं और ढेर सारी दुआएं दीं और फिर एक कुर्सी खींच कर आरिफ़ के क़रीब बैठ गईं। मामी फिर पटना में आरिफ़ के घर वालों का हाल-चाल पूछने लगीं।

खस्सी के गोश्त का लज़ीज़ कोरमा और पुलाव खाकर, आरिफ़ दरवाज़े पर आ गया। हकीम साहब के घर के बाहर, द्वार पर गांव वालों का जमावड़ा होने लगा था।

पंचायत, अस्र (दोपहर) की नमाज़ के बाद शुरू हुई। हकीम साहब ने एक पुरानी और बेरंग सी काली शेरवानी पहन रखी थी। वह जिस कुर्सी पर बैठे थे वह शीशम की बनी हुई थी और उस पर काफ़ी महीन कशीदाकारी की हुई थी। हकीम साहब के पास उनके बचपन के दोस्त हरिहर प्रसाद श्रीवास्तव बैठे थे। हरिहर प्रसाद लंबे और छरहरे थे और उनकी मूंछें घनी थीं। उन्हें ख़ास तौर पर इस पंचायत के लिए बुलाया गया था।

आरिफ़ दूर एक कोने में नीम के एक पेड़ के नीचे, खड़ा था। उसका दूर का ममेरा भाई बिलाल ठीक उसके पीछे था। बिलाल लंबा-चौड़ा और मज़बूत दिखता था। वहां पर अब तक सौ सवा सौ लोग इकट्ठे हो चुके थे।

वहां पर इमारत कमिटी के सदस्यों के बैठने के लिए कुर्सी के अलावा एक लकड़ी की चौकी भी रखी हुई थी। अचानक बकरी का एक मेमना चौकी के नीचे से बाहर आ गया। आसपास इतने लोगों को देख कर वह बौखलाकर इधर-उधर भागने लगा।

'किसकी बकरी है,' हकीम साहब ने सख़्त लहज़े में पूछा। एक डरा सहमा-सा दस-ग्यारह साल का बच्चा सामने आ गया।

'लेकर जाओ बकरी को यहां से,' किसी ने चिल्लाकर कहा। उस लड़के ने लपक कर बकरी के मेमने का कान पकड़ लिया और घसीट कर ले जाने लगा। भीड़ ने उसके जाने के लिए रास्ता बनाया।

बिलाल बग़ैर पूछे ही, दबी आवाज़ में इमारत कमिटी में होने वाले मुक़दमे के बारे बताने लगा। 'संजय गुप्ता यहीं लोकल स्कूल में टीचर है। उसका चक्कर इनायत नगर की औरत आबिदा बेगम से है। आबिदा शेख वारिस की बीवी है। संजय और आबिदा के नाजायज़ रिश्ते के बारे में काफ़ी वक़्त से लोगों में चर्चा थी लेकिन किसी ने अपनी आंखों उनको कुछ करते

हुए नहीं देखा था। लेकिन दो दिन पहले दोनों रंगे हाथ ऊख के खेत में पकड़े गए थे। ये हिंदू-मुस्लिम का मामला न बन जाए, इसलिए गांव के बुज़ुर्गों ने इसे हल करने का फ़ैसला किया।'

'देखो वह है संजय,' बिलाल ने एक नौजवान की तरफ़ इशारा करके बताया।

आबिदा ने अपने शौहर के साथ क्यों बेवफ़ाई की? आरिफ़ सोचने लगा। और फिर उसकी निगाहें सामने बरामदे की तरफ़ चली गईं।

एक पतली-सी चादर का पर्दा बरामदे पर टंगा था। लेकिन परदे के आर-पार सब कुछ दिखाई दे रहा था। परदे के उस तरफ़ औरतों के बैठने का इंतज़ाम था। हवा के झोंके ने परदे को जैसे हिलाया उसकी निगाह आबिदा बेगम पर पड़ी। उसका चेहरा गोल और आंखें बड़ी-बड़ी थीं। वह आंचल से अपने सिर को ढंक कर चुपचाप एक लकड़ी के बेंच पर बैठी थी और उसके चेहरे पर परेशानी की लकीरें साफ़ झलक रही थीं। आबिदा के आसपास कई औरतें बैठी थीं और अजीब सी निगाहों से उसे देख रही थीं। उनमें कुछ तो इशारे से तंज़ करते हुए मुस्करा भी रही थीं वहीं कई औरतें दबी आवाज़ में एक दूसरे से बतिया रही थीं।

क्या सुमित्रा मुझे पसंद करती है? अचानक आरिफ़ के ख़यालों के आंगन में चहलक़दमी करती हुई सुमित्रा आ गई।

आरिफ़ ने अपनी दाईं तरफ़ मुड़ कर देखा तो पाया कि संजय कुछ दूरी पर सिर झुकाए खड़ा था। वह रोए जा रहा था और उसके कंधे काँप रहे थे। संजय से एक क़दम के फ़ासले पर एक साठ-बासठ साल का बूढ़ा खड़ा था। उसके सिर के बाल खिचड़ी थे पर दाढ़ी पकी हुई थी।

बिलाल ये भी बताया कि आबिदा का पति, शेख वारिस, वहां मौजूद नहीं था।

इमारत कमिटी का एक सदस्य संजय से मुखातिब हो कर बोला कि क्या उसे अपनी सफ़ाई में कुछ कहना है। संजय ने कोई जवाब नहीं दिया और सिर झुकाकर फूट-फूट कर रोने लगा। उसका सारा बदन भी कांप रहा था। अचानक संजय के पिता ने अपने पैरों से हवाई चप्पल निकाली और सटासट उसे पीटने लगा और फिर चिल्ला कर बोला, 'अबे चूतिए, अब बोल ना क्यों चुप है?'

हरिहर प्रसाद ने तुरंत अपनी कुर्सी से खड़े हो कर संजय के पिता से चप्पल छीन ली और उसे डपट कर बोले, 'ये क्या कर रहे हो, राम प्रसाद?'

जवाब में वो बुज़ुर्ग़ ज़ोर-ज़ोर से रोने लगा, 'इस लड़के ने खानदान का नाम ख़राब किया है। मेरे चेहरे पर कालिख पोत दी है इसने। अच्छा होता पैदा होते ही मर जाता।'

एक लंबा और क्लीन-शेवेन शख़्स अपनी जगह पर खड़ा हुआ और बरामदे की तरफ़ रुख़ करके बोला, 'मोहतरमा आबिदा बेगम, क्या आपको इस मामले में कुछ कहना है। आप पर बहुत ही संजीदा इलज़ाम लगा है।'

'ये हैं जनाब सैय्यद हाफ़िज़ अहमद साहब,' बिलाल धीरे से आरिफ़ को बोला।

परदे के उस पार, आबिदा बेगम अपनी जगह से खड़ी हो गई, 'अगर मैंने कुछ भी ग़लत किया है तो अल्लाह मुझे क़यामत के दिन सज़ा देगा।'

'अगर तुम समाज में रहती हो तो इसका क़ायदा-क़ानून भी मानना पड़ेगा,' हकीम साहब ने काफ़ी शांत भाव से कहा, 'तुमने जो किया वो हमारी तहज़ीब और मज़हब के ख़िलाफ़ है।'

आबिदा बेगम की आवाज़ में तल्खी आ गई जब उसने हकीम साहब का जवाब दिया, 'समाज उस वक़्त कहां था जब मेरे ख़ाविंद अस्पताल में ज़िंदगी और मौत से जद्दोजहद कर रहे थे। समाज उस वक़्त कहां था जब मेरी फूल-सी बेटी की शादी एक अधेड़ उम्र के दोबियाहे से हुई थी क्योंकि हमारे पास दहेज़ देने के लिए पैसे नहीं थे। दहेज़ लेना-देना भी तो इस्लाम के ख़िलाफ़ है न? लेकिन अपनी इमारत कमिटी के कई मेंबरान ऐसे हैं जिन्होंने अपने बेटों की शादियों में दबा कर दहेज़ लिया है, कुछ ने चोरी छुपे, और कुछ ने खुल्लमखुल्ला। मुझे नहीं याद है कि इमारत कमिटी ने उन्हें तलब किया था। ख़ैर छोड़िए इन सब चीज़ों को। और जहां तक संजय साहब का सवाल है मैं उनकी बहुत इज़्ज़त करती हूं। इन्होंने मुसीबत के वक़्त में मेरा साथ दिया है। मैंने उनसे अपनापन जता कर इनके एहसानों को उतारने की कोशिश की है।'

एक लंबी काली दाढ़ी वाला अधेड़ उम्र का मर्द खड़ा हो चीख़ कर बोला, 'बेशर्म औरत, चुप करो!' जब वह बोल रहा था तब उसका बदन गुस्से से थरथर कांप रहा था और हवा के झोंकों से उसकी लंबी दाढ़ी झूम रही थी।

बिलाल फुसफुसाकर आरिफ़ के कान के पास बोला, 'मोहम्मद नासिर अली साहब को गुस्सा बहुत जल्दी आता है।'

हकीम साहब ने इशारे से नासिर अली को बैठने को कहा और फिर बोले, 'क्या तुम कमिटी के पास मदद के लिए आई थी?'

'आपको क्या लगता है हम भिखारी हैं और दरवाज़े-दरवाज़े कटोरा लेकर जाते?'

'चुप रहती है कि नहीं,' नासिर अपनी कुर्सी से फिर उठा और चिल्ला कर बोला।

इस बार आबिदा चुप हो गई। अपनी साड़ी के पल्लू से उसने अपना चेहरा आधा ढंक लिया और बेंच पर बैठ गई।

वहां पर जमा भीड़ के बीच फुसफुसाहट होने लगी।

'कैसी ढीठ औरत है,' आरिफ़ ने सोचा। हालांकि उसे एक औरत को सरेआम बेइज़्ज़त किया जाना अच्छा नहीं लग रहा था। लेकिन आबिदा जिस तरह इमारत कमिटी के सामने बेशर्मी से बोल रही थी, उसे ये भी अच्छा नहीं लग रहा था। *'कम से कम उसे अपने किए पर पछतावा तो होना चाहिए।'*

आरिफ़ ने देखा कि हकीम साहब, हरिहर प्रसाद से धीमी आवाज़ में कुछ मशवरा कर रहे थे। कमिटी के बाक़ी सदस्य भी अपनी कुर्सियों को खींचकर इकट्ठे हो गए।

'ये साला वारिस शेख़ भी बिलकुल हिज़ड़ा है। अपनी बीवी पर कोई ज़ोर नहीं है उसका। लगता है कि वह आबिदा की जिस्मानी प्यास भी नहीं बुझा पाता है तभी तो वो एक हिंदू से अपना मुंह काला करवा रही है।'

बिलाल बिना रुके बोले जा रहा था। आरिफ़ ने एक बार उसकी तरफ़ मुड़ कर देखा लेकिन कुछ बोला नहीं।

कुछ देर बाद इमारत कमिटी ने अपना फ़ैसला सुनाया : संजय कुमार गुप्ता को अपने किए का पश्चाताप करना पड़ेगा और कमिटी से ये वादा करना पड़ेगा कि आगे वो ऐसी ग़लती नहीं करेगा। और सज़ा के तौर पर उसे सभी लोगों के सामने अपनी ही चप्पल पर थूक कर चाटना पड़ेगा। जहां तक आबिदा बेगम का सवाल है उसे इस बार छोड़ा जा रहा है, लेकिन अगर उसने अपने रवैए में बदलाव नहीं किया तो अगली बार उसे सख़्त से सख़्त सज़ा मिलेगी।

संजय फूट-फूट के रोए जा रहा था। उसने अपने पांव से हवाई चप्पल निकाली जो इस्तेमाल से घिस चुकी थी। चप्पल का रंग सफ़ेद और फीता नीला था। उसने चप्पल पर जैसे ही थूक कर चाटा वो ज़ोर-ज़ोर से खांसने लगा और फिर उसे उल्टियां होने लगीं। बरामदे में आबिदा बेगम बेचैनी से कभी बेंच पर बैठ जाती और फिर खड़ी हो जातीं।

हरिहर प्रसाद ने संजय की तरफ़ इशारा करते हुए कहा, 'इसके लिए इतनी सज़ा काफ़ी है।'

सभी लोगों हामी भरी।

आरिफ़ को संजय के लिए बड़ा अफ़सोस हो रहा था, 'बेचारा!'

क्या हो अगर संजय और आबिदा की जगह पर मैं और सुमित्रा होते? आरिफ़ ने सोचा और उसके रोंगटे खड़े हो गए। उसके माथे पर पसीने की बूंदें छलक आईं।

—

उसी शाम, आरिफ़ ने मामी से पूछा, 'मामी जान, क्या आप चलेंगी जमालपुरा?'

'फ़रज़ाना जाएगी तुम्हारे साथ। कई महीनों से आपा हमें जमालपुरा आने की दावत दे रही हैं लेकिन हमें जाने वक़्त ही नहीं मिलता। इस बार उन्होंने कहा है कि हम कम से कम फ़रज़ाना को तो भेज दें,' उन्होंने जवाब दिया। मामी जान और आरिफ़ की चाची दोनों रिश्ते में सगी बहनें थीं।

इनायत नगर और जमालपुरा के बीच की दूरी 20 किलोमीटर के आसपास थी। सड़क का कुछ हिस्सा खरंजा था कुछ हिस्सा कच्ची सड़क

और बाक़ी हिस्से को सड़क कहना सड़क की तौहीन होगी। ख़ासकर कुछ गांवों में तो नाले का पानी सड़क पर ही बहता था और सड़क का वो हिस्सा कीचड़ और दलदल से भरा था। हर रोज़ सुबह और शाम महिंद्रा की एक जीप इनायत नगर से शमशाद नगर तक दो फेरे लगाती थी। जमालपुरा वाले मुसाफ़िर शमशाद नगर उतरकर पैदल या टमटम से 3-4 किलोमीटर की दूरी तय करते थे। जीप से सफ़र करना अपने आप में जंग जीतने जैसा था। सवारियों को जीप में ऐसे ठूंसा जाता था जैसे वो इंसान न होकर रुई की बोरियां हों। अगली सीट पर ड्राइवर के अलावा चार लोग और बैठते थे, और ड्राइवर अपना आधा शरीर गाड़ी के बाहर रखता था और तिरछा हो कर बड़ी मुश्किल से गाड़ी ड्राइव करता था। कई लोग गाड़ी के पीछे लटक जाते और कुछ छत पर बैठ जाते। ऊबड़-खाबड़ सड़क पर हिचकोले खाते हुए जीप क़रीब एक से डेढ़ घंटे में शमशाद नगर पहुंचाती थी।

हकीम साहब ने उस जीप के सफ़र की परेशानी से बचने के लिए, आरिफ़ और फ़रज़ाना को बैलगाड़ी से जमालपुरा भेजने का फ़ैसला किया। आरिफ़ फ़रज़ाना को अपने साथ ले जाने में ना-नुकर कर रहा था। उसे शक़ था कि उसकी मामी फ़रज़ाना को इसलिए साथ भेज रही हैं ताकि वो उसके क़रीब आ सके और आरिफ़ फ़रज़ाना से शादी के लिए हां कर दे।

अगले दिन सुबह-सुबह मामी जान फ़रज़ाना की बड़ाई करने बैठ गई। 'जानते हो बेटा, फ़रज़ाना को फौकानिआ इम्तहान में फ़र्स्ट डिवीज़न आया है,' मामी जान ने बड़े फ़ख्र से कहा।

'मदरसा बोर्ड के इम्तहान में तो टेबल और बेंच भी पास हो जाता है,' आरिफ़ ने अपने आप से कहा।

मामी जान लगातार बोलती जा रही थी, 'सिलाई-कढ़ाई में तो फ़रज़ाना का कोई मुक़ाबला नहीं। उसे दीन इस्लाम की जानकारी भी बहुत है।'

आरिफ़ दो चीज़ें अच्छी तरह से जानता था। एक ये कि सुमित्रा के पीछे भागने से कुछ नहीं होने वाला है। और दूसरा ये कि वह किसी भी हालत में फ़रज़ाना से शादी नहीं करने वाला है, इसके बावजूद कि उसके वालिद ने बचपन में उसका रिश्ता फ़रज़ाना के साथ पक्का किया था। आरिफ़ को थोड़ा-थोड़ा याद है कि फ़रज़ाना के पैदा होते ही अब्बा ने सभी रिश्तेदारों के बीच ऐलान किया था कि फ़रज़ाना बड़ी होकर उनकी बहू बनेगी। उस

वक़्त तो आरिफ़ ने भी तालियां बजाई थीं क्योंकि उसे एहसास नहीं था इस ऐलान का आने वाले समय में क्या नतीजा निकलेगा।

मामी की बातों से आरिफ़ उकता चुका था और इसलिए उसने बात करने का मौजूं बदल दिया। 'मामी जान, बैलगाड़ी आ गई क्या?' आरिफ़ अचानक पूछ पड़ा।

'बैलगाड़ी कब की आ गई। गाड़ीवान वहार बांध रहा है,' मामी ने जवाब दिया।

खुली बैलगाड़ी में चलना औरतों के लिए अच्छा नहीं माना जाता था। इसलिए बैलगाड़ी के ऊपर पर्दा लगाया जाता था जिसे वहार कहते हैं। वहार का एक यह भी फ़ायदा है कि वो बारिश और धूप से बचाता है।

दो टोकरी भर कर ठेकुए, गुलगुले, निमकी और कुलमे गाड़ी के पिछले हिस्से में रखे गए। साथ में एक सूटकेस और एयरबैग भी था जिसमें आरिफ़ के और फ़रज़ाना के कपड़े और ज़ाती ज़रूरत का सामान था। बैलगाड़ी में वहार के अंदर फ़रज़ाना बैठी। ऊपर और किनारे से तिरपाल का कपड़ा लगाया गया था और सामने मलमल का पर्दा था ताकि हवा आ-जा सके। आरिफ़ इस तरह से बैठा था कि उसका आधा जिस्म वहार के अंदर था। गाड़ीवान अपनी जगह पर बैठा और उसके दोनों पांव नीचे लटक रहे थे। उसके हाथ में एक बांस की छड़ी थी जिससे वह बैलों को हांकने का काम लेता था। गाड़ीवान का नाम याक़ूब अली था। वह लंबा और पतला-दुबला था। उसके चेहरे पर थोड़ी-सी बकरदाढ़ी थी। याक़ूब इनायत नगर का ही रहने वाला था, बल्कि उसी मोहल्ले में जहां हकीम साहब का मकान था।

ठीक दस बजे बैलगाड़ी जमालपुरा के लिए निकल गई और साढ़े बारह बजते-बजते वे लोग पंचकुरवा पहुंच गए। नवंबर का महीना होने बावजूद हवा में गर्मी और उमस थी। गर्मी से बचने के लिए आरिफ़ वहार के अंदर आ गया था। हालांकि फ़रज़ाना की मौजूदगी से वो असहज महसूस कर रहा था। फ़रज़ाना गाड़ी के अंदर रेलिंग से टिक कर ऊंघ रही थी। वो पसीने से तरबतर थी और पसीने की बूंदें उसके नाज़ुक और गोरे चेहरे पर मोती की तरह लग रहे थे। उसकी लंबी और रेशमी ज़ुल्फ़ें उसके चेहरे पर बिखरी हुई थीं। नैन-नक़्श तो तीखे थे ही और उसके चेहरे पर चमक भी बहुत थी। उसने मेकअप का इस्तेमाल नहीं किया था फिर भी बेहद ख़ूबसूरत लग

रही थी। उसका जिस्म भरा-भरा सा था और वो 15-16 साल से ज़्यादा की लग रही थी। एक पल के लिए तो आरिफ़ को लगा कि फ़रज़ाना से शादी के लिए वो हां कर दे। लेकिन वह ख़याल सिर्फ़ कुछ लम्हों के लिए था।

वह फटाक से 'तौबा-तौबा' करने लगा जब उसके तस्सव्वुर में पांच साल की फ़रज़ाना आई। कैसे वो 'आरिफ़ भैया' कह कर पीछे-पीछे दौड़ती थी और फिर उसकी गोद में चढ़ कर चॉकलेट दिलाने की ज़िद करती थी। वैसे भी आईएएस बनने वाला एक लड़का क्या किसी गांव की गंवार लड़की से शादी कर सकता है!

फिर वह किस से शादी करेगा?

बैलगाड़ी जैसे ही पंचकुरवा के बाहर निकली, याक़ूब ने गाड़ी को एक नीम के पेड़ के पास रोक दिया। उसने सुझाया कि उन्हें दोपहर का खाना खा लेना चाहिए।

आरिफ़ ने फ़रज़ाना से पूछा, 'खाने में क्या है?'

'पराठा, आलू की भुजिया और भुना हुआ कुलमा,' फ़रज़ाना बोली। वह एक झोले से स्टील का टिफ़िन निकालने लगी।

कुलमा का नाम सुनते ही आरिफ़ को उबकाई-सी आने लगी। 6-7 महीना पुराना और सुखाया हुआ बीफ़ खाने की वो सोच भी नहीं सकता था। वैसे भी उसके यहां कभी बड़ा गोश्त नहीं पकता था। उसके पैदा होने के पहले ही अब्बा ने बड़े गोश्त को घर में पकाने पर बंदिश लगा दी थी। अब्बा का कहना था उनके बहुत सारे हिंदू दोस्त उनके घर खाते-पीते हैं और हगें उनके जज़्बात का ख़याल रखना चाहिए। वैसे भी खाने के लिए मुर्गा और खस्सी तो हैं ही।

जैसे ही फ़रज़ाना ने थाली याक़ूब और आरिफ़ की तरफ़ बढ़ाई, उसे कुलमे की महक से मतली आने लगी। आरिफ़ ने खखार कर अपना गला साफ़ किया और फिर सामने सड़क पर थूक दिया। 'मुझे कुलमा मत देना। पराठा और भुजिया और अगर हो सके तो आम का अचार।'

आरिफ़ ने देखा याक़ूब बड़े शौक़ से रोटी और कुलमा खा रहा था। हर कुलमे को आराम से चबा-चबा कर मज़े ले लेकर।

खाना ख़त्म होते ही याक़ूब ने मशवरा दिया कि चाय पी जाए। सामने एक झोपड़ीनुमा दुकान पर लोग चाय और सिंघाड़े का मज़ा ले रहे थे।

आरिफ़ ने जेब से पांच रुपये निकाल कर दिए और याक़ूब जाकर माटी के तीन कुल्हड़ों में चाय लेकर आया।

चाय की चुस्की लेते हुए याक़ूब बोला, 'आरिफ़ भाई, पंचकुरवा पक्का जनसंघी गांव है। ज़्यादातर यहां भूमिहार जात वाले हैं। और सब के सब बहुत ही कम्यूनल हैं। सिर्फ़ तीन मुस्लिम परिवार हैं इस गांव में।'

'अच्छा,' आरिफ़ ध्यान से उसकी बातें सुन रहा था।

'पिछले महीने तो दंगा होते होते बच गया।'

'दंगा? क्यों?'

'दरअसल, ज़हीर अंसारी नाम के एक बुज़ुर्ग पास के गांव से बड़का गोश्त ले कर आ रहे थे। चौराहे पर हिंदुओं ने पकड़ लिया। पहले तो ख़ूब पीटा, फिर घर जला दिया उस ग़रीब का। आसपास के गांव के मुसलमान लोग बहुत गुस्से में थे लेकिन किसी तरह से दंगा टल गया। जो हिंदू मार-पीट में शामिल थे उनको पुलिस ने गिरफ़्तार कर लिया और लोगों का गुस्सा ठंडा पड़ गया।'

'फिर क्या हुआ?'

'क्या होना था? सब हिंदू लोग छूट गए। और पुलिस उलटे मुसलमानों को धमका के गई कि बड़का गोश्त खाते हुए या गोरू ज़बह करते हुए पकड़े गए तो जेल पक्का। बड़का गोश्त खाना मुलुक के क़ानून के ख़िलाफ़ है,' याक़ूब आवाज़ में एक उत्तेजना थी। 'ये कैसा क़ानून है कि किसी को उसका खाना ही न खाने दे।' इतना बोलकर याक़ूब गाड़ी से नीचे उतर गया और बैलों को लाने चला गया। दोनों बैल मज़े से भूसा और बांस के पत्ते चबा रहे थे। और जैसे याक़ूब बैलों को जुआ में बांध कर गाड़ी जोतने वाला था कि अचानक सामने वाली सड़क से सैकड़ों लोगों के क़दमों की थाप सुनाई देने लगी। और उसके बाद 'जय श्री राम' का नारा आसमान में गूंजने लगा। आरिफ़ ने देखा कि याक़ूब के चेहरे पर हवाइयां उड़ रही हैं। उसने लगाम खींच कर बैलों को एकदम से रोक लिया।

कुछ सेकेंडों बाद ही सौ सवा सौ लोगों के भीड़ को अपनी तरफ़ आते देखा। आगे-आगे एक मोटा तगड़ा, बड़ी-बड़ी मूंछों वाला सांवला सा आदमी चल रहा था। उसके हाथों में एक तिकोना झंडा था, भगवा रंग का। सब लोग बड़े जोश से 'जय श्री राम' का नारा लगा रहे थे। ये अच्छी बात थी

कि भीड़ ने बैलगाड़ी की तरफ ध्यान नहीं दिया और आगे बढ़ गए।

'ये क्या था?' आरिफ़ ने याक़ूब से पूछा।

'भाई, ये गांव पूरा जनसंघियों का गांव है। और सुरेश सिंह है न। पहिले स्मगलर था, अब भाजपा का विधायक बन गया है। ये सब उसका ही किया धरा है। हिंदुओं को मुसलमान के ख़िलाफ़ भड़काने के लिए ये सब ड्रामा शुरू किया है। हर हफ़्ते वह राम ध्वज का जुलूस निकलवाता है और उलटे-सीधे नारे लगवाता है।'

'अच्छा,' आरिफ़ जम्हाई लेते हुए बोला।

'सुरेश सिंह तो इनायत नगर में भी राम ध्वज का जुलूस निकलवाना चाहता था। लेकिन किसी तरह से हरिहर जी ने ये सब नहीं होने दिया। पूरे हिंदू समाज में एक वही तो हैं समझदार। लेकिन उनका बेटा शशिधर...' याक़ूब बोलता रहा लेकिन आरिफ़ की आंखें नींद से बोझिल हो गई थीं और बैलगाड़ी की रेलिंग पर टेक लगाकर वो झपकियां लेने लगा। तभी बैलगाड़ी ने बड़ी ज़ोर से हिचकोले लिए और आरिफ़ की आंख खुल गई। बैलगाड़ी सड़क के एक गड्ढे में फंस गई थी और याक़ूब 'ठांव, ठांव' बोलते हुए बैलों को लाठी से हड़का रहा था। बैलों ने ज़ोर लगाया और बैलगाड़ी एक झटके साथ फिर से चल पड़ी।

वे शमशाद नगर में दाख़िल हो चुके थे। आरिफ़ ने सामने देखा कि 12-13 साल के तीन लड़के सड़क के किनारे गिल्ली-डंडा खेल रहे थे। बैलगाड़ी को आते देख कर वे रुक गए। उसमें से एक लड़का बोल पड़ा, 'देख ज़ुल्फ़िकार, बैलगाड़ी में कोई दुल्हन जा रही है।'

फिर क्या था तीनों लड़के खेल छोड़छाड़ कर गाड़ी के पीछे भागने लगे और एक गीत गाने लगे :

लाली लाली डोलिया में लाली रे दुलहिनिया
पिया की प्यारी भोली भाली रे दुलहिनिया

(लाल-लाल डोली में दुल्हन लाल जोड़ा पहनकर बैठी है। यह भोली-भाली दुल्हन अपने पिया की प्यारी है।)

आरिफ़ लजा सा गया। अपनी तिरछी निगाहों से देखा कि फ़रज़ाना भी शर्म से पानी-पानी हो रही थी।

'चलो दफ़ा हो जाओ यहां से। बदमाशों,' याक़ूब डांट कर बच्चों को भगाने की कोशिश कर रहा था। लेकिन वो माने नहीं और गांव के बाहर तक बैलगाड़ी का पीछा करते रहे और दुलहिनिया वाला गीत गाते रहे।

आरिफ़ को अपना बचपना याद आया तो वह मुस्कराए बिना नहीं रह सका। कैसे वह और ज़ाकिर जब जमालपुरा में रहा करते थे तब उनके घर के आसपास से कोई भी बैलगाड़ी या डोली गुज़रती तो दोनों भाई मोहल्ले के लड़कों के साथ यही गीत गाते हुए उसके पीछे भागते थे।

आरिफ़ ने पूरब की जानिब निगाह उठाकर देखा उसे जमालपुरा की जामा मस्जिद की मीनारें दिखने लगीं और फिर कुछ देर बाद हज़रत बाबा पीर जमालुद्दीन खा़न रहमतुल्लाह अलैह की मज़ार का गोल-गोल हरा गुंबद भी नज़र आने लगा। वह अपने गांव के बहुत ही क़रीब आ चुका था।

अचानक एक साइकिल बैलगाड़ी के पास आकर रुकी। साइकिल पर कुर्ता-पायजामा पहने और चुक्की दाढ़ी वाले अब्दुल वहीद ख़ान थे। वह आरिफ़ के अब्बा के बड़े भाई थे।

'अस्सलाम अलैकुम, बड़के बाबा,' आरिफ़ चलती हुई बैलगाड़ी से एकदम से कूद पड़ा। उसने बड़के बाबा से हाथ मिलाया और फिर वापस बैलगाड़ी पर आ गया। वे उनकी साइकिल के पीछे-पीछे चलने लगे।

जमालपुरा पहुंच कर गाड़ीवान याक़ूब ने नाश्ता पानी के बाद, बड़के बाबा के दालान में एक झपकी भी मार ली। फिर खांटी दूध की कड़क चाय पी कर वो इनायत नगर में अपनी वापसी के सफ़र पर निकल पड़ा।

शाम को आरिफ़ बड़के बाबा और चचेरे भाई मुनीर के साथ रात के खाने के लिए आंगन में बैठा। लकड़ी की एक चौकी पर लाल छापवाला पीला दस्तरख़्वान बिछा था। आंगन से लगे ओसारे में मिट्टी की चार बड़ी-बड़ी कोठियां बनी थीं जिनमें अनाज भरा हुआ था। आंगन के दूर कोने में हरे रंग का हैंड पंप लगा था।

'भाई ने बताया था कि तुम बड़का गोश्त बिलकुल नहीं खाते हो, इसलिए मैं शमशाद नगर गया था, खस्सी का गोश्त लाने। अपने गांव में खस्सी का गोश्त नहीं बनता। कहां औकात है खस्सी खाने की यहां।'

हालांकि आरिफ़ के पिता अब्दुल वहीद ख़ान से उम्र में छोटे थे। लेकिन बड़के बाबा अब्बा को हमेशा बहुत ही इज़्ज़त से भाई बुलाया करते थे। उनका कहना था कि इतनी मुश्किलों के बावजूद अब्बा ने मेहनत-मशक्कत करके अपनी पढ़ाई पूरी की और पुलिस डिपार्टमेंट में नौकरी हासिल की।

'अजमती और रहमती बाजी कैसी हैं?' आरिफ़ ने बड़के बाबा से उनके बेटियों के बारे में पूछा। वह सामने की थाली से खस्सी के गोश्त की एक बड़ी-सी बोटी निकालकर अपनी प्लेट में रख रहा था।

'अजमती तो दिल्ली में है उसके शौहर का लेथ मशीन रिपेयर का कारोबार है, और रहमती काठमांडू में, उसका शौहर डबलरोटी की फ़ैक्टरी चलाता है। लेकिन आजकल बहुत मुश्किल हो रही है। नेपाली लोग बहुत तंग कर रहे हैं। वे यह कहते हैं कि हिंदुस्तानी लोग मधेशिया हैं और उन्हें नेपाल में रहने का कोई हक़ नहीं...' बड़के बाबा की बात ख़त्म होते-होते आरिफ़ अपना खाना खा चुका था। उसने गिलास उठाया और एक ही घूंट में सारा पानी पी लिया। फिर उसने एक डकार लगाई।

'बेटा खाना कैसा था?' चचीजान सलेहा बेगम ने पूछा। वह बरामदे में खड़ी थी और बार-बार अपने सर से सरक रहे आंचल को संभालने की कोशिश कर रही थी।

'लज़ीज़ और लाजवाब,' आरिफ़ ने कहा। चचीजान ने मुस्कराकर उसकी तरफ़ देखा और सामने से जूठे बर्तन इकट्ठे करने लगी।

'मुनीर भाई चलें टहलने,' आरिफ़ अपने अपने चचेरे भाई की तरफ़ मुड़ते हुए कहा।

'हां क्यों नहीं,' मुनीर अपने पेट पर हाथ फेर रहा था।

कुछ देर बाद वह दोनों घर से बाहर सड़क पर आ गए। ऊपर आसमान में पूरी चांदनी खिली हुई और मौसम खुशगवार था।

'सदाक़त कैसा है?' आरिफ़ ने अपने बचपन के दोस्त के बारे में मुनीर से पूछा।

'वह हमेशा की तरह इधर-उधर बौराता रहता है। अभी किसी अछूत लड़की के चक्कर में पड़ा हुआ है।' मुनीर की आवाज़ में थोड़ी झुंझलाहट थी।

'अच्छा ऐसा है क्या?'

'उस लड़की चमेली की शादी 10 साल की उम्र में ही हो गई थी और 12 साल की होते-होते वह बेवा भी हो गई। आजकल सदाक़त से उसका इश्क़ चल रहा है। लेकिन एक बात बड़ी अच्छी हुई है।'

'वह क्या?'

'सदाक़त ने ताड़ी पीना छोड़ दिया है।'

'वाह, यह तो बहुत अच्छी ख़बर है।'

'हां, एक बात और। कुछ दिन पहले गांव के नामी-गिरामी लोगों के बारे में एक इश्तहार लिखने के मामले में सदाक़त फंस गया था।'

'वो कैसे?'

'पिछले महीने एक जुमे की सुबह मस्जिद के बाहर वाले बंगले की दीवार पर उर्दू में एक पोस्टर लगा हुआ था जिसमें लिखा था :

हासिम ख़ान - *रंगीन मिज़ाज,*
सगीर ख़ान - *बेटी चोद,*
रईस ख़ान - *चुगलखोर,*
सरताज ख़ान - *रंडीबाज़,*
शेख रहमत - *आग लगवा।*
यह इश्तहार लिखने वाला - सदाक़त अली ख़ान।

वे लोग गांव के इज़्ज़तदार और रसूख वाले लोग थे। तुरंत मस्जिद के सामने वाले बरामदे में एक मीटिंग बुलाई गई और इस मौज़ूं पर काफ़ी चर्चा हुई। सदाक़त को भी बुलाया गया पर उसने कहा कि आप लोग क्या मुझे उल्लू समझते हैं कि मैं अपना नाम खुद लिख दूंगा। ज़रूर यह किसी की साज़िश है।'

'फिर क्या हुआ?'

'गांव के लोग सदाक़त की दलील से पूरी तरह से मुत्तफ़िक़ नहीं थे। इसलिए सदाक़त को कहा कि अपनी लिखावट का नमूना दे। सदाक़त की लिखावट से इश्तहार की लिखावट नहीं मिली और वह छूट गया। जिसने भी लिखा हो लेकिन इश्तहार की बातें तो सच्ची ही थीं।'

बातचीत करते-करते वह गांव से क़रीब दो तीन सौ मीटर बाहर निकल आए थे। तभी मस्जिद से अज़ान की आवाज़ आई।

'इशा का वक़्त हो गया। तुम आराम से टहलते हुए आओ,' मुनीर ने कहा और गांव की तरफ़ मुड़ कर झटक कर चलने लगा।

आरिफ़ धीरे-धीरे उसके पीछे आ रहा था तभी उसने सदाकत को अपनी तरफ़ आते हुए देखा। सदाक़त के हाथ में एक लालटेन थी और एक लोटा। आरिफ़ समझ गया कि वह मैदान करने जा रहा है।

'अस्सलाम अलैकुम, आरिफ़ भाई!' सदाक़त ने बड़ी गर्मजोशी के साथ हाथ मिलाया। फिर वो साथ चलने लगे और एक दूसरे का हाल-चाल लेने लगे।

आरिफ़ ने सदाक़त से पोस्टर कांड के बारे में पूछा तो सदाक़त ज़ोर-ज़ोर से हँसने लगा। 'आरिफ़ भाई किसी को बताइएगा मत लेकिन पोस्टर तो मैंने ही बनवाया था, भले ही लिखने वाला मेरा दोस्त है जो पास वाले गांव में रहता है।'

'अच्छा,' आरिफ़ भी सदाक़त की शरारत पर मुस्कराए बिना नहीं रह सका। फिर आरिफ़ ने चमेली के बारे में पूछा।

'अरे, आपको कैसे मालूम?' सदाक़त चौंक पड़ा।

'मैं जादू जानता हूं,' आरिफ़ सदाक़त को चिढ़ाते हुए बोला।

'भाई, आप तो पुराने दोस्त हैं। आपसे क्या छुपाना। वह एक तो हिंदू है ऊपर से अछूत। मेरे घर वाले थोड़े मानेंगे लेकिन मुझे परवाह नहीं। शादी करूंगा तो सिर्फ़ उसी से।'

'यह तो अच्छी बात है।'

'अच्छा अब मेरी छोड़िए। पटना में अपनी लवर के बारे में बताइए,' सदाक़त ज़ोर-ज़ोर से हँसते हुए बोला।

सुमित्रा के बारे में बताने का ख़याल एक बार आरिफ़ के मन में आया लेकिन उसने अपने आप को रोक लिया और बोला, 'कहां सदाक़त भाई, आपकी तरह क़िस्मत कहां मेरी?'

'बेवकूफ़ मत बनाइए। आप जैसे ख़ूबसूरत नौजवान को कोई भी लड़की पसंद कर लेगी। वैसे भी पटना में लड़कियां बड़े खुले मिज़ाज की होती हैं।'

आरिफ़ मुस्कराकर रह गया। बात करते-करते वह गांव की पुलिया के पास पहुंच गए थे जो कर्पूरी ठाकुर कनाल के ऊपर बनी थी। यह सत्तर

के दशक में सरकारी सिंचाई योजना के तहत बनाई गई नहर थी। लेकिन इतने बरसों के बाद भी न इस नहर में पानी आया न इसका सिंचाई के लिए इस्तेमाल हुआ।

'मैं दस मिनट में आता हूं', सदाक़त बोला और सूखी हुई नहर में उतर गया और तेज़ी से भूतिया गाछी की तरफ़ जाने लगा। वह एक आम का बगीचा था जिसमें बरसों पहले एक राकस देखा गया था और तब से इस बगीचे का नाम भूतिया गाछी हो गया था। राकस वो है जिसके शरीर पर सैकड़ों आंखें होती हैं, ऐसा दादी ने कहा था। वह बगीचा हिंदुओं के श्मशान के कोने को छूता था। अभी 2 मिनट भी मुश्किल से बीते होंगे आरिफ़ ने देखा कि कोई औरतनुमा साया श्मशान से गुज़रता हुआ भूतिया गाछी की तरफ़ जा रहा है।

'कहीं कोई चुड़ैल या जिन्न तो नहीं? लेकिन मेरे जैसे पढ़े-लिखे आदमी को क्या भूत-प्रेत में विश्वास करना चाहिए,' आरिफ़ ने सोचा फिर उसे ख़याल आया कि ये चमेली तो नहीं। 'ये दोनों यहां क्या करने आए हैं,' ये सोचते-सोचते आरिफ़ भी नहर में उतर गया और धीरे-धीरे भूतिया गाछी की तरफ़ बढ़ने लगा। नहर में जंगली घास और लताएं उगी हुई थीं। यह सोचकर उसके रोंगटे खड़े हो गए कि अगर इस घास में कोई सांप-बिच्छू निकल आया तो। बगीचे के पास उसने लीची की नीचे झुकी टहनियों से बचने के लिए अपने सिर को झुकाया और फिर बगीचे में दाख़िल हो गया। बगीचे के बीचोबीच ज़मीन पर सदाक़त और चमेली साथ बैठे हुए थे।

ऊपर चांदनी रात और नीचे लालटेन की रोशनी, फिर भी आरिफ़ को सामने देखने के लिए अपनी आंखों पर ज़ोर लगाना पड़ रहा था। कुछ देर में सदाक़त ने चमेली के ब्लाउज़ में हाथ डालने की कोशिश की तभी चमेली ने एक ज़ोरदार थप्पड़ उसके हाथों पर जड़ दिया और बोली, 'शादी के पहले यह सब नहीं।'

रात के सुनसान माहौल में उनकी बातचीत साफ़-साफ़ सुनाई दे रही थी। फिर सदाक़त ने चमेली को धकेल कर ज़मीन पर पटक दिया और उसके ऊपर चढ़ने की कोशिश की। आरिफ़ ने सोचा कि सदाक़त की जगह 'मैं और सुमित्रा इस बाग में होते तो क्या मज़ा आता।' तभी 'न' कहते हुए चमेली ने सदाक़त को दूर धकेल दिया। सदाक़त ज़ोर-ज़ोर से हँसने लगा।

फिर आरिफ़ को गुनाह का अहसास होने लगा। वाक़ई उसके मन में कितने गंदे-गंदे ख़याल आ रहे थे, सुमित्रा के बारे। सदाक़त चमेली के साथ जो करने की कोशिश कर रहा था वह गुनाह है, गुनाह-ए-कबीरा और आज ही आरिफ़ ने जो सुमित्रा के बारे में सोचा वह भी गुनाह है, गुनाह-ए-कबीरा।

जब सदाक़त की हँसी थम गई तो वह चमेली से बोला, 'आज मुझे जल्दी वापस जाना पड़ेगा। पटना से मेरा दोस्त आरिफ़ आया है और पुलिया पर मेरा इंतज़ार कर रहा है।'

'वह तो ठीक है लेकिन काठमांडू कब जाएंगे हम?'

'बहुत जल्द,' सदाकत अपनी जगह से उठने लगा।

आरिफ़ चुपचाप नहर से निकला और लगभग दौड़ते हुए पुलिया पर वापस आ गया।

जमालपुरा के लोग जल्दी सो जाया करते थे। नवंबर के सुहाने मौसम में जब गुलाबी ठंड शुरू हो चुकी थी और आसमान बिलकुल साफ़ था तब भी नौ बजते-बजते पूरे गांव में मौत-सी ख़ामोशी छाई हुई थी। आरिफ़ अकेला अपने कमरे जगा हुआ था। पटना में पुलिस कॉलोनी में ग्यारह बजे से पहले तो शायद ही कोई सोता होगा। फिर चारों तरफ़ की ख़ामोशियां उसे परेशान कर रही थीं। उसे झींगुरों के गाने और कभी-कभी पास के खेत से गीदड़ों की आवाज़ के अलावा और कुछ नहीं सुनाई दे रहा था। आज फिर से वह सुमित्रा के बारे में सोच रहा था। वह परेशान था कि सुमित्रा को अपने दिमाग़ से निकाले कैसे?

जमालपुरा वाले घर का बेडरूम काफ़ी बड़ा था। पटना के सरकारी क्वार्टर के सबसे बड़े कमरे से लगभग तिगुना तो रहा ही होगा। उसमें पुरानी स्टाइल वाला सागवान का एक पलंग रखा था जिसमें बहुत ही महीन नक़्क़ाशियां की हुई थीं। यह उसकी अम्मा की शादी का तोहफ़ा था जो उसके नाना ने शादी के वक़्त दिया था। इतने साल बीत जाने के बाद भी पलंग बिलकुल मज़बूत दिख रहा था। उस कमरे में एक स्टडी टेबल भी थी। एक शीशम की लकड़ी की कुर्सी और एक अलमारी भी। कमरे की दोनों खिड़कियां सड़क की तरफ़ खुलती थीं जहां से गांव की जामा मस्जिद दिखती थी।

उसने पुरानी अलमारी से कुछ किताबों को ढूंढ़ना शुरू कर दिया। उस अलमारी में दीमक की खाई हुई *दास्तान-ए-अमीर हमज़ा, तिलिस्मे होशरूबा* और *अलिफ़ लैला* के अलावा कुछ पुरानी डायरी और कुछ उसके स्कूल की पुरानी किताबें मिलीं। उसे एक डायरी भी मिली जो वह काफ़ी वक़्त से ढूंढ़ रहा था। आरिफ़ बिस्तर में लेट कर अपनी डायरी पढ़ने लगा। उसे 10 साल पुराना एक ख़ास दिन याद आने लगा और सिमरन की तसवीर साफ़-साफ़ दिखने लगी। उसने डायरी पढ़ना शुरू किया।

---

31 अक्टूबर 1984। दिन के 11:00 बजे हैं। अब्बा के ऑफ़िस के स्टाफ़ मिश्रा जी दौड़े-दौड़े आए। वह परेशान हैं उनकी आंखों में आंसू हैं और भर्राई हुई आवाज़ में बोले, 'ख़ान साहब इंदिरा जी नहीं रहीं।'

अब्बा का चेहरा फक पड़ गया।

शाम तक सारे हिंदुस्तान को पता हो गया था कि प्रधानमंत्री के दो सिख सिक्योरिटी गार्डों ने उनकी हत्या की है। चारों तरफ़ अफवाहों का बाज़ार गर्म था। कुछ लोग यह भी कह रहे थे कि सिख लोग इस मौत का जश्न मना रहे हैं और यहां के गुरुद्वारे में मिठाइयां भी बंट रही हैं। कुछ लोग यह भी कह रहे थे कि ऑपरेशन ब्लू स्टार का बदला लिया गया है।

लेकिन मेरे लिए प्रधानमंत्री की हत्या की ख़बर किसी दूसरी ख़बर से ज़्यादा अहमियत नहीं रखती थी। जैसे सड़क दुर्घटना में दो लोगों की मृत्यु, सोन नदी में नाव डूबने से 3 लोग लापता, आदि-आदि। मैं यह नहीं समझ पा रहा था कि अब्बा इतने परेशान और उदास क्यों थे। प्रधानमंत्री कोई हमारी रिश्तेदार तो थी नहीं।

1 नवंबर 1984। शाम को मैं अभी-अभी मैदान से खेल कर आया था। घर आते ही देखा कि बिजली हर रोज़ की तरह नहीं गई है तो मेरी बांछें खिल गईं। आज अच्छे से पढ़ाई करने का मौक़ा मिलेगा। लालटेन की कम रोशनी में पढ़ने में बड़ी कोफ़्त होती है।

नाज़नीन और राबिया फ़र्श पर बैठकर लूडो खेल रही थीं और मेरी लाडली बहन हुमा कुर्सी पर बैठी हुई थी, गाल फुलाए हुए।

मैंने जब हुमा से पूछा वह बोली कि नाज़नीन और राबिया उसे अपने साथ खेलने नहीं दे रही हैं। वे यह कहती हैं तुम बहुत छोटी हो। मैंने नक़ली गुस्सा दिखाते हुए नाज़नीन और राबिया से कहा, 'तुम कौन होती हो मेरी प्यारी बहन को मना करने वाली?' मेरी बात का असर हुआ नाज़नीन और राबिया दोनों ने हुमा को कहा, 'आओ खेलो हमारे साथ लेकिन जब हार जाओ तो रोना मत शुरू कर देना।'

दादी जान खटिया पर लेट के उर्दू का एक रिसाला पढ़ रही थीं – हुदा इस्लामिक डाइजेस्ट। उनका चश्मा उनकी नाक के निचले हिस्से पर अटका हुआ था। मुझे देखते ही दादी उठकर बैठ गईं और मुस्करा कर बोलीं, 'क्या खाओगे, आरिफ़। मैं सूजी का हलुआ बना दूं या आलू के चिप्स तल दूं?'

'कुछ भी नहीं, दादी,' मैं मुस्करा कर बोला और फिर झुक कर दादी को हल्के से गले लगाया। दादी ने आरिफ़ के माथे पर एक हल्का चुंबन जड़ दिया।

'दादी, यह बात सही नहीं है। यह तो बड़ी नाइंसाफ़ी है। भैया के लिए तुम्हारा सारा प्यार है, हम लोग पोता-पोती नहीं हैं क्या?' ज़ाकिर का लहज़ा शिकायत भरा था।

'ऐसा नहीं है, ज़ाकिर,' दादी ने मुस्कराते हुए कहा, 'बताओ तो सही तुम क्या खाना चाहते हो?'

'सूजी का हलुआ और क्या?' ज़ाकिर फटाक से बोल पड़ा।

मैं वहां से कमरे के अंदर चला गया और कपड़ा बदल कर लुंगी और कुर्ता पहन लिया। मैं बरामदे में वापस आया तो सामने आज के अख़बार पड़े थे। उस पर स्वर्गीय प्रधानमंत्री की बड़ी-सी तसवीर छपी थी।

तभी मैंने अब्बा की आवाज़ सुनी, 'सर प्लीज़ अंदर तो आइए।'

अभी कुछ देर पहले घर के सामने एक जीप के रुकने की आवाज़ आई थी। अब्बा के साथ सरदार स्वर्ण सिंह और उनकी बेगम हमारे सोने के कमरे में दाख़िल हुईं, जो दिन में ड्रॉइंग रूम का काम करता था। स्वर्ण सिंह अब्बा के ऑफ़िस में डिप्टी कमांडेंट और अब्बा के सीनियर थे वह परेशान हाल दिख रहे थे।

उनके साथ एक अधेड़ उम्र के दूसरे सरदार जी थे। उन्होंने गहरे भूरे रंग की पगड़ी बांध रखी थी। उनके साथ एक मोटी तगड़ी औरत भी थी।

जिन्होंने मैरून कलर की साड़ी पहन रखी थी। उनके ठीक पीछे 12-13 साल की एक लड़की थी जो हरे रंग की सलवार कमीज़ पहने हुए थी। उसके बाल साधना कट कटे हुए थे। वह चुपचाप एक मचिया पर बैठ गई। मैंने जब उस लड़की को देखा तो मेरी सांसें रुक-सी गईं। उसने जैसे मुझ पर जादू-सा कर दिया था। मैं वहां पर मौजूद लोगों की बात बड़े ध्यान से सुनता रहा। फिर मैंने सोचा कि यह ख़ूबसूरत लड़की मेरे घर में आख़िर क्यों आई है। 'मिलो बलविंदर सिंह और उनकी पत्नी और उनकी बेटी सिमरन से। डॉक्टर साहब मेरे चचेरे साले लगते हैं।' स्वर्ण सिंह ने अपने साथ आए व्यक्तियों का परिचय करवाया। 'डॉक्टर साहब कटहलबाड़ी में रहते हैं। सुबह-सुबह वहां पर कुछ सिखों की दुकान और ऑफ़िसों को जला दिया गया था, इसलिए ये लोग घबराकर मेरे घर आ गए थे। लेकिन यहां भी कुछ सिपाही इकट्ठे हो कर सिखों के ख़िलाफ़ भड़काऊ नारे लगाने लगे थे। फिर मेरी वाइफ़ परेशान होने लगी थी तो हमने सोचा आपके घर आना ठीक रहेगा।'

'डॉक्टर साहब ने बहुत अच्छा किया है पुलिस कॉलोनी में आकर,' अब्बा ने संजीदगी से कहा।

'भाई साहब, किसी को बताइएगा मत कि हम लोग यहां हैं,' श्रीमती सिंह घबराहट भरी आवाज़ में बोलीं। उनके हाथ बुरी तरह कांप रहे थे और मुझे उन पर बड़ा तरस आ रहा था।

'मेम साहब, आप घबराइए नहीं, पुलिस कॉलोनी में कुछ नहीं होगा।' अब्बा ने उन्हें ढांढस दिलाने की कोशिश की और फिर सामने वाले लकड़ी के टेबल से रेडियो उठा लिया। रेडियो के ऑन होते ही दिल्ली में सिखों के ख़िलाफ़ हो रहे दंगों की ख़बर आने लगी। जिस वक़्त ये सब बातें हो रही थी मैं कॉरिडोर में खड़ा था, दीवार से टेक लगाकर, और कमरे के अंदर झांक रहा था। मेरी निगाहें सिमरन के चेहरे पर टिकी हुई थीं। वह बेहद ख़ूबसूरत लग रही थी और बेहद परेशान भी।

रात के नौ बजते-बजते बिजली फिर से ग़ायब हो गई और हमारा घर अंधेरे के समंदर में डूब गया। मैंने कहीं दूर से बंदूक के चलने की आवाज़ सुनी और बेचैन-सा हो गया। क्या हिंदुओं को पता चल गया कि सिमरन और उसका परिवार मेरे यहां पनाह लिए हुए है। उस वक़्त मुझे 5 साल पहले इनायत नगर में गुज़री एक रात याद आ गई। हुआ यूं था कि दुर्गा पूजा को

लेकर हिंदू और मुसलमानों के बीच तनाव था और यह अफवाह फैल गई थी कि हिंदू लोग कभी भी मुसलमानों के मोहल्ले पर हमला कर सकते हैं। मुझे अभी भी याद है वो रात कितनी डरावनी थी। सारे लोग रात भर जागते रहे थे, मेरे सभी मर्द रिश्तेदार नलकटुआ, तलवार और लाठी-भाला लेकर हिंदुओं का मुक़ाबला करने को तैयार थे। हालांकि हुआ कुछ नहीं था लेकिन अभी भी उस बात को याद करके मेरे रोंगटे खड़े हो जाते हैं।

थोड़ी देर में अम्मा कमरे में आईं। उनके हाथ में एक लालटेन थी। उन्होंने लालटेन को सामने लकड़ी के स्टूल पर रख दिया। ठीक उसी वक्त किसी ने बाहर के दरवाज़े को खटखटाया और सभी चौंक गए। मैंने देखा कि अब्बा के चेहरे पर भी शिकन थी। सिमरन अपनी मां को ज़ोर से पकड़े हुई थी और सुबक रही थी। मेरा दिल बुरी तरह धड़कने लगा। मुझे पक्का यक़ीन हो गया था कि आस-पड़ोस के लोगों को हमारे मेहमानों के बारे में पता चल गया है।

अब्बा ने इशारा किया सबको चुप रहने का और लालटेन उठा कर, कमरे से बाहर चले गए। मैं अपने आप अब्बा के पीछे चला गया। अब्बा लालटेन लेकर धीरे-धीरे दरवाज़े तक गए फिर दरवाज़े पास खड़े होकर बाहर की आवाज़ सुनने लगे। फिर उन्होंने धीरे से दरवाज़ा खोला दिया। सामने एक लंबा तगड़ा ख़ूबसूरत नौजवान खड़ा था। उसकी दाढ़ी सफाचट थी और उसके पीछे एक मुच्छड़ सिपाही स्टेनगन लेकर खड़ा था। वह बिहार मिलिट्री पुलिस का कमांडेंट था।

'जय हिंद सर,' बड़े जोश से अब्बा ने कहा।

'जय हिंद, ख़ान! सिंह साहब कहां हैं? मैं उनको और उनकी फ़ैमिली को लेने आया हूं। मैं अभी अभी मुज़फ़्फ़रपुर से लौटा हूं। मुझे पता चल गया है कि दोपहर में क्या हुआ था। जिन सिपाहियों ने ऐसा काम किया है उनके ख़िलाफ़ सख़्त से सख़्त कार्रवाई होगी।'

अब्बा के साथ वह दोनों अंदर आ गए।

सिमरन सिर्फ़ कुछ घंटे ही मेरे घर रही थी पर उसके जाने के बाद भी मुझे उसकी मौजूदगी का अहसास लगातार होता रहा था। मैंने उस रात ख़्वाब में भी सिमरन को ही देखा, सुबह उठा तो सिमरन के नाम पर ग़ज़ल लिख डाली थी।

आरिफ़ सिमरन के लिए पागल था और दिन-रात उसी के बारे में सोचा करता था। लेकिन उसकी हिम्मत नहीं हुई कि वह जाकर सिमरन से बात कर सके। तीन साल उसका पीछा करने के बावजूद वह एक बार भी उसे हेलो तक नहीं कह सका। एक बार उसने सिमरन को ख़त लिखने का प्लान बनाया था लेकिन आख़िरी मौक़े पर उसने अपना ख़याल बदल दिया।

फिर उसके अब्बा का ट्रांसफ़र पटना हो गया और वह बिहार की राजधानी में रहने आ गया। पटना में आने के बाद वह सिमरन के बारे में कई महीनों तक सोचता रहा। उसने अपनी डायरी को सैकड़ों ग़ज़लों और नज़्मों से भर दिया। वह दिन-रात मुकेश और मोहम्मद रफ़ी के दर्द भरे नगमे सुनता रहता था। कई बार अम्मा उसका उदासीन चेहरा देखकर परेशान हो जाती थीं। लेकिन आरिफ़ उन्हें बताता तो आख़िर क्या बताता।

फिर एक दिन यों हुआ कि वह जगदेव पथ के मैगज़ीन स्टॉल पर खड़ा था कि तभी उसकी निगाह *स्पोर्ट्स स्टार* के नए अंक पर गई। मैगज़ीन के कवर पर उस वक़्त की मशहूर टेनिस खिलाड़ी स्टेफ़ी ग्राफ़ का फ़ोटो छपा था। विंबल्डन कप अपने हाथ में लिए हुए वह मुस्करा रही थी। सफ़ेद ट्रैक सूट में वह ग़ज़ब की हसीन लग रही थी। उसके चेहरे का तबस्सुम किसी भी नौजवान को पागल करने के लिए काफ़ी था। उसने मैगज़ीन को तुरंत ख़रीद लिया और हफ़्तों तक स्टेफ़ी को निहारता रहा। और उसे पता भी नहीं चला कि वह स्टेफ़ी ग्राफ़ के इश्क़ में गिरफ़्तार हो गया है। सिमरन उसके ख़्वाबों-ख़यालों से काफ़ी दूर हट गई थी। अब सिर्फ़ एक ही जुनून था और वह जुनून था स्टेफ़ी ग्राफ़ का। स्टेफ़ी की वजह से अब वह लॉन टेनिस खेलना चाहता था। सबसे पहले वो सिन्हा लाइब्रेरी से टेनिस के बारे में कुछ किताबें ले आया और उसके सारे नियम-क़ायदों को समझने की कोशिश की और फिर वह टेलीविज़न पर टेनिस के मैच देखने लगा ताकि वह खेल की बारीकियों को समझ सके।

हालांकि, उसे पता था कि सत्रह साल की उम्र में वह इस खेल में बहुत कुछ नहीं कर पाएगा लेकिन उसका मन बार-बार उसे कहता कि तुम अगर मेहनत करोगे तो बोरिस बेकर या स्टीफ़न एडबर्ग बन सकते हो। कभी-कभी वह खुली आंखों से यह ख़्वाब देखता कि उसने स्टेफ़ी ग्राफ़ के साथ मिलकर विंबल्डन का मिक्स्ड डबल्स टाइटल जीत लिया है और वह स्टेफ़ी को गले लगा रहा है और फिर स्टेफ़ी उसके गाल पर किस कर रही

है। वक़्त के साथ उसकी दीवानगी बढ़ती गई, यहां तक कि आरिफ़ ने स्टेफ़ी ग्राफ़ के जर्मनी के पते पर एक ख़त लिख दिया और यह गुज़ारिश की कि वह उसकी दोस्त बन जाए।

लेकिन आरिफ़ टेनिस खेलता भी कैसे, उसके पास रैकेट तो थे नहीं। और ना ही रैकेट ख़रीदने के लिए जेब में पैसे। वह एक दिन फ्रेज़र रोड पर छाबड़ा स्पोर्ट्स और बाकरगंज पुलिस स्टेशन के पास के कोहली स्पोर्ट्स में गया। पता चला कि टेनिस का एक अच्छा रैकेट हज़ार-पंद्रह सौ से कम में नहीं मिलता है। यहां तक कि जालंधर का बना हुआ रैकेट, जो रैकेट कम मुगदर ज़्यादा था, वह भी तीन सौ से साढ़े तीन सौ के बीच आता है। वह उदास होकर घर लौट आया। उसमें इतनी हिम्मत नहीं थी कि वह अब्बा से रैकेट ख़रीदने के लिए पैसे मांगे क्योंकि अब्बा का यह मानना था कि खेलकूद वक्त ख़राब करने के अलावा और कुछ भी नहीं। वह बार-बार यह कहावत दुहराया करते थे – 'पढ़ोगे लिखोगे बनोगे नवाब, खेलोगे कूदोगे होगे ख़राब।'

लेकिन क़िस्मत आरिफ़ पर मेहरबान थी। बिहार मिलिट्री पुलिस का नया कमांडेंट टेनिस का बड़ा शौक़ीन था। उसने जैसे ही पटना में ज्वाइन किया उसने सबसे पहले पुलिस कॉलोनी के पुराने क्ले कोर्ट को नए ढंग से बनवाया। फिर मोहल्ले के बच्चों के लिए एक कोचिंग कैंप लगवाया। अम्मा ने किसी तरह से अब्बा को समझा-बुझा कर आरिफ़ और ज़ाकिर के लिए दो वुडेन रैकेट भी ख़रीदवा दिए। बिहार के उस वक़्त के सबसे मशहूर टेनिस खिलाड़ी और कोच चंद्रभूषण को बच्चों को ट्रेनिंग देने के लिए बुलाया गया। आरिफ़ जैसे-जैसे टेनिस की बारीकियां सीखने लगा वैसे-वैसे उसका स्टेफ़ी ग्राफ़ के लिए जुनून बढ़ता गया। सिमरन उसके ख़यालों के जहान से हज़ारों मील दूर जा चुकी थी। अब उसके ख़्वाबों में सिर्फ़ स्टेफ़ी आया करती थी, कभी पिंक सलवार कमीज़ पहन कर और कभी स्लीवलेस ब्लाउज़ और साड़ी पहन कर। आरिफ़ के कमरे में स्टेफ़ी का एक महंगा और लाइफ़ साइज़ पोस्टर लगा हुआ था। उसके हर किताब के कवर पर स्टेफ़ी ग्राफ़ की तसवीरें चिपकी थीं। इसके अलावा हर किताब और नोटबुक पर मोटे-मोटे हर्फ़ में AK+SG लिखा हुआ था।

आरिफ़ अगले तीन साल तक टेनिस के पीछे ही लगा रहा। आख़िरकार इतनी कड़ी मेहनत के बाद उसे 1989 में जूनियर नेशनल चैंपियनशिप खेलने का मौक़ा ही मिल गया जो पटना में में आयोजित की गई थी। आरिफ़

बड़ा खुश था कि हिंदुस्तान के जितने मशहूर जूनियर खिलाड़ी हैं सब इस टूर्नामेंट में हिस्सा लेने आ रहे हैं, जैसे लिएंडर पेस, गौरव नाटेकर, आसिफ़ इस्माइल आदि-आदि।

नेशनल चैंपियनशिप का पहला दिन और न्यू पटना क्लब के सारे ग्रास कोर्ट अपनी हरियाली बिखेर रहे थे। माहौल बहुत ही ख़ुशनुमा था। आरिफ़ ने देखा कि लिएंडर पेस बिहार टेनिस एसोसिएशन के अध्यक्ष से बातें कर रहा था। और दूर के कोर्ट पर पांच लड़कियां रंग-बिरंगे ट्रैक सूट में वार्मअप कर रही थीं। यह सारा माहौल देखकर आरिफ़ के अंदर एक अजीब सी बेचैनी ने अपना घर बना लिया। उसके दिल में बेकली और खलिश का एहसास था। जब वह कोर्ट नंबर 4 पर पहुंचा तो उसका दिल काफ़ी तेज़ी से धड़क रहा था। उसके माथे पर पसीने की बूंदें छलक आई थीं।

उसका पहला मैच पटना के ही एक लड़के जगत श्रीवास्तव के साथ था, जो उम्र में एक-दो साल छोटा लग रहा था। जगत थोड़ा मोटा था और कोर्ट पर पहले से मौजूद था। उसके पास सबसे महंगावाला रैकेट था। उसने ब्रांडेड टी-शर्ट और जूते पहन रखे थे। आरिफ़ अपने वुडेन रैकेट को देख कर शर्म से पानी-पानी हो रहा था। वह सोच रहा था कि उसकी सस्ती टी-शर्ट और जूते को देखकर लोग क्या सोच रहे होंगे। यह भी साफ़-साफ़ पता चल रहा था वहां पर मौजूद दर्शक भी काफ़ी महंगे और अच्छे कपड़े पहन कर आए हुए हैं।

आरिफ़ शरमाया-सा और सकुचाया-सा अपने आप को कोर्ट तक ले आया। वो अपने मन में मैच शुरू होने के पहले हार चुका था। मैच के दौरान आरिफ़ न ठीक से सर्विस कर सका न अपने विरोधी के शॉट वापस कर सका। एक के बाद एक डबल फ़ॉल्ट करता रहा। ज़ाकिर स्टैंड में बैठकर अपने भाई की लगातार हौसला अफ़ज़ाई कर रहा था लेकिन उसका कुछ भी असर नहीं हुआ। और आख़िर में जो स्कोर लाइन थी वह थी 6-1, 6-0।

मैच के बाद आरिफ़ का तो जैसे दिल ही टूट गया। हारने के बाद उसने कसम खाई कि वह कभी टेनिस नहीं खेलेगा और दोबारा न्यू पटना क्लब नहीं आएगा। घर आकर उसने टेनिस रैकेट को कांटी ठोक कर दीवार पर टांग दिया। उसने स्टेफ़ी ग्राफ़ का पोस्टर हटाकर मीना कुमारी का एक

ब्लैक ऐंड वइट पोस्टर लगा दिया। फिर रफ़्ता-रफ़्ता वो लॉन टेनिस और स्टेफ़ी ग्राफ़ दोनों को भूलता गया।

हालांकि कभी-कभी वह स्टेफ़ी के मैच देखता था। और कभी-कभी उसके इंटरव्यू सुनकर ख़ुश भी होता जैसा कि स्टेफ़ी के दुनिया भर के करोड़ों फ़ैन करते हैं। हां, कभी-कभी उसे स्टेफ़ी ग्राफ़ और टेनिस को याद करके उसे खलिश का एहसास होता था।

बीते वक़्त की बातें याद कर के आरिफ़ मुस्कराया। वह सोच रहा था कि जिस तरह वह सिमरन को भूल गया था और जिस तरह से स्टेफ़ी ग्राफ़ को भूल गया था, उसी तरह से सुमित्रा को भी एक दिन भूल जाएगा। उसे बस कोई बहाना चाहिए सुमित्रा को भूलने का। लेकिन, आख़िर वह करे भी क्या? यही सोचते-सोचते वह सो गया और ख़्वाबों में फिर से सुमित्रा आने लगी।

7

आरिफ़ के घर की पश्चिमी दीवार का काम काफ़ी तेज़ी से चल रहा था और लगभग पूरा होने वाला ही था। सुबह-सुबह आरिफ़ बेंत की एक कुर्सी पर बैठकर दीवार को बनते हुए देख रहा था। उसके हाथ में बिहार के इतिहास पर एक किताब थी और ज़ेहन में सुमित्रा।

'मुनीर भाई यह राजमिस्त्री कह रहा है कि अपने गांव के नदी में पंडुआ दिखा था। क्या यह सच बात है?' आरिफ़ ने अपने चचेरे भाई से यह सवाल पूछा। मुनीर अभी-अभी अलुमीनियम की केतली में चाय लेकर वहां आया था। उसके हाथ में मिट्टी के कुल्हड़ भी थे। उसने केतली और कुल्हड़ को बेंच पर रख दिया। मुनीर ने दो कुल्हड़ों में चाय डालकर, एक ख़ुद के लिए रखकर, दूसरा आरिफ़ को देते हुए बोला, 'सच है भाई।'

मुनीर ने पास से अपने लिए एक कुर्सी खींच ली थी। इस बीच उसने राजमिस्त्री और मज़दूरों को इशारा किया कि वे आकर अपने लिए चाय ले लें।

'अब तो यक़ीन करेंगे, आरिफ़ भाई,' राजमिस्त्री बेंच पर बैठकर चाय की चुस्की लेते हुए बोला। वह क़रीब 22 साल का नौजवान था। वह पतला-दुबला था और एक पॉलीस्टर की शर्ट और चेक वाली नीली और लाल लुंगी पहन रखी थी।

'मैं यह भूत-प्रेत में विश्वास नहीं रखता यह सब अंधविश्वास है।' आरिफ़ अपनी जगह से उठा और अपने हाथ की किताब को उसी बेंच पर रख दिया जिस पर राज मिस्त्री और अधेड़ उम्र का एक मज़दूर बैठा था। वह मज़दूर भी चाय पी रहा था और उसके मुंह से बार-बार 'सुड़ुक-सुड़ुक' की आवाज़ आ रही थी।

'आरिफ़, यह कोई अफवाह या अंधविश्वास की बात नहीं है। गांव के कई लोगों ने दुल्हन की साड़ी में एक ख़ूबसूरत औरत को नदी के किनारे टहलते देखा है,' मुनीर ने ज़ोर देकर कहा।

'सच में?'

'हां, भाई।'

आरिफ़ को अपनी दादी की कही बात याद आ गई। उन्होंने कहा था : यह पंडुआ एक भटकी हुई रूह होती है। जो लोग नदी में कूद कर अपनी जान दे देते हैं, वे पंडुआ बन जाते हैं और फिर शाम को या दोपहर को कोई आदमी नदिया किनारे अकेले मिल जाए तो उसे वे नदी में डुबो कर मारने की कोशिश करते हैं। इस तरह मरने वाला भी पंडुआ बन जाता है और उसे कोई साथी मिल जाता है।

'अच्छा मुनीर भाई बताइए तो सही किसने देखा है पंडुआ?'

'सबसे पहले पुरवारी टोला वाले हसरत ख़ान ने देखा था। दो-तीन महीने पहले शाम को नदी के किनारे टहलने गया था तभी उसने देखा कि वहां पर एक ख़ूबसूरत औरत लाल साड़ी में खड़ी है। उसने जब पूछा कि वह कौन है उस औरत ने कुछ भी जवाब नहीं दिया बस अपनी ठंडी-ठंडी निगाहों से उसकी तरफ़ देख रही। उसको देखते ही हसीन ख़ान के बदन में कंपकपी-सी आ गई। वह घबरा गया और तेज़ी से गांव की तरफ़ भागने लगा। दो मिनट बाद ही पता चला कि उसके कंधे पर रखा हुआ गमछा ग़ायब है। उसने मुड़ कर देखा तो गमछा पीछे पड़ा हुआ था। वह दौड़ कर गया, गमछा उठा कर फिर अपने गांव की तरफ़ तेज़ी से भागा।'

'फिर क्या हुआ', आरिफ़ ने मुनीर से पूछा।

'थोड़ी देर बाद फिर गमछा ग़ायब हो गया।'

'फिर।'

'हसरत ख़ान ने सोचा कि हो सकता है कि गमछा उसके कंधे से गिर गया हो पर उसने पीछे मुड़ कर देखा तो दूर-दूर तक उसका गमछा दिख नहीं रहा था। उसके मन में अजीब से हलचल हो रही थी इसलिए वो गमछे को भूल कर गांव की तरफ़ चल पड़ा। जब वह गांव के क़रीब पहुंचा तो देखा कि सामने एक पीपल के पेड़ पर उसका गमछा लटका हुआ है। वह हाथ बढ़ाकर पेड़ पर लटकते हुए गमछे को छूने ही वाला था, कि उसे

ख़याल आया कि उससे पहले उसका गमछा कैसे पहुंच गया यहां। अब वह इस सोच में ही था कि गमछे को छुए कि न छुए तभी उसे एहसास हुआ कि कोई उसके ठीक पीछे खड़ा है। उसने मुड़ कर देखा, वही लाली साड़ी वाली औरत थी। उसके चेहरे पर कोई भी भाव नहीं था और वह अपनी भयानक निगाहों से उसे घूर रही थी। फिर क्या था हसरत ख़ान दहशत के मारे दौड़ता-दौड़ता शोएब ख़ान के बंगले तक पहुंचा और बेहोश होकर गिर गया। होश आने पर लोगों को उसने सारा किस्सा बताया।'

'मुनीर भाई किस की बात कर रहे हैं? क्या हसरत ख़ान यक़ीन करने लायक़ है?'

'चलो हसरत ख़ान को छोड़ दो। मैं एक ऐसे आदमी का वाकया बताता हूं जिसको तुम झुठला नहीं पाओगे।'

'चलिए देखते हैं।'

'जामा मस्जिद के 65 वर्षीय इमाम मौलवी मुर्तुजा पिछले हफ़्ते नदी के उस पार वाले गांव से वापस आ रहे थे। सूरज ढल गया था और मगरिब का वक़्त हो चुका था। उन्होंने सोचा क्यों न नमाज़ ही नदी के किनारे पढ़ ली जाए। उन्होंने नदी में वजू किया और वहीं पर अपना गमछा बिछाकर नियत बांध कर खड़े हो गए। उन्हें नमाज़ अदा करके जैसे ही सलाम के लिए सिर घुमाया तो उन्होंने देखा कि सामने एक औरत दुल्हन के लिबास में खड़ी है। वह उनकी तरफ़ देख कर मुस्करा रही थी। उसकी मुस्कराहट ख़तरनाक थी। मौलवी साहब ने लोगों से सुना था कि पड़ोस के गांव में एक नई-नवेली राजपूत दुल्हन ने नदी में कूदकर खुदकुशी कर ली थी। मौलवी साहब ने फटाफट आयतुल कुर्सी पढ़ना शुरू कर दिया और वहां से तेज़ी से भागे। और फिर गांव पहुंच कर ही दम लिया।'

'मैं ये नहीं कह रहा हूं कि मौलवी साहब झूठ बोल रहे हैं, लेकिन हो सकता है वह कोई आम औरत हो और वहां से गुज़र रही हो और मौलवी साहब से शायद किसी गांव का पता पूछने के लिए आई हो।'

'आरिफ़, तुम मानोगे नहीं जब तक तुम पंडुआ को आंख से न देख लो।' मुनीर थोड़ा चिढ़ कर बोला।

'यह तो बड़ी अच्छी बात है। चलते हैं, देखते हैं नदी पर पंडुआ को,' आरिफ़ ने मुस्कराकर कहा।

'आरिफ़ मियां यों भूत-प्रेत का मज़ाक़ नहीं उड़ाते।'

'मुनीर भाई, तुम मेरे साथ नदी पर नहीं आओगे क्या?'

'तुम कहते हो तो ज़रूर चलूंगा, कल सुबह दस बजे चलेंगे।'

अगले दिन सुबह-सुबह गांव से नदी तरफ़ जाने वाली कच्ची सड़क पर चलते हुए आरिफ़ का ध्यान एक इलेक्ट्रिक पोल पर चिपके, हाथ से लिखे हुए एक पोस्टर पर चला गया। पोस्टर में राहगीरों को पंडुआ के ख़तरे से आगाह किया गया था। गांव में ऐसे कई इलेक्ट्रिक पोल थे लेकिन बिजली अभी तक गांव में नहीं पहुंची थी। आरिफ़ और मुनीर टहलते हुए गांव के अंदर से गुज़र रहे थे। सामने मिट्टी और घास-फूस के बने खपरैल घरों के बीच कुछ पक्के मकान भी थे। और आख़िर में शोएब ख़ान का बंगला जो गांव के बिलकुल किनारे पर था। इस बंगले को सौ साल पहले एक अंग्रेज़ ने बनवाया था जो नील का व्यापार करता था। लेकिन जब 1930 के आसपास वह हिंदुस्तान छोड़कर जा रहा था तो शोएब ख़ान के वालिद, अमरुल्लाह ख़ान को तोहफ़े में देकर चला गया, क्योंकि गांव में अमरुल्लाह ख़ान के अलावा उसका कोई दोस्त नहीं था।

वह गांव के चारों तरफ़ बने बांध पर चढ़ने लगे। यही बांध बरसात के मौसम में गांव को सैलाब से बचाता था। जब वह बांध की ढलान से दूसरी तरफ़ उतर रहे थे तो अचानक आरिफ़ एक जगह देख कर पेशाब करने के लिए बैठ गया। उसकी निगाहें आसपास सूखी मिट्टी या ईंट का टुकड़ा ढूंढ़ रही थीं। और फिर उसने एक मिट्टी का ढेला उठाकर कुलुफ किया।

आरिफ़ की तरफ़ देखते ही मुनीर बिफर पड़ा, 'अरे आरिफ़ पेशाब करने के लिए बैठने के पहले इधर-उधर देख लिया करो। तुम राख़ पर पेशाब कर रहे थे। तुम्हें पता है न कि हड्डी और राख़ जिन्नातों की ग़िज़ा होती है। तुम्हारी ये हिमाकत उनको नाराज़ कर सकती है।'

आरिफ़ जवाब में कुछ नहीं बोला और सिर्फ़ सिर हिला कर रह गया। लाल बकया नदी सामने दिख रही थी।

हवाओं में सर्दी का असर था फिर भी आरिफ़ और मुनीर काफ़ी देर तक नदी में तैरते रहे। वो दोनों वहां पर अकेले नहीं थे। क़रीब चार-पांच मछुआरे अपने जाले फेंक-फेंक कर मछली पकड़ने की कोशिश कर रहे थे।

और नदी की दूसरी तरफ़ एक किसान अपने गन्ने के खेतों की निगरानी कर रहा था।

शाम को जब वह घर लौटे तो आरिफ़ को कंपकंपी के साथ बुखार आ गया। बड़के बाबा ने तुरंत हनीफ़ कंपाउंडर को बुला भेजा। हनीफ़ आर्मी हॉस्पिटल में काम कर चुका था और गांव में सबसे बेहतरीन डॉक्टर वही था। बाद में चाची ने शक ज़ाहिर किया की कहीं आरिफ़ को इधर-उधर की हवा तो नहीं लग गई क्योंकि आरिफ़ नदी में नहाने गया था। ये सुनकर बड़के बाबा मुनीर पर फट पड़े। 'तुम आरिफ़ को नदी में नहाने क्यों ले गए। पता नहीं है कि मौसम कैसा है और ऊपर से पंडुआ का ख़तरा।'

जब गुस्सा शांत हो गया तो, बड़के बाबा तुरंत जामा मस्जिद की तरफ़ भागे और इमाम को लेकर आ गए। इमाम साहब अपनी लंबी खिचड़ी दाढ़ी पर हाथ फेरते रहे और *कुरान शरीफ़* की आयतें पढ़ते रहे और फिर प्याज़ और लहसुन की बू से लबरेज़ सांसों से उसके चेहरे पर तीन बार फूंका। दुआ और दवा ने मिलकर आरिफ़ को कुछ राहत दी। दवा खाने के बाद, आरिफ़ कंबल ओढ़ कर सो गया।

ख़्वाब में उसने सुमित्रा को देखा।

सुमित्रा 16 या 17 साल की हो गई है और उसने घाघरा चोली पहन रखी थी। उसकी दो चोटियों में चमेली का फूल गुंथा हुआ है। आरिफ़ 'सुमित्रा! सुमित्रा!' कहकर उसे बुला रहा है लेकिन वह कोई जवाब नहीं दे रही है।

आरिफ़ की नींद खुली तो वह फिर से कांपने लगा। बड़के बाबा उसी कमरे में सो रहे थे और वह तुरंत जग गए। उन्होंने दो और कंबल आरिफ़ के ऊपर डाल दिया और उसके बदन पर अपने हाथों का वज़न रख कर बैठ गए। थोड़ी देर में आरिफ़ की चाची भी आ गई और मिट्टी की एक बोरसी में लकड़ी जला कर ले आई।

'अब इनायत नगर के डॉक्टर को दिखाना पड़ेगा। लेकिन बैलगाड़ी में उतनी दूर ले गया तो तबियत और ख़राब हो सकती है। जीप में तो इतनी भीड़ रहती है कि उसमें जाना मुमकिन नहीं। कल तक देख लेते हैं, अगर हनीफ़ कंपाउंडर से बीमारी कंट्रोल नहीं हुई तो किसी तरह मोतिहारी या पटना ले जाना पड़ेगा।'

अगले दिन, आरिफ़ की बीमारी की ख़बर सुनकर उसे देखने कई लोग आए।

नगमा, एक ज़माने में उसे लोग चांद का टुकड़ा कहते थे लेकिन अब तो वो एक अधेड़ उम्र के एक व्यक्ति की पत्नी है और उसके पांच बच्चे हैं।

साहब ख़ान, कभी उस पर बच्चों के साथ बदकारी करने का इलज़ाम लगा था पर अब लंबी-लंबी दाढ़ी बढ़ाकर और हाथ में तस्बीह लेकर मौलाना बन गया।

मूसा रज़ा, एक ग़रीब मज़दूर का बेटा था कभी और अब दिल्ली का एक कामयाब उद्योगपति।

आसमा बेगम, पड़ोस की एक बुज़ुर्ग थीं जिसे आरिफ़ आसमा दादी कहता था।

आसमा दादी आरिफ़ देखते ही बोल पड़ी, 'अरे, ये तो जड़वा जड़ैया है आरिफ़ को।' फिर उसने सालेहा बेगम की तरफ़ मुड़कर कहा, 'दुल्हन, जल्दी बासो नानी को बुला भेजो। वो जड़वा जड़ैया का टोटका करेंगी तो इंशाल्लाह आरिफ़ कल तक बिलकुल ठीक हो जाएगा।'

बासो नानी को बुलाने के लिए भेज दिया। अच्छा था बड़के बाबा घर पर नहीं थे वरना वो ये नहीं होने देते। उनके हिसाब से टोटका-वोटका ग़ैरइस्लामी चीज़ है। और एक सच्चे मुसलमान को इससे दूर रहना चाहिए।

बासो नानी पूरे गांव की नानी थी। छह साल से लेकर साठ के लोग उसे नानी कहते थे। उनकी उम्र का अंदाज़ नहीं था किसी को। लेकिन वो लगभग 55-60 साल से जमालपुरा में रह रही थीं। बरसों पहले वह अपने बेटी दामाद के साथ रहने आई थीं, और उनके गुज़र जाने के बाद भी यहीं रह गईं। उनका कोई नाती-नतनी तो था नहीं। ऐसे में गांव के लोगों के दरियादिली और ख़ैरात से उनकी ज़िंदगी ठीक-ठाक गुज़र रही थी। लोगों का मानना था कि बासो नानी को जादू-टोना आता है। कुछ लोग तो ये भी कहते थे कि नानी डायन है और यही उसकी लंबी उम्र का राज़ है।

कुछ देर बाद ही बांस की छड़ी का सहारा लेकर, झुककर धीरे-धीरे बासो नानी बड़के बाबा के घर में दाख़िल हुई। उनके चांदी जैसे सफ़ेद बाल थे और माथे के बीचोबीच बड़ा-सा मस्सा था। उन्होंने सस्ती खादी की साड़ी और पूरी बांह वाला कुर्ता पहन रखा था।

सलेहा बेगम से दुआ-सलाम के बाद, बासो नानी ने आरिफ़ को आंगन में लाने को कहा। उनका कहना था कि 'जड़वा जड़ैया' को भगाने के लिए खुली जगह का होना ज़रूरी है। फिर उन्होंने जड़वा जड़ैया को भगाने का टोटका शुरू किया और उन्होंने यह कहानी शुरू कही :

बहुत पुरानी बात है। एक गांव में एक बेहद ख़ूबसूरत बेवा औरत अपने 10 साल के बेटे के साथ रहती थी। उसका बेटा बहुत शरारती था और एक दिन किसी बात पर गुस्सा हो कर उसने अपने बेटे को एक डंडे से सिर पर मारा। बेटे के सिर से ख़ून निकल पड़ा। अपनी मां के इस व्यवहार से नाराज़ होकर वो घर छोड़ कर भाग गया।

वह लड़का भाग कर एक शहर चला गया जहां एक अमीर आदमी ने उसे गोद ले लिया। बड़ा होकर वह एक ख़ूबसूरत नौजवान बना। अपने दत्तक माता-पिता की मृत्यु के बाद वह उनका उत्तराधिकारी बन गया। एक बार लगभग 12-13 साल बाद अपने ही गांव से गुज़र रहा था कि उसने उस ख़ूबसूरत विधवा को देखा और दीवाना हो गया। उसे इस बात का कतई एहसास नहीं था कि वह औरत उसकी अपनी मां ही है। आख़िर उस लड़के की शादी उसी विधवा से हो गई। दोनों खुशी-खुशी उसी गांव में रहने लगे। इस बीच वो औरत गर्भवती हो गई।

एक सुबह जब वह औरत अपने पति के सिर की मालिश कर रही थी तभी उसे एक घाव का निशान मिला। जब उसके पति ने पूछा कि वह चोट उसे कैसे लगी तो उसने बचपन की पूरी कहानी बता दी। फिर उसने कहा कि उसे अपने गांव का नाम या मां का चेहरा याद नहीं। लेकिन वह औरत सारा माज़रा तुरंत समझ गई और उसने उसे बता दिया कि वही उसकी मां है। ये सुन कर वह लड़का भी सदमे में आ गया। फिर दोनों ने खुदकुशी का फ़ैसला कर लिया। एक दिन शाम को एक चिता तैयार कर दोनों उसमें कूद गए।

मरने के बाद भी उनकी रूह को सकून नहीं मिला। वह लड़का जड़वा और वह औरत जड़ैया बन गए और अब लोगों के ऊपर आकर ये कंपकंपी और सिहरन पैदा कर परेशान करते रहते हैं। लेकिन जब जब इनके नाज़ायज़ और शर्मशार करने वाले रिश्ते की बात की जाती है ये वहां से भाग जाते हैं।

'वो जड़वा वो जड़ैया, भाग जा यहां से। छोड़ दे आरिफ़ बाबू को। अगर तुम यहां से नहीं गए तो तुम्हारी कहानी फिर से दुहराऊंगी। भाग जा, भाग जा।' बासो नानी ज़ोर-ज़ोर बोल रही थी और लगातार आरिफ़ की आंखों में देख रही थी। तभी बड़के बाबा घर अंदर दाख़िल हुए। बासो नानी को देखते ही उनके नथुने फूलने लगे।

वो चाची की तरफ़ मुखातिब होकर गुस्से में बोले, 'बेवकूफ़ औरत, ये बिद्दत क्यों कर रही हो? और आरिफ़ को खुली हवा में क्यों बैठा रखा है?'

मौक़े की नज़ाकत समझते हुए बासो नानी वहां से खिसक ली। सलेहा बेगम सिर झुकाए चुपचाप खड़ी थी। मुनीर पहले ही नमाज़-ए-अस्र के लिए मस्जिद चला गया था। आरिफ़ ने ध्यान देकर कहानी सुनी और वास्तव में, उसको अलग तरीक़े से इलाज करवाने में मज़ा आ रहा था। उसने यह कहकर अपने बड़के बाबा को शांत करने की कोशिश की, 'मैं वास्तव में अब बहुत बेहतर महसूस कर रहा हूं।'

> शिलापूजन के लिए हज़ारों की तादाद में कार सेवक अयोध्या में जमा हो गए हैं। इसमें ज़्यादातर विश्व हिंदू परिषद और बजरंग दल जैसे दाएं बाजू की जमातों के कारकुन शामिल हैं। हालांकि सूबे की कल्याण सिंह सरकार ने बाबरी मस्जिद की हर हालत में हिफ़ाज़त का वादा सुप्रीम कोर्ट से किया है। भाजपा के भी लीडरान वहां पर मौजूद हैं।

वह 6 दिसंबर, 1992 की एक सर्द शाम थी। मस्जिद के सामने वाले सेहन में एक लकड़ी की कुर्सी पर बैठकर मुनीर आज का अख़बार *क़ौमी मिज़ाज़* बुलंद आवाज़ में पढ़ रहा था। सामने कुर्सियों और बेंच पर क़रीब 12-13 लोग बैठकर यह ख़बर बड़े ध्यान से सुन रहे थे।

पिछले दो-चार दिनों में आरिफ़ काफ़ी हद तक ठीक हो गया था। लेकिन अभी भी कमज़ोरी पूरी तरह से गई नहीं थी। वह खिड़की पास लगे बिस्तर पर टेक लगा बैठा था और मस्जिद के सेहन में हो रही कार्रवाई को देख और सुन रहा था। चंद मिनटों के बाद, आरिफ़ ने देखा कि थुलथुला

और नाटा सा दिखने वाला सज्जाद हुसैन, जिसकी गांव में किराने की दुकान है, दौड़ता हुआ आ रहा है। वह वहां पहुंच कर बिलखने लगा। बड़ी मुश्किल उसके मुंह से कुछ अलफ़ाज़ निकले, 'बाबरी मस्जिद को शहीद कर दिया गया। हिंदुओं ने उसे मिस्मार कर दिया।'

बड़के बाबा ज़ोर-ज़ोर से 'इन्ना लिल्लाहि व इन्ना इलाही राजिउन' पढ़ने लगे।

हर चेहरे पर गुस्सा और ग़म उभरने लगा। आरिफ़ को लगा जैसे किसी बिजली का झटका लगा हो। उसे पूरा यक़ीन था कि हिंदुस्तान जैसे मुल्क में ऐसा कुछ भी नहीं हो सकता। उसने रेडियो पर कल ही तो सुना था कि उत्तर प्रदेश के मुख्यमंत्री कल्याण सिंह ने सुप्रीम कोर्ट को भरोसा दिलाया है कि बाबरी मस्जिद की हर क़ीमत पर सुरक्षा की जाएगी।

'ये सारे हिंदू जनसंघी हैं। ये कांग्रेस का प्रधानमंत्री तो बीजेपी का एजेंट है और संघ का खुफ़िया मेंबर है,' रहमान गरज कर बोला। रहमान लंबी और पतली सी मूंछ रखे हुआ था।

मग़रिब के नमाज़ के बाद जामा मस्जिद के इमाम ने एक तक़रीर की।

'हम मोमिनों ने दीन की रस्सी को ढीला छोड़ दिया है। हमारा हदीस या क़ुरान से कोई वास्ता नहीं रहा। सुन्नत की बात तो छोड़ दें, हमें नमाज़ की भी फ़िक्र नहीं है। यही वजह है कि हर जगह हमें जिल्लत का सामना करना पड़ रहा है। एक वो दौर था जब हमारी हुकूमत तुर्की से स्पेन तक थी। अल्लामा इक़बाल ने भी क्या ख़ूब कहा है :

दश्त तो दश्त है दरिया भी न छोड़े हमने
बहर-ए-ज़ुल्मात में दौड़ा दिए घोड़े हमने'

(रेगिस्तान तो रेगिस्तान है, हमने समंदरों तक को नहीं छोड़ा है।
हमने अंधेरे के समुद्र में भी अपने घोड़े सरपट दौड़ाए हैं।)

इमाम की तक़रीर चलती रही, 'सच तो ये है कि हम नाम के मुसलमान हैं। असल में हम काफ़िरों की ज़िंदगी जी रहे हैं। सारे मामले, सारी आदतें।'

उसके बाद आरिफ़ इमाम साहब की पूरी बातें नहीं सुन सका क्योंकि उसका ख़याल कहीं और भटकने लगा था। उसे अंदेशा होने लगा था कि जमालपुरा में कुछ न कुछ बुरा होने वाला है।

नमाज़ के बाद मस्जिद सामने वाले बंगले में एक सभा बुलाई गई जिसमें गांव के सभी मुसलमान मर्द शामिल हुए। चाची के मना करने के बावजूद आरिफ़ मोटा सा ऊनी चद्दर ओढ़ कर वहां पहुंच गया। वह मुनीर और सदाक़त के साथ एक काठ के तख़्त पर बैठ गया।

सभा की शुरुआत में ही रहमान खड़ा हो कर दहाड़ने लगा, 'बाबरी मस्जिद की शहादत का बदला लेना है हमें। हम भी गांव के इकलौते मंदिर को ढहा देंगे।'

'हमारे गांव में हिंदू-मुसलमान के बीच कोई भी दुश्मनी नहीं है। हम यहां से हज़ारों मील दूर किसी और के किए की सज़ा यहां के हिंदुओं को क्यों दें?' अली अहमद ख़ान बोल पड़े। पतले-दुबले क़द काठी वाले अली अहमद बड़के बाबा के बचपन के दोस्त थे।

'अली भाई का ख़याल बिलकुल दुरुस्त है,' बड़के बाबा ने कहा।

और इससे पहले की रहमान जवाब दे, सदाक़त भी बोल पड़ा, 'ठीके तो कह रहे हैं अली चचा और वाहिद चचा, गांव में दंगा-फसाद करना ठीक नहीं है।'

सदाक़त की बात सुनते ही रहमान बिफर पड़ा, 'तुम्हारा बाप रज़्ज़ाक़ ख़लीफ़ा है यहां, तुम्हें बोलने की ज़रूरत नहीं। वैसे भी हमें किसी पियक्कड़ की सलाह नहीं चाहिए।'

'ज़बान संभाल कर बात कीजिए रहमान चचा। मैंने कब का ताड़ी पीना छोड़ दिया है। अपने गिरेबान में झांकिए। हमको मालूम है कि आप अपने गांव के बढ़ई के यहां रोज़ क्यों जाते हैं। क्योंकि उसकी मेहरारू बहुत ख़ूबसूरत है,' सदाक़त तंज़िया अंदाज़ में बोला।

'चुप कर, बेहूदा। जाओ यहां से,' रज़्ज़ाक़ ख़लीफ़ा जो कभी कुश्ती में रुस्तम-ए-चंपारण का ख़िताब जीत चुके थे, ज़ोर से चिल्ला कर बोले।

सदाक़त अपनी जगह से उठा और वहां से चला गया।

फिर आरिफ़ अपनी जगह से उठा और सकुचाते हुए बोला, 'लेकिन रहमान चाचा, हम लोग जो करने जा रहे हैं वह बिलकुल ग़लत है।'

'आरिफ़ बेटा, तुम गांव का पॉलिटिक्स नहीं समझते हो। ये नोनिया सब अंदर से पक्के जनसंघी हैं और भाजपा के भूमिहार विधायक सुरेश सिंह के सपोर्टर भी। इनको सबक़ सिखाना बहुत ज़रूरी है,' रहमान अली समझाने वाले लहज़े में आरिफ़ से बोला।

मीटिंग ख़त्म होने तक ये फ़ैसला हो चुका था कि नोनिया टोला में बने इकलौते मंदिर को आज ही रात गिरा दिया जाएगा। बड़के बाबा, अली अहमद ख़ान तथा कुछ अन्य लोगों के विरोध के बाद भी कुछ असर नहीं हुआ। आख़िर में गुस्सा होकर वे दोनों सभा से उठकर चले गए।

घर वापस आकर आरिफ़ को नींद नहीं आई। वह ये सोच रहा कि गांव वालों के मंदिर ढहाने के प्लान को कैसे अमल में आने से रोका जाए। वो बड़के बाबा से बात करने की सोच रहा था लेकिन उसने अपना इरादा बदला। बिस्तर से उठकर अपनी चप्पल पहन कर घर से बाहर आ गया। वह ऊनी चादर में अभी भी लिपटा हुआ था। अभी वो मुश्किल से 10–20 गज़ ही आगे गया था कि उसने एक साए को बिजली के खंभे के पास खड़े होकर बीड़ी पीते हुए देखा। जलती हुई बीड़ी अंधेरे में भी दिख रही थी। उसने जब ध्यान से देखा तो उसे अंदाज़ लग गया कि वह सदाक़त है।

'आरिफ़ भाई इतनी रात गए कहां जा रहे हो?' सदाक़त अपनी बीड़ी नाली में फेंकते हुए बोला। वह अब आरिफ़ के ठीक सामने आ गया था।

'मैं तो तुमसे मिलने आ रहा था। ये गांव वालों का मंदिर तोड़ने का प्लान ग़लत ही नहीं ख़तरनाक भी है।'

'परेशान मत होइए, आरिफ़ भाई। जाइए आप सो जाइए। वैसे भी तबियत पूरी तरह ठीक हुई नहीं आपकी। मैंने जुगाड़ बैठा लिया है, कुछ भी नहीं होगा अपने गांव में,' सदाक़त बड़े आत्मविश्वास के साथ बोला।

'सच कह रहे हो तुम।'

'बिलकुल!'

उस रात गांव में दो ख़ास वाकये हुए। पहला कि सदाक़त चमेली के साथ घर से भाग गया। दूसरा, पुलिस पलटन गांव में आ गई और उसने अपना टेंट वहीं लगा लिया। आरिफ़ ने राहत की सांस ली जब उसे पता चला कि पुलिस नोनिया टोला में आ गई है।

अगले दस दिनों तक पुलिस गांव में ठहरी रही। धीरे-धीरे लोगों का गुस्सा ठंडा पड़ गया। कुछ लोगों ये भी लगने लगा कि 6 दिसंबर की मीटिंग में जोश और गुस्से में लिया गया फ़ैसला सही नहीं था। जमालपुरा में सब कुछ सामान्य चल रहा था इसलिए पुलिस वापस चली गई।

लेकिन अगले ही इतवार को कुछ ऐसा हुआ कि गांव का माहौल फिर से ख़राब हो गया। ख़बर ये थी कि विधायक सुरेश सिंह के इशारे पर जमालपुरा में भी बाबरी मस्जिद के तोड़े जाने का जश्न मनाने के लिए नोनिया लोग झंडा मार्च निकाल रहे हैं। आसपास के हिंदू अक्सरियत वाले गांव में इस झंडा मार्च का आयोजन हो चुका था। जब जमालपुरा के मुसलमानों को ये पता चला तो ये फिर गुस्से से फट पड़े और सब लोग लाठी-भाला लेकर मस्जिद के सामने जमा होने लगे।

'नारा-ए-तकबीर,' ग्रेन मर्चेंट और पुराना सूद का कारोबारी हामिद अली नारे लगाने वालों में से पहला शख़्स था।

'अल्लाह-हो-अकबर,' वहां पर जमा भीड़ ने जवाब में ज़ोरदार नारा लगाया।

फिर 50-55 लोगों की वो भीड़ नोनिया टोला की तरफ़ चल पड़ी। भीड़ के आगे आगे बर्छी लेकर चलने वाला व्यक्ति ताड़ी पीकर पूरी तरह मस्त था। वह अपने आप ही कुछ बड़बड़ाए जा रहा था। वो लोगों को बताना चाहता था कि इस्लाम के लिए वह कोई भी क़ुर्बानी देने को तैयार है।

आरिफ़ थोड़ी दूर पर खड़ा हो कर ये सब देख रहा था और घबराहट हो रही थी और साथ में गुस्सा भी आ रहा था। तो ये शराबी और सूदखोर लोग अब इस्लाम के ठेकेदार बन गए हैं तो मज़हब का बेड़ा गर्क़ होना पक्का है। अगर ये नोनिया टोला पहुंच गए तो ज़रूर ख़ून-ख़राबा होगा। आरिफ़ सोच रहा था कि आख़िर वह क्या करे कि ये लोग रुक जाएं। नोनिया टोला वहां से बमुश्किल 500 मीटर था।

'बड़के बाबा भी नहीं हैं। अब किससे मदद मांगूं?'

सुबह-सुबह बड़के बाबा के पड़ोसी गांव में रहने वाले उनके दोस्त के मौत की ख़बर आई थी। वो फटाफट पैदल ही सलेहा बेगम और मुनीर को लेकर पुछारी के लिए चले गए। जनाज़ा ज़ुहर के बाद था। उन लोगों के

देर रात तक वापस आने की उम्मीद थी। जमालपुरा में सिर्फ़ आरिफ़ और फ़रज़ाना थे।

तभी उसे अली अहमद ख़ान का ख़याल आया।

क़रीब दस-पंद्रह मिनट बाद जब वह नोनिया टोला पहुंचा तो देखा कि नोनिया टोला के कुछ नौजवान नशे में हैं और आई हुई भीड़ से बहस कर रहे हैं। एक नौजवान कहने लगा कि ये पाकिस्तान नहीं कि मुसलमानों की चलेगी। अली अहमद ख़ान ने मुसलमानों को समझा-बुझा कर वापस लाने की कोशिश की लेकिन किसी ने उनकी बात सुनी नहीं। एक कच्चे मकान के सामने 5-6 लोग भगवा झंडा लेकर खड़े थे। तभी कुछ लोगों ने उनसे झंडा छीनने की कोशिश की, लेकिन वे नौजवान धक्का-मुक्की करने लगे। इसी बहस और धक्का-मुक्की के दौरान किसी ने कुछ घरों को आग लगा दी। फिर क्या था चारों तरफ़ आग तेज़ी से फैलने लगी और लोग अपनी और अपने लोगों की जान बचने के लिए इधर-उधर भागने लगे।

अली अहमद ख़ान ने आरिफ़ से कहा, 'चलो यहां से आरिफ़ नहीं तो तुम बेकार में मारे जाओगे।' आरिफ़ के नहीं चाहने पर भी अली अहमद ख़ान उसे खींच कर वापस ले आए।

अगले दो घंटों में सारा नोनिया टोला जल कर ख़ाक हो गया। जमालपुरा के आसमान में अंधेरा और धुआं ही धुआं था।

ये सारा ख़ून-ख़राबा देखकर आरिफ़ का मन ख़राब हो गया था। वह चुपचाप बड़के बाबा के बरामदे में परेशान-सा कुर्सी पर बैठा था। उसने फ़रज़ाना को कह दिया था कि वह रात को कुछ नहीं खाएगा। उसे इस बात का भी डर था कि पुलिस गांव के मुसलमानों के ख़िलाफ़ सख़्त कार्रवाई करेगी। हालांकि बड़के बाबा या वह इस दंगे में शामिल नहीं थे लेकिन पुलिस आई तो उन्हें भी नहीं छोड़ेगी। पुलिस केस में फंसने से उसके आईएएस के इंटरव्यू का क्या होगा? ये भी मुमकिन था कि आसपास गांव के हिंदू इकट्ठे होकर कहीं जमालपुरा पर हमला न बोल दें।

अगले दिन सुबह आरिफ़ को पता चला कि पिछले दिन की आगजनी में तीन लोगों की मौत हो गई थी। एक सठियाया हुआ बूढ़ा अपने घर को बचाने के लिए सीधे आग में कूद गया था। एक नौजवान जो बेहोश पड़ा था,

आग की लपेट में आ गया था। एक अंधी औरत अपने कमरे के दरवाज़े ढूंढ़ नहीं पाई और धुएं की वजह से उसका दम घुट गया था।

शुरू में तो दंगे में शामिल कई लोग ये दावा करते रहे कि वो मैदान छोड़ कर नहीं भागेंगे। आख़िर पठान हैं हम। और गांव छोड़कर भागेंगे तो पूरी बिरादरी की बदनामी होगी। जामा मस्जिद के लाउडस्पीकर पर इमाम ने भी अनाउंस किया कि कोई भी मुसलमान जमालपुरा छोड़ कर नहीं जाएगा।

जब मगरिब के वक़्त किसी ने भी जामा मस्जिद में अज़ान नहीं दी तो हालात का जायज़ा लेने के लिए आरिफ़ घर से बाहर निकला। सड़कें सुनसान पड़ी थीं और दूर-दूर तक किसी आदमज़ाद का नामोनिशान नहीं था। तभी आरिफ़ ने छुट्टन मियां को आते देखा। छुट्टन बड़के बाबा के खेतों में काम किया करता था। वो लगभग दौड़ते हुए गांव से बाहर जाने वाली सड़क पर जा रहा था। लेकिन उसकी नज़र जैसे ही आरिफ़ पर पड़ी वह एकदम से रुक गया।

'आरिफ़ बाबू, आप यहां क्या कर रहे हैं? पूरा गांव ख़ाली हो गया। चलिए निकलिए यहां से। हिंदुओं का झुंड किसी वक़्त भी हमारे गांव पर हमला कर सकता है।' इतना कह कर छुट्टन मियां भी वहां से निकल पड़ा।

आरिफ़ सोच नहीं पा रहा था कि आख़िर वह करे क्या? वह कुछ देर तक सड़क पर यों ही खड़ा रहा। फिर उसने अपनी कलाई पर बंधी घड़ी पर निगाह डाली। पांच बजने को थे और चारों तरफ़ अंधियारा छाने लगा था। उसे यक़ीन हो चला था कि बड़के बाबा ने दंगे की ख़बर सुन ली होगी और वो आज वापस नहीं आएंगे। अगले ही पल वह दौड़ कर घर अंदर गया और फ़रज़ाना को मुख़्तसर में सारे मामले से वाक़िफ़ कराया।

तभी दूर से आती हुई 'जय श्री राम' की आवाज़ से वो बौखला-सा गया। 'लगता है हिंदुओं का जत्था जमालपुरा में दाख़िल हो चुका है। हमें यहां से तुरंत निकलना होगा,' आरिफ़ ने घबराहट भरी आवाज़ में फ़रज़ाना से कहा।

फ़रज़ाना सुबक-सुबक कर रोने लगी।

'मैं हूं न, मत रोओ, फ़रज़ाना,' आरिफ़ ने अपना दाहिना हाथ फ़रज़ाना के सिर पर रखते हुए कहा।

नारेबाज़ी की आवाज़ बिलकुल क़रीब आ गई थी। आरिफ़ के माथे पर पसीने की बूंदें इकट्ठी होने लगी थीं, इसके बावजूद कि वह दिसंबर का महीना था। दहशत के मारे आरिफ़ के दिमाग़ ने कुछ देर के लिए काम करना बंद कर दिया था। लेकिन फिर बड़ी फुर्ती से वह बाहर गया और मकान को बाहर से बंद कर के ताला लगा कर पिछवाड़े की खिड़की से घर में दाख़िल हो गया। फ़रज़ाना और आरिफ़ एक साथ एक ही चौकी पर बैठे थे। वो ये सोच रहे थे कि भीड़ ताला बंद देख कर चुपचाप वापस चली जाएगी।

कुछ ही देर में उन्हें ठीक अपने घर के बाहर हज़ारों क़दमों की धमक सुनाई दी। फिर एक जीप के रुकने की आवाज़ आई। उसके बाद कोई चिल्ला-चिल्ला कर किसी को हुक्म दे रहा था। अपनी बेक़ाबू होती धड़कनों को संभालते हुए, आरिफ़ खिड़की के दोनों पल्लों के बीच छेद से बाहर झांकने लगा - मस्जिद के सामने सौ से ज़्यादा लोग खड़े थे। सबके हाथों में बरछी या तलवार थी। 6-7 पुलिस वाले भी उनके साथ थे जो राइफ़ल और रिवॉल्वर से लैस थे। एक काला और मोटा अधेड़ उम्र का मर्द था जिसने चेक वाली लुंगी पहन रखी थी, वह अपने हाथ में पेट्रोमैक्स लिए हुए था। तभी सफ़ेद खादी पायजामे में सुरेश सिंह दिखा। नोनिया टोला में लगे पोस्टर की वजह से आरिफ़ उसे पहचान गया। थानेदार बार-बार उसे 'विधायक जी, विधायक जी' कह रहा था।

'जाओ और इन पठानों को सबक़ सिखाओ। बरसों से जमालपुरा के मुसलमानों की बदमाशी हम चुपचाप देखते आ रहे हैं। मत छोड़ना किसी भी कटुआ को।'

'नहीं, नहीं, विधायक जी। ऐसा मत कीजिए। मेरी नौकरी चली जाएगी,' थानेदार गिड़गिड़ाते हुए विधायक से बोला।

'जय श्री राम, जय श्री राम!' भीड़ ने जब तक ज़ोर-ज़ोर से नारे लगाने शुरू कर दिए थे। बाहर से आती आवाज़ों ने आरिफ़ को दहशतज़दा कर दिया। वह फ़रज़ाना की तरफ़ मुड़ कर बोला, 'फ़रज़ाना, हमें यहां से अभी के अभी निकलना पड़ेगा। तुम ज़रा टॉर्च ढूंढ़ लो।'

फ़रज़ाना कांपते-कांपते अपना स्वेटर पहन रही थी। आरिफ़ ने फटाफट अपना स्वेटर पहना और फिर स्पोर्ट्स शू से मोज़े निकाल कर ज़मीन पर फेंकने के बाद, जूते के अंदर पांव अटकाने लगा। किसी ने उसके दरवाज़े

को खटखटाया और उसके बाद किसी भारी चीज़ से ज़ोर-ज़ोर से दरवाज़े पर मारने लगा। शायद दरवाज़े को तोड़ने की कोशिश कर रहे थे। आरिफ़ के जिस्म में एक सिहरन-सी दौड़ गई, यह सोच कर कि अगर वे इस भीड़ के हाथ लग गए तो क्या होगा।

आरिफ़ ने फ़रज़ाना का हाथ थामा और धीरे से बोला, 'हौसला रखो और बस वही करती जाओ जो मैं कहता हूं।'

आरिफ़ की मदद से फ़रज़ाना घर के पीछे खुलने वाली खिड़की पर चढ़ गई। उसके बाद ठीक उसके बग़ल में आरिफ़ आ गया। सबसे पहले आरिफ़ नीचे कूदा। अच्छा था कि वहां की ज़मीन थोड़ी दलदल जैसी थी। आरिफ़ ने फिर फ़रज़ाना को वहां से उतरने में सहारा दिया। तुरंत और चुपचाप पास के क़ब्रिस्तान के चारों तरफ़ पेड़ की आड़ लेकर वे लोग मेन रोड के क़रीब आ गए।

तभी उन्होंने देखा कि कुछ इंसानी साए सड़क पर चहलक़दमी कर रहे हैं। एक साया तो बिलकुल उनकी तरफ़ आने लगा। आरिफ़ को कुछ देर के लिए लगा कि उसे इनकी मौजूदगी का अहसास हो गया है। आरिफ़ फ़रज़ाना को पकड़ कर वहीं झाड़ियों में छुप गया। वह इंसान उनके काफ़ी क़रीब आया और फिर अपना पायजामा खोलकर पेशाब करने लगा। तभी कोई कीड़ा उन झाड़ियों से उनके ऊपर कूद पड़ा, जिससे फ़रज़ाना अभी घबरा कर चीख़ने वाली ही थी कि आरिफ़ ने उसके मुंह पर अपना हाथ रख दिया और फिर उसको अपनी तरफ़ खींच लिया। वह आरिफ़ से बिलकुल चिपक गई थी, वह उसकी गर्म सांसें और बेतरतीब धड़कनें महसूस कर सकता था। और उसी तरह वे दोनों लगभग आधे घंटे तक वहां बैठे रहे लेकिन उन्हें लग रहा था कि एक अरसा बीत गया। आख़िरकार आरिफ़ ने जब सिर उठा कर देखा तो सड़क ख़ाली थी।

'हम लोग शमशादनगर जा रहे हैं। मेरे अब्बा के दोस्त रहते हैं वहां,' आरिफ़ ने बुदबुदा कर कहा। जब वो गांव के बिलकुल किनारे पहुंचे तो देखा कि पांच सेल की टॉर्च लेकर कई लोग शमशाद नगर जाने वाली सड़क पर पहरा दे रहे हैं। उस रोड से गुज़रना ख़तरनाक था इसलिए आरिफ़ फ़रज़ाना के साथ लाल बकया नदी की तरफ़ चला गया। नदी का साहिल बांध से छुपे होने से वह दंगाइयों की नज़र से बचकर शमशाद नगर जा सकता था।

फ़रज़ाना के चेहरे पर हवाइयां उड़ रही थीं और उसने आयतुल कुर्सी पढ़ना शुरू कर दिया था।

क़रीब-क़रीब एक घंटे तक चलने के बाद वे अमरूद के एक बगीचे में दाख़िल हुए। ये बगीचा 4 से 5 किलोमीटर तक फैला था और शमशाद नगर ठीक इस बगीचे की दूसरी तरफ़ था। अमरूद की ख़ुशबू से गमकते हुए और अंधेरे में डूबे हुए बगीचे में आरिफ़ जैसे ही दाख़िल हुआ उसे भी डर लगने लगा। उसे जो आयतें याद थीं, वह मन ही मन पढ़ने लगा। रास्ते में न जाने कितनी बार वे पेड़ की जड़ों से या पत्थर के टुकड़ों से टकराए लेकिन जैसे-तैसे बाग़ के दूसरे किनारे पर पहुंच ही गए। तभी एक गरजदार आवाज़ ने आरिफ़ को चौंका दिया।

'कौन हो तुम?'

आरिफ़ ने मुड़कर देखा तो उनसे कुछ ही फ़ासले पर तीन नक़ाबपोश खड़े थे। दो के पास बंदूक़ें भी थीं।

आरिफ़ को लगा कि उसके शब्द गले में ही अटक गए।

'लगता है पुलिस के मुख़बिर होंगे। क्यों बे, बता?' दूसरे नंबर के नक़ाबपोश ने कहा जिसने अपने हाथ में स्टील की बड़ी टॉर्च थाम रखी थी। उसकी बात के लहज़े से पता चल रहा था कि वो नशे में है। वो डगमगाते हुए फ़रज़ाना तक पहुंच गया और उसने झटके से उसका हाथ थाम लिया। 'मैं इस सुंदर लड़की से पूछता हूं, ये ज़रूर सच बोलेगी।' फ़रज़ाना घबराकर चीख़ने-चिल्लाने लगी और उस नक़ाबपोश के चंगुल से छूटने की नाकाम कोशिश करने लगी।

'हम...हम...हमलोग पुलिस के इन्फ़ॉर्मर नहीं हैं,' आरिफ़ हकलाते हुए बोले, 'मेरी बहन को छोड़ दीजिए प्लीज़!' अचानक आरिफ़ उस नक़ाबपोश पर झपट पड़ा लेकिन पहले से अलर्ट था और इससे पहले कि आरिफ़ उस तक पहुंचे उसने टॉर्च आरिफ़ के सिर पर दे मारी। आरिफ़ को रंग-बिरंगे तारे दिखने लगे और वह लहराकर वहां की रेतीली ज़मीन पर गिर पड़ा। टॉर्च वाला नक़ाबपोश दोनों बंदूक़ लिए हुए नक़ाबपोशों की तरफ़ मुड़कर बोला, 'देखो यारो! कितनी ख़ूबसूरत लड़की है। चलो इसके साथ मज़े करते हैं।'

'नहीं,' उन दोनों ने एक साथ जवाब दिया। 'तुम भूल गया क्या कि शंभू का क्या हश्र किया था गगनदेव ने। याद है बैरागनिया की वो डकैती, शंभू ने सेठ की बहू के साथ बदतमीज़ी की थी।'

'गगनदेव ससुरा पगलेट है। उसे लगता है कि ऊ रामचंद्र जी का अवतार है। तुम साले हिजड़ों की तरह खड़े रहो यहां, मैं तो चला इस लड़की को लेकर।' फ़रज़ाना अभी अपने पैर रेत पर घसीट कर उससे छूटने की कोशिश कर रही थी। आरिफ़ का सिर अभी भी घूम रहा लेकिन उसे एहसास था कि जल्दी कुछ नहीं किया गया तो बहुत बुरा होगा।

वह नक़ाबपोश फ़रज़ाना को ज़बरदस्ती खींच कर एक तरफ़ ले जाने लगा तभी किसी ने बिजली की रफ़्तार से उस पर पीछे से वार किया। वो ज़ोर से चीख़ा, फटाक से फ़रज़ाना का हाथ छोड़ दिया और फिर चारों खाने चित हो गया। पेड़ के झुरमुटों से निकल कर एक पतला-दुबला नक़ाबपोश इंसान आया और ज़मीन पर पड़े टॉर्च वाले नक़ाबपोश को लातों से मारने लगा। उसके पीछे लगभग दो दर्ज़न नक़ाबपोश डाकू अपनी बंदूक़ों के साथ सामने आ गए।

'गगनदेव गैंग का नाम ख़राब करने की हिम्मत कैसे हुई तुम में?' गगन देव गुस्से में बोला और फिर अपने अन्य साथियों की तरफ़ मुड़ गया। 'ले चलो इसे अपने पुराने अड्डे पर, वहीं इसकी क़िस्मत का फ़ैसला करेंगे।'

आरिफ़ ने गगनदेव डाकू के किस्से बहुत सुने थे। वो मोतिहारी ज़िला और आसपास के इलाक़े में सैकड़ों व्यापारी और अमीर किसानों को लूट चुका था। लेकिन गगनदेव उसूलों वाला आदमी था। लूट का आधा हिस्सा ग़रीबों में बांट देता था। वो कभी अपने गैंगवालों को किसी औरत की इज़्ज़त पर हाथ नहीं डालने देता। एक किस्सा बहुत मशहूर था कि गगनदेव ने अपने ही आदमी को गोली से भून दिया था क्योंकि उसने एक डाके के दौरान एक लड़की की इज़्ज़त लूट ली थी।

तो ये है वो मशहूर डाकू, गगनदेव!

फ़रज़ाना आरिफ़ के क़रीब आ चुकी थी और उससे लिपट कर रोए जा रही थी। आरिफ़ गगनदेव को ही निहारे जा रहा था। उसे बेहद ताज्जुब हो रहा था कि इतने ख़तरनाक गैंग का सरदार दिखने में कितना मामूली है।

उसने सफ़ेद फुल पैंट और खाकी जैकेट पहन रखी था, गले में क्रीम कलर का मफ़लर था। उसने अपने चेहरे का मास्क हटाया। उसकी मूंछें बिलकुल पतली थीं, पुराने फ़िल्म के हीरो प्रदीप कुमार की तरह। वह भोजपुरी में बात करने लगा।

'अतना रात को सुनसान जगह पे न आवे के चाहीं। लईकी जात के त ई सब बात के अउरी ध्यान रखे चाहीं।'

आरिफ़ ने जमालपुरा के दंगे के बारे में जल्दी-जल्दी गगनदेव को सब कुछ बता दिया। उसने ये बात ज़रूर बताई कि कैसे उसने हिंदुओं को बचाने की नाकाम कोशिश की। गगनदेव ने आरिफ़ की बातें ध्यान से सुनीं और फ़रज़ाना की तरफ़ मुड़ कर बोला, 'बहन घबराने की ज़रूरत नहीं है। तुम अब बिलकुल सुरक्षित हो।'

फ़रज़ाना अभी भी बदहवास थी और आरिफ़ की बांहों में रोए जा रही थी। गगनदेव शमशाद नगर का रास्ता बताने लगा। एहसानमंद आरिफ़ ने वहां से चलने से पहले गगनदेव का बार-बार शुक्रिया अदा किया। ये सोच-सोच कर उसका कलेजा मुंह को आता था कि क्या होता अगर गगनदेव सही वक़्त वहां नहीं आया होता। वह डाकू फ़रज़ाना को कहीं का नहीं छोड़ता और मैं चाहकर भी उसे रोक नहीं पाता। जमालपुरा के बारे में सोचता तो भी परेशान हो जाता। ख़ुदा न खास्ता अगर वे दंगाइयों के हाथ लग जाते तो अभी उनकी लाशें कहीं पड़ी होतीं। आरिफ़ ने फ़रज़ाना का हाथ ज़ोर से पकड़ लिया और शमशाद नगर की तरफ़ चल पड़ा। फ़रज़ाना रास्ते भर रोती रही और आरिफ़ बार-बार उसे दिलासा देता रहा।

जैसे ही वे शमशाद नगर में दाख़िल हुए आरिफ़ ने दो मंज़िली पक्की इमारत की तरफ़ इशारा कर के कहा, 'लो हम पहुंच गए इलयास चचा के घर।' फ़रज़ाना जैसे ही घर के अंदर दाख़िल हुई इलयास चाचा की पत्नी को पकड़ कर बेतहाशा रोने लगी। घर के बाक़ी लोग भी जग गए।

सुबह-सुबह शेख इलयास के बेटे के साथ आरिफ़ और फ़रज़ाना पुरानी महिंद्रा जीप से इनायत नगर के लिए निकल पड़े। रास्ते में बहुत सारे हिंदू बहुल गांव होने के वजह से उन्हें लंबा रास्ता लेना पड़ा।

इनायत नगर पहुंच कर, उन्होंने देखा कि रैपिड एक्शन फ़ोर्स सुनसान गलियों में पहरा दे रही थी। जमालपुरा में दंगे की ख़बर वहां पहुंच गई थी। एक सिपाही ने उन्हें रोक कर पूछा कि वो कहां से आ रहे हैं। आरिफ़ ने जमालपुरा का बिलकुल भी ज़िक्र नहीं किया। उसे डर था कि उसके गांव का नाम सुनकर कहीं उसे गिरफ़्तार न कर लें। उसने सिर्फ़ इतना कहा कि वो शमशाद नगर गए थे और वहां से वापस आ रहे हैं। जब आरिफ़ हकीम साहब के घर के सामने पहुंचा तो उसे बहुत राहत महसूस हुई। परेशान हकीम साहब बरामदे में चहलक़दमी कर रहे थे। फ़रज़ाना की मां फ़र्श पर सिर पकड़ कर बैठी थीं। उन्हें देखते ही वे रो पड़ीं और झट गले लगा लिया।

8

पटना की एक सुबह, आरिफ़ अभी-अभी नींद से जगा था। रात को उसे ठीक से नींद नहीं आई थी और उसका सिर भारी था और नाक भी बंद और सब कुछ उल्टा-पुल्टा। हाथ में एक विक्स की हरी डिबिया लेकर वह अपने फ़्लैट की बालकनी में खड़ा था। वह अपनी कानी अंगुली से विक्स निकाल कर नाक के अंदर लगाने लगा। उसे विक्स की सनसनाहट से बड़ी राहत मिल रही थी।

कल रात उसने एक बुरा सपना देखा जिसमें जमालपुरा के नोनिया टोला के घर जल रहे थे और जान बचाने के लिए लोग चिल्ला रहे थे। अमरूद के बगीचे में उस रात जो हादसा होते-होते रह गया था वह भी उसे परेशान कर रहा था। अगर गगनदेव नहीं आता तो वाक़ई क़यामत हो जाती।

इन सब ख़यालों से खुद को भटकाने के लिए वह अपने आगामी यूपीएससी के इंटरव्यू के बारे में सोचने लगा। उसकी पढ़ाई का काफ़ी नुक़सान हुआ था। पहले बीमारी की वजह से, फिर दंगे फसाद के चक्कर में।

आरिफ़ ने महसूस किया कि सूरज अपने पूरे शबाब पर था, शायद अपने दिन भर के सफ़र के लिए अपने आप को तैयार कर रहा हो। सामने सड़कें वीरान पड़ी थीं। एक भिखारी, बूढ़ा-सा, कमज़ोर-सा एक फ़्लैट के सामने खड़ा भगवान की दुहाई देकर कुछ खाने को मांग रहा था।

तभी तोंदवाले सूर्य प्रताप सिंह अपने घर से बाहर निकले और भिखारी पर चिल्लाने लगे, 'तुम्हें किसने आने दिया पुलिस कॉलोनी के अंदर? भाग यहां से नहीं तो...'

भिखारी हाथ जोड़ कर विनती करने लगा। वह कह रहा था कि रूखी-सूखी या बासी ही दे दो खाने के लिए। जवाब में सिंह ने अपने हाथ

को इस तरह से उठाया कि भिखारी डर के मारे पीछे हटा तो फिसल गया और लुढ़कता हुआ सीढ़ियों से नीचे आ गिरा।

कितना ज़ालिम इंसान है, आरिफ़ ने सोचा। सिंह साहब बिहार मिलिट्री पुलिस में इंस्पेक्टर थे। लेकिन मोहल्ले में उनका नाम लोगों की ज़बान पर किसी और वजह से चढ़ा था। दरअसल उनका अपने अर्दली की बीवी से चक्कर था। आरिफ़ ने ये भी सुन रखा था कि उनके अर्दली को इस बात से कोई ऐतराज़ नहीं था कि उसकी बीवी उसके बॉस के साथ सोती है।

आरिफ़ घर के अंदर गया ताकि वो भिखारी के लिए कुछ खाने-पीने की चीज़ ला सके। लेकिन जब तक वह लौटा भिखारी जा चुका था। सूर्य प्रताप सिंह अपने फ़्लैट के बरामदे में खड़ा होकर दो नए रंगरूटों को डांटे जा रहा था।

'ये साला सूर्य प्रताप बिलकुल चूतिया है।' आरिफ़ के मन में सिंह के लिए अचानक नफ़रत का उफान उठा।

'क्यों मैं नफ़रत कर रहा हूं सूर्य प्रताप सिंह से?' आरिफ़ ख़ुद से सवाल कर रहा था। *उसने भिखारी के साथ बुरा व्यवहार किया या इसलिए कि वह किसी और की बीवी के साथ सोता है। क्या मैं रमेश कुमार की पत्नी पर डोरे नहीं डाल रहा हूं? आख़िर मैं सूर्य प्रताप सिंह अलग कैसे हूं?* लेकिन मैंने सुमित्रा को छुआ तक नहीं। मैं उसे चाहता हूं और पसंद करता हूं पर कोई गुनाह नहीं किया उसके साथ। *हां, अभी तक तो कोई गुनाह नहीं किया।*

सुमित्रा का ख़याल आते ही आरिफ़ बेचैन हो गया। उसे ताज्जुब हो रहा था कि इतने दिनों तक उससे दूर रहने के बाद भी सुमित्रा उसके ख़्वाबों और ख़यालों से कहीं नहीं गई। दो महीने तक पटना से दूर के बाद भी सुमित्रा को लेकर कशिश ज़रा भी कम नहीं हुई थी। आरिफ़ सुमित्रा को बड़ी शिद्दत से याद करने लगा। तभी अख़बार वाला बालकनी में *टाइम्स ऑफ़ इंडिया* फेंक गया। उसने अख़बार उठाकर देखा तो पता चला कि आज शनिचर का दिन है। शनिचर को ही तो सुमित्रा आती है पीपल पूजा करने। लेकिन आज नहीं आएगी। आरिफ़ अचानक उदास हो गया। उसने सोचा कि काश! वह एक पंछी होता और उड़ कर अपनी सुमित्रा के पास पहुंच जाता।

कल ही तो वह मृत्युंजय से मिलने गया था और वहीं उसे सुमित्रा का बेटा, राहुल मिला था। आरिफ़ ने घुमा फिरा कर राहुल से पूछ ही लिया था कि सुमित्रा कैसी है। राहुल ने बताया था कि वह मुंबई गई है अपनी बीमार भाभी को देखने।

सुमित्रा के ख़यालों में गुम आरिफ़ अपने स्टडी रूम में वापस आ गया। और फिर उसने इंटरव्यू के लिए कुछ पढ़ाई करने का फ़ैसला किया। उसने बुकशेल्फ़ से *हाऊ टू एक्सेल इन ऐन इंटरव्यू* नाम की किताब उठा ली।

वह 1993 की एक सर्द सुबह थी। आरिफ़ के घर में जश्न का माहौल था। हो भी न क्यों आरिफ़ का सिविल सर्विसेज मेन्स का रिज़ल्ट आया था।

'दूसरी कोशिश में ही मेन्स निकलना आसान नहीं है, वह भी बिना किसी कोचिंग के। देखिएगा वर्मा जी, मेरा बेटा इंटरव्यू भी निकाल लेगा,' अब्बा अपने पड़ोसी वर्मा जी से बात करते हुए आरिफ़ का बखान किए जा रहे थे।

आरिफ़ को ये सुनकर अच्छा लगा कि अब्बा को उसके टैलेंट पर कितना भरोसा है। लेकिन उसे डर भी लग रहा था कि *क्या होगा अगर वो इंटरव्यू पास नहीं कर पाया।* अब्बा का तो दिल ही टूट जाएगा।

मृत्युंजय का भी मेन्स में सेलेक्शन हुआ था और अक्सर दोनों मिलकर इंटरव्यू की तैयारी करते थे। हर शनिवार को वे एक दूसरे का छद्म इंटरव्यू लेते थे। एक दिन आरिफ़ मृत्युंजय के फ़्लैट से जैसे ही बाहर निकला उसने देखा कि रमेश कुमार कार की डिक्की से एक बड़ा-सा कार्टन निकालने की कोशिश कर रहे थे। लेकिन सामान काफ़ी भारी था और बड़ी मशक्क़त के बाद भी वह उसे उठा नहीं पा रहे थे।

'अंकल, मैं मदद करूं आपकी?' आरिफ़ ने बड़े अदब से पूछा।

'नेकी और पूछ पूछ,' रमेश कुमार मुस्कराते हुए बोले।

जब वे सामान लेकर ऊपर पहुंचे तो दरवाज़ा खोलने वाली लड़की क़रीब 17 या 18 साल की रही होगी। आरिफ़ कुछ सेकेंड तक उसे देखता रहा। वह ख़ूबसूरत थी और उसकी शक्ल सुमित्रा से काफ़ी मिलती-जुलती थी। हां, सुमित्रा से ज़्यादा गोरी और लंबी थी वह।

वह आरिफ़ और रमेश को देखकर मुस्कराई और फिर हाथ जोड़ कर आरिफ़ को प्रणाम किया। आरिफ़ ने भी मुस्करा कर जवाब दिया। और फिर कार्टन को लेकर दोनों अंदर आ गए और वहीं फ़र्श पर रख दिया। आरिफ़ ने देखा की बालकनी के रेलिंग पर गुल-ए-दाउदी और गुलाब के कई गमले रखे हुए हैं।

'ये मेरी बेटी कविता है। इंदिरा गांधी बालिका विद्यालय, हज़ारीबाग़ में पढ़ती है।'

'अच्छा,' आरिफ़ मुस्कराकर बोला, 'अच्छा मैं चलता हूं, अंकल।'

'अरे बेटा, चाय तो पी लो। कविता बना रही है,' रमेश कुमार ने एक लाल रंग की प्लास्टिक की कुर्सी खींचते हुए कहा। आरिफ़ जब कुर्सी पर बैठ गया तो रमेश कुमार अंदर चले गए और कुछ देर बाद लौटे तो उनके हाथ में एक चीनी मिट्टी की तश्तरी थी। उसमें घर के बने हुए आलू के चिप्स और तले हुए मखाने थे।

कमरे के अंदर से टेलीफ़ोन के बजने की आवाज़ आई और फिर कविता का 'हेलो' सुनाई दिया।

चाय की चुस्की लेते हुए रमेश कुमार ने आरिफ़ से पूछा, 'और आईएएस के इंटरव्यू की तैयारी कैसी चल रही है?' अभी आरिफ़ जवाब दे पाता कि अंदर से कविता के सुबकने की आवाज़ आई। रमेश कुमार सामने स्टूल पर चाय का कप रख कर अंदर भागे। आरिफ़ भी उनके पीछे गया। उसने देखा कि रमेश कुमार फ़ोन पर बात कर रहे हैं और उनके चेहरे भाव हर सेकेंड बदल रहे थे। उनके पास खड़ी कविता फूट-फूट कर रो रही है। जब रमेश कुमार ने रिसीवर वापस रखा तो उनके चेहरे का रंग उड़ा हुआ था।

'क्या हुआ, अंकल?' आरिफ़ पूछे बिना नहीं रह सका।

'मुंबई में आज तड़के हिंदू-मुस्लिम दंगे हो गए। सुमित्रा बाज़ार गई थी कुछ सामान लेने और अभी तक वापस नहीं आई है। शहर में कर्फ़्यू लग चुका है और उसकी कोई ख़बर नहीं,' ये बोलते-बोलते रमेश कुमार की आंखें डबडबा गईं।

आरिफ़ भी यह ख़बर सुनकर परेशान हो गया था लेकिन रमेश कुमार के सामने रोए भी तो कैसे रोए। क्या सोचेंगे वे? वह रमेश कुमार और

कविता के साथ वहीं काफ़ी देर तक बैठा रहा और उन्हें तसल्ली देता रहा। शाम तक मुंबई से सुमित्रा की कोई ख़बर नहीं आई और मायूस होकर आरिफ़ घर लौट आया। आरिफ़ की वह रात बेचैनी और बेकली में बीती। वह रोता रहा और करवटें बदलता रहा। और बीच-बीच में ख़ुदा से सुमित्रा की सलामती की दुआएं भी मांगता रहा।

सुबह होते ही आरिफ़ घर के पास वाले पीसीओ की तरफ़ भागा। और जब रमेश कुमार ने उसे सुमित्रा के लौट आने की ख़बर दी तो उसकी आंखों से ख़ुशी के आंसू निकल आए। रमेश कुमार ने बताया कि सुमित्रा दंगे में फंस गई थी लेकिन एक नेकदिल मुस्लिम नौजवान ने उसे बचा लिया। रमेश कुमार आज ही अपनी पत्नी को पटना वापस लाने के लिए मुंबई जा रहे हैं।

आरिफ़ ने सुकून की एक लंबी सांस ली और टेलीफ़ोन बूथ से बाहर आ गया। शिव मंदिर से गुज़र कर उसने सामने वाले गुप्ता जनरल स्टोर की तरफ़ देखा जहां उसका पतला-दुबला मालिक ग्राहक के इंतज़ार में चुपचाप बैठा था। दुकान से थोड़ा आगे एक भिखारी अपने ख़ाली कटोरे के साथ आने-जाने वालों को उम्मीद भरी नज़रों से देख रहा था। आरिफ़ उसके पास रुका और अपनी जेब को टटोलकर सारे सिक्के निकाल लिए और एक साथ ही भिखारी के कटोरे में डाल दिया। इतने सारे सिक्कों की खनखनाहट ने भिखारी के चेहरे पर मुस्कान बिखेर दी। वह ज़ोर-ज़ोर से आरिफ़ को दुआएं देने लगा। आरिफ़ किशोर कुमार का यह गाना गुनगुनाते हुए आगे बढ़ गया :

हमें तुमसे प्यार कितना, ये हम नहीं जानते
मगर जी नहीं सकते तुम्हारे बिना

तीन दिन बाद आरिफ़ को पता चला कि सुमित्रा वापस आ गई है। लेकिन आरिफ़ उससे मिलने नहीं गया। उसने मृत्युंजय के यहां भी आना-जाना बंद कर दिए। वह सुमित्रा से दूर होना चाहता था। वह अपने आप को बार-बार याद दिलाता रहा कि सुमित्रा शादीशुदा है।

9

आज आईएएस के फ़ाइनल रिज़ल्ट का बड़ी बेसब्री से इंतज़ार था। आरिफ़ को एक तरह की बेचैनी ने घेर रखा था। अभी इन्हीं ख़यालों की उधेड़बुन में वह लगा था कि अख़बार वाले ने अख़बार उसकी बालकनी में फेंका। आरिफ़ धड़कते दिल से अख़बार के पन्ना पलटने लगा। रिजल्ट को उसने कई बार देखा पर न उसमें मृत्युंजय का नाम था ना ही उसका। उसका दिल बैठ सा गया, उसके होठ कंपकंपाने लगे और आँखों से आँसू निकल आए। इतना क़रीब आकर नाकाम होने का दर्द झेलना मुश्किल था।

अगले दस दिन वह अपने कमरे में ही बंद रहा और लगातार अपनी नाकामी के बारे में सोचता रहा। उसे लगने लगा था कि वह कभी भी सिविल सर्विसेज़ का इम्तहान पास नहीं कर पाएगा। उसके नाम के आगे कभी भी 'आईएएस' नहीं लिखा जाएगा।

उसकी उम्मीद से उलट अब्बा उसके रिज़ल्ट से ज़्यादा परेशान नहीं थे। बल्कि वह सामान्य व्यवहार कर रहे थे। और एक दिन वह आरिफ़ के स्टडी रूम में आए और उसके सामने एक कुर्सी खींच कर बैठ गए। उन्होंने आरिफ़ को समझाया कि कामयाबी और नाकामी ज़िंदगी का हिस्सा है और उसे निराश नहीं होना चाहिए। 'मैं जानता हूं कि तुम अपने रिज़ल्ट से खुश नहीं हो लेकिन मेरे बेटे, अपने ऊपर यक़ीन रखो,' अब्बा ने कहा।

आरिफ़ ने मुस्करा कर अपने पिता की तरफ़ देखा। उसकी मुस्कराहट में एक दर्द छुपा था। तभी अब्बा ने उसे अज़ीम देहलवी का एक शेर याद दिलाया :

गिरते हैं शहसवार ही मैदान-ए-जंग में
वह तिफ़्ल क्या गिरेगा जो घुटनों के बल चले

(घोड़ों पर चढ़ने वाले सूरमा ही लड़ाई के मैदान में गिरते हैं।
वह बच्चा क्या गिरेगा जो घुटनों के बल चलता हो।)

'हौसला रखो और फिर से कोशिश करो। आज के अख़बार में इस साल की यूपीएससी एग्ज़ाम का नोटिस आया है। जाओ फ़ॉर्म भर दो। इंशाल्लाह, इस साल तुम ज़रूर कामयाब होओगे।' अब्बा ने आरिफ़ के सिर पर हाथ फेरा और कमरे से बाहर चले गए।

अब्बा की बातों का आरिफ़ पर काफ़ी असर हुआ। वह अपनी मायूसी और उदासी को दूर धकेल कर कमरे से बाहर आ गया। उसके चेहरे पर मुस्कराहट और उम्मीद थी।

अगले शनिवार को मृत्युंजय आरिफ़ से मिलने आया। उसके हाथ में भूरे रंग का एक बड़ा सा लिफ़ाफ़ा था। उसने आरिफ़ को वह लिफ़ाफ़ा थमाते हुए कहा, 'लो यह प्रीलिम्स का फ़ॉर्म। मैं अशोक राजपथ गया था। तुम्हारे लिए भी ले आया।' वह आरिफ़ के बिस्तर पर बैठ गया।

आरिफ़ ने लिफ़ाफ़ा हाथ में लेते हुए बोला, 'शुक्रिया दोस्त।'

'इस साल की तैयारी कुछ दूसरे तरीक़े से करते हैं। मैंने एक प्लान बनाया है। कल तुम से डिस्कस करता हूं।'

'मैंने भी इस साल के लिए कुछ अलग सोचा है। जनरल स्टडीज़ में हम साइंस और टेक्नोलॉजी सेक्शन पर ध्यान दें तो अच्छे मार्क्स ला सकते हैं। उसके अलावा...'

उनकी बातें चल ही रही थीं कि दादी कमरे में दाख़िल हुई। मृत्युंजय अपनी जगह से उठा और दादी के पांव छुए।

'अल्लाह तुमको खुश रखे', दादी ने कहा, 'मैं तुम्हारे लिए सूजी का हलुआ बनाने जा रही हूं मृतुन्जा।' दादी कभी भी मृत्युंजय का सही नाम नहीं बोल पाती थीं। लेकिन मृत्युंजय को दादी द्वारा दिया गया नाम बहुत पसंद था।

'आज मुझे दानापुर एक ज़रूरी काम से जाना है। अगली बार आया तो आपके हाथ का हलुआ ज़रूर खाऊंगा। मृत्युंजय अपनी जगह से उठा, उसने दादी के फिर से पैर छुए और कमरे से बाहर निकल गया।

बालकनी में खड़े होकर आरिफ़ मृत्युंजय को देखता रहा। वह किक पर किक लगाए जा रहा था लेकिन उसका स्कूटर स्टार्ट नहीं हो रहा था। आख़िर काफ़ी जद्दोजहद के बाद मृत्युंजय का स्कूटर चल पड़ा।

आरिफ़ वापस अपने कमरे में आ गया। उसने दीवार पर टंगी घड़ी की तरफ़ देखा तो बारह बजने ही वाले थे। अगर उसे ड्राफ़्ट बनवाना है तो जल्दी जाना होगा नहीं तो बैंक बंद हो जाएगा। आरिफ़ जब तक बैंक पहुंचा स्टेट बैंक ऑफ़ इंडिया का सर्विस काउंटर बंद हो चुका था। सामने एक बोर्ड लगा जिस पर लिखा था 'क्लोज़्ड।'

आरिफ़ काउंटर क्लर्क को उम्मीद भरी नज़रों से देख रहा था। काउंटर पर बैठा आदमी ताड़ गया कि आरिफ़ क्या चाहता है और तुरंत बोल पड़ा, 'तुम्हें नहीं पता कि शनिवार को साढ़े बारह बजे बैंक बंद हो जाता है।'

आरिफ़ मायूस होकर वापस जाने ही वाला था कि उसने रमेश कुमार को आते हुए देखा। शायद उन्होंने आरिफ़ को काउंटर पर देख लिया था।

'बैंक में कोई काम है क्या?' रमेश कुमार ने आरिफ़ से पूछा।

'जी अंकल, ड्राफ़्ट बनवाना था।'

'श्रीवास्तव,' काउंटर में बैठे आदमी की तरफ़ मुड़कर वे बोले, 'एक ड्राफ़्ट बना दो...'

'यूपीएससी का बनाना है,' आरिफ़ ने तपाक से कहा और एक काग़ज़ का टुकड़ा जेब से निकाल कर काउंटर क्लर्क के सामने रख दिया। 'इसमें सब डिटेल्स है।'

'लेकिन सर कैश तो बंद हो गया है,' श्रीवास्तव झुंझलाते हुए बोला।

'नो प्रॉब्लम! मेरे सेविंग अकाउंट से ट्रांसफ़र एंट्री पास कर दो। हाँ ऐसा करो ड्राफ़्ट जब बन जाए, तो मेरे केबिन में ही भेज दो।' फिर रमेश कुमार आरिफ़ की तरफ़ मुखातिब होकर बोले, 'बेटा, तुम मेरे साथ आओ।'

वह उसे अपने केबिन में ले गए। वहां पर टेबल के अलावा एक रिवॉल्विंग चेयर और दो स्टील की कुर्सियां थीं। रमेश कुमार के कहने पर

आरिफ़ वहां एक कुर्सी पर बैठ गया। रमेश उससे उसका हालचाल पूछने लगे तब तक एक चपरासी ड्राफ़्ट लेकर आ गया।

आरिफ़ ड्राफ़्ट लेकर केबिन से निकलने ही वाला था कि रमेश कुमार ने एक बड़ा सा जूट का थैला टेबल पर रखते हुए कहा, 'ये मेरा कुछ सामान है। क्या तुम ये मेरे घर पर पहुंचा दोगे? मैं बैंक से सीधे खगड़िया जा रहा हूँ। एक स्टाफ़ की बेटी की शादी अटेंड करने।'

'हां हां क्यों नहीं,' आरिफ़ बोला। थैला हाथ में लेने के बाद उसने सोचा कि उसे रमेश कुमार को मना कर देना चाहिए था। उसे सुमित्रा के क़रीब नहीं जाना चाहिए। लेकिन साथ ही सुमित्रा से मिलने के ख़याल से वह ख़ुश भी था।

आरिफ़ रमेश कुमार के फ़्लैट की घंटी बजाने ही वाला था कि उसे अंदर से सुमित्रा की आवाज़ सुनाई दी। वह गुस्से में किसी से बात कर रही थी। 'मैं जिस दिन से इस घर में आई हूं, देख रही हूं कि रमेश के लिए उसकी बहन ही सब कुछ है। मेरी तो कुछ हैसियत ही नहीं...'

लगभग 15 से 20 मिनट तक आरिफ़ दरवाज़े पर खड़ा रहा और सुमित्रा की बातें सुनता रहा। वह किसी से टेलीफ़ोन पर बात कर रही थी। 'लेकिन मैं भी हार नहीं मानने वाली। मैं देख लूंगी उस कुतिया को!'

उसकी बातें चल ही रही थीं कि आरिफ़ ने डोरबेल बजा दी। कुछ ही सेकेंड्स में दरवाज़ा खुल गया। सुमित्रा के चेहरे पर तनाव साफ़-साफ़ दिख रहा था। लेकिन उसने जैसे ही आरिफ को देखा उसके चेहरे पर मुस्कराहट फैल गई और उसका सारा गुस्सा पल भर में छूमंतर हो गया। सुमित्रा ने लाल शिफ़ॉन की साड़ी पहन रखी थी। उसके बाल बिखरे हुए थे। वो बला की ख़ूबसूरत लग रही थी। आरिफ़ बड़ी कोशिशों के बावजूद भी अपनी निगाहें उसके चेहरे से नहीं हटा पा रहा था। उसे लग रहा था वह अपने जज़्बात पर क़ाबू नहीं रख पा रहा है।

'रमेश अंकल ने यह सामान भेजा है,' बोलते-बोलते आरिफ़ थोड़ा-सा हकलाने लगा। उसे रमेश को अंकल कहना बड़ा अटपटा लग रहा था। *जिस आदमी की बीवी के पीछे मैं पागल हूं उसको मैं अंकल कैसे कह सकता हूं।*

'आरिफ़, आप बाहर क्यों खड़े हैं, अंदर आइए,' सुमित्रा ने बड़ी गर्मजोशी से कहा। आरिफ़ बालकनी में दाख़िल होते ही सैंडल का फीता खोलने लगा।

'सैंडल निकालने की कोई ज़रूरत नहीं है,' सुमित्रा बोली। जवाब में आरिफ़ सिर्फ़ मुस्करा कर रह गया। सुमित्रा आरिफ़ को अपने ड्रॉइंग रूम ले गई। आरिफ़ उस कमरे का मुआइना करने लगा। नीले मख़मली सोफ़ासेट के अलावा, खिड़की और दरवाज़े के परदे भी नीले थे। सामने दीवार पर तीन ऑयल पेंटिंग टंगी थीं। तीनों अमूर्त चित्रकारी के नमूने थे। कमरे के एक कोने में लकड़ी का एक प्लेटफ़ॉर्म-सा बना हुआ था। उस पर लक्ष्मी, गणेश और हनुमान जी की मूर्तियां विराजमान थीं। प्लेटफ़ॉर्म के ठीक ऊपर दीवार पर भगवान कृष्ण की तसवीर लगी थी, बांसुरी बजाते हुए। पिछली बार जब वह इस कमरे में आया इतना कुछ नहीं देखा पाया था। वैसे भी उस वक़्त सुमित्रा के ग़ायब हो जाने की ख़बर से बदहवास था।

सुमित्रा उसे सोफ़े पर बैठा कर अंदर चली गई। थोड़ी देर बाद जब वापस आई तो उसके हाथ में एक बड़ी-सी ट्रे थी। जिसमें पोटेटो चिप्स, बिस्किट, भुनी मूंगफली, मिल्क केक के अलावा एक गिलास पानी और दो चाय की प्यालियां भी थीं। उसने ट्रे को सेंटर टेबल पर रखकर चाय की एक प्याली आरिफ़ की तरफ़ बढ़ा दी।

फिर बड़े ड्रामाई अंदाज़ में बोली, 'आप से मुझे एक शिकवा है।'

'शिकवा!' आरिफ़ चौंक-सा गया।

'हाँ, मैं जब मुंबई से वापस आई तो आप मिलने क्यों नहीं आए। कविता ने मुझे बताया था कि जब मेरे रिश्तेदारों ने मेरी फ़ैमिली को यह बताने के लिए फ़ोन किया था कि मैं ग़ायब हो गई हूं तब आप मेरे घर पर ही थे। मैं सोच रही थी कि आपको यह जानकर खुशी होगी कि मैं सही-सलामत हूं और आपको मेरा स्वागत करने आना चाहिए था। आपको तो पता था न कि मैं किस मुसीबत में फंस गई थी।'

'सॉरी, सुमित्रा जी। मैंने सोचा...'

'मेरा नाम सुमित्रा है। सुमित्रा जी नहीं।'

'ठीक है सुमित्रा,' आरिफ़ थोड़ा हिचकिचाते हुए बोला। 'एक चीज़ पूछनी थी आपसे? आपकी उर्दू इतनी अच्छी कैसे है?'

'मेरा बचपन गया के पास मुस्लिम-बहुल इमदाद नगर में गुज़रा है। वहां मैंने उर्दू मीडियम स्कूल में पढ़ाई की थी। उस समय मैंने उर्दू की ढेरों पत्रिकाओं और नॉवेल्स को पढ़ा।'

'अच्छा...'

अचानक डोरबेल लगातार दो बार बजी। फिर किसी औरत की आवाज़ आई, 'सुमित्रा जी।'

'ये तो मिश्राइन की आवाज़ है। आप यहीं बैठिए मैं 10 मिनट में आई।' बाहर जाते हुए उसने ड्रॉइंग रूम का दरवाज़ा भिड़का दिया। आरिफ़ वहीं बैठकर बरामदे में सुमित्रा और मिसेज़ मिश्रा के बीच हो रही बातचीत सुनने लगा।

'सुमित्रा जी आप प्रेमलता को जानती है ना... हां, वही चौबे जी की बेटी। आपको पता है कि आजकल उसका चक्कर हरिजन लड़के से चल रहा है। राम-राम घोर कलियुग आ गया। एक ब्राह्मण लड़की और अछूत लड़का! बड़े शर्म की बात है।'

'मुझे विश्वास नहीं हो रहा है।'

'और दूसरी ख़बर सुनिए। श्रीनाथ सिंह की छोटी बेटी बिन ब्याही मां बनने वाली थी। कल ही राजा बाज़ार में एबॉर्शन हुआ है।'

'अच्छा?'

'भगवान कसम, सच कह रही हूं मैं।'

'माई, बाबूजी ऑफ़िस से घरे आई गइले। चल तोरा के बोलैईलन हां।' यह किसी 10-12 साल के बच्चे की आवाज़ थी।

'ठीक है सुमित्रा जी। अभी चलते हैं।'

आरिफ़ ने दरवाज़ा बंद होने की आवाज़ सुनी और उसके कुछ सेकेंड के बाद सुमित्रा वापस आ गई। वो आरिफ़ की तरफ़ देख कर मुस्कराई और फिर सामने सोफ़े पर बैठ गई।

'आप तो बड़ी अच्छी ग़ज़लें लिखते हैं,' सुमित्रा अचानक बोल पड़ी।

आरिफ़ को बड़ा अचरज हुआ सुमित्रा की बातें सुनकर। 'आपको मेरी शायरी पढ़ने को कहां मिल गई।'

'उसी डायरी में जो आप नेहरू पार्क में लाए थे। उस दिन जब मेरे बाबूजी की तबियत ख़राब हुई थी।'

'मुझे बेहद मुसर्रत है कि आपने मेरी शायरी को पसंद किया। लेकिन आप तो खुद ही कमाल के शेर लिखती हैं।'

सुमित्रा मुस्कराकर रह गई और कुछ नहीं बोली।

'क्यों न आज आप अपनी कुछ ग़ज़लें सुनाएं,' आरिफ़ ने कहा।

'सच में आप मेरी ग़ज़लें सुनना चाहते हैं?'

आरिफ़ के दिल में ख़याल आया कि सुमित्रा को कह दे कि *क्या वह खुद किसी ग़ज़ल से कम है।* और उसका दीदार ही ग़ालिब या मीर के दीवान को पढ़ने जैसा है।

'इरशाद! इरशाद!' आरिफ़ ऐसे बोला जैसे वो किसी शेर-ओ-शायरी की बज़्म में बैठा हो।

सुमित्रा के लब पर मुस्कराहट खेल गई और उसके गाल पर दो बेहद ख़ूबसूरत डिंपल उभर आए। तौबा-तौबा, उसके दिल में न जाने कैसे-कैसे बहके हुए ख़यालात आ रहे थे। कुछ देर के लिए आरिफ़ को लगा कि आगे बढ़कर सुमित्रा को अपनी बांहों में समेट ले और उसके होंठों को चूम ले। किसी तरह से उसने अपने जज़्बात पर क़ाबू रखा।

सुमित्रा अपने ग़ज़ल का मतला शुरू कर चुकी थी।

ये मयकद-ए-इश्क़ है यहां जामे-ए-जुनूं मिलता है
गिरिया-ए-दीद-ए-कैश व क़ल्ब-ए-लैला का ख़ूं मिलता है

(यह इश्क़ की मधुशाला है और यहां जुनून का जाम मिलता है। मजनूं की आंख का आंसू और लैला के दिल का ख़ून यहां बिकता है।)

फिर आरिफ़ और सुमित्रा के बीच शेर-ओ-शायरी का सिलसिला शुरू हुआ तो ये पांच बजे तक चलता रहा। सुमित्रा ने कुछ अपनी ग़ज़लें सुनाई और कुछ आरिफ़ ने अपने और कुछ नामी शायरों के शेर भी पढ़े।

आरिफ़ की निगाह अचानक घड़ी पर पड़ गई। वह फ़ौरन अपनी जगह से उठते हुए बोला, 'सुमित्रा मुझे ज़रूरी काम से कहीं जाना है। अभी मैं चलता हूं।'

'ठीक है,' सुमित्रा बड़े बेमन से बोली।

आरिफ़ ड्रॉइंग रूम से बाहर ही आने ही वाला था कि सुमित्रा बोल पड़ी, 'कल आप मेरे साथ फ़िल्म देखने चलेंगे?'

'क्यों नहीं!' झट से आरिफ़ ने कहा। फिर आरिफ़ के मन में ख़याल आया कि *अरे आरिफ़ ये क्या कर रहे हो?* फिर से सुमित्रा के पीछे पड़ गए। याद रखो वो शादीशुदा है। *उसके पीछे पड़ने से तुम कहीं के नहीं रह जाओगे।* लेकिन आरिफ़ ने अपनी ज़मीर की बात को अनसुना करते हुए सुमित्रा से पूछा, 'कौन सी फ़िल्म?'

'साजन,' उसने मुस्करा कर कहा।

'तो आप अकेले आएंगी न?'

'हां, आपको तो पता ही है मेरे पति खगड़िया गए हैं। राहुल मेरे मम्मी पापा के पास है और बेटी कविता हज़ारीबाग़, अपने स्कूल में।'

साजन एक सुपर हिट फ़िल्म थी और पटना और दानापुर के सभी हाल हाउसफुल जा रहे थे। इस फ़िल्म में सलमान ख़ान, संजय दत्त और माधुरी दीक्षित के अलावा कादर ख़ान ने भी ख़ास किरदार निभाए थे। यह फ़ैसला किया गया कि पहले आरिफ़ जाएगा और टिकटों का इंतज़ाम कर लेगा। बाद में सुमित्रा वहां पहुंच जाएगी।

अगले दिन जब सुबह आरिफ़ मोना सिनेमा पहुंचा तो उसे हाउसफुल का बोर्ड देख कर बड़ी मायूसी हुई। लेकिन उसी हाउसफुल बोर्ड के सामने दो ब्लैकिये हाथों में टिकटों को लिए हुए धीरे-धीरे आवाज़ लगा रहे थे, 'डीसी 30 रुपये, बालकनी 20 रुपये...' बड़ा मोल भाव कर के आरिफ़ ने 50 रुपये में डीसी के दो टिकट ख़रीद लिए। ये थोड़े महंगे तो थे लेकिन वो सुमित्रा के साथ फ़िल्म देखने का मौक़ा कैसे गंवा सकता था।

टिकटों को हाथ में लेते ही उसे अजीब सी बेचैनी होने लगी। आख़िर वो कर क्या रहा है? सुमित्रा के साथ वक़्त बिताने से वह उसके और क़रीब आ जाएगा। ग़लत बात है ये। *सुमित्रा के साथ फ़िल्म देखने से मैं कोई गुनहगार थोड़े हो जाऊंगा?* फ़िल्म देख रहा हूं कोई बदतमीज़ी तो नहीं कर

रहा हूं। गांधी मैदान के एक कोने पर खड़ा हो कर आरिफ़ अपने आप को समझने की कोशिश कर रहा था और साथ-साथ सुमित्रा का इंतज़ार भी।

गांधी मैदान पटना के बीचोबीच एक खुला मैदान है जो शहर के लिए फेफड़ों का काम करता है। वही गांधी मैदान जहां जय प्रकाश नारायण की रैलियों से लेकर पुस्तक मेला और न जाने इतिहास की कितनी महत्त्वपूर्ण मीटिंग और सभाएं हुई थीं। भारत छोड़ो आंदोलन से लेकर इमरजेंसी के ख़िलाफ़ जो भी विरोध प्रदर्शन हुए थे, उस सबका गांधी मैदान गवाह था। भारत का कौन बड़ा नेता या मशहूर व्यक्तित्व नहीं जिसने इस मैदान में खड़े होकर भाषण न दिया हो। कई भारतीय नेताओं ने इस मैदान से विभिन्न आंदोलन शुरू किए जिन्होंने अपने देश की तक़दीर बदल दी।

मैदान के उत्तर-पूर्व कोने में खड़े होकर जब आरिफ़ ने सारे मैदान का मुआयना किया तो उसे एहसास हुआ कि ये मैदान कितने लोगों को पनाह देता है। यह मैदान मौक़े देता है लोगों को, आराम करने के लिए, विरोध करने के लिए, खेलने के लिए, रोज़ी-रोटी कमाने के लिए और सबसे बढ़कर इस बेदिल शहर के बेरहमी से बचने का। बहुत लोगों के दिन की शुरुआत गांधी मैदान से होती है और रात का ख़ात्मा भी वहीं पर।

गर्मी कुछ ज़्यादा ही थी। सायं-सायं करती लू आसपास से गुज़र रही थी ऐसे जैसे किसी भट्टी से हवा आ रही हो। आरिफ़ बरगद के एक पेड़ के पास पत्थर की बेंच पर बैठा गया। उससे मुश्किल से दस गज़ की दूरी पर हाथ की लकीरें पढ़ने वाला एक ज्योतिषी बैठा था। वह किसी अधेड़ उम्र के व्यक्ति की हस्तरेखाएं पढ़ कर उसे कुछ बता रहा था। आरिफ़ की बाईं तरफ़ कुछ लोग लाल रंग का बैनर और झंडा लेकर खड़े हुए थे। और बैनर पर लिखा था : 'संगपुरा के अपराधियों को फांसी दो,' 'ग़रीबों की हत्या बंद करो,' 'पूंजीवाद मुर्दाबाद,' 'नक़ली गणतंत्र मुर्दाबाद,' 'इंक़लाब ज़िंदाबाद!'

वहां पर दो औरतें खड़ी थीं। उनके बैनर पर मर्दों और बच्चों की लाशों की तसवीर थी। उनकी गर्दनों को किसी धारदार चीज़ से रेता गया था। आरिफ़ जानता था ये लोग नक्सलवादियों के सपोर्टर हैं। उसने अख़बार में दो दिन पहले पढ़ा था कि किस तरह संगपुरा में नीची जाति वाले 35 लोगों की हत्या कर दी गई थी। इस हत्या में ऊंची जातिवालों की एक प्राइवेट आर्मी का हाथ बताया जाता था।

गांधी मैदान के आसपास की सड़कें सूरज की गर्मी में तप रही थीं। पंछियों ने भी पेड़ के पत्तों के बीच पनाह ले रखी थी। सामने बर्फ़ के मीठे गोले और ठंडा पानी बेचने वाला बंदा अच्छा धंधा कर रहा था। मस्तराम की गर्मागर्म कहानियों की किताब बेचने वाला दुकानदार अकेला बैठा था। दो रिक्शेवाले एक पेड़ के नीचे बैठ कर सत्तू सानकर, हरी मिर्च और प्याज़ के साथ मज़े से खा रहे थे। इतनी गर्मी होने के बावजूद सिनेमा हॉल के सामने सौ-सवा सौ लोग इकट्ठा थे। आधे घंटे बाद आरिफ़ वापस सिनेमा हॉल के पास आ गया। सुमित्रा वहां से थोड़ी ही दूर पर खड़ी थी। बैंगनी शिफ़ॉन साड़ी और हल्के मेकअप में वह बेहद हसीन लग रही थी। जैसे ही उसने आरिफ़ को देखा वह मंद-मंद मुस्कराने लगी। फिर एक दूसरे से बात किए बिना इशारों-इशारों में सिनेमा हॉल के अंदर जाने का फ़ैसला कर लिया। गेटकीपर ने जब टिकट मांगा तो सुमित्रा ने धीरे से उसके पीछे आ रहे आरिफ़ की तरफ़ इशारा कर दिया।

सिनेमा हॉल के अंदर कुर्सी पर बैठने के बाद आरिफ़ थोड़ी परेशानी महसूस करने लगा। क्या होगा अगर किसी जान-पहचान वाले ने उसे सुमित्रा के साथ सिनेमा हॉल में देख लिया। क्या होगा अगर ये ख़बर अब्बा तक पहुंच गई? क्या होगा अगर कुछ गड़बड़ हो गई?

आरिफ़ ने तिरछी निगाह से सुमित्रा को देखा तो उसे लगा कि सुमित्रा उसी को निहार रही है। उसके ख़ूबसूरत होंठों पर मुस्कराहट थी। सुमित्रा की मौजूदगी से आरिफ़ को राहत मिल रही थी।

फ़िल्म शुरू हो चुकी थी। सिनेमा स्क्रीन पर जैसे ही एक गाना *'देखा है पहली बार साजन के आंखों में प्यार'* बजने लगा, लोग जैसे पागल से हो गए। सारा सिनेमा हॉल सीटियों से गूंज उठा। तभी आरिफ़ को लगा कि सुमित्रा का हाथ उसके हाथ को छू रहा है। उसके छूने से आरिफ़ के सारे जिस्म में बिजलियां दौड़ गईं और माथे पर पसीना आने लगा। आरिफ़ ने एक गहरी सांस ली और सुमित्रा के परफ़्यूम की ख़ुशबू से सांसें भर गईं। आरिफ़ फ़िल्म कहां देखा पा रहा था। आख़िर वह सुमित्रा को देखता या फ़िल्म को। आरिफ़ को यक़ीन था कि सुमित्रा ने जानबूझ कर उसको छुआ था। फ़िल्म ख़त्म होने के बाद वे दोनों जब हॉल से बाहर आ रहे थे तभी सुमित्रा का आंचल फिसल गया और उसके लो कट ब्लाउज़ से उसके छाती का कुछ हिस्सा दिखने लगा। आरिफ़ ने देखा कि आसपास के कई

लोग सुमित्रा को घूरते हुए मुस्करा रहे थे। सुमित्रा ने झटपट में आंचल संभाल लिया।

सुमित्रा की तरफ़ मुड़ कर आरिफ़ गुस्से से बोला, 'सुमित्रा, तुम इस तरह के स्लीवलेस ब्लाउज़ मत पहना करो।'

सुमित्रा ने बड़े ताज्जुब से आरिफ़ को देखा लेकिन कुछ कहा नहीं। उसने मुस्कराते हुए अपने निचले होंठ को दांतों से दबा लिया। साढ़े तीन बज गए थे लेकिन सूरज की तपिश अभी भी बरक़रार थी। हवाएं अभी भी बेहद गर्म थीं।

वे ऑटोरिक्शा स्टैंड की तरफ़ जाने लगे तभी आरिफ़ ने सुमित्रा की तरफ़ मुख़ातिब होकर कहा, 'क्या आप जानती हैं कि मुझे एक शादीशुदा औरत से प्यार हो गया है?' आरिफ़ को समझ में नहीं आ रहा था कि उसे क्या हो गया है? वह बस बोले जा रहा था। शायद सुमित्रा की नज़दीकी ने उसका दिमाग़ ख़राब कर दिया था।

'सचमुच?' सुमित्रा ने पूछा लेकिन आवाज़ में कोई आश्चर्य का भाव नहीं था।

'और उस शादीशुदा औरत का नाम है सुमित्रा,' आरिफ़ यह बोलकर सुमित्रा की निगाहों में अपने सवाल का जवाब टटोलने लगा। उसे सुमित्रा की निगाहों में उदासी के सिवा कुछ भी न मिला।

'चलिए ऑटोरिक्शा लेकर निकलें यहां से। मुझे घर जल्दी पहुंचना है।' सुमित्रा की आवाज़ में एक तरह की बेरुख़ी थी। वह आरिफ़ के आगे आगे तेज़ क़दमों से चलने लगी। आरिफ़ उसके पीछे भागा। तभी एक पतली दुबली सी भिखारिन ने सुमित्रा का रास्ता रोक लिया। वह भिखारिन औरत गंदा पेटीकोट पहने हुए थी। उसका ब्लाउज़ भी जगह-जगह से फटा हुआ था। उसके बाल धूल-मिट्टी में सने हुए थे। उसके गाल अंदर धंस गए थे। वह सुमित्रा के काफ़ी क़रीब आकर खड़ी हो गई और उसे अजीब सी निगाहों से घूरने लगी, जैसे वह पहचानने की कोशिश कर रही हो। फिर वह पागलों की तरह ठहाका मारकर हँसने लगी।

'भाग री पगली!' सुमित्रा से थोड़ी दूर पर खड़े एक अधेड़ उम्र के ठेलेवाले ने उसे भगाने की कोशिश की।

'पैसे दे दो पैसे दे दो...' वह पगली औरत हँसते हुए बोले जा रही थी।

'माया! माया! क्या हुआ तुम्हें?" सुमित्रा रुआंसी आवाज़ में बोली। उसने अपने पर्स से 100 रुपये का एक नोट निकाला और वह माया नाम की पगली को देने ही वाली थी कि उस औरत ने झपट्टा मार कर सौ रुपये का नोट छीन लिया और आते-जाते ट्रैफ़िक की परवाह किए बिना वह सड़क को पार कर गई। फिर माया सिनेमा हॉल के पास वाली गली में घुसकर ग़ायब हो गई। आरिफ़ चौंक गया था कि सुमित्रा उस भिखारिन को आख़िर कैसे जानती है।

आरिफ़ ने एक ऑटोरिक्शा रिज़र्व किया और सुमित्रा से बोला, 'ठीक है। चलिए चलते हैं घर।' सुमित्रा ख़ामोश थी पर उसकी आंखों से आंसुओं का बहना जारी था।

—

अगले जुमेरात को आरिफ़ अपने कमरे में अकेला था। वह तकिया पर टेक लगा कर *द हिंदू* अख़बार का एडिटोरियल पढ़ रहा था। सिविल सर्विसेज़ की तैयारी करने वाले हर स्टूडेंट्स के लिए यह अख़बार पढ़ना ज़रूरी होता है। अचानक कुछ आहट हुई। आरिफ़ ने नज़रें उठाईं तो सुमित्रा को दरवाज़े पर खड़ा पाया। हरे रंग की सूती साड़ी के साथ, आज उसने पूरे स्लीव का गोल गले वाले ब्लाउज़ पहन रखा था।

आरिफ़ सुमित्रा को हेलो कहने ही वाला था कि उसने अपने होंठों पर अंगुली रख कर चुप रहने का इशारा किया और वह कमरे के अंदर आ गई। आरिफ़ तब तक अपने बिस्तर से उतर कर वहीं पर खड़ा हो गया था। सुमित्रा बड़ी मुहब्बत भरी निगाहों से आरिफ़ को देख रही थी। उसने बड़ी नज़ाकत से आरिफ़ के दाहिने हाथ को थामा और एक लिफ़ाफ़ा पकड़ा दिया। फिर उसने आरिफ़ के गाल पर एक गीली सी पर छोटी सी चुम्मी जड़ दी और उसके बाद बिना कुछ कहे कमरे से बाहर निकल गई।

आरिफ़ पर एक वसवसा सा तारी हो गया। उसके पैर में ऐसी कंपकंपी हो रही थी कि उसका खड़ा होना मुश्किल हो रहा था। बिस्तर पर बैठने के बाद भी कुछ देर लगी उसे संभलने में। वह कमरे से बाहर आकर, कॉरिडोर

में पैर झटकते हुए स्टडी रूम में चला गया। वह उस कमरे का दरवाज़ा बंद कर के कुर्सी पर बैठ गया और धड़कते दिल से सुमित्रा के दिए हुए ख़त को खोला।

प्यारे आरिफ़,

मुझे अभी भी सोच कर ताज्जुब हो रहा है कि उस दिन कितनी आसानी से तुमने अपने दिल की बात कह दी। मैं तो उस वक़्त जवाब देने लायक़ नहीं थी। बाद में इस बारे में मैंने बहुत सोचा और मेरा इरादा तुमसे मिलकर सब कुछ बताने का था। लेकिन मेरे बेचैन दिल ने मुझे यह ख़त लिखने को मजबूर किया। तुम सोच रहे होगे कि वो पगली कौन थी और मैं उसे 'माया-माया' कह कर क्यों बुला रही थी? मैं उसके लिए रो क्यों रही थी। चलो सब से पहले माया की कहानी ही बताती हूं। 6 साल पुरानी बात है। माया बनर्जी से मैं जमशेदपुर में मिली थी। मुझे अभी भी याद उसकी जादुई मुस्कराहट, काजल भरी आंखें और बांग्ला भाषा की ख़ुशबू से महकती उसकी हिंदी। कुछ ही दिनों में हम अच्छे दोस्त बन गए थे। जमशेदपुर के एक ही मोहल्ले में हम दोनों आसपास ही रहते थे। रमेश तो अपने बैंक के काम में हमेशा मशरूफ़ रहते थे। मैं अकसर बाहर माया के साथ जाती थी। हम साथ में शॉपिंग करते, सिनेमा देखते, चाट-पकोड़े खाते। वो माया ही थी जिसने मुझे सत्यजीत रे की सारी क्लासिक फ़िल्मों से जान-पहचान करवाई। रवींद्र संगीत का नाम तो मैंने सुन रखा था पर नज़रुल गीती के बारे में मुझे पहली बार माया से पता चला। माया ही थी जिसने मुझे ऐनी टेलर और एडना ओ ब्रायन के उपन्यास पढ़ने की सलाह दी। उसके हाथों से सरसों के मसाले में बनी रोहू मछली का स्वाद अभी भी बाक़ी है मेरी ज़बान पर।

महीनों बाद, मैंने दो पड़ोस की औरतों को आपस में कानाफूसी करते हुए सुना। लेकिन मुझे बिलकुल विश्वास नहीं हुआ और मैं सीधे माया के पास चली गई। माया ने साफ़ मना कर दिया। उसने कहा कि पड़ोस की औरतें उससे जलती हैं। इसलिए उसके बारे में उल्टी-सीधी बातें कर रहीं हैं। माया मेरी दोस्त थी इसलिए उसकी बात पर यक़ीन कर लिया। लेकिन दो दिन बाद

ही मुझे पता चल गया कि उसने झूठ बोला था। माया, दरअसल, अपने पति के साथ कई महीनों से धोखा कर रही थी। उसका पति एक बड़ी फ़ार्मा कंपनी में मेडिकल रिप्रज़ेंटेटिव था। अक्सर वह शहर से बाहर रहा करता था। और जब भी वह घर पर नहीं होता माया से मिलने एक नौजवान लड़का आया करता था। एक शाम माया को मैंने उस लड़के से चिपटे हुए देख लिया था। दोनों एक दूसरे को पागलों की तरह चूम रहे थे, दीन और दुनिया से बिलकुल बेख़बर। मैं बिना कुछ कहे वापस आ गई। कितनी घटिया और चरित्रहीन औरत निकली माया।

बाद में काफ़ी देर तक मैं सोचती रही आख़िर माया ऐसा क्यों कर रही है? माया तो बहुत ही समझदार और नेकदिल औरत है। लेकिन वह अपने पति के साथ बेवफ़ाई करने पर मजबूर क्यों हुई। वह क्या बात है जिसकी वजह से शादी के पवित्र बंधन के मर्यादा को लांघ गई वह। इन सवालों का जवाब चाहती थी मैं, इसलिए दो दिन के बाद ही मैं उसके घर पहुंच गई। माया के दरवाज़े पर बड़ा-सा ताला लगा हुआ था। उसके मकान मालिक को कुछ भी पता नहीं था कि माया और उसका परिवार कहां गया। मैं उदास होकर लौट आई और महीनों तक माया की फ़िक्र करती रही फिर धीरे-धीरे उसे भूल गई।

मैं अक्सर सोचती थी कि 35-36 साल की एक औरत, जिसका एक अपना बेटा भी हो, अपने से काफ़ी कम उम्र के लड़के के साथ अफ़ेयर कैसे कर सकती है। मैं बरसों तक जिस बात पर आश्चर्य करती रही थी और आज हालात ऐसे हो गए हैं कि मैं भी उसी रास्ते पर चलने वाली हूं।

पहली बार मैं तुमसे नेहरू पार्क में मिली थी जब तुमने मेरी मदद की थी बाबूजी को हॉस्पिटल ले जाने में। वह दिन, वह लम्हा मुझे अच्छी तरह याद है।

उस दिन सुबह-सुबह बाबूजी कटिहार से पटना आए थे। वह थोड़े बीमार लग रहे थे। मैंने अपने पति रमेश को कहा कि बाबूजी को किसी डॉक्टर को दिखा देते हैं। लेकिन रमेश ने मेरी बात को हल्के से लिया और कहने लगे बुज़ुर्ग हैं लंबे सफ़र से

थक कर आए हैं। आराम करेंगे सब ठीक हो जाएगा। मेरी ज़िद करने के बावजूद भी वह डॉक्टर के यहां जाने को तैयार नहीं हुए। दरअसल उन्हें अपनी बहन को स्टेशन छोड़ने जाना था और वह कार लेकर अपनी बहन को स्टेशन ड्रॉप करने चले गए। मुझे बहुत गुस्सा आया क्या मेरे पिताजी की बीमारी से बढ़कर उसकी बहन का स्टेशन जाना है। मैंने अपने पिताजी को कहा चलिए हम लोग खुद डाक्टर के पास चलते हैं। पिताजी और मैं फ़्लैट से बाहर आ गए, लेकिन सड़क पर न कोई रिक्शा था और और न कोई टेम्पो। हम लोग धीरे-धीरे टहलते हुए नेहरू पार्क तक आ गए इस उम्मीद में वहां कोई न कोई ऑटोरिक्शा तो मिल ही जाएगा। लेकिन उस दिन वहां भी कोई ऑटोरिक्शा नहीं था। फिर बाबू जी ने कहा चलो पार्क में बैठते हैं ताज़ी हवा से शायद तबीयत संभल जाए। और फिर हम लोग पार्क में आ गए आगे क्या हुआ यह सारी दास्तान तुम्हें तो पता है ही।

शुरू-शुरू में मैं तुम्हारे लिए एहसान महसूस कर रही थी। एहसानमंद इस बात के लिए थी कि तुमने ऐन मौक़े पर आकर बाबूजी की ज़िंदगी बचाई थी। और तीन दिनों के बाद जब बाबूजी हॉस्पिटल से छूट गए तो एक दिन मैंने अपने बैग से तुम्हारी ब्लू डायरी और *दीवान-ए-मोमिन* निकाल लिया। *दीवान-ए-मोमिन* को पढ़ने में तो मुझे 2 घंटे से ज़्यादा नहीं लगे। फिर मैंने हिचकिचाते हुए तुम्हारी डायरी के पन्नों को पलटना शुरू किया और पहले पन्ने पर तुम्हारी एक ब्लैक ऐंड वाइट फ़ोटो लगी थी। तुमने डेनिम की जैकेट पहन रखी थी। तुम्हारे बाल अमिताभ बच्चन के स्टाइल में कटे हुए थे। तुम उस फ़ोटो में काफ़ी क्यूट लग रहे थे।

अगले कुछ पन्नों पर ग़ालिब, मीर, ज़ौक़, मोमिन, दाग़ और शाद अज़ीमाबादी के शेर लिखे थे। मुझे ये सब शायर पसंद हैं।

आगे के पन्नों पर मुझे सिमरन नाम की लड़की के बारे में लिखी नज़्में मिली। मैंने अंदाज़ लगा लिया कि वो तुम्हारे बचपन की प्यार थी। सिमरन के बारे में लिखी तहरीरें अच्छी थीं लेकिन मुझे वह सब पढ़कर जलन हो रही थी।

उसी दिन दोपहर में मैंने फिर से तुम्हारी डायरी पढ़नी शुरू कर दी। शुरुआत हुई शाद अज़ीमाबादी के एक शेर से :

ख़मोशी से मुसीबत और भी संगीन होती है
तड़प ए दिल तड़पने से ज़रा तस्कीन होती है

(ख़ामोशी से आपकी परेशानी और भी बढ़ जाती है। ऐ मेरे दिल, खुद को सताने से शायद तुम्हें कुछ सुकून मिल मिल जाए।)

शाद के लिखे इस मिसरे को पढ़ कर मेरे ज़ेहन और दिल में जैसे हलचल सी हो गई। मुझे एहसास हो गया था कि मैं तुम्हें पसंद करने लगी हूं।

कई हफ़्तों तक मैंने डायरी को हाथ नहीं लगाया। क्योंकि मुझे डर लग रहा था कि मैं अगर तुम्हारी डायरी पढ़ती रही तो मुझे तुमसे प्यार हो जाएगा।

एक रविवार की सुबह मेरी ननद नीता, मेरे घर आई और एक मामूली सी बात पर मुझसे झगड़ा करने लगी। जैसा कि उम्मीद थी रमेश ने अपनी बहन की तरफ़दारी की। मुझे बहुत ही गुस्सा आया, मैं वहां से हट गई और अपने बेडरूम में चली गई। क़रीब एक घंटे बाद जब मैं कमरे से बाहर आई तो रमेश और नीता जा चुके थे। मेरे सिर में बहुत दर्द हो रहा था। मैं डिस्प्रिन की दो गोलियां पानी में घोल कर पी गई। फिर मैं बेडरूम में जाकर सो गई। दो घंटे बाद जब नींद से जागी तो सिरदर्द उड़नछू हो चुका था। मैंने अदरक की चाय बनाई और मैं अपने कमरे में बैठ गई क्योंकि अब मैं अपने दिल के दर्द का इलाज ढूंढ़ रही थी।

तुमने डायरी में विभिन्न सामाजिक समस्याओं पर छोटे-छोटे लेख लिखे हुए थे। देश, धर्म, संस्कृति और स्त्रियों के बारे में जो तुम्हारी सोच है वह मुझे बहुत अच्छी लगी। एक लेख में तुमने लिखा था 'किसी औरत की इज़्ज़त करने के लिए कोई बहाना नहीं चाहिए। किसी औरत का औरत होना ही उसकी इज़्ज़त करने लिए काफ़ी है।'

डायरी में प्रेम, संबंध एवं मानवीय मूल्यों पर लिखी कुछ मुक्त छंद कविताएं भी थीं जो मेरे दिल को छू गईं।

मैं तुम्हारी मुरीद बन चुकी थी।

मैं अक्सर तुम्हें मृत्युंजय के साथ नेहरू पार्क में टहलते हुए देखा करती थी। कई बार मेरा दिल चाहता था कि तुम से मिलकर बात करूं। मैं चाहती थी कि किसी तरह तुम्हारा शुक्रिया अदा करूं मेरे पिता की जान बचाने के लिए। मैं तुम्हें यह भी बताना चाहती थी कि तुम कितना अच्छा लिखते हो। लेकिन मुझमें इतनी हिम्मत नहीं थी कि तुम्हारे रूबरू होऊं। लेकिन जब भी तुम मेरे आसपास से गुज़रते थे, मैं किसी झाड़ी या पेड़ के पीछे छुप जाती थी।

अगले 6 महीने तक मैं तुम्हारी डायरी को बार-बार पढ़ती रही और छुप-छुप कर तुम्हें देखती भी रही। मैं अब तुम से मिलने से और डरने लगी थी, क्योंकि मुझे पूरा यक़ीन हो गया था कि मैं तुमसे प्यार करने लगी हूं।

लेकिन दो साल बाद मेरे हस्बैंड ने बैंक कॉलोनी में मकान किराए पर ले लिया था। और बैंक कॉलोनी आने के सिर्फ़ एक हफ़्ते बाद ही मेरा तुम से आमना-सामना हो गया। उसके बाद मैं अपने दिल पर क़ाबू नहीं रख पाई। मैं डर रही थी कहीं तुम प्यार का इज़हार ना कर बैठो। लेकिन सच कहूं, मुझे उस दिन का इंतज़ार भी था। जब भी तुम मेरे रू-ब-रू होते हो मेरे दिल में एक झंकार सी पैदा हो जाती और मेरे मन के रेडियो में कब्बन मिर्ज़ा का मशहूर गाना बजने लगता था :

जाने ये कौन मेरी रूह को छू कर गुज़रा
एक क़यामत हुई बेदार ख़ुदा ख़ैर करे

और जिस क़यामत की आमद से मैं डरती थी वह आख़िर अब मेरे सामने है। और मैं भी अब खुल कर कहती हूं कि मुझे तुमसे इश्क़ है, मुझे तुमसे प्यार है। लेकिन, आरिफ़, मेरी कुछ मजबूरियां हैं, मेरे कुछ अख़लाक़ी दायरे हैं जिसको मैं पार नहीं कर सकती। इसलिए कभी भी मुझसे ऐसा कुछ नहीं मांगना जिसका जायज़ हक़दार सिर्फ़ रमेश है।

तुम वादा करो मुझसे कि तुम हमारी मुहब्बत को पाकीज़ा रखोगे। तुम्हारे रिश्ते पर कभी भी जिस्मानी ख़्वाहिशात का इलज़ाम नहीं लगने दोगे।

तुम्हारे इश्क़ में दीवानी,

सुमित्रा

10

गर्मी की छुट्टियां शुरू हो चुकी थीं और सारे स्कूल और कॉलेज बंद हो चुके थे। आरिफ़ का पूरा खानदान जमालपुरा के लिए निकल पड़ा था। कुछ महीने पहले गांव में हिंदू-मुस्लिम फसाद की वजह से जो माहौल गर्म हुआ था वह अब धीरे-धीरे ठंडा पड़ने लगा था। आरिफ़ ने पहले ही कह दिया था वो गांव नहीं जाएगा और अपने इम्तहान की तैयारी पर ध्यान देगा।

उस दिन आरिफ़ अपने कमरे में अकेला बैठकर पढ़ाई कर रहा था तभी मृत्युंजय आ गया। आते ही वह बोल पड़ा, 'तुम्हारी तरह मैं भी घर पर अकेला हूं। मम्मी, डैडी देवघर गए हैं। मैंने एक प्लान बनाया है।'

'कैसा प्लान?' आरिफ़ ने ताज्जुब से पूछा।

'अरे, फिर से आईएएस के एग्ज़ाम में भिड़ने के पहले अपने आप को रिचार्ज करना ज़रूरी है। इसलिए कुछ एंटरटेनमेंट भी ज़रूरी यही।'

'मतलब?'

'मतलब ये है की वीसीआर किराये पर मंगाया है। फ़िल्म देखने का प्लान है। पहुंच जाना शाम को घर पर।'

शाम को मृत्युंजय के घर पर उसका चचेरा भाई आनंद वीसीआर लेकर आ गया और फिर टेबल पर फ़िट करके कलर टीवी से कनेक्ट कर दिया।

'तुमने दरवाज़ा तो ठीक से बंद किया है ना?' मृत्युंजय ने आनंद से पूछा, 'किसी को पता चल गया कि हम वीसीआर लाए हैं तो यह घर मछली बाज़ार बन जाएगा। कोई भी मुफ़्त की फ़िल्म देखने का मौक़ा हाथ से नहीं जाने देगा। अच्छा यह बताओ वीसीआर लाए कैसे हो? किसी पड़ोसी ने देखा तो नहीं।'

'अरे भाई क्यों इतना टेंशन ले रहे हो। मैं एयर बैग में रख कर लाया था।' आनंद फ़र्श पर पड़े एक भूरे रंग के बैग की तरफ़ इशारा करते हुए बोला।

'बहुत अच्छा किया,' मृत्युंजय ने कहा। फिर उसे कुछ और याद गया, 'अरे, सत्तू लाया कि नहीं?'

आनंद ने श्री कमल ब्रांड सत्तू का पैकेट मृत्युंजय की तरफ़ उछालते हुए बोला, 'ये लो।'

मृत्युंजय ने उस पैकेट को बिलकुल जोंटी रोड्स के अंदाज़ में लपक लिया।

'वाह! गुड कैच,' आरिफ़ और आनंद दोनों ने तालियां पीटीं।

मृत्युंजय ने पहले से ही बरामदे में गोइठा जला रखे थे। लिट्टी में डालने के लिए सभी मसाले तैयार थे बस सत्तू में मिलाने भर की देरी थी। मृत्युंजय ने आटा गूंथ कर फ़्रिज़ में रखा हुआ था। एक छोटी-सी तगाड़ी में सत्तू के पैकेट को ख़ाली किया फिर उसमें बारीक कटी हुई लहसुन, धनिया पत्ता, हरी मिर्च, अजवाइन, मंगरैला, सरसों का तेल और नींबू का रस मिलाकर लिट्टी का भरावन तैयार कर लिया। अब उस मसालेदार सत्तू को इस आटे की लोई में भर कर गोल-गोल लिट्टी बना कर उसे गोइठे के दहकते हुए अंगारों के बीच एक एक करके रखने लगा। किचन में चोखे के लिए आनंद बैंगन और टमाटर को गैस पर भून रहा था। लिट्टी का रंग जब भूरा हो गया तो मृत्युंजय अंगीठी से उन्हें निकालकर एक साफी से पोंछने लगा ताकि जो राख़ वगैरह चिपकी हो वह हट जाए। फिर उसके बाद लिट्टियों को देशी घी से तर-बतर कर दिया गया। बैंगन और टमाटर मसल कर और नमक और हरी मिर्ची मिलकर उसका भरता बना लिया गया था।

चूंकि आरिफ़ लिट्टी-चोखा बनाने में मृत्युंजय और आनंद की कोई मदद नहीं कर पाया था इसलिए सबके लिए थाली धोकर ले आया और साथ में एक जग पानी और तीन गिलास भी।

दुनिया में लिट्टी-चोखा से लज़ीज़ कुछ भी नहीं, आरिफ़ ने सोचा जैसे ही उसके सामने सेंटर टेबुल पर देशी घी में भीगी हुई लिट्टी और चोखा रखा गया। लिट्टी की सोंधी-सोंधी ख़ुशबू से उसके मुंह में पानी आने लगा और

फिर तीनों लिट्टी-चोखा पर टूट पड़े। 15 से 20 मिनट में लिट्टी-चोखा साफ़ हो गया। डकार मारते हुए आनंद सामने सोफ़े पर फैल गया।

'इतना स्वादिष्ट भोजन के बाद अब गरमा-गरम मसालेदार फ़िल्में देखी जाए तो मज़ा आ जाए,' आनंद बोला और उसने तुरंत रिमोट दबा दिया।

टीवी स्क्रीन रोशन हो गई और जैसे ही फ़िल्म का टाइटल *हंगरी गर्ल्स* स्क्रीन पर आया आरिफ़ को अंदाज़ लग गया कि यह किस तरह की फ़िल्म है। पहले ही दृश्य में स्क्रीन पर तीन बेहद ख़ूबसूरत गोरी लड़कियां नज़र आईं। सुनहरे बालों वाली तीनों लड़कियां धीरे-धीरे अपने कपड़े उतारने लगीं। दो मिनट में तीनों बिलकुल नंगी हो गई। तीनों का जिस्म भरा-भरा था और तभी एक हट्टा-कट्टा सा नौजवान बिलकुल नंग-धड़ंग सामने आ गया और वह नौजवान एक साथ तीनों लड़कियों के साथ मज़े करने लगा।

यह अजीब सा एहसास था आरिफ़ के लिए। उसे मज़ा भी आ रहा था और कुछ परेशानी भी हो रही थी। उसने अपने कई दोस्तों से ब्लू फ़िल्म के बारे में सुना था लेकिन उसे यह बिलकुल अंदाज़ा नहीं था कि ऐसी फिल्मों में सब कुछ दिखा देते हैं। उसका गला सूखने लगा। उसका बदन जलने लगा। उसने देखा कि मृत्युंजय की आंखें टीवी स्क्रीन पर जमी हुई हैं। उसके माथे पर पसीने की बूंदें उभर आई थीं। आनंद के चेहरे भी अजीब सा भाव था।

दस मिनट हुए थे कि आरिफ़ ने देखा की वह नौजवान और लड़कियां एक दूसरे को ऐसी-ऐसी जगह पर चूमने और चाटने लगे तो आरिफ़ को मतली सी महसूस होने लगी।

'यह क्या है?' आरिफ़ बिना सोचे बोल पड़ा, 'कितना घिनौना है यह सब?'

आनंद जो मस्ती के साथ फ़िल्म का मज़े ले रहा था बड़े ड्रामाई अंदाज़ में बोला, 'इसे अंग्रेज़ी में 69 कहते हैं। क्या *कामसूत्र* कभी पढ़ा नहीं? पढ़ना, ज्ञान वर्धन होगा।''

आरिफ़ को लगा कि कहीं वह उल्टी न कर दे इसलिए वह दौड़ कर बाथरूम की तरफ़ भागा। आरिफ़ ने जो भी लिट्टी-चोखा खाया था वह दो किस्तों में बाहर आ गया। उसने पानी से बार-बार कुल्ला किया और अपना चेहरा धो लिया। वह बाथरूम से वापस आया तो उसने अपने दोस्त को कह दिया कि वह जा रहा है। मृत्युंजय फ़िल्म देखने में इतना मशगूल था

कि उसने कुछ नहीं कहा और सिर्फ़ सिर हिलाकर हां कह दिया। आनंद ने झटपट उठकर दरवाज़ा बंद कर दिया।

आरिफ़ झटकते हुए बिहार मिलिट्री पुलिस कैंप की तरफ़ चल पड़ा। उसके मन में ऐसे गंदी फ़िल्म देखने की वजह से गुनाह का एहसास हो रहा था। 'या अल्लाह, गुनाह माफ़ करना। मैं बहक गया था।'

उस रात आरिफ़ ने एक अजीब सा ख़्वाब देखा। उसने देखा कि सुमित्रा उसके कमरे में आई है और एक-एक करके कपड़े उतारकर बिलकुल नंगी हो गई है। बगैर कपड़ों के सुमित्रा बहुत ही हसीन और सेक्सी लग रही थी। आरिफ़ ने सुमित्रा के साथ वही सब कुछ किया जो ब्लू फ़िल्म के नौजवान ने तीन लड़कियों के साथ किया था।

अगली सुबह जब आरिफ़ उठा तो उसकी लुंगी चिपचिपी और भीगी हुई थी। और पिछली रात जो सपना देखा था उसके लिए उसे गुनाह का एहसास हो रहा था। उसके सिर में दर्द हो रहा था और नाक भी बंद थी। वह बेडरूम से निकल कर किचन में गया। उसने पानी उबाला और फिर उसमें विक्स डालकर सूंघने लगा। विक्स की गरम और झांसदार महक ने उसे काफ़ी राहत देने लगी। उसके बाद वह अदरक वाली चाय बना कर पीने लगा।

दिन के ग्यारह बजने वाले थे। बाहर सूरज पूरे शबाब पर था और जिसका असर अंदर कमरे में भी हो रहा था। सीलिंग फ़ैन तेज़ी से घूमते हुए गरमा गरम हवा फैला रहा था।

आरिफ़ की टेबल पर पब्लिक एडमिनिस्ट्रेशन की किताब खुली पड़ी थी और वह अब्राहम मस्लोव की *हायरार्की ऑफ़ नीड्स* पढ़ने की कोशिश कर रहा था। अपने इस सिद्धांत में मास्लो ने मानव आवश्यकताओं के कई स्तर बताए, जो ये हैं - दैहिक आवश्यकताएं, सुरक्षा आवश्यकताएं, संवर्धन एवं प्रेम की आवश्यकताएं, आत्मसम्मान आवश्यकताएं, आत्मसात आवश्यकताएं, भावातीत आवश्यकताएं। वह यह सोच रहा था कि सुमित्रा के जिस्म के लिए जो उसकी ख़्वाहिश है वो मस्लोव के हिसाब से कौन सी नीड्स है। शायद दैहिक आवश्यकता या फिज़ियोलॉजिकल नीड्स है यह।

यह सब सोचते हुए अचानक सुमित्रा का जिस्म पाने के लिए बड़ी शिद्दत के साथ ख़्वाहिश जाग उठी। पढ़ाई से उसका ध्यान भटक गया था।

इसलिए, उसने तुरंत किताब को बंद कर दिया। फिर उसने सामने पड़े रेडियो को ऑन कर दिया। विविध भारती पर लता मंगेशकर का मशहूर गाना, *दिल की गिरह खोल दो, चुप न बैठो कोई गीत गाओ* बज रहा था। उसने वॉल्यूम को थोड़ा ऊंचा किया। अगला गाना फ़िल्म *आराधना* से था।

रूप तेरा मस्ताना
प्यार मेरा दीवाना
भूल कोई हमसे न हो जाए

गाना सुनते ही आरिफ़ के जेहन में फ़िल्म का वह सीन दिखने लगा जिसमें राजेश खन्ना और शर्मिला टैगोर एक दूसरे को अपनी बांहों में समेटे हुए हैं और जज़्बात की रौ में बहक कर एक दूसरे में समा जाने के लिए बेचैन हैं। अचानक उस सीन में शर्मिला की जगह सुमित्रा आ गई और राजेश खन्ना की जगह आरिफ़ खुद और उनकी ही तरह दोनों जिस्मानी ख्वाहिशों को आग में जलते हुए एक दूसरे को पाने को बेताब।

'तौबा, तौबा' कह कर आरिफ़ ने रेडियो बंद कर दिया और सामने टेबल से एक किताब उठा ली जो वह कई दिनों से पढ़ रहा था। वह गेब्रियल गार्सिया मरक्वेज़ का मशहूर उपन्यास *लव इन द टाइम ऑफ़ कॉलरा* था। आज वह पढ़ते-पढ़ते उपन्यास के एक पैराग्राफ़ पर रुक गया और उस पैराग्राफ़ को फिर से पढ़ने लगा।

> विडो नाज़ारेथ ने गोटीदार कशीदाकारी किए हुए टाफ़्टा ब्लाउज़ को उतार कर कमरे के दूसरे कोने में फेंक दिया। उसने अपनी चोली को कंधे के ऊपर से आराम कुर्सी पर डाल दिया। उसने एक झटके से अपने झालरदार स्कर्ट की डोरी खींच कर खोल दी और उसके बाद नंबर आया उसके साटन के गार्टर बेल्ट और फ़्यूनरल स्टॉकिंग्स का। वह सारा कुछ जब तक फ़र्श पर फेंकती रही तब तक वह कमरा पूरी तरह से उसकी पोशाक की बची-खुची निशनियों से पट नहीं गया। उसने ये सब बड़े खुशी के साथ और बड़े नाज़ वाले अंदाज़ के साथ किया और ऐसा लगता था कि उसकी हर अदा पर हमलावर फौजें तोप की सलामी दे रही हैं। दरअसल, वे तोप के हमले से शहर की तमीरें हिल

रही थीं। फ़्लोरेंतिनो अरीज़ा ने उसके कोर्सेट-चोली को खोलने में मदद करनी चाही लेकिन उसने बड़ी होशियारी ये भांप लिया। लगभग पांच साल के वैवाहिक बंधन में रहकर उसने यह सीखा था सहवास करने के दौरान हर वक्त आत्मनिर्भर होना बेहतर है। यहां तक सहवास शुरू के हिस्से में भी वह किसी की मदद बिलकुल नहीं चाहती थी। आख़िरकार उसने अपनी लैस पैंटीज़ को अपनी टांगों पर किसी तैराक की फुर्ती की तरह नीचे खिसकाते हुए उतार दिया। और अब वो पूरी तरह से नग्न थी।

जैसे आरिफ़ यह पैराग्राफ़ पढ़ता गया उसकी सांसें तेज़ होती गईं। और फिर एक अनजान सा वसवसा उस पर हावी हो गया। उसके तसव्वुर ने छलांग लगाई और उसने उस पैराग्राफ़ अपने ख़यालों में फिर से लिख डाला। फ़र्क़ यह था कि कहानी के किरदार बदल गए थे। विडो नाज़ारेथ की जगह अब सुमित्रा थी और आरिफ़ फ़्लोरेंतिनो अरीज़ा की जगह ले चुका था। वो अपने ख़यालों की तख़्ती पर लिखी नई तहरीर पढ़ने लगा :

सुमित्रा ने साड़ी को उतार कर कमरे के दूसरे कोने में पड़े कुर्सी पर फेंक दिया। उसने अपनी स्लीवलेस ब्लाउज़ को कंधे के ऊपर से बिस्तर के एक किनारे डाल दिया। उसने एक झटके से अपने पेटीकोट को खोल दिया। आरिफ़ ने उसकी ब्रा के स्ट्रैप्स खोलने में मदद करनी चाही लेकिन... आख़िरकार सुमित्रा ने अपनी काली कॉटन पैंटीज़ को अपने टांगों पर किसी तैराक के जैसी फुर्ती से नीचे खिसकाते हुए उतार दिया। और अब वो पूरी तरह से नग्न थी।

यह सब सोचकर आरिफ़ की अजीब हालत हो गई। उसके दिल में ख़्वाहिशात का ज्वालामुखी फूट पड़ा था और गर्म लावा उसकी रगों में बहने लगा। उसकी सांसें बेतरतीब हो गईं और जिस्म दहकने लगा। उसने झपट कर सामने पड़े गिलास को उठा लिया और सारा पानी एक ही बार में पी गया।

क़रीब एक घंटे बाद, आरिफ़ सुमित्रा की दहलीज़ पर खड़ा था। डोरबेल बजाते ही सुमित्रा ने तुरंत दरवाज़ा खोला। वह बेहद तारोताज़ा लग रही थी। उसके बदन से आने वाली लिरिल साबुन की ख़ुशबू ये बता रही थी कि वह अभी अभी नहाकर आई है। उसकी मौजूदगी आरिफ़ के जज़्बातों को गुदगुदा रही थी।

'आप घर पर अकेली हैं?' आरिफ़ ने थोड़ा हिचकिचाते हुए पूछा।

'क्या आप आप लगा रखा है, आरिफ़। तुम कहो,' सुमित्रा ने बड़े नाज़ से कहा, 'जैसे उस दिन सिनेमा हॉल में डांटते वक़्त कहा था।'

'आप बुरा मान गईं।'

'आप कहोगे तो बुरा मानूंगी?'

'ओके, अब तुम बताओ क्या घर पर अकेली हो?'

'हां,' सुमित्रा ने मुस्कराकर कहा।

इसके पहले की सुमित्रा कुछ और बोलती, आरिफ़ उसको धकेलता हुआ फ़्लैट के अंदर आ गया। फिर उसने फटाफट दरवाज़े की सिटकनी लगा दी। फिर सुमित्रा का हाथ पकड़ कर आरिफ़ उसे सामने के कमरे में ले गया। उसकी धड़कनें बहुत तेज़ हो चुकी थीं और सांसें बेक़ाबू। उसने सुमित्रा के दोनों हाथों को थाम कर 'आई लव यू' बोला और फिर अपनी बांहों में उसे समेट कर उसने उसके गाल पर एक चुंबन जड़ दिया।

'नहीं, आरिफ़,' सुमित्रा बोल पड़ी। यह सब इतना अचानक हुआ कि सुमित्रा घबरा गई।

हालांकि सुमित्रा आरिफ़ को रोकने की कोशिश कर रही थी लेकिन वो कोशिश आधे-अधूरे मन से थी। आरिफ़ अब उसके होंठों को चूमते हुए उसे बिस्तर तक खींच लाया। 'यह क्या कर रहे हो आरिफ़, ये तो गुनाह है।' आरिफ़ के ज़मीर ने उसे धिक्कारा लेकिन सुमित्रा के जिस्म की उठती महक का नशा इतना तगड़ा था कि वह अभी कुछ भी सुनने को तैयार नहीं था। सुमित्रा ने भी अपने बदन को ढीला छोड़ दिया था और चुपचाप बिस्तर पर पड़ी थी। आरिफ़ सुमित्रा को बांहों में लपेटे जन्नत का मज़ा ले रहा था। सुमित्रा की गर्म सांसें उसके चेहरे को छूकर उसके अंदर आग को और हवा दे रही थीं। आरिफ़ अपनी ज़िंदगी में पहली बार जिस्मानी तौर किसी औरत के इतना क़रीब आया था। ज़ाहिर है कि वह अपने आप पर क़ाबू नहीं रख पाया और तुरंत ही उसकी जांघों बीच खुशनुमा सी सरसराहट हुई और उसका पायजामा चिपचिपा और गीला हो गया।

उसकी पकड़ सुमित्रा के ऊपर ढीली हो गई और वह वहां से उठकर खड़ा हो गया। सुमित्रा से नज़र मिलाने का हौसला नहीं बाक़ी था उसमें।

सुमित्रा के फ़्लैट से बाहर निकल कर उसने साइकिल निकाली और तेज़ी से पैडल मारने लगा। रास्ते में उसे वेटेनरी कॉलेज मस्जिद से अज़ान की आवाज़ सुनाई दी। 'या अल्लाह, कैसा गुनहगार हूं मैं। जुमा के पाकीज़ा दिन मैंने ये गुनाह करने की कोशिश की,' आरिफ़ अपने आप को कोसने लगा और साइकिल की रफ़्तार और बढ़ा दी।

अपने फ़्लैट पर आकर, आरिफ़ ने जल्दी-जल्दी में गुसल किया और फिर सफ़ेद कुर्ता-पायजामा पहन कर मस्जिद की तरफ़ निकल पड़ा।

मस्जिद के गेट पर आरिफ़ की मुलाक़ात अब्बा के ऑफ़िस के एक स्टाफ़ तैमूर अली से हो गई। तैमूर ने सलाम का जवाब देने के बाद सबसे पहले यही पूछा कि ज़ाकिर कहां है।

'ज़ाकिर तो पटना से बाहर गया हुआ है,' आरिफ़ ने कहा।

'ज़ाकिर कभी जुमे की नमाज़ के लिए नहीं आता है। मैंने तो कभी नहीं देखा। सुना है कि वह कोई ड्रामा ग्रुप ज्वाइन कर लिया है। जानते हो मुसलमानों के लिए ड्रामा, फ़िल्म या गाना-बजाना हराम है। तुम्हारा भाई सिरातुल मुस्तकीम से भटक गया है। क्या तुम्हारे वालिद उसे मना नहीं करते? अब्दुल रशीद भाई तो बड़े मुत्तक़ी और परहेज़गार हैं लेकिन बेटे पर कोई कंट्रोल नहीं। बड़े भाई होने के नाते तुम्हें उसे समझाना चाहिए।' तैमूर अली बोले जा रहे थे।

आरिफ़ ने जवाब में कुछ भी नहीं बोला। वह किसी से बहस करने के मूड में नहीं था। हां, उसे अपने भाई की बुराई सुनकर अच्छा नहीं लगा। क्योंकि वह जानता था कि उसका भाई न भटका हुआ है और न ही भटकुल ईमान है। लेकिन मज़हबी रस्मो रिवाज को ज़्यादा तरजीह नहीं देता था। लेकिन इसका मतलब यह भी नहीं कि वह हर रिवाज को ख़ारिज करता था। किसी के जनाजे की नमाज़ पर तो वह सबसे पहले पहुंचता था।

आरिफ़ मस्जिद अंदर जाते हुए सोचने लगा, 'यह तो मैं हूं जो ग़लत रास्ते पर जा रहा हूं। पहले तो एक शादीशुदा औरत के प्यार में पड़ गया, यह कहते हुए कि यह पाकीज़ा मोहब्बत है। और अब मैं सारी हदें तोड़ते-तोड़ते बचा।' उसे अपने आप से नफ़रत होने लगी। मस्जिद के पाकीज़ा माहौल से

उसका मन रूहानी अहसास से लबरेज़ हो गया था। फिर कुछ मिनट बाद ही इमाम साहब ने अपनी तकरीर शुरू कर दी। उस तक़रीर से आरिफ़ को आख़िरत का ख़ौफ़ सताने लगा। जहन्नुम के बारे में सोच कर उसे डर सा लगने लगा। इमाम साहब की तक़रीर जारी थी, 'नफ़्स-ए-अम्मारा के बारे में कुरान और हदीस में ये लिखा है कि नफ़्स-ए-अम्मारा इंसान को गुनाह करने के लिए हमेशा उकसाता है। जो इस बहकावे में आ गया उसका जहन्नुम जाना पक्का है।' इसके बाद इमाम साहब ज़िना पर बोलने लगे, 'ज़िना का मतलब है उस औरत के साथ सोहबत करना जो आपकी बीवी नहीं है। ऐ मोमिनों ज़िनाकारी से बचो। आक़ा अलैहिस्सलाम ने फ़रमाया है कि शिर्क के बाद ज़िना से बड़ा गुनाह कोई नहीं। जानते हैं ज़िनाकार की क्या सज़ा होगी...'

आरिफ़ को ऐसा लग रहा था इमाम साहब उसी से मुखातिब हो कर सारी बातें कह रहे हों। आरिफ़ ने थोड़ी देर के लिए आंखें बंद कर लीं और उसे महसूस होने लगा कि वो वाक़ई में दोज़ख की आग में जल रहा है। उसने घबरा कर आंखें खोल लीं। उसने देखा कि लोग नमाज़ अदा करने के लिए खड़े होकर क़तारें बना रहे हैं। आरिफ़ ने आज जो कुछ भी सुमित्रा के साथ किया और करने की कोशिश की, उसका सख़्त मलाल था। कितना घटिया इंसान हो गया हूं मैं? सुमित्रा भी क्या सोच रही होगी? अब कैसे सामना करूंगा उसका?

वह ऊपरवाले का शुक्रगुज़ार था उसने आख़िरी हद पार नहीं की थी।

अगले तीन हफ़्ते तक आरिफ़ घर से बाहर निकला ही नहीं। उसने अपने आप को अपने स्टडी रूम में बंद कर लिया और पढ़ाई करने की कोशिश कर रहा था। पिछले कुछ हफ़्तों से उसने अपने इम्तहान की तैयारी को काफ़ी नज़रअंदाज़ किया था। अब उसमें जो कमी रह गई थी वह पूरी करने की कोशिश कर रहा था। सिर्फ़ एक हफ़्ते में उसने अवस्थी एवं अवस्थी का लोक प्रशासन पूरा दोहरा लिया था। वह मृत्युंजय के यहां आना-जाना छोड़ चुका था। उसे डर था कहीं सुमित्रा से आमना-सामना नहीं हो जाए।

फिर एक शाम जब अंधेरा होने लगा था तो वह मृत्युंजय से मिलने चल पड़ा। वह मृत्युंजय घर के पास वाले खरंजा सड़क तक पहुंचा था कि तभी उसने देखा राहुल उसकी तरफ़ आ रहा है। आरिफ़ को देखते ही वह सुबक-सुबक कर रोने लगा और भर्राई आवाज़ में बोला, 'भैया मम्मी बहुत बीमार हैं और पापा भी घर पर नहीं हैं। वे रांची गए हुए हैं।'

'क्या मृत्युंजय घर पर नहीं है?' आरिफ़ ने पूछा।

'नहीं हैं। मोहल्ले के सभी लोग शर्मा अंकल की बेटी की शादी में होटल चाणक्या गए हैं। हम लोग भी जाने वाले थे लेकिन मम्मी अचानक बीमार पड़ गईं।'

'राहुल रो मत। मैं हूं ना,' आरिफ़ राहुल के कंधे पर हाथ रख कर बोला।

सुमित्रा के फ़्लैट पर पहुंचकर आरिफ़ ने पाया कि वह वाक़ई में बुखार से तप रही थी और आधी बेहोशी की हालत में बिस्तर पर पड़ी है। वैसी हालत में उसे हॉस्पिटल ले जाना मुश्किल था। उसने सोचा कि किसी डॉक्टर को बुलाया लिया जाए और पहला नाम उसकी जेहन में आया वह डॉक्टर देवाशीष गांगुली का था। दिमाग़ पर बहुत ज़ोर देकर आरिफ़ ने उनका फ़ोन नंबर याद किया और उन्हें फ़ोन लगा दिया। डॉक्टर गांगुली ने साफ़-साफ़ कह दिया वह होम विज़िट पर नहीं जाते। लेकिन आरिफ़ बिलकुल उनके पीछे ही पड़ गया और फ़ोन पर मिन्नतें करने लगा। थक हार कर डॉक्टर गांगुली ने घर पर आना स्वीकार कर लिया।

सुमित्रा के घर में रात बिताना कोई अच्छा आइडिया नहीं था। किसी को पता चल गया या किसी ने देख लिया तो पक्का था कि स्कैंडल की ख़बर उड़ जाए। लेकिन उपाय ही क्या था क्योंकि डॉक्टर ने साफ़-साफ़ कहा था कि सुमित्रा की रातभर निगरानी करना ज़रूरी है। अगर उसने उसे अकेले छोड़ दिया और ख़ुदा ना खास्ता सुमित्रा को कुछ हो गया तो वह अपने आप को कभी भी माफ़ नहीं कर पाएगा।

'चाहे जो भी हो मैं आज यहीं ठहरूंगा। बदनामी होनी है तो हो। ये सब सुमित्रा की ज़िंदगी का सवाल है।'

जब उसने फ़ैसला कर लिया तो अपने पड़ोसी के फ़ोन पर अपनी मां को ख़बर कर दी कि उसका एक दोस्त बहुत ही सख़्त बीमार है और आज

रात को हॉस्पिटल में उसके साथ रहने जा रहा है। वह सुबह वापस आएगा।

आरिफ़ ने राहुल के लिए टोस्ट और आमलेट तैयार कर दिया। उसको खिलाने के बाद उसे कह दिया कि वह सो जाए। ख़ुद सुमित्रा के बिस्तर के किनारे बैठ गया। वह बड़े ध्यान से उसे देखने लगा और फिर अपना हाथ उसके माथे पर रखा। उसका माथा अभी भी बहुत गर्म था। डॉक्टर ने कहा था कि बुखार उतरने तक सुमित्रा के चेहरे और जिस्म के दीगर हिस्सों को ठंडे पानी में भीगे हुए कपड़े पोंछा जाए। डॉक्टर बीच-बीच में बुखार का रीडिंग लेने को कह गया था। अगर बुखार ज़्यादा बढ़ने लगे तो जल्द से जल्द हॉस्पिटल ले जाने की सलाह भी डॉक्टर गांगुली ने दी थी।

सुमित्रा पूरी तरह होश में नहीं थी इसलिए थर्मामीटर उसके मुंह में डालना ख़तरनाक हो सकता था। क्या पता वो थर्मामीटर को दांत से चबा जाए? फिर तो एक ही तरीक़ा बचता था बुखार जांचने का और वह यह था कि बगल में थर्मामीटर लगाया जाए। लेकिन उसके लिए तो उसे सुमित्रा के ब्लाउज़ में हाथ डालना पड़ेगा। और जुमे के रोज़ जो कुछ हुआ था उसके बाद आरिफ़ को अपने आप पर भरोसा नहीं था। उसने सोचा कि राहुल को जगाए और उसकी मदद ले। लेकिन उसने ऐसा नहीं किया।

उसने अपनी आंखें बंद कर लीं और अरबी में कुछ पढ़ने लगा :

> वह इंसान जो अपनी रूह को दुनियावी ख़्वाहिशों से दूर रखता है उसे ख़ुदा निजात देता है और वह जो दुनियावी हवस में फंस गया तो उसका दुनिया के साथ आख़िरत (परलोक) भी ख़राब हो जाता है।

इसके बाद आरिफ़ *क़ुरान शरीफ़* से सूरा फातिहा पढ़ने लगा :

> *शुरू अल्लाह के नाम से जो निहायत रहमवाला मेहरबान है। हर तरह की तारीफ़ ख़ुदा ही को है जो सब संसार का पालनकर्ता है। निहायत दयावान मेहरबान है। क़यामत के दिन का मालिक है। ऐ ख़ुदा हम तेरी ही इबादत करते हैं और तुझी से मदद मांगते हैं। हमको सीधी राह दिखा। उन लोगों की राह जिन पर तूने कृपा की, न उनकी जिन पर तू गुस्सा हुआ और न भटके हुओं की। आमीन।*

सूरा फातिहा पूरा पढ़ने के बाद उसका मन थोड़ा शांत हो गया। फिर आरिफ़ ने दूसरी तरफ़ देखते हुए सुमित्रा के ब्लाउज़ के दो बटन खोल कर जल्दी से थर्मामीटर उसके बगल में डाल दिया। ऐसे करते हुए उसका हाथ सुमित्रा के ब्रा के एक हिस्से छूकर गुज़रा लेकिन फिर भी उसके मन में भी ग़लत ख़याल नहीं आया। सुमित्रा का बुखार कम होकर 100 डिग्री हो गया था।

रात के ढाई बज चुके थे और आरिफ़ सुमित्रा के बिस्तर पर उसके पास बैठा ऊंघ रहा था। तभी सुमित्रा थोड़ा हिलने लगी और कुछ बड़बड़ाने लगी। आरिफ़ ने सुमित्रा का हाथ थाम लिया और भावुक होकर बोला, 'सुमित्रा।' लेकिन सुमित्रा गहरी नींद में थी और कुछ भी नहीं बोली।

सुबह की रोशनी खिड़की और रोशनदान से होकर कमरे में दाख़िल हुई और आरिफ़ की नींद खुल गई। उसने अपने आपको सुमित्रा से चिपक कर सोया पाया, सुमित्रा गहरी नींद में थी। उसका हाथ आरिफ़ के सीने पर था। सुमित्रा के बाल आरिफ़ के चेहरे पर फैले हुए थे। आरिफ़ ने उसकी जुल्फ़ों की खुशबू महसूस की। धीरे से आरिफ़ ने सुमित्रा से अपने अलग किया बग़ैर उसकी नींद ख़राब किए हुए। उसके बाद उसने उसके माथे और कलाई को छू कर उसके फ़ीवर का अंदाज़ लगाने की कोशिश करने लगा। उसका माथा बिलकुल ठंडा था और वह पसीने से तर-ब-तर थी। ये सारी निशानियां बुखार के चले जाने की थी।

किचन जाकर उसने अपना चेहरा धोया और अपने लिए अदरक वाली चाय बनाई। उसने राहुल के लिए ब्रेड और जैम के नाश्ते इंतज़ाम कर दिया। उसने डॉक्टर गांगुली को फ़ोन किया और उनसे बात की। डॉक्टर के मुताबिक़ सुमित्रा ठीक थी। बस उसे कुछ दिनों तक दवाई ध्यान से खाना है। डॉक्टर ने तीन-चार दिन के बाद सुमित्रा को उनके क्लिनिक में चेकअप के लिए लाने को कहा था।

फ़ोन पर बात ख़त्म होने के बाद आरिफ़ वापस सुमित्रा के कमरे में आ गया। वह अभी भी सो रही थी। उसका चेहरा ज़र्द पड़ चुका था,फिर भी वह हमेशा की तरह बेहद ख़ूबसूरत लग रही थी। आरिफ़ काफ़ी कोशिश के बावजूद, अपने आप को रोक नहीं पाया और सुमित्रा के माथे को चूम ही लिया। वह अपने बिस्तर में बिलकुल स्थिर रही।

उसने राहुल को जगाने के बाद यह समझा दिया कि उसकी मां जब भी जागे उसे बिस्किट, ब्रेड आदि खिला कर फिर दवाएं दे दे। 'तुम्हारे पिता कब आएंगे रांची से?' आरिफ़ ने राहुल से पूछा।

'आज ही दोपहर में आने वाले हैं।

आरिफ़ ने दीवार घड़ी पर देखा तो सवा सात हो चुके हैं। 'ठीक है राहुल मैं चलता हूं। अपनी मम्मी का ख़याल रखना।' आरिफ़ एक काग़ज़ के टुकड़े पर कोई फ़ोन नंबर लिख रहा था। 'ये मेरे पड़ोसी का नंबर है कुछ इमरजेंसी हो तो बुला लेना।'

'ठीक है, आरिफ़ भैया।'

'एक बात और, किसी को मत बताना कि रात भर मैं यहीं था।'

'वह क्यों?'

'बस यूं ही। तुम वादा करो किसी को नहीं बताओगे। अपने पिता को भी नहीं।'

'ठीक है भैया। वादा।'

आरिफ़ बाहर सड़क पर आ गया और उसने पाया कि सड़क लगभग सुनसान है। और सामने लगे हैंडपंप पर एक अधेड़ 'बम बम भोले' ज़ोर-ज़ोर से बोल कर पीतल के एक लोटे से अपने ऊपर पानी डाल रहा था।

11

आरिफ़ अपने स्टडी रूम में बैठा सुमित्रा का लिखा हुआ एक ख़त पढ़ रहा था। इस बार भी वह अचानक उसके कमरे में आकर चिट्ठी दे गई थी। अलबत्ता, इस बार उसने उसके गाल पर किस नहीं किया था। ये काफ़ी मुख़्तसर सा ख़त था। उसने उस रात को उसकी तीमारदारी करने के लिए आरिफ़ का शुक्रिया अदा किया था। उसने आरिफ़ से आग्रह किया था कि वह उससे ज़्यादा से ज़्यादा मिले।

आरिफ़ जब उसकी चिट्ठी पढ़ रहा था, तब उसे एक साथ मुसर्रत और बेचैनी का मिला-जुला एहसास हो रहा था। उसके ज़मीर ने उसके दिमाग़ में सुमित्रा के साथ चल रहे अफ़ेयर के बारे में फिर से सुबहा पैदा कर दिया। वह नहीं जानता था कि सुमित्रा से आख़िर वह क्या चाहता है। वह अपने पति और बच्चों को छोड़कर उससे शादी करने से रही। मान लो अगर वह तैयार हो गई तो क्या आरिफ़ के घर के लोग कभी मानेंगे।

फिर मैं सुमित्रा के पीछे क्यों भाग रहा हूं? आरिफ़ ने अपने आप से ये सवाल पूछा।

तभी किसी के कदमों की आहट ने आरिफ़ को चौंका दिया। फटाक से उसने, सुमित्रा की चिट्ठी को किताबों के नीचे छुपा दिया।

अगले ही पल मृत्युंजय कमरे में दाख़िल हुआ। उसने कंधे पर टेनिस रैकेट लटका रखा था। वह न्यू पटना क्लब में टेनिस खेलने की दावत के साथ आया था जिसे आरिफ़ ने खुशी-खुशी क़बूल किया। बरसों हो गए थे आरिफ़ को टेनिस रैकेट छुए हुए। टेनिस खेलने का सोच-सोच कर उसे ऐसा महसूस हो रहा था कि वह अपने पुराने महबूब से मिलने जा रहा हो। एक ज़माना था जब वह स्टेफ़ी ग्राफ़ और लॉन टेनिस का दीवाना हुआ करता था।

न्यू पटना क्लब में मृत्युंजय का एक पुराना क्लासमेट अजित भी टेनिस खेलने आ रहा था। वह इस साल के आईएएस एग्ज़ाम में टॉप ट्वेंटी में आया है। आरिफ़ यह सोच कर खुश हो रहा था कि टेनिस खेलने के साथ-साथ अजित से आईएएस के तैयारी के कुछ अच्छे टिप्स भी मिल जाएंगे।

डबल्स टेनिस मैच में आरिफ़ का पार्टनर मृत्युंजय था। अजित के साथ उसका चचेरा भाई था। आरिफ़ अपने स्ट्रोक्स को कंट्रोल नहीं कर पा रहा था। सर्विस करते वक़्त उसने कई डबल फ़ॉल्ट्स किए और लॉब करते हुए अक्सर बॉल बेसलाइन के बाहर गिराई। आरिफ़ को अपने आप पर गुस्सा आ रहा था। इस बीच एक-दो बार ग़लत शॉट लगाने पर मृत्युंजय भी चिल्ला पड़ा।

मैच के बाद कोर्ट के पास ही लोहे की बेंच पर बैठते हुए, आरिफ़ काफ़ी मायूस दिख रहा था।

'आरिफ़, ये तो फ़्रेंडली मैच था, सीरियसली लेने की ज़रूरत नहीं है,' अजित ने उसकी तरफ़ मुड़ कर कहा।

'अजित जी! मैं अपसेट नहीं हूं।'

तब तक मृत्युंजय और अजित का भी चचेरा भाई भी वहां पर आ गए। 'अजित, ये बताओ मेन्स और इंटरव्यू की तैयारी के लिए सबसे अच्छा तरीक़ा क्या है?' मृत्युंजय ने अजित से पूछा।

'देखो भाई, आईएएस की तैयारी टेनिस खेलने जैसा ही है या तो तुम्हारी सर्विस बहुत अच्छी हो या तुम्हारा रिटर्न परफ़ेक्ट हो। अगर तुम्हारा फोरहैंड अच्छा नहीं है तो बेकहैंड एक्सेप्शनल होना चाहिए। उसी तरह से आईएएस एग्ज़ाम के ऑप्शनल सब्जेक्ट में से कम से कम एक पर पूरी महारत होनी चाहिए।'

'क्या बढ़िया मिसाल दी है आपने अजित जी,' आरिफ़ चहककर बोला।

'और इंटरव्यू?' मृत्युंजय ने पूछा।

'सबसे पहले तो अपने होम स्टेट, होम डिस्ट्रिक्ट और हॉबीज़ के बारे में इन्फ़ॉर्मेशन इकट्ठा करो। बाक़ी क़िस्मत है, भाई।'

'मैं तो दिल्ली जा रहा हूं,' मृत्युंजय ने कहा, 'पटना की कोचिंग क्लासेज़ में दम नहीं है।'

'यह तुमने अच्छा फ़ैसला लिया है,' अजित ने मुस्कराते हुए कहा।

आरिफ़ मायूस हो गया। उसे पता था कि अब्बा की हैसियत नहीं है कि वह उसे दिल्ली कोचिंग के लिए भेज सकें। आरिफ़ जहां बैठा था वहां से कुछ दूर एक ग्रास कोर्ट पर रमेश कुमार किसी अधेड़ आदमी के साथ टेनिस खेल रहे थे। बातचीत थोड़ी देर और चली, उसके बाद अजित और उसका चचेरा भाई एंबेसडर कार में बैठ कर चले गए।

'जानते हो आरिफ़, अजित के पिताजी भी आईएएस हैं।'

मृत्युंजय को किसी काम से पोस्टल पार्क जाना था। उसने अपना स्कूटर स्टार्ट किया और वहां से निकल पड़ा। आरिफ़ अकेला न्यू पटना क्लब के बाहर फुटपाथ पर खड़ा ऑटोरिक्शा का इंतज़ार कर रहा था।

तभी अचानक रमेश कुमार की कार आरिफ़ के पास आकर रुकी। रमेश ने आरिफ़ को लिफ़्ट देने का ऑफ़र दिया जिस पर आरिफ़ ने विनम्र तरीक़े से मना कर दिया। उसे अजीब लग रहा था कि उस आदमी से क्या बातचीत करना जिसकी बीवी से उसका अफ़ेयर चल रहा हो। लेकिन रमेश ने उसकी बात नहीं मानी और ज़िद करके आरिफ़ को अपनी कार में बैठा ही लिया।

'मैं कॉलेज के दिनों में लॉन टेनिस का बहुत शौकीन था। रॉड लीवर और विजय अमृतराज का मैं बहुत बड़ा फ़ैन था। अब तो खेलने का वक्त ही नहीं मिलता। कभी-कभार दोस्त-यारों के साथ न्यू पटना क्लब आ जाता हूं टेनिस खेलने।' रमेश कुमार अपने कॉलेज के दिनों की बात कर रहे थे।

'जी,' आरिफ़ बस हां में हां मिलाए जा रहा था।

'अच्छा, सुमित्रा उस दिन मुझे बता रही थी कि तुम्हारी मैथ्स और इंग्लिश बहुत अच्छी है। और तुमने राहुल को ट्यूशन पढ़ाने के लिए हामी भी भर दी है,' रमेश ने पूछा। तब तक वह राजा बाज़ार को पार करते हुए आशियाना मोड़ तक आ चुके थे।

रमेश कुमार की बात सुनकर आरिफ़ चौंक सा गया क्योंकि सुमित्रा से ऐसी कोई बात नहीं हुई थी। लेकिन वह समझ गया कि उसने अपने पति को ऐसा क्यों कहा होगा। आरिफ़ ट्यूशन के लिए हां करने के पहले अपने मन के अंदर चल रहे जद्दोजहद से परेशान था। उसने अपने आप से कहा सुमित्रा के क़रीब मत जाओ।

आरिफ़ को सोच में खोया देखकर रमेश कुमार ने पूछा, 'क्या सोच रहे हो?'

'कुछ भी नहीं अंकल,' आरिफ़ बोला और अपने हाथों से अपनी गर्दन के पिछले हिस्से को खुजलाने लगा।

'तो फिर कब से तुम ट्यूशन शुरू कर रहे हो राहुल की?'

'अगले... सोमवार से,' आरिफ़ थोड़ा हकलाते हुए बोला। उसके दिल के अंदर इस बात पर लड्डू फूट रहे थे कि ट्यूशन के बहाने अब वह सुमित्रा से रोज़ मिला करेगा।

'दैट्स ग्रेट,' रमेश कुमार ने ख़ुश हो कर कहा और गाड़ी को पुलिस कॉलोनी के मेन गेट पर रोक दिया। आरिफ़ ने कार से उतर कर कॉलोनी के गेट की तरफ़ देखा और सुस्त क़दमों से अपने घर की तरफ़ चल पड़ा। उसने देखा कि एक लाल टोपी वाला सब-इंस्पेक्टर मेन गेट से 10-15 गज़ दूर प्लास्टिक की कुर्सी पर आम के पेड़ के नीचे बैठा हुआ है। गेट के क़रीब चार कांस्टेबल लाठी लेकर पहरा दे रहे हैं।

उनकी टोपी के लाल रंग से आरिफ़ ने अंदाज़ लगा लिया कि ये सब डिस्ट्रिक्ट पुलिस के स्टाफ़ हैं। डिस्ट्रिक्ट पुलिस या ज़िला पुलिस बिहार मिलिट्री पुलिस अलग थी। डिस्ट्रिक्ट पुलिस को ज़्यादा पावरफुल माना जाता था। वजह यह थी कि वे रोज़मर्रा की कानून-व्यवस्था संभालते थे। उनके पास आम आदमी को डराने, धमकाने के अलावा घूस वसूलने के भी अलिखित अधिकार भी थे। बिहार मिलिट्री पुलिस यानी बीएमपी एक तरह की रिज़र्व फ़ोर्स है।

कुर्सी पर बैठे सब-इंस्पेक्टर ने सिगरेट का कश लगाते हुए अपना बायां हाथ हवा में उठाकर आरिफ़ को रुकने का इशारा किया।

'क्या बात है सर?' आरिफ़ ने रुक कर पूछा।

'पुलिस ऑडिटोरियम में एक वीआईपी मीटिंग चल रही है। इसलिए यह रास्ता सुरक्षा कारणों से बंद कर दिया गया है।' उसकी आवाज़ में एक अक्खड़पन साफ़-साफ़ झलक रहा था।

'लेकिन, मैं तो इसी कॉलोनी में ही रहता हूं। मेरे पिताजी इंस्पेक्टर हैं।' आरिफ़ ने सब-इंस्पेक्टर को जवाब दिया।

'गेट नंबर दो है ना! उधर से जाओ तुम।'

'लेकिन मेरा घर तो इस साइड में पड़ता है। मैं क्यों 2 किलोमीटर चलकर गेट नंबर दो से जाऊं?' इतना बोल कर आरिफ़ तेज़ क़दमों से गेट की तरफ़ बढ़ चला।

सब-इंस्पेक्टर ने अपनी कुर्सी से उठकर झटके से आरिफ़ का कॉलर पकड़ लिया।

'अबे, रंगदारी करता है। ज़्यादा होशियारी मत दिखा। चुपचाप भाग यहां से।' सब-इंस्पेक्टर धमकाते हुए बोला।

आरिफ़ को भी गुस्सा आ गया और उसने भी पुलिस अफ़सर का गिरेबान पकड़ लिया।

अभी आरिफ़ और उस पुलिस वाले के बीच में हाथापाई शुरू ही हुई थी कि कहीं से ज़ाकिर आ गया।

'तुमने मेरे भैया को छूने की हिम्मत कैसे की?' ज़ाकिर दहाड़ कर बोला और फिर एक झन्नाटेदार तमाचा पुलिस अफ़सर के पीठ पर पड़ा। ज़ाकिर लंबा और तगड़ा था और उसने सब-इंस्पेक्टर को तुरंत क़ाबू में कर लिया। आरिफ़ ज़ाकिर को सब-इंस्पेक्टर से अलग करने की कोशिश कर रहा था। गेट पर खड़े सिपाहियों ने जब दो लड़कों को अपने अफ़सर से उलझे हुए देखा तो वे लाठी लेकर उनकी तरफ़ दौड़ पड़े।

कुछ ही पल बाद आरिफ़ को एक ज़ोरदार लाठी पड़ी और वह तिलमिला गया। फिर उसकी निगाहों के सामने उसके भाई को वे लाल टोपी वाले पुलिसकर्मी बेरहमी से पीटने लगे। एक डंडा ज़ाकिर के सर पर लगा और उसके माथे से ख़ून की धार फूट गई और वो ख़ून में लथपथ जमीन पर गिर पड़ा। बिना कुछ सोचे आरिफ़ लाल टोपी वाले पुलिस वालों के बीच में कूद गया। उसने एक सिपाही को खींच कर ज़मीन पर पटक दिया तभी उसने देखा कि चार-पांच हरी टोपीवाले सिपाही उसकी भाग कर उसकी तरफ़ आ रहे हैं।

'अरे यह तो ख़ान साहब के बेटे हैं। ये ज़िला पुलिस वालों की हिम्मत कैसे हुई कि हमारे कैंपस में आकर हमारे बच्चों को मारें,' एक अधेड़ उम्र के हरी टोपीवाले ने गुस्से में कहा।

आरिफ़ समझ गया था कि अब ये लड़ाई बीएमपी और डिस्ट्रिक्ट पुलिस के बीच की हो गई है। इसी बीच किसी ने उसके सिर पर ज़ोर से मारा और उसके सामने का सारा नज़ारा पहले धुंधला हुआ फिर उसकी आंखों के सामने अंधियारा छा गया। आरिफ़ की आंख खुली तो वह हॉस्पिटल के बेड पर था। उसके सिर पर बैंडेज बंधी हुई थी और हल्का-हल्का दर्द हो रहा था। अब्बा उसके बिस्तर के पास ही खड़े थे। उनके चेहरे पर परेशानी की लकीरें साफ़-साफ़ दिख रही थीं।

'ज़ाकिर कैसा है?' आरिफ़ ने घबराकर अब्बा से पूछा।

'ज़ाकिर अभी आईसीयू में है। डॉक्टर ने कहा कि अंदरूनी चोट है,' अब्बा की आवाज़ में उदासी थी।

आरिफ़ चुप हो गया और उसकी आंखों से आंसू बहने लगे। उसे बहुत पछतावा हो रहा था क्योंकि उसकी वजह से उसके भाई को चोट लगी है। काश, वह उस पुलिस अफ़सर से नहीं उलझता। 'खुदा ना करे अगर ज़ाकिर को कुछ हो गया तो मैं अपने आप को कैसे माफ़ करूंगा।'

उसे याद आया कि कैसे बरसों पहले जमालपुरा मदरसा के एक मौलाना ने एक बार आरिफ़ को एक थप्पड़ मारा था तो ज़ाकिर गुस्से से उस मौलाना पर टूट पड़ा था। उस वक्त उसकी उम्र सिर्फ़ 4 साल थी। उसने कैसे मौलाना की ही छड़ी से उसकी पिटाई शुरू कर दी थी और साथ में वह चीख़-चीख़ कर बोलता भी रहा, 'अबे साले! मेरे भाई को क्यों मारा तुमने?'

'बौआ,' यह उसकी अम्मा की आवाज़ थी। उनके चेहरे पर आंसुओं के निशान साफ़-साफ़ दिख रहे थे।

'मैं ठीक हूं, अम्मा। तुम बस ज़ाकिर के लिए दुआ करो।' आरिफ़ सुबकते हुए बोला। दादी भी वहां आ गई थी, वह चुपचाप बिस्तर के एक किनारे बैठकर, कुरान की आयतें पढ़े जा रही थी।

आरिफ़ की आवाज़ में लड़खड़ाहट थी। आरिफ़ ने अपनी आंखें बंद कर लीं और गुज़रे हुए वक्त में पहुंच गया जब वह अब 6-7 साल का था और ज़ाकिर 5 साल का। उसने देखा कि वह ज़ाकिर के साथ लुका-छुपी खेल रहा है तभी अचानक ज़ाकिर किसी वजह से गांव से बाहर जाने वाली सड़क पर दौड़ने लगता है। आरिफ़ उसके पीछे 'ज़ाकिर रुक जाओ!' चिल्लाते हुए जाता है। लेकिन आरिफ़ के इतने पुकारने के बाद भी वह नहीं रुकता

और उसकी आंखों के सामने ओझल हो जाता है। 'आरिफ़ क्या बड़बड़ा रहे हो,' आरिफ़ एक जानी-पहचानी आवाज़ सुनता है और तभी उसकी नींद खुल जाती है। तो ये सपना था।

अब्बा सामने खड़े थे मुस्कराते हुए। उन्होंने बताया कि वह नींद में बार-बार 'ज़ाकिर मत जाओ, ज़ाकिर मत जाओ' कह रहा था। उनके ठीक पीछे अम्मा, दादी और उसकी बहनें खड़ी थी। आरिफ़ अब्बा से कुछ पूछे उससे पहले वो बोल पड़े।

'खुदा का शुक्र है कि ज़ाकिर ख़तरे से बाहर है।'

'या अल्लाह तेरा लाख-लाख शुक्रिया।' आरिफ़ ने हाथ उठाकर ऊपरवाले का धन्यवाद अदा किया और फिर अब्बा से बोला, 'अब्बा कुछ पता चला उस पुलिस अफ़सर के बारे में जिसने हम पर हमला किया था।'

'शास्त्री नगर थाने में एफ़आईआर कर दी है। एक बार हॉस्पिटल से निकल लें फिर मैं पता करता हूं। उस हरामी को ज़रूर सबक़ सिखाऊंगा, अब्बा की आंखों में दहकती चिंगारी दिख रही थी।

आधे घंटे बाद अब्बा अम्मा और उसकी बहनें ज़ाकिर को देखने चली गईं। दादी वहीं जनरल वार्ड में एक कोने में नमाज़ पढ़ रही थी। तभी उसको पास के कमरे से कुछ औरतों के रोने की आवाज़ आई।

क्या उसकी बहनें और मां रो रही हैं? आरिफ़ बुरी तरह घबरा गया। अपनी हालत की परवाह किए बिना अपने बिस्तर से कूदा और किसी तरह से लंगड़ाते हुए वेटिंग हॉल में पहुंचा।

वहां पर दो औरतें स्ट्रेचर पर पड़ी एक लाश के सामने खड़ी होकर रो रही थीं। वह लाश सफ़ेद कपड़े से ढंकी हुई थी। एक वार्ड बॉय उनके पास खड़ा था लेकिन उसके चेहरे पर कोई भी भाव नहीं था। आरिफ़ ने राहत की सांस ली। लेकिन उन औरतों के लिए उसे बुरा भी लग रहा था। वहां से वापस जाते वक्त उसने अब्बा को देखा वह रिसेप्शन पर खड़े होकर फ़ोन पर किसी से बात कर रहे हैं। उसने देखा कि वेटिंग हॉल में सुमित्रा उनकी बहनों के साथ बैठ कर बातें कर रही है। अब्बा ने आरिफ़ को देख लिया था और भागते हुए उसकी तरफ़ आए।

'बेटा, तुम बिस्तर से मत उठा करो तुम्हें चोट लगी है,' अब्बा ने कहा

'अब्बा, मैं ज़ाकिर से मिलना चाहता हूं।'

'तुम्हें ज़ाकिर के पास ले चलूंगा लेकिन अभी वह आईसीयू से बाहर तो आ जाए।' अब्बा ने कहा।

और फिर वे उसे सहारा देकर उसके बेड तक ले गए। कुछ देर में सुमित्रा भी उसके बेड के पास आ गई। उसके चेहरे से लग रहा था कि वह भी रोई है। उसकी मौजूदगी ने आरिफ़ के बेचैन दिल पर मरहम का काम किया।

कुछ देर बाद मृत्युंजय के पिता प्रेम प्रकाश पांडे भी उसे देखने आए। उन्होंने बताया कि मृत्युंजय दिल्ली चला गया है आईएएस की कोचिंग करने। वह तुमसे फ़ोन पर बात करेगा जब तुम हॉस्पिटल से छूट जाओगे। थोड़ी देर वह वहां बैठे रहे और फिर चले गए। जाने के पहले उन्होंने अब्बा से पूछा, 'डॉक्टर ने क्या बोला है? कितने दिन रखेगा हॉस्पिटल में?'

'आरिफ़ तो 2-3 दिन में फ़्री हो जाएगा। पर ज़ाकिर को डिस्चार्ज होने में 15-20 दिन लगेंगे।'

~

ठीक एक महीने बाद, एक सुहानी दोपहर को ज़ाकिर अपने बिस्तर पर तकिए के सहारे बैठा हुआ था। आरिफ़ अपने भाई के पास ही बैठा था और दादी सामने एक कुर्सी पर। ज़ाकिर जब से हॉस्पिटल से वापस आया है हर रोज़ दादी से एक कहानी सुनता जैसा कि वह बचपन में किया करता था। बहराम चोट्टा और शेख चिल्ली के अलावा दादी क़ुरान और हदीस की बहुत सारी कहानियां सुना चुकी थीं। आज वह जमालपुरा के सूफ़ी संत हज़रत जमालुद्दीन रहमतुल्लाह अलैह के बारे में कुछ बताने जा रही थीं। दादी ने अपना गला साफ़ किया, बिस्मिल्लाह पढ़ा और आज की कहानी शुरू कर दी :

'ये कहानी है उस ज़माने की जब हिंदुस्तान का बादशाह अकबर-ए-आज़म हुआ करता था। उस वक़्त काबुल का रहने वाला एक नौजवान जिसका नाम बख़्तियार यूसुफ़ज़ई था, दिल्ली आया। दिल्ली आते ही, सबसे पहले वह सूफ़ी हज़रत निज़ामुद्दीन औलिया की मज़ार पर ज़ियारत के वास्ते गया। खिराज-ए-अक़ीदत पेश करके वह जैसे ही मज़ार से बाहर निकला उसने एक बुज़ुर्गवार को दो नक़ाबपोशों की गिरफ़्त में देखा। दोनों नक़ाबपोश मुस्टंडे थे और सफ़ेद दाढ़ी वाले उस बुज़ुर्ग की पिटाई कर रहे थे। उन बदमाशों में से

एक खंज़र निकाल कर उस बुज़ुर्गवार को भोंकने ही वाला था कि बख़्तियार उन नक़ाबपोशों पर टूट पड़ा। उसने उनकी अच्छे से धुलाई की। बख़्तियार सचमुच का पठान था, बेहद मज़बूत और बेइंतेहा बहादुर। दोनों गुंडे तुरंत ही दुम दबा कर भाग खड़े हुए।'

'वो बुज़ुर्गवार बेहद घायल हो गए थे, इसलिए बख़्तियार उन्हें एक हकीम के पास ले गया। फिर किराये के ताँगे से उन्हें घर छोड़ने गया। उनके घर जाकर पता लगा कि वो एक आलीशान महल में रहते हैं और बादशाह अकबर के दरबार में काफ़ी ऊंचे ओहदे पर काबिज़ हैं।'

'बख़्तियार की बहादुरी और जवांमर्दी देखकर वो बुज़ुर्गवार हाकिम इतने मुतास्सिर हुए कि तुरंत उन्होंने अपनी बेटी का निकाह बख़्तियार से कर दिया। उन्होंने अपने दामाद को बादशाह की फ़ौज़ में अच्छा सा ओहदा भी दिला दिया।'

'बख़्तियार का एक बेटा हुआ जिसका नाम उसने जमालुद्दीन ख़ान रखा। वो चाहता था कि उसका बेटा अकबर बादशाह की फ़ौज़ का सिपहसालार बने और उसके बेटे की शान-ओ-शौकत वैसी ही हो जैसी कि बैरम ख़ान की थी। लेकिन जमालुद्दीन को दुनियादारी में कोई दिलचस्पी नहीं थी। वो तो रूहानियत और सूफ़ी फ़लसफ़े से ताल्लुक रखना चाहता था। वो दिल्ली के एक मशहूर पीर साहब का मुरीद हो गया था और उसका ज़्यादा से ज़्यादा वक़्त उनकी ख़ानक़ाह में गुज़रता था और बचा-खुचा वक़्त नमाज़ और तस्बीह में। खिदमत-ए-ख़ल्क़ का भी बहुत शौक़ था उसे।'

'उधर, जमालुद्दीन के वालदैन अपने बेटे की शादी करा कर घर गृहस्थी बसाना चाहते थे। लेकिन जमालुद्दीन हर बार ये बात टाल जाता।'

'फिर एक दिन बख़्तियार नाव के पलटने से जमुना में डूब कर मर गया। उसकी बेगम इस ग़म को बर्दाश्त नहीं कर पाई और कुछ ही दिनों में अल्लाह को प्यारी हो गई। जमालुद्दीन पर तो जैसे ग़म का पहाड़ टूट पड़ा। मां और बाप दोनों को खोने के बाद उसका मन दुनियादारी से बिलकुल ही हट गया और वो अकेला सा रहने लगा। अब उसका सारा वक़्त कुरानख़्वानी और नमाज़ में बीतने लगा।'

'एक रात ख़्वाब में उसने एक बुज़ुर्गवार को देखा। उनकी दाढ़ी बिलकुल सफ़ेद थी और चेहरा पर रूहानियत का नूर था। उस बुज़ुर्गवार

ने जमालुद्दीन को हुक्म दिया कि वह पूरब की तरफ़ जाए और इस्लाम का पैग़ाम लोगों तक पहुंचाए।'

'अगले दिन ही वह सफ़र पर निकल पड़ा।'

'क़रीब एक महीने के निरंतर सफ़र के बाद वह बिहार सूबे के मोतिहारी नाम के शहर में पहुंचा। आगे कहां जाना है उसे पता नहीं था। लेकिन कोई ग़ैबी ताक़त उसे रास्ता दिखला रही थी। वह चलता रहा, चलता रहा और आख़िरकार एक वीरान जगह पर पहुंच गया। वहां पर एक पुराना महल था जिसमें उसने रात भर के लिए पनाह ली। उसने उस महल के बड़े से बरामदे के एक हिस्से को साफ़ किया और वहीं अपना बिस्तर लगा लिया। वह फ़क़ीर आदमी था इसलिए उसके पास ज़्यादा कुछ था नहीं। एक लोटा, नमाज़ के लिए एक चटाई, एक चादर और कुछ सूखे हुए खजूर। उसने अपना थैला दीवार में बने एक ताक पर रख दिया। फिर उसने एक पतली सी चटाई वहां बिछा ली और लेट गया।'

'सुबह जब उसकी आंख खुली तो सैकड़ों लोगों ने उन्हें घेर रखा था। वे लोग आसपास के गांव के रहने वाले थे।'

'गांव वाले बड़े ताज्जुब से उस अजनबी फ़क़ीर को देख रहे थे। उन्हें उस फ़क़ीर के चेहरे पर ख़ुदा का नूर दिख रहा था। वर्ना ऐसे पुराने महल में, जहां भूत-प्रेत और बेताल का डेरा हो, वहां रात गुज़ारना क्या मज़ाक़ की बात है? कहा जाता है कि कुछ आत्माएं उस महल के किसी ख़ज़ाने की रक्षा करती हैं और जो भी उस महल में रात के वक़्त गया वो अगले दिन मरा पाया गया। पचास साल पहले यहां के राजा ने अपने सैनिकों को यही सब पता लगाने को भेजा था लेकिन अगले दिन उनकी लाशें मिलीं।'

'इसका मतलब यह था कि वह संत ज़रूर बहुत पहुंचा हुआ था। नहीं तो रात कैसे बिता पाता इस उजाड़ पुराने महल में। गांव वालों को ऐसा यक़ीन हो गया। उसकी दाढ़ी और टोपी देखकर लोग समझ गए थे वह कोई मुस्लिम संत है यानि सूफ़ी संत। साधु, संत का कोई मज़हब थोड़े ही होता है। जल्दी ही दूर-दूर से लोग हज़रत साहब से मिलने आने लगे। लोग कहने लगे कि उसकी दुआ में जादू है।'

'हज़रत जमालुद्दीन रहमतुल्लाह अलैह की शोहरत वहां के मोकामी राजपूत ज़मींदार तक पहुंची। ज़मींदार लंबा-तगड़ा और ख़ूबसूरत शख़्सियत

का मालिक था। वह अपने पूरे खानदान के साथ उनसे मिलने आया। वह पीर साहब से इतना मुतस्सिर हुआ कि उनका मुरीद बन गया। कुछ महीनों बाद ज़मींदार ने पूरे खानदान के साथ इस्लाम क़बूल कर लिया। ज़मींदार की इकलौती बेटी पीर साहब को बहुत पसंद करने लगी। उसकी ख़ूबसूरती उसका रूहानी हुस्न यह सब उस लड़की पर जादू कर चुका था। उसने अपने वालिद से साफ़-साफ़ कह दिया कि वह सिर्फ़ पीर साहब से शादी करेगी। ज़मींदार ने पीर साहब से बहुत गुज़ारिश की तब जाकर उन्होंने शादी के लिए हां कहा। उसी पुराने महल के सामने पीर साहब ने एक झोपड़ा बना लिया। उनके तीन बेटे हुए और उन्हीं तीनों से खानदान बढ़ते-बढ़ते हमारा जमालपुरा गांव बन गया।'

'पीर साहब के इंतक़ाल के बाद उन्हें वहीं झोपड़े में दफ़न किया गया। बाद में वह जगह पीर साहब की मज़ार के नाम से जाने जाने लगी। फिर कई वर्षों बाद पीर साहब के वारिस ने यहां पर पत्थर की शानदार मज़ार बनवाई जिसमें चार मीनारें और एक हरा गुंबद था।'

'इस तरह से हज़रत जमालुद्दीन रहमतुल्लाह अलैह सिर्फ़ हमारे मुर्शिद ही नहीं हैं बल्कि हमारे मोरसेआला भी हैं। उन्हीं का ख़ून है हमारी रगों में।' दादी जान ने इस तरह से कहानी ख़त्म की।

अपने खानदान का इतिहास जान कर आरिफ़ को काफ़ी अच्छा महसूस हो रहा था। दादी के बयान करने अंदाज़ में एक जादू सा असर था। दादी अपनी जगह से उठकर खड़ी हो गईं और फिर दीवार घड़ी की तरफ़ देखा। 'अस्र की नमाज़ का वक़्त हो गया,' यह बोलते हुए वह कमरे निकल गईं।

ज़ाकिर जम्हाइयां लेने लगा। आरिफ़ की मदद से वह ठीक तरह से बिस्तर पर लेट गया और आरिफ़ ने उसे हलके पीले रंग की भागलपुरी सिल्क चादर ओढ़ा दी।

ज़ाकिर को पूरी तरह ठीक होने में तीन महीने लग गए और जब उसने कॉलेज जाना शुरू कर दिया तो आरिफ़ भी अपने रोज़ाना की रूटीन पर वापस आ गया। इतने दिनों तक उसने किताब को छुआ तक नहीं था और सुमित्रा के यहां ट्यूशन पढ़ाना भी शुरू नहीं किया था।

आज पहला दिन था कि वह राहुल को पढ़ाने गया तो सुमित्रा की बेटी कविता ने दरवाज़ा खोला। सुमित्रा बालकनी में एक प्लास्टिक की कुर्सी

पर बैठकर एक बांस के सूप में मटर छील रही थी। आरिफ़ को देखते ही उसका चेहरा खिल गया। उसने झट अपना काम रोक दिया और अंदर से दो कुर्सियां और एक टेबल खींच कर ले आई। फिर उसने राहुल को आवाज़ दे कर बुलाया।

और राहुल का ट्यूशन आख़िरकार शुरू हो ही गया।

अगले दिन कविता नहीं दिखी तो उसने सुमित्रा से पूछा।

'वह अपने हॉस्टल वापस चली गई, हज़ारीबाग़। कुछ दिन बाद एग्ज़ाम है उसका। उसके बाद पटना वापस हो जाएगी,' सुमित्रा ने कहा।

आरिफ़ राहुल को हफ़्ते में 6 दिन पढ़ाता था। जैसे ही ट्यूशन ख़त्म होता, राहुल अपने पड़ोस के दोस्तों के साथ पार्क में खेलने चला जाता।

उनके जाने के बाद आरिफ़ और सुमित्रा अकेले हो जाते थे। फिर दोनों कमरे में बैठ कर ख़ूब सारी बातें करते। एक दूसरे को शेरो-शायरी सुनाते। कभी हाल में पढ़ी हुई किसी किताब पर चर्चा करते। आरिफ़ अक्सर सुमित्रा के दोनों हाथों को चूम लेता था। कभी-कभी सुमित्रा आंखें बंद कर लेती और आरिफ़ उसके गालों को चूम लेता। कई बार दिल में अरमान बहुत कुछ करने को होता पर आरिफ़ किसी तरह से अपने आप को रोक लेता।

एक दिन आरिफ़ ने एक सवाल किया, 'प्यार-मोहब्बत से क्या फ़ायदा है सुमित्रा?'

सुमित्रा ने अपना जवाब एक शेर के ज़रिये दिया था :

'पूछते हो इश्क़ से क्या फ़ायदा?
पहले ये बताओ फ़ायदे से क्या फ़ायदा?'

सुमित्रा के जवाब पर आरिफ़ मुस्करा दिया। ठीक तो कह रही है वह। *इश्क़ में न कोई भला नफ़ा-नुक़सान थोड़े देखता है।*

कभी-कभार रमेश जब घर पर होता तो आरिफ़ से वह कॉफ़ी पीने की ज़िद करता और शतरंज खेलने की दावत देता। कई बार वह बहाने बनाकर वहां से निकल लेता लेकिन कई बार उसे रमेश कुमार के साथ शतरंज खेलना पड़ता। वहां सुमित्रा की मौजूदगी से वह काफ़ी परेशान होता था। अपनी निगाहों से सुमित्रा के लिए छलकता प्यार कैसे छुपाए भला। अगर रमेश कुमार ने उसकी आंखों में झलकते भाव को पढ़ लिया तो क्या होगा।

12

आरिफ़ को बड़ा ताज्जुब हुआ जब ज़ाकिर ने उसे कोई ख़ास बात करने के लिए छत पर आने को कहा। जब वह छत पर पहुंचा तो वह चौंक गया क्योंकि वहां राबिया और नाज़नीन भी मौजूद थीं।

'क्या बात है ज़ाकिर?' आरिफ़ ग़ौर से अपने भाई और बहनों का चेहरा देखते हुए पूछा।

'राबिया आपको कुछ बताना चाहती है,' ज़ाकिर बोला।

'भैया... नाज़नीन तुम बोलो न,' राबिया ने हकलाते हुए कहा।

'झिझको मत। साफ़-साफ़ बोलो,' आरिफ़ ने कहा।

'दरअसल भैया बैंक कॉलोनी में एक मेरी क्लासमेट रहती है। उसने कहा कि उसके मोहल्ले के कई लोग कह रहे हैं कि आपका सुमित्रा आंटी से चक्कर चल रहा है। इससे पहले भी वह एक बार बोल चुकी थी कि सुमित्रा आंटी अच्छी औरत नहीं है...' इतना कहते-कहते राबिया रुक गई।

'तुम्हें किसने कहा यह सब?' आरिफ़ ने ज़ोर देकर पूछा।

'सॉरी भैया। मैं उसका नाम नहीं बता सकती। मैंने उससे वादा किया था। मुझे पूरा यक़ीन है कि यह सब सच नहीं है। सुमित्रा आंटी मुझे बहुत पसंद हैं और मैं यह मानती हूं कि वह ऐसा नहीं कर सकतीं। लेकिन आप मेरे बड़े भाई हैं तो मेरा फ़र्ज़ बनता था कि इस अफवाह के बारे में आपको ख़बर करूं।'

'तुम सॉरी क्यों बोल रही हो। तुम्हें तो यह सब मुझे और पहले बताना चाहिए था।'

'मैंने कई बार इशारों-इशारों में कहने की कोशिश की थी। आप सुमित्रा आंटी के यहां आना-जाना छोड़ दीजिए। अपने खानदान की इज़्ज़त का सवाल है। इससे सुमित्रा आंटी की भी तो बदनामी होगी।' राबिया सिर झुका कर बोली।

'क्या अब्बा, अम्मा को पता है यह सब?'

'नहीं भैया।'

'अच्छा किया तुमने बता दिया। आज से ही मैं राहुल का ट्यूशन पढ़ाना बंद कर देता हूं।' आरिफ़ ने अपनी बहनों के सामने यह सब कह तो दिया लेकिन वह पक्का नहीं था कि वह सुमित्रा से सभी रिश्ते तोड़ देगा।

'राबिया! नाज़नीन! तुम छत पर क्या कर रही हो?' यह अम्मा की आवाज़ थी।

'ठीक है भैया, हम नीचे जा रहे हैं।'

एक बार उनकी दोनों बहनें नीचे चली गईं। ज़ाकिर आरिफ़ को गुस्से से घूरने लगा।

'भैया बताएंगे सच्चाई क्या है?' ज़ाकिर ने पूछा।

'कैसी सच्चाई?'

'यही कि सुमित्रा आंटी वही औरत है जिसके बारे में आपने कुछ साल पहले मुझे बताया था।'

'हां, भाई।'

'मुझे यक़ीन नहीं आ रहा है। मैंने सोचा कि आप उसे भूल गए होंगे। मैंने जानबूझकर उसके बारे में बात नहीं की। मैं डरता था उस लेडी के बारे में बात करने से। फिर से तुम उसके बारे में सोचना न शुरू कर दो।'

'मैंने उसे भूलने की कोशिश की थी लेकिन...'

'अब यह बताइए आगे क्या करना है?'

'कुछ भी तो नहीं यह सिर्फ़ एक जज़्बाती लगाव है। मैं इससे बाहर आने की कोशिश करूंगा।'

'भैया, मुझे पूरा विश्वास है आप पर आप कोई ग़लत काम कर ही नहीं सकते। लेकिन इस तरह की अफवाहें अगर किसी रिश्तेदार के पास पहुंच गईं तो अपनी बहनों का शादी करवाना भी मुश्किल हो जाएगा। और

अब्बा, अम्मा का तो सोचिए। अगर उन दोनों को पता चल गया तो वे सदमे से ही मर जाएंगे।'

'मैं समझता हूं ज़ाकिर। प्लीज़ छोड़ो इन बातों को। मैं तुमसे वादा करता हूं कि सुमित्रा से अब बिलकुल नहीं मिलूंगा। किसी और सब्जेक्ट पर बात करते हैं।' जिस तरह से नाज़नीन और राबिया ने उसके और सुमित्रा के अफ़ेयर के बारे में फैली अफवाह की बात बताई थी वह घबरा सा गया था।

'ठीक है भैया, यह बताइए गोल्डन कोचिंग सेंटर के जॉब के बारे में क्या हुआ?' ज़ाकिर ने पूछा।

'उन्होंने वादा किया है कि एक-दो दिन में मुझे फ़ोन करेंगे। अच्छा, अब्बा को मत बताना कि मैं कोचिंग में पढ़ाने जा रहा हूं।'

'ठीक है नहीं कहूंगा।'

'अरे ज़ाकिर मैं एक ख़ास बात बताना तो भूल ही गया। गुलशन कुमार ने कोई टैलेंट हंट कंपटीशन शुरू किया है। नए एक्टर ढूंढ़ने के लिए।'

'रियली?'

'हां भाई, मैं इस महीने की *प्रिया* मैगज़ीन की एक कॉपी भी लाया हूं। मैगज़ीन में ही एप्लीकेशन फ़ॉर्म छपा है। अगर तुम कामयाब हो गए तो गुलशन कुमार की अगली फ़िल्म के हीरो हो सकते हो।'

'वाह! यह तो बड़ा अच्छा मौक़ा है,' ज़ाकिर खुश होते हुए बोला।

'नीचे चलो मैं तुम्हें मैगज़ीन देता हूं।'

कुछ ही देर में दोनों भाई सारी परेशानियां भूल कर हँसते हुए नीचे चले गए।

हज़ारीबाग़ स्कूल से पढ़ाई ख़त्म करके सुमित्रा की बेटी, कविता, पटना वापस आ चुकी थी। उसका दाख़िला शहर के सबसे अच्छे विमेंस कॉलेज यानी पटना विमेंस कॉलेज में हुआ था। अब तो सुमित्रा से उसके घर पर मिलना जुलना आरिफ़ के लिए नामुमकिन हो गया।

पटना ऐसा शहर है जहां दो प्यार करने वालों को मिलने में न जाने कैसे-कैसे जोखिम उठाने पड़ते हैं। कभी नाम ख़राब होने का डर तो कभी

जान गंवाने का डर। बेली रोड पर बने संजय गांधी बायोलॉजिकल पार्क यानी ज़ू के अंदर आपको दर्ज़नों जोड़े दिखेंगे पेड़ों और झाड़ियों के पीछे जद्दोजहद करते हुए - प्राइवेसी के दो-चार पल चुराने में। शहर के लोग बड़े ज़ालिम हैं। इस शहर में एक हल्का-सा बोसा लेने या गले लगाने पर भी हज़ारों लोगों की घूरती निगाहों का सामना करना पड़ता है। अक्सर उधर गुज़रते लोग तो गंदे-गंदे तंज़ कसते हैं। कई बार तो यहां समाज के कुछ ठेकेदार हाथ चलाने में भी नहीं हिचकते। कई बार पुलिस आ कर मामले में दख़ल देती है और प्यार करने वाली जोड़ियों को ही धमकाती है। पटना म्यूज़ियम के हरे-भरे लॉन में भी आपको कई प्यार के पंछी बैठे मिल सकते हैं। लेकिन गांधी मैदान जाने वाला ऑटो रिक्शा उधर से ही गुज़रता है। यह हमेशा याद रखना कि कोई जान-पहचान वाला नहीं देख ले और फिर स्कैंडल न खड़ा हो जाए। पटना में स्कैंडल के लिए कुछ करने की ज़रूरत नहीं। अगर लड़का लड़की साथ कहीं दिख गए तो इतना काफ़ी है। प्रेमियों के मिलने के लिए एक और जगह है। कुम्हरार का मौर्य कालीन खंडहर। लेकिन आजकल पुरातत्व विभाग का स्टाफ़ भी काफ़ी एक्टिव हो गया है और वह प्रेमी युगल को भगाने की कोशिश करता है। ये तीनों जगहें आरिफ़ और सुमित्रा की पहुंच से बाहर थीं।

इसलिए वे अक्सर चिट्ठियों के ज़रिए बात करते थे। ख़त उर्दू में लिखे जाते थे और मैगज़ीन या किताब अदला-बदली करने के बहाने एक दूसरे के पास पहुंचाया जाता था। महीने में एक या दो बार जब रमेश पटना से बाहर होते थे तो आरिफ़ सुमित्रा से पटना जंक्शन पर मिलता था। फिर एक ऑटो रिक्शा किराए पर लेकर वे हाजीपुर चले जाते थे। फिर गणेश चित्र मंदिर के कोने में दोनों बैठकर समोसे और कोल्ड ड्रिंक्स का मज़ा लेते हुए आपस में धीरे-धीरे बातें करते। बीच-बीच में एक दूसरे को छूने का मज़ा भी लेते।

'सुमित्रा, जब मैं तुम्हारे साथ होता हूं तो मुझे बहुत राहत मिलती है। मैं दुःख और परेशानियों से बहुत दूर होता हूं। यूं समझ लीजिए कि तुम्हारे साथ में जन्नत का मज़ा है।'

'मुझे भी बहुत सुकून मिलता है जब मैं तुम्हारे कंधे पर सिर रख कर आंखें बंद कर लेती हूं।'

13

आरिफ़ अपनी बालकनी में खड़ा होकर मूसलाधार बारिश का मज़ा ले रहा था। हवा के तेज़ झोंके से बारिश की बूंदें बालकनी के अंदर आकर आरिफ़ को भिगो रही थीं। बरसात इतनी तेज़ थी कि सड़क के उस पार वाली इमारतें भी धुंधली-धुंधली सी दिख रही थीं। तभी उसने देखा कि कोई शख़्स उसकी बिल्डिंग की तरफ़ तेज़ क़दमों से चला आ रहा है। जब वह नज़दीक आया तो पता चला कि वह ज़ाकिर है।

सीढ़ियां चढ़ कर, ज़ाकिर जैसे ही फ़्लैट के अंदर दाख़िल हुआ उसने अपना छाता एक तरफ़ फेंककर आरिफ़ को गले लगा लिया।

'भैया, गुलशन कुमार वाले टैलेंट कांटेक्ट में स्क्रीन टेस्ट के लिए मेरी शॉर्ट लिस्टिंग हो गई है,' ज़ाकिर की आवाज़ से खुशी झलक रही थी। उसने अपने विंडचीटर के अंदर के जेब से एक लिफ़ाफ़ा निकाला और आरिफ़ को थमाने की कोशिश की। लेकिन आरिफ़ ने पहले सामने एक कुर्सी पर पड़े तौलिया को उठा कर अपना सिर और हाथ अच्छे से पोंछे फिर लिफ़ाफ़े को हाथ में लिया। आरिफ़ ज़ोर-ज़ोर से वह चिट्ठी का मजमून पढ़ने लगा।

प्रिय ज़ाकिर ख़ान,

आपको ये बताते हुए खुशी हो रही है कि आपका चुनाव स्क्रीनटेस्ट के लिए हो गया है।

40,000 प्राप्त आवेदनों में से 20 कंटेस्टेंट को दूसरे दौर के लिए चुना गया है।

स्क्रीन टेस्ट का स्थान और तारीख़ इस प्रकार है :

तारीख़ : 12 अगस्त 1995

समय : प्रातः 11.30

स्थान : महबूब स्टूडियोज़, हिल रोड, बांद्रा वेस्ट, मुंबई, महाराष्ट्र – 400050

फ़ॉर सुपर कैसेट्स इंडस्ट्रीज़

रितिका ओबेरॉय

'अब्बा क्या मुझे स्क्रीनटेस्ट के लिए मुंबई जाने देंगे?' ज़ाकिर थोड़े अंदेशे वाले लहज़े में बोला।

'अब्बा से मैं बात करूंगा। तुम फ़िक्र मत करो।' आरिफ़ ने अपने भाई को दिलासा दिया।

'नहीं भैया रहने दीजिए। अभी अब्बा को मत बताइए। मैं जब मुंबई पहुंच जाऊं तभी कहिएगा। मैंने फ़ैसला ले लिया है और अपने एक थिएटर ग्रुप के साथी को मेरा टिकट बुक करवाने के लिए भी कह दिया है। मैं फ़्राइडे को निकल रहा हूं। ऐसे मौक़े बार-बार थोड़े ही मिलते हैं।'

'जैसा तुम कहो मेरे भाई,' आरिफ़ थोड़ा परेशान होकर बोला। वह नहीं जानता था कि अब्बा ज़ाकिर के मुंबई जाने की ख़बर को कैसे लेंगे। 'लेकिन ख़र्चे के लिए तुम्हें पैसे तो चाहिए ना।'

'पिछले महीने ड्रामा फ़ेस्टिवल में दो हज़ार का इनाम जीता था वह बचा है। इससे काम चल जाएगा। बाद में ज़रूरत पड़ी तो पार्ट टाइम नौकरी कर लूंगा। नौकरी की ज़रूरत तब पड़ेगी यदि मैं कांटेस्ट में सेलेक्ट नहीं हुआ।' ज़ाकिर की आवाज़ में आत्मविश्वास झलक रहा था।

जुमा की सुबह आरिफ़ ने ज़ाकिर के हाथ में दो हज़ार रुपये रख दिए।

ज़ाकिर पैसे देखकर चौंक गया। 'भैया कहां से लाए आप ये रुपये?'

'तुम ये पैसा रखो। कहां से आया ये सब छोड़ दो।'

'फिर भी?'

'तुम भूल गए कि मैं अब गोल्डन कोचिंग में पढ़ाता हूं। एडवांस लिया है।'

'लेकिन भैया आपको हिंदी का ट्यूशन ज्वाइन करना था।'

'तुम फ़िक्र न करो। मैं सब संभाल लूंगा। वैसे भी बलराम तिवारी के इस बैच में कोई जगह नहीं है। अगले बैच तक इंतज़ाम हो जाएगा। वैसे भी तुम स्टार बन जाओगे तो पैसा-कौड़ी की दिक़्क़त थोड़े रहेगी।'

'इंशाल्लाह,' ज़ाकिर मुस्करा कर बोला।

'अच्छा ये बताओ मुंबई में ठहरोगे कहां? 'एक महाराष्ट्रियन फ़ैमिली के यहां पेइंग गेस्ट रहूंगा। मेरे थिएटर ग्रुप का एक लड़का पहले से वहां रहता है।'

'ठीक है वहां पहुंचकर मृत्युंजय के नंबर पर फ़ोन करना। शाम सात बजे के आसपास।'

'ठीक है, भैया।'

रात को देर तक ज़ाकिर जब घर नहीं लौटा तो अम्मा परेशान होने लगीं। आरिफ़ ने हिचकिचाते हुए ज़ाकिर के मुंबई जाने की बात अम्मा को बता दी। अम्मा यह ख़बर सुनकर घबरा सी गईं। फिर भी उन्होंने किसी तरह अब्बा को बता दिया। सबकी सोच के उलट अब्बा न गुस्सा हुए और न कोई नाराज़गी जताई। बल्कि आरिफ़ से ज़ाकिर का पता पूछने लगे ताकि उसे मनीऑर्डर भेज सकें।

ग़म

ग़म में डूबे ही रहे दम न हमारा निकला
बहर-ए-हस्ती का बहुत दूर किनारा निकला

– बेख़ुद देहलवी

14

मिनीबस से नया मोड़ पर उतरते ही आरिफ़ ने चारों तरफ़ नज़र दौड़ाई। लेकिन कोई भी रिक्शावाला नहीं दिखा।

यह 1996 की एक गर्मी की दोपहर थी। हवा इतनी गर्म जैसे किसी भट्टी से आ रही हो। धूल के छोटे-छोटे बवंडर अपने साथ काग़ज़ के टुकड़े और पॉलीथिन बैग और सूखे पत्तों को लेकर हवा में बार उड़ा रहे थे। नया मोड़ पर जितनी दुकानें थी सब की सब बंद थी। दूर-दूर तक कोई इंसान दिख नहीं रहा था। पुलिस कॉलोनी के गेट नंबर 2 की तरफ़ जाने वाली सड़क वीरान थी और धूप में तप रही थी।

इतनी तपिश में वहां से घर पैदल जाना बहुत मुश्किल था। आरिफ़ ने फ़ैसला किया कि वह रिक्शे का इंतज़ार करेगा। वह सामने एक बड़े पीपल के पेड़ के चारों तरफ़ बने सीमेंट के चबूतरे पर बैठ गया। उसके हाथ में *हिंदुस्तान* अख़बार था जिसे वह खोलकर पढ़ने लगा। पहले पन्ने पर अटल बिहारी वाजपेयी की फ़ोटो थी - भारत के नए प्रधानमंत्री के रूप में शपथ लेते हुए।

अचानक आरिफ़ को किसी लड़की के चीख़ने की आवाज़ सुनाई दी। उसने मुड़ कर देखा कि वहां से 25-30 गज़ दूर एक जवान लड़का किसी लड़की को अपनी तरफ़ खींचने की कोशिश कर रहा था। वो लड़की फिर ज़ोर से चीख़ी और इस बार आरिफ़ उसका चेहरा देख पाया। वह कविता थी, सुमित्रा की बेटी।

'अबे साले, रुक,' आरिफ़ ज़ोर से चिल्ला कर बोला। आरिफ़ सामने सड़क पर पड़ी आधी ईंट को उठाकर उसकी तरफ़ दौड़ पड़ा।

'आरिफ़ भैया,' कविता फिर से चीख़ पड़ी। उसने आरिफ़ को अपनी तरफ़ आते देख लिया था।

वह आदमी कविता को छोड़कर पास पड़ी अपनी यमाहा मोटरसाइकिल पर बैठ चुका था। आरिफ़ के पहुंचने के पहले और उसने मोटरसाइकिल को गति दे दी थी। आरिफ़ ने अपने हाथ में पकड़ी हुए ईंट उसकी तरफ़ ज़ोर से फेंकी। लेकिन वह तब तक काफ़ी दूर जा चुका था। आरिफ़ ने कविता की तरफ़ मुड़कर देखा। उसका बदन कांप रहा था और वह अभी भी रोए जा रही थी।

'रो मत कविता, मैं हूं ना।' आरिफ़ के मन में कविता के लिए प्यार और शफ़क़त (दया) का एक ज्वार सा उठा। ठीक उसी तरह से जैसे एक बाप को अपने बेटी के लिए महसूस होता है। कविता आख़िर उसके प्यार सुमित्रा की बेटी थी। आरिफ़ ने एक रिक्शे को अपनी तरफ़ आते हुए देखा और उसे इशारा देकर रोक लिया। कविता की मदद करके उसे रिक्शे पर बिठाया। कविता अभी भी सुबक रही थी।

'क्या हुआ?' सुमित्रा ने जब देखा कि उसकी बेटी के चेहरे पर हवाइयां उड़ रही हैं, तो उसने घबराकर पूछा।

कविता कुछ देर तक बिलकुल ख़ामोश रही और फिर अपनी मां से लिपट कर रोने लगी। आरिफ़ ने जो भी नया मोड़ पर हुआ था, उसके बारे में जल्दी-जल्दी में बता दिया। सुमित्रा ने और ज़ोर से कविता को अपनी बांहों में भर लिया। और फिर डबडबाई आंखों के साथ बोली, 'भगवान का लाख-लाख शुक्र है कि उन्होंने आरिफ़ को समय पर भेज दिया। वरना न जाने क्या हो जाता?'

इस हादसे के तीन-चार दिन बाद एक सुबह जब आरिफ़ सो कर उठा तो उसने देखा कि कविता उसकी बहनों के साथ ड्रॉइंग रूम में बैठी थी। उसके हाथ में नफ़ीस हैदर की *फंडामेंटल्स ऑफ़ ऑर्गेनिक केमिस्ट्री* थी। वह भूरे रंग की स्कर्ट और क्रीम कलर का टॉप पहने हुई थी। 'मैं यहां पर आपसे

केमिस्ट्री पढ़ने आई हूं,' कविता ने मुस्कराते हुए कहा। फिर अपने हाथों से अपने चेहरे पर से बाल को हटाते हुए बोली, 'आप पढ़ाएंगे न?'

'हां, हां, क्यों नहीं', आरिफ़ मुस्करा कर बोला, 'मेरे स्टडी रूम में चलो।'

अचानक कविता क्यों आई है यहां? अम्मा भी उसी कमरे में बैठकर सब्ज़ी काट रही थी उनके चेहरे पर यह सवाल झलक रहा था। राबिया के चेहरे का भाव भी कुछ बदल चुका था। शायद वह भी कविता के यहां आने का ही मतलब निकाल रही थी।

'ऐसा करते हैं कि यहां बालकनी में पढ़ाई करते हैं,' आरिफ़ अम्मा के मन की बात को भांपते हुए कविता से बोला।

उस दिन के बाद कविता केमिस्ट्री पढ़ने के लिए अक्सर आने लगी।

अम्मा को शायद शक हो रहा था कविता और आरिफ़ के बीच में कुछ न कुछ चक्कर ज़रूर है। हालांकि अम्मा ने कुछ कहा नहीं था लेकिन आरिफ़ महसूस कर सकता था। उसे यह पक्का यक़ीन था कि सुमित्रा भी उसके और कविता के रिश्ते को शक की निगाह से देखती है। एक दो बार तो उसने इशारे-इशारे में कह भी दिया था।

आरिफ़ को कुछ समझ में नहीं आ रहा था कि आख़िर कविता को यह बात कैसे बताई जाए। आरिफ़ ने कई बार चाहा, फिर भी उसका दिल नहीं माना कि कविता को वहां आने से मना कर दे।

कुछ महीनों बाद जब रक्षाबंधन का त्यौहार आया, कविता आरिफ़ के फ़्लैट में एक थाली लेकर आई और उसके हाथ पर राखी बांधी। उस दिन के बाद सबका नज़रिया बदल गया। अम्मा बड़े प्यार से कविता को 'बेटी, बेटी' कहने लगी। वैसे भी राखी बांधने के बाद शक की गुंजाइश तो रही नहीं।

आरिफ़ को कविता का भाई कहना अजीब लगता था जिस औरत के प्यार के पीछे वह पागल है उसकी बेटी उसकी बहन कैसे हो गई। उसे कई बार लगता लगा कि जैसे वह किसी ग्रीक नाटक का पात्र बन गया हो।

महीने बीत गए और कविता अकसर केमिस्ट्री पढ़ने आने लगी। धीरे-धीरे आरिफ़ और कविता के बीच केमिस्ट्री के अलावा भी बहुत सारी बातें होने लगी थी। फिर एक दिन कविता ने कुछ ऐसा बताया कि आरिफ़ दुविधा में पड़ गया।

कविता ने बताया कि वह मंज़र अली नाम के एक मुसलमान लड़के से प्यार करती है और वह चाहती है कि आरिफ़ उससे मिले। उसने अपनी किताब से मंज़र का एक पोस्टकार्ड साइज़ फ़ोटोग्राफ़ भी निकाल कर आरिफ़ के हाथ में रख दिया। काले रंग के पठानी सूट में वह एक गोरा चिट्टा नौजवान था, मझोले क़द का और थोड़ा मोटा। आरिफ़ मन में सोचने लगा अगर उसकी बहनों में से कोई कहे कि उसे किसी हिंदू लड़के से प्यार हो गया है तो क्या वह अपनी बहनों का साथ देगा।

कविता के जाने के बाद भी आरिफ़ काफ़ी देर तक मंज़र अली के बारे में सोचता रहा। उसे यह नाम और चेहरा दोनों जाने-पहचाने लग रहे थे। फिर उसे अचानक याद आ गया। ये बस डेढ़-दो साल पुरानी बात थी जब मंज़र का नाम अख़बार की सुर्ख़ियों में था। दरअसल उसका चक्कर पटना की एक रईस मारवाड़ी लड़की से हुआ था। जब लड़की प्रेगनेंट हो गई तो मंज़र ने अपनाने से इनकार कर दिया। लड़की ने शर्म से खुदकुशी कर ली। लड़की के घरवालों ने पुलिस के शिकायत भी दर्ज़ कराई पर अपने बाप के पैसे और सियासी रसूख के चलते वह साफ़ बच निकला था। आरिफ़ को पूरा यक़ीन था कि यह वही मंज़र अली है। अब आरिफ़ उससे जल्द से जल्द मिलना चाहता था।

आख़िर में संजय गांधी बायोलॉजिकल पार्क के मयूर रेस्टोरेंट में आरिफ़ और मंज़र की मुलाक़ात हुई। वह सफ़ेद सफ़ारी सूट पहन कर आया था। सामने से मंज़र और भी ज़्यादा गोरा लगता था, बिलकुल अंग्रेज़ की तरह। गाल गोविंदा की तरह फूले हुए।

'अस्सलाम अलैकुम, भाई जान,' मंज़र ने बड़ी गर्मजोशी के साथ सलाम किया और दोनों हाथों से मोसाफा किया।

आरिफ़ को उससे मिलकर बिलकुल अच्छा नहीं लगा। उसकी आंखों में मक्कारी साफ़-साफ़ झलक रही थी।

'तुम यहीं इंतज़ार करो। हम लोग अभी आते हैं।' आरिफ़ इतना कह कर मंज़र के साथ रेस्टोरेंट से बाहर निकल गया।

'ठीक है भैया,' कहकर कविता वापस वहीं पर बैठ गई।

'जब कविता ने बताया कि उसका भाई मुझसे मिलना चाहता है तो मैं परेशान हो गया था। लेकिन फिर उसने आपके बारे में बताया तो मैं खुश हो

गया,' मंज़र मुस्कराते हुए बोला। 'देखिए भाई जान कविता की शादी मुझसे कराने पर आपको दो सवाब मिलेंगे। पहला अपनी बहन की शादी करवाने का और दूसरा सवाब एक ग़ैरमुस्लिम को मोमिन बनाने का।'

'तुमको किसने कहा कि मैं कविता से तुम्हारी शादी होने दूंगा,' आरिफ़ तमतमा कर बोला।

'क्यों, क्या ख़राबी है मुझमें?'

'यह भी मुझे ही बताना पड़ेगा। तुम्हारी शराफ़त के किस्से तो पूरे पटना में मशहूर हैं।'

'आरिफ़ साहब लोगों का काम तो है कहना। कोई भी कुछ कह देता है। अब आपके और कविता के मम्मी के बारे में भी मैंने बहुत सारे किस्से सुने हैं,' मंज़र अपनी अंगुलियों से अपने बाल को संवारते हुए बोला। 'आपकी जानकारी के लिए बता दूं कि मेरा एक दोस्त बैंक कॉलोनी में रहता है।'

मंज़र आरिफ़ के ठीक सामने आकर खड़ा हो गया। 'मैंने कभी भी कविता को इस बारे में कुछ नहीं बताया क्योंकि मैं कही-सुनी में विश्वास नहीं रखता।' मंज़र बड़े सुकून के साथ बोला। उसके चेहरे पर एक अजीब सी मुस्कराहट थी।

आरिफ़ को ऐसा लगा कि किसी ने उबलता हुआ तेल उसके बदन पर अचानक डाल दिया हो। *उसकी हिम्मत कैसे हुई ऐसे बात करने की।* 'मियां मंज़र मुझे तुमसे कोई बात नहीं करनी। जाओ यहां से और जो मर्ज़ी हो वह करो।' आरिफ़ गुस्से में इतना कह कर वहां से चल पड़ा। आरिफ़ का बदन गुस्से से सुलग रहा था।

'क्या हुआ भैया,' ठीक तभी पीछे से कविता की आवाज़ आई।

'कहीं कविता ने हमारी बातें सुन तो नहीं लीं। ख़ुदा करे कि उसने नहीं सुनी हों।' आरिफ़ यह सोचते-सोचते कविता की तरफ़ मुड़ा और बोल पड़ा, 'कविता चलो घर वापस। मंज़र के बारे में तुम्हें कुछ बताना है।'

इतनी बात करने के बाद कविता और आरिफ़ चुपचाप चलने लगे। तभी कविता बोल पड़ी, 'भैया प्लीज़ मम्मी-पापा को मंज़र के बारे में कुछ भी मत बताइएगा।'

'एक शर्त पर नहीं बताऊंगा।'

'शर्त?' कविता के चेहरे पर आश्चर्य का भाव था।

'तुम इस बेहूदे से फिर कभी नहीं मिलोगी।'

'क्यों, भैया?'

'मंज़र बहुत ही घटिया आदमी है। न जाने कितनी लड़कियों का ज़िंदगी ख़राब कर चुका है।'

'मुझे विश्वास नहीं होता।'

'अपनी ज़िंदगी बर्बाद करनी है तो मंजर से शादी कर लो,' इतना कहने के बाद आरिफ़ वहां से निकल गया।

उसी शाम आरिफ़ ने सुमित्रा को कविता और मंज़र के बारे में सब कुछ बता दिया।

ये सब सुनकर सुमित्रा को ऐसा लगा कि जैसे सांप सूंघ गया हो। 'मुझे विश्वास नहीं होता कि मेरी बेटी एक मुस्लिम लड़के से चक्कर चला रही है। वह भी ऐसा लड़का जो सारे शहर में बदनाम है। वह सिर्फ़ मिल ही रही है उससे या और कुछ भी कर रही है?' सुमित्रा ने अपना सिर पकड़ कर बैठते हुए बोली।

आरिफ़ को 'कुछ और' का मतलब बख़ूबी पता था।

सुमित्रा बोलती रही, 'जब मैं शादीशुदा होकर 39 की उम्र में अफ़ेयर कर सकती हूं तो वह अभी कुंवारी है। मुझे रमेश को तुरंत यह सब बताना पड़ेगा।' थोड़ी देर में सुमित्रा अंदर चली गई और टेलीफ़ोन पर अपने पति से बात करने लगी। उसकी जबान में तल्ख़ी थी।

'अब तुम क्या करोगी, सुमित्रा? क्या तुम मंज़ूर अली से मिलोगी?' जैसे ही उसने टेलीफ़ोन को डिसकनेक्ट किया, आरिफ़ ने पूछा।

'उस लड़के से मिलकर मैं क्या करूंगी? कविता ने ऐसा काम किया कुछ कहने के लायक़ छोड़ा ही नहीं। उसने खानदान के नाम पर कालिख पोत दी है। सारे मुस्लिम लड़के ऐसे ही होते हैं पहले हिंदू लड़कियों को फंसाते हैं और फिर उसे मज़हब बदलने पर मजबूर करते हैं।'

'तुम ऐसे बात कैसे कर सकती हो, सुमित्रा? सभी मुस्लिम बुरे नहीं होते,' आरिफ़ ने कहा।

'लेकिन ऐसा क्यों होता है कि हमेशा हिंदू लड़की ही किसी मुस्लिम लड़के के साथ भागती है। कोई मुस्लिम लड़की क्यों नहीं जाती किसी हिंदू लड़के के साथ?'

'अरे क्यों नहीं होता? जहां मौक़ा मिलता है मुस्लिम लड़कियां भी हिंदू लड़कों से शादी करती हैं,' आरिफ़ नाराज़ होते हुए बोला, 'तुम्हें क्या लगता है कि यह सब साजिश है और मैं एक जिहादी हूं जो एक हिंदू औरत की इज़्ज़त ख़राब करने की कोशिश कर रहा हूं।'

'क्या पता?' सुमित्रा का तुरंत जवाब आया। आरिफ़ को लगा कि सुमित्रा ने दहकते हुए लोहे की छड़ उसके सीने में घुसेड़ दी हो। उसे अपने कानों पर विश्वास नहीं हो रहा था। थोड़ी देर तक आरिफ़ चुपचाप खड़ा रहा। उसके पास कोई शब्द नहीं थे जिससे वह सुमित्रा की बातों का जवाब दे सके। आख़िरकार, वह चुपचाप कमरे से बाहर निकल गया।

लगभग एक महीने से ज़्यादा हो चुका था सुमित्रा से मिले हुए लेकिन उसके कहे शब्द अभी भी किसी ज़हरीले बिच्छू की तरह हर पल आरिफ़ को डस रहे थे। सुमित्रा उसके बारे में ऐसा कैसे सोच सकती थी। आरिफ़ को अपने आप पर तरस आने लगा। तो उसकी प्यार की कहानी अब यहीं पर ख़त्म या कुछ और होगा इसके बाद भी?

पिछले एक महीने में जो भी हुआ था वह हर वक़्त आरिफ़ के दिलो-दिमाग़ में घूमता रहता। आज आरिफ़ यंग बिहार इंटरनेट कैफ़े के बाहर खड़ा होकर अपने नंबर के आने का इंतज़ार कर रहा था। पूरे राजा बाज़ार में यही एक साइबर कैफ़े था जहां इंटरनेट की सहूलियत हासिल थी। इस वजह से वहां काफ़ी भीड़ होती थी। वहां पर खड़े-खड़े वह अपने भाई ज़ाकिर के बारे में सोचने लगा। पिछले 3 महीने में ज़ाकिर की कोई भी ख़बर नहीं मिली। उसे मुंबई गए 1 साल से ज़्यादा हो गया था।

आज सुबह ही उसने ज़ाकिर की मकान मालकिन को फ़ोन किया था तो उन्होंने बताया कि ज़ाकिर अब वहां नहीं रहता। उनके पास ज़ाकिर का नया एड्रेस और फ़ोन भी नहीं है। घर में हर कोई परेशान था। उसने सोचा कि अगर 2-4 दिन में ज़ाकिर की कोई ख़ैर-ख़बर नहीं आई तो वह मुंबई

ज़ाएगा पता लगाएगा। वैसे ज़ाकिर की आदत थी कि वह जब बाहर जाता था तो हफ़्तों-हफ़्तों तक फ़ोन नहीं करता था। लेकिन इस बार कुछ ज़्यादा ही समय हो गया था।

चूंकि आरिफ़ के घर पर फ़ोन नहीं था। इसलिए मुंबई जाने के बाद ज़ाकिर पड़ोसी के यहां फ़ोन किया करता था, कभी-कभार। ज़्यादातर वह चिट्ठियां लिखता था। उसका कहना था कि मिस्टर वर्मा की फ़ैमिली को क्यों बार-बार परेशान किया जाए।

ज़ाकिर की पहली चिट्ठी उसके मुंबई पहुंचने के 15 से 20 दिन के अंदर आई थी। उसका चुनाव स्क्रीन टेस्ट में नहीं हुआ बल्कि वहां पर एक असिस्टेंट डायरेक्टर ने उसकी एक्टिंग का मज़ाक़ उड़ाते हुए कहा था कि वह नौटंकी में काम करने लायक़ है। ज़ाकिर उसकी लिखी चिट्ठियों में रोज़ की जद्दोजहद का ज़िक्र करता था। जब फ़ोन करता तो ख़ैरियत से आगे बात बढ़ती नहीं थी।

अब इंटरनेट कैफ़े आने के बाद ईमेल ने चिट्ठियों की जगह ले ली है। उस वक़्त इंटरनेट काफ़ी महंगा पड़ता था। इसलिए आरिफ़ दो हफ़्ते में एक बार ही वहां जाता था। सिर्फ़ 15 मिनट के लिए उसे लिए 20 रुपये देने पड़ते थे।

आज कोई नया ईमेल इनबॉक्स में नहीं था सिवाय कुछ किताब, घड़ी और मर्दाना कमज़ोरी के इश्तहार के। आरिफ़ ज़ाकिर के पुराने ईमेल को एक-एक करके पढ़ने लगा।

From: zakirkhan_actor@hotmail.com

Date: 21 June 1997

Subject: Zakir

To: Arif Khan <arif1970@rediffmail.com>

प्यारे भैया,

अस्सलाम अलैकुम। उम्मीद करता हूं कि पटना में सब कुछ ठीक है। मुझे कुछ दिन पहले एक मॉडल कोऑर्डिनेटर मलकानी से मुलाक़ात हुई है। उसने वादा किया है कि वह यश चोपड़ा की फ़िल्मों में मुझे काम दिलाएगा। मुझे बड़ी खुशी हो रही है यह

सोच कर कि मुझे यश चोपड़ा जैसे महान फ़िल्मकार से मिलने का मौक़ा मिलेगा।

दादी, अम्मा को मेरा सलाम।

नाज़नीन, राबिया और हुमा को मेरा प्यार।

आपका भाई,

ज़ाकिर

Date: 11 July 1997

प्यारे भैया,

अस्सलाम अलैकुम। आपको सुनकर मायूसी होगी कि यश चोपड़ा से मेरी मुलाक़ात नहीं हो सकी। मलकानी फ्रॉड निकला और मेरे से कुछ पैसे लेकर ग़ायब हो गया। अब पता चला है कि वह कई नए एक्टरों को ठग चुका है। आगे से मैं होशियार रहूंगा।

दादी, अम्मा को मेरा सलाम।

नाज़नीन, राबिया और हुमा को मेरा प्यार।

आपका भाई,

ज़ाकिर

Date: 2 February 1998

प्यारे भैया,

अस्सलाम अलैकुम।

अपने एक्टर दोस्तों की सलाह पर मैं पृथ्वी थिएटर जाने लगा हूं। आपको पता है ना कि यह कपूर फ़ैमिली का थिएटर है? सभी लोग कहते हैं कि यहां पर सभी मशहूर डायरेक्टर और प्रोड्यूसर जाते हैं और यही तरीक़ा है उनकी निगाह में आने का।

देखिए क्या होता है?

आपका भाई,

ज़ाकिर

अगला ईमेल 24 फ़रवरी का था जिसमें ज़ाकिर ने बताया था कि उसने पार्ट टाइम काम करना शुरू कर दिया है। अब उसे पैसे भेजने की ज़रूरत नहीं। वह अपना गुज़ारा खुद ही कर सकता है। आरिफ़ जैसे ही इन ईमेल को पढ़ रहा था कि राजीव मोहंती का मेल आया। दरअसल कुछ दिन पहले ज़ाकिर ने कुछ जोक्स और मज़ेदार कथन वाले ईमेल आरिफ़ और अपने कुछ दोस्तों को भेजे थे। वह कभी-कभार कोई भी इंस्पिरेशनल कोट्स ईमेल के ज़रिए आरिफ़ और अपने दोस्तों के साथ शेयर करता था। वहीं से उसके दोस्तों का ईमेल एड्रेस मिला था। तीन दोस्तों के पास आरिफ़ ने ईमेल से ज़ाकिर के बारे पूछा था। उसमें से एक ने जवाब दिया। आरिफ़ ने थोड़ा घबराते हुए राजीव का संदेश को पढ़ना शुरू किया।

From: rajeeb.mohanty@yahoo.com

Date: 23 April 1998

Subject: Zakir

To: Arif Khan <arif1970@rediffmail.com>

आरिफ़ भाई,

सलाम।

मैं पहली बार ज़ाकिर से तब मिला था जब वह तिरोडकर परिवार में पेइंग गेस्ट बनकर रहने आया था। मैं वहां ज़ाकिर की तरह पेइंग गेस्ट था। मैं ओडिशा के एक छोटे शहर से आया था और सलीम जावेद की तरह मशहूर स्क्रीनप्ले राइटर बनना चाहता था।

ज़ाकिर ने कुछ दिन पहले गिफ़्ट की एक दुकान में पार्ट टाइम नौकरी शुरू की थी जहां उसे 2000 रुपये महीने मिलते थे। लेकिन इस बड़े शहर में ज़िंदा रहने के लिए इतना कमाना काफ़ी नहीं है। मकान मालकिन का किराया और खाने का ख़र्च देने के बाद उसके पास इतने पैसे नहीं बचते थे कि वह स्टूडियो या प्रोड्यूसर के ऑफ़िस के चक्कर लगा सके। वह अपने परिवार पर बोझ नहीं बनना चाहता था इसलिए उसने आपको झूठ बोला था कि उसे कुछ ऐड फ़िल्मों में काम मिला है जिसकी वजह से उसको पैसे की ज़रूरत नहीं है। मलकानी ने भी उसे बेवकूफ़

बनाया क़रीब 10,000 रुपये ठग लिए। उसे बड़ा अफसोस हुआ उस नुक़सान का। उसने अपने 2-3 दोस्तों से क़र्ज़ ले रखा था। उसे भी चुकाना था। अभी 2 महीने पहले उसकी गिफ़्ट शॉप की नौकरी भी चली गई क्योंकि वह दुकान ही बंद हो गई। वह परेशान था और काम की तलाश में था। गिफ़्ट शॉप से आख़िरी तनख़्वाह में जो कुछ भी मिला था उसने मकान मालकिन को देकर, मकान छोड़ दिया।

ज़ाकिर में फ़िल्म में अपना नाम कमाने का ख़्वाब अभी भी ज़िंदा है। वह अक्सर आपके बारे में और अपने परिवार के बारे में बात किया करता था। उसकी बातों से मुझे पता चला कि आप बड़े भाई से ज़्यादा उसके दोस्त ही हैं। वह हमेशा आपके बारे में सोचता रहता था। आख़िरी बार जब मैं उससे मिला था तो वह असलम भाई के साथ उनके ऑफ़िस में बैठा हुआ था। असलम भाई जूनियर आर्टिस्ट एसोसिएशन के अध्यक्ष हैं। ज़ाकिर की आंखों में आंसू थे जब उसने बताया कि वह फ़िल्मों में दिलीप कुमार, अमिताभ बच्चन या शाहरुख़ ख़ान बनने का ख़्वाब लेकर आया था पर वह छोटे-छोटे रोल करेगा। कभी भिखारी बनेगा तो कभी सड़कछाप मवाली। वे उसे आठ घंटे की शिफ़्ट के लिए दो सौ से पांच सौ रुपये देते थे। उसकी आंखों में नाकामयाबी का दर्द देखकर मुझे बड़ा दुःख हुआ।

ये मुंबई शहर लोगों को बड़े-बड़े वादे करके अपने पास बुला लेता है लेकिन वक़्त की मार के बाद यही शायद ज़्यादातर लोगों को इतिहास के कूड़ेदान में भी डाल देता है। क़रीब एक महीने से नहीं देखा है उसे। अगर मैं मिला उससे तो मैं उससे कहूंगा कि वह आपसे बात करे। अगर वह आपसे बात करता है आप उसे समझा-बुझाकर वापस बुला लीजिए। मैंने भी अपने पिताजी को वादा किया है कि अगले तीन महीने में कुछ नहीं होता तो मैं घर वापस आ जाऊंगा।

भवदीय,
राजीव

15

1998 की वह एक सुहानी सुबह थी। आरिफ़ अपनी बालकनी में सोफ़ा पर बैठकर *टाइम्स ऑफ़ इंडिया* का स्पोर्ट्स पेज पढ़ रहा था। तभी किसी ने दरवाज़ा खटखटाया। अब्बा वहीं कुर्सी पर बैठे कुछ ऑफ़िशियल फ़ाइल देख रहे थे। आरिफ़ अपनी जगह से हिले इससे पहले उन्होंने उठकर दरवाज़ा खोल दिया। सामने एक मोटा-तगड़ा सांवला आदमी खड़ा था। उसने सफ़ेद खादी का कुर्ता और पायजामा पहन रखा था। उसके मुंह में पान दबा था। उसने मुस्कराकर अब्बा को नमस्ते किया और उसके काले-काले दांत झलकने लगे। उसने फुसफुसाकर अब्बा को कुछ कहते हुए अपनी अंगुली से सड़क की तरफ़ इशारा किया।

अब्बा आरिफ़ की तरफ़ मुड़ कर बोले, 'ऐसा करो तुम नीचे चार-पांच गिलास रूह अफज़ा शरबत लेकर आओ।' अब्बा यह बोलकर लुंगी में ही उस आदमी के साथ नीचे चले गए।

आरिफ़ ने सड़क की तरफ़ मुड़कर देखा। उसकी बिल्डिंग के सामने तीन गाड़ियां खड़ी थीं। एक सफ़ेद रंग की टाटा सूमो, एक नीले रंग की महिंद्रा कमांडर जीप और एक सफ़ेद मारुति 800 कार। अब्बा टाटा सूमो के पास खड़े होकर गाड़ी के अंदर किसी व्यक्ति से बात कर रहे थे।

थोड़ी देर में आरिफ़ शरबत लेकर नीचे आ गया और एक-एक करके गाड़ी में बैठे लोगों को शरबत देने लगा। टाटा सूमो की पिछली सीट पर 40-42 साल का एक थुलथुला इंसान फैलकर बैठा हुआ था। उसने सोने की मोटी चेन पहन रखी थी और रे-बैन का धूपवाला चश्मा पहन रखा था। उसने आरिफ़ से गिलास लेकर शरबत का एक घूंट लिया फिर अब्बा से बोला, 'देखिए ख़ान साहब, यह मुस्लिम यादव के फ़ैक्टर की वजह से

अभी तक आपको किसी ने कुछ नहीं कहा। लेकिन अगर आपका यही रवैया रहा तो जल्दी ही आप मुश्किल में पड़ जाएंगे। जानते हैं ददन राय कौन है? वह सिर्फ़ मेरा दोस्त ही नहीं है बल्कि उसका मुख्यमंत्री से डायरेक्ट कनेक्शन भी है।'

वह धीरे-धीरे शरबत चुस्की ले रहा था और बातें भी कर रहा था। बीच-बीच में अपने माथे को बाएं हाथ से खुजा रहा था। वह साफ़ तौर पर अब्बा को धमकी दे रहा था।

अब्बा थोड़े परेशान दिख रहे थे। आरिफ़ को अंदाज़ा था कि ये बातें किस बारे में हो रही थीं।

कुछ सालों से अब्बा पुलिस के हेड ऑफ़िस में कार्यरत थे। जिस डिपार्टमेंट के अब्बा इंचार्ज थे वहां आईएसआई की बिहार में गतिविधियों की इंटेलिजेन्स रिपोर्ट पर आगे की कार्रवाई करवाने का ज़िम्मा था। इसके अलावा आईपीएस अधिकारियों पर जो करप्शन के आरोप लगते थे उनकी सारी फ़ाइलें उनके पास पहले आती थीं। इंस्पेक्टर या उससे ऊपर के अफ़सर के जितने तबादले होते थे उसका फ़ैसला भी यहीं होता था। अब्बा से पहले जो अफ़सर इस जगह पर था, उसने ट्रांसफ़र-पोस्टिंग में ख़ूब पैसे कमाए थे। एक डीएसपी अपना ट्रांसफ़र दक्षिण बिहार के कोयला खदान वाले इलाक़े में कराने के लिए पचास-साठ हज़ार आराम से दे देता था क्योंकि उसे पता था कि इतना घूस कमाने में उसे तो दो हफ़्ते भी नहीं लगेंगे।

अब्बा जबसे इस डिपार्टमेंट के हेड बने थे तब से उन्होंने घूसखोरी पूरी तरह से बंद करवा दी थी और सभी के ट्रांसफ़र सरकारी नियमों के अनुसार होते थे। लेकिन अब्बा के कई ऐसे जूनियर अफ़सर ऐसे थे जो ऊपर की कमाई बंद होने की वजह से परेशान भी थे और नाराज़ भी। अभी तक तो अब्बा के बॉस यानी बिहार के पुलिस हेड ईमानदार थे तो काम चल रहा था। लेकिन नए डीजीपी के आते ही माहौल बदलने लगा। तुरंत ही किसी मंत्री की सिफ़ारिश पर ददन राय नाम के एक सब-इंस्पेक्टर को डिपार्टमेंट में लाया गया। पहले दिन से ही ददन अब्बा को पसंद नहीं करता था क्योंकि वह जानता था कि उनके रहते उसका पैसा बनाने का मंसूबा पूरा नहीं होगा। वह किसी तरह से अब्बा को वहां से हटाना चाहता था।

जब वे लोग चले गए तो अब्बा कुछ परेशान से दिखे। आरिफ़ जानता था कि अब्बा ज़िद्दी हैं और वे अपने उसूलों के साथ समझौता तो कभी नहीं करेंगे।

अगले दिन ही अब्बा का तबादला हेड ऑफ़िस से बिहार मिलिट्री पुलिस की पांचवीं बटालियन में कर दिया गया। ददन राय सब-इंस्पेक्टर होने के बावजूद डिपार्टमेंट का हेड बन गया। उसी शाम अब्बा अपनी नई पोस्टिंग पर ज्वाइन करने के लिए पुलिस लाइन पहुंच गए और तीन दिन बाद ही उन्हें जहानाबाद के एक नक्सलाइट एरिया में ड्यूटी पर जाने को कह दिया गया। यह सब इतनी जल्दी में हुआ कि जैसे किसी ने पहले से सब कुछ सोच रखा हो।

अभी एक महीना ही तो हुआ था जब माओवादियों ने पुलिस पिकेट पर हमला किया था और फिर बाद में पांच सिपाहियों की गर्दन रेती हुई लाशें मिली थीं। बाक़ी सिपाहियों का कुछ पता भी नहीं चला था। यह हादसा अभी सभी के दिमाग़ में तरोताज़ा था। जहानाबाद के दियारा में पोस्टिंग की ख़बर सुनकर अम्मा तो रोने लगीं और अब्बा से बोलीं कि वह जहानाबाद नहीं जाएं और चाहें तो नौकरी छोड़ दें।

लेकिन अब्बा कहां सुनने वाले थे। 'मैं एक पठान हूं और किसी कायर की तरह अपने फ़र्ज़ से भाग नहीं सकता,' अब्बा ने कहा।

'लेकिन...,' अम्मा आगे कुछ बोल नहीं पाई क्योंकि अब्बा ने उनकी बात को बीच में ही काट दिया था।

'हज़ारों पुलिस वाले रोज़ उसी नक्सलाइट एरिया में ड्यूटी देते हैं कि नहीं। वैसे भी ज़िंदगी और मौत तो अल्लाह के हाथ में है।' अब्बा ने एक फ़लसफ़ाना अंदाज़ में कहा। आरिफ़ अब्बा की मजबूरी जानता था कि वह अपनी जान से ज़्यादा घर-परिवार का भला सोच रहे थे।

अब्बा को जहानाबाद गए हुए एक हफ़्ता हुआ था। आज अम्मा सुबह से ही परेशान थीं और कॉरिडोर में इधर-उधर चहल-क़दमी कर रही थीं। उनके हाथ में तस्बीह थी। आज सुबह अम्मा ने एक काले कौवे को खिड़की पर बैठे देखा था। वह दो-तीन बार कांव-कांव करके उड़ गया था। 'यह तो बड़ा बुरा सगुन है,' उन्होंने आरिफ़ को बताया। 'या अल्लाह मेरे खानदान को निगाह-ए-बद से बचाना।' बाद में आरिफ़ ने अम्मा को बुदबुदाते हुए सुना

था। थोड़ी देर टहलने के बाद अम्मा नमाज़ की चटाई खोल कर बैठ गईं। आरिफ़ भी थोड़ा परेशान था। अब तक ज़ाकिर का भी कोई फ़ोन नहीं आया था। हालांकि राजीव ने अपने दूसरे मेल में लिखा था कि वह ज़ाकिर से मिला था और ज़ाकिर बिलकुल ठीक है। *'अबकी बार अब्बा छुट्टी पर आते हैं तो मैं उनसे बात करके मुंबई जाकर देखता हूं ज़ाकिर को।'* फिर आरिफ़ अपने अब्बा के बारे में सोचने लगा। अब्बा को दियारा में ड्यूटी करने में कितनी मुश्किल होती होगी। एक खुली जगह पर टेंट में रहना। हर पल नक्सलाइट हमला होने का डर। उसने ना जाने कितने कितने किस्से सुन रखे थे जिसमें माओवादियों ने सैकड़ों पुलिस वालों को बेरहमी से मार डाला था।

जबसे अब्बा ड्यूटी पर गए थे अम्मा उदास और परेशान रहने लगी थीं। उन्होंने पांच वक़्त के अलावा तहज्जुद और इशराक की नमाज़ को भी पढ़ना शुरू कर दिया था। आधी रात को वह रोज़ दादी के साथ उठ जाती थीं, तहज्जुद की नमाज़ पढ़ने के लिए। उस रात आरिफ़ भी जगा हुआ था और स्टडी रूम में पढ़ाई कर रहा था। उसने दरवाज़े से बाहर झांक कर देखा कि दादी और अम्मा नमाज़ पढ़ रही हैं। तभी पुलिस मैगज़ीन पर घंटे के बजने की आवाज़ ने यह ऐलान किया कि रात के बारह बज चुके हैं।

आरिफ़ फिर से अब्बा के बारे में सोचने लगा, 'अब्बा को इतनी रिस्क लेनी पड़ रही है क्योंकि उनके दोनों बेटे नालायक हैं। अगर हम लोग कमाकर अपनी फ़ैमिली का ख़र्च चला पाते तो अब्बा आराम से रिटायर हो सकते थे। लेकिन मैं भी क्या करूं? 8 घंटे जी-तोड़ मेहनत के बाद भी कोचिंग क्लास से जो तनख़्वाह मिलती थी उससे कुछ भी नहीं हो सकता। फिर सिविल सर्विसेज़ की तैयारी भी तो करनी है मुझे।' यह सब सोचते हुए आरिफ़ ने सामने से एक किताब खींची। किताब का नाम था - *एडमिनिस्ट्रेटिव थिंकर*। वह हर्बर्ट साइमन की डिसीजन मेकिंग थ्योरी पढ़ने लगा।

इस बीच उसे चाय की तलब हुई और अपनी कुर्सी से उठकर बाहर चला गया। किचन में उसने देखा दूध फट चुका था। इतनी गर्मी और उमस में दूध कैसे बिना रेफ़्रिज़रेटर ठीक रह सकता था। अम्मा भी क्या कर सकती थीं? दिन में वो बार बार दूध गर्म करती थीं फिर वह ख़राब हो गया। फ्रिज़ ख़रीदने की हैसियत नहीं थी अब्बा की। वैसे भी थोड़ी सी तनख़्वाह से वे आख़िर क्या-क्या ख़रीदें। नेमतख़ाने पर आधा कटा हुआ नींबू दिखा तो आरिफ़ ने सोचा आज लेमन टी ही पी जाए।

आरिफ़ किचन से निकला तो देखा दादी नमाज़ पूरी करके अपने कमरे में जा चुकी थी। अम्मा अभी भी वहीं बैठकर तस्वीह पढ़ रहीं थी। आरिफ़ चाय लेकर अपने कमरे में आ गया और फिर से किताब खोलने ही वाला था कि कॉल बेल दो बार लगातार बजी।

'आधी रात को कौन हो सकता है,' यह सोचते हुए आरिफ़ अपनी कुर्सी से उठकर दरवाज़े की तरफ़ भागा। लेकिन तब तक अम्मा दरवाज़ा खोल चुकी थीं और सामने एक सिपाही से बात कर रही थीं। पता चला कि अब्बा की प्लाटून पर माओवादियों का हमला हुआ था। ज़्यादा कुछ ख़बर तो नहीं मिली थी। यह भी नहीं पता था कि कोई जानी नुक़सान भी हुआ है। वह सिपाही जम्हाई लेते हुए सीधे-सीधे ये सारी बातें बता रहा था। उसके चेहरे पर कोई भी भाव नहीं था। वह अपने आप को जगाए रखने की कोशिश कर रहा था। अम्मा जब तक बिलकुल शांत रहीं जब तक वह सिपाही नहीं चला गया। फिर वह ज़ोर से चीख़ पड़ीं और सारा घर जाग गया।

दादी, राबिया, नाज़नीन और हुमा सब इकट्ठे मिलकर रोने लगे। आरिफ़ को बहुत ही बड़ा झटका लगा। उसको समझ में नहीं आ रहा था कि वह आख़िर क्या करे। आंख से आंसू टपक कर गालों पर गिरने लगे। आस-पड़ोस की औरतें भी उसके घर आने लगीं। आसपास के कई घरों से भी रोने की आवाज़ें आ रही थीं।

'अम्मा मत रो अब्बा ज़रूर ठीक होंगे। मैं जा रहा हूं पुलिस हेड ऑफ़िस पता लगाने,' आरिफ़ ने कहा और फिर दादी की तरफ़ मुड़ कर बोला, 'दादी, अल्लाह से दुआ कीजिए कि आपका बेटा सही-सलामत वापस आ जाए।'

घर से बाहर निकलकर आरिफ़ पुलिस कॉलोनी की सड़क पर पहुंचा। सड़क पर कई लोग मौजूद थे। सभी पुलिस प्लाटून पर हुए माओवादी हमले के बारे में बात कर रहे थे। उसके दो पड़ोसी सरकारी जीप लेकर आए थे और इस मामले में आगे जानकारी हासिल के लिए हेड ऑफ़िस जा रहे थे। आरिफ़ भी उनके साथ हो लिया। आरिफ़ अपने घर वालों को तसल्ली तो दे आया था लेकिन उसे अंदर से बहुत ही घबराहट हो रही थी। पता नहीं अब्बा के साथ क्या हुआ। वह चुपचाप अल्लाह से अब्बा की सलामती की दुआ मांगने लगा।

दो घंटे बाद जब आरिफ़ लौटा तो उसके चेहरे पर एक मुस्कराहट थी। उस माओवादी हमले में सिर्फ़ 5 लोग बचे थे और उसमें अब्बा भी थे। बुलेट उनके बाएं कंधे को छूकर निकल गई थी। अब्बा को पटना मेडिकल कॉलेज हॉस्पिटल में इलाज के लिए लाया जा रहा था। अम्मा तुरंत सजदे में झुक गईं और ख़ुदा का शुक्र अदा किया। दादी और उसकी बहनें भी नफिल नमाज़ पढ़ने लगी।

हालांकि आरिफ़ को अपने अब्बा के उस हमले में बचने की ख़बर से बहुत सुकून मिला था लेकिन फिर भी आसपास के मकान से आने वाली औरतों के रोने की आवाज़ें उसे बेचैन कर रही थीं। कल बहुत लोगों की अर्थी देखनी पड़ेगी।

'बेटा हम लोग कब हॉस्पिटल जाएंगे? ऐसा करो तुम ज़ाकिर को भी अब्बा के बारे में ख़बर कर दो,' अम्मा ने कहा।

अब अगले दिन ही अब्बा को पटना मेडिकल कॉलेज हॉस्पिटल में ले आया गया। आरिफ़ घर-हॉस्पिटल आने-जाने में इतना मशगूल रहा कि अब्बा के बारे में ज़ाकिर को कोई ई-मेल नहीं भेज पाया। चौथे दिन जाकर उसने थोड़ा वक़्त निकाल कर जल्दी-जल्दी में हॉस्पिटल के पास एक इंटरनेट कैफ़े से ईमेल लिखा। अगले दिन ही ज़ाकिर का जवाब आया। उसे बहुत ही राहत महसूस हुई जब उसने पढ़ा कि वह अगले रविवार को पटना वापस आ रहा है।

यह सिर्फ़ दो महीने पुरानी बात थी जब आरिफ़ ने अपने भाई को शाहरुख़ ख़ान की एक फ़िल्म में भिखारी का रोल में देखा था। फटे-पुराने कपड़े पहने हुए वह बड़ी मुश्किल से एक मिनट तक ही स्क्रीन पर रहा होगा। कुछ दिनों के बाद एक दूसरी फ़िल्म में ज़ाकिर नज़र आया इस बार वह विलेन का चमचा बना हुआ था, स्क्रीन टाइम 3-4 मिनट। यह सब देखकर आरिफ़ को काफ़ी तकलीफ़ हो रही थी। उसका भाई क्या बनने गया था क्या बन गया। उसे लगा जैसे वह आईएएस एग्ज़ाम देते देते किसी कलेक्टर के ऑफ़िस में चपरासी बन गया हो। ज़ाकिर को कामयाबी नहीं मिली थी इसलिए शर्म से वह घर वापस आना नहीं चाहता था।

रविवार को सुबह-सुबह ही आरिफ़ स्टेशन पहुंच गया। ट्रेन 2 घंटे लेट थी और उसे प्लेटफ़ॉर्म पर बैठ कर इंतज़ार करना पड़ा। जब ज़ाकिर ट्रेन से उतरा तो थोड़ी देर के लिए आरिफ़ उसे पहचान ही नहीं पाया। ज़ाकिर काफ़ी दुबला हो चुका था, उसकी आंखें अंदर धंस चुकी थी और चेहरे की रौनक भी ग़ायब थी। उसने अपने भाई को ज़ोर से गले लगाया लेकिन कुछ भी पूछा नहीं। वह सीधे उसे अब्बा के पास ले गया।

एक हफ़्ते बाद अब्बा हॉस्पिटल से डिस्चार्ज हो गए। लेकिन उनके कंधे में दर्द था और डॉक्टर ने कहा उन्हें पूरी तरह ठीक होने में थोड़ा वक़्त लगेगा।

आरिफ़ को पक्का यक़ीन था कि अब्बा के साथ जिस तरह का हादसा हुआ था उसके बाद डिपार्टमेंट उन्हें फिर से नक्सलाइट एरिया में ड्यूटी के लिए नहीं भेजेगा। लेकिन जिस दिन डॉक्टर ने फ़िटनेस सर्टिफ़िकेट जारी किया उसके अगले दिन ही अब्बा को नक्सलवादियों के दूसरे गढ़ पलामू जाने का हुक्म मिला।

अम्मा और आरिफ़ के ज़िद करने पर अब्बा जब बटालियन कमांडेंट से मिलने गए तो उसने बताया, 'मैं तुम्हें दोबारा नक्सलाइट एरिया में नहीं भेजना चाहता था। पर यह तो डीआईजी शहज़ाद अली का ऑर्डर है। मैं कुछ नहीं कर सकता तुम्हें डीआईजी साहब से ख़ुद बात करनी होगी।'

'ओके सर,' कह कर अब्बा कमांडेंट के केबिन से बाहर आ गए। आरिफ़ भी अब्बा के साथ कमांडेंट के पास गया था।

आरिफ़ को पता था कि शहज़ाद अली अब्बा के पीछे पड़ा था। कुछ साल पहले शहज़ाद अली जब हज़ारीबाग एसपी हुआ करता था तो उस पर एक आदिवासी लड़की के साथ बदतमीज़ी करने का आरोप लगा था। वह अब्बा के पास आया था मदद के लिए क्योंकि वह फ़ाइल अब्बा के पास आई थी, अब्बा ने साफ़ मना कर दिया कि वह कोई मदद नहीं कर सकते क्योंकि उन्हें पता था कि शहज़ाद अली किस तरह का आदमी है। हालांकि जुगाड़ लगाकर शहज़ाद अली किसी तरह उस केस से बच गया था। अब अब्बा से पुराना हिसाब चुकता करने की कोशिश कर रहा है।

दो दिन बाद ही अब्बा ने वोलंटेरी रिटायरमेंट के लिए अप्लाई कर दिया। अब्बा अंदर से कुछ परेशान थे और आरिफ़ ने कल शाम उन्हें अम्मा

से बात करते सुना था। आख़िर जब पूरी तनख़्वाह से घर नहीं चलता तो पेंशन से कैसे ख़र्च पूरा पड़ेगा। आज इस उम्र में कोई नई नौकरी ढूंढ़ना ठट्ठा खेल थोड़े ही था। अच्छा होता कि माओवादियों की गोली से मर जाते इसके बजाय कि अपने घरवालों को भूखे मरने दें।

दिल से आरिफ़ भी नहीं चाहता कि अब्बा फिर से नौकरी ज्वाइन करके नक्सलाइट एरिया में जाएं। हालांकि अब्बा ने फिर से कोशिश की अपने रिटायरमेंट की दरख़्वास्त वापस लेने की लेकिन शहज़ाद अली उनके फ़ाइल पर दस्तख़त कर चुका था।

एक हफ़्ते बाद, आरिफ़ ने देखा कि अम्मा बालकनी में रेलिंग पर हाथ रखकर कुछ गहरे ख़यालों में खोई हुई हैं। वह बार-बार अपने बाएं हाथ की कानी अंगुली और अंगूठा चटका रहीं थीं।

'अम्मा तुम परेशान लग रही हो,' आरिफ़ ने पूछा।

'हां, बेटा मुझे समझ नहीं आ रहा है कि अब्बा की पेंशन से घर कैसे चलेगा। नाज़नीन को एमए में एडमिशन भी लेना है। ना ना, बीए काफ़ी है एक लड़की के लिए। राबिया भी 25 साल की हो गई उसके शादी का भी सोचना है। हमें यह तो सरकारी क्वार्टर भी छोड़ना पड़ेगा। उसके बाद तो मकान का किराया भी लगेगा।'

'मैं कुछ और कोचिंग क्लासेस शुरू कर दूंगा। उधर से कुछ पैसा आ जाएगा।'

'लेकिन आईएएस की तैयारी कैसे करोगे? तुम तो ऐसे भी आधा दिन कोचिंग क्लास में पढ़ा ही रहे हो।'

'दोनों काम साथ-साथ हो जाएंगे, फ़िक्र मत कीजिए, अम्मा।' आरिफ़ ने अपनी मां दिलासा देते हुए कहा। हालांकि, गोल्डन कोचिंग सेंटर पढ़ाने से आरिफ़ की आईएएस की तैयारी पर बुरा असर पड़ रहा था। यह उसकी आख़िरी कोशिश थी, अपने ख़्वाब को पूरा करने का आख़िरी मौक़ा। इंशाअल्लाह, इस बार कामयाबी उसकी क़दम ज़रूर चूमेगी। लेकिन अगर वह फ़ेल हो गया तो क्या होगा। उसके लिए तो ज़िंदगी का कुछ भी मतलब नहीं रहेगा। उसे याद था उसके कॉलेज में एक लड़का आईएएस एग्ज़ाम में

फ़ेल होने के बाद गंगा नदी में जाकर कूद गया था। कई दिनों बाद पानी में फूली हुई उसकी लाश मिली थी।

क्या आरिफ़ भी कुछ ऐसा करेगा अगर वह कामयाब नहीं हुआ? वह इन ख़यालों में डूबा था कि तभी पीछे से अम्मा की आवाज़ आई, 'क्या सोच रहे हो बौआ, बार-बार आवाज़ दे रही हूं पर तुम सुनते ही नहीं।'

'कुछ भी नहीं, अम्मा। बोलिए क्या काम है?' अपने मन से खुदकुशी का ख़याल निकालते हुए आरिफ़ ने कहा।

'मैं पूछ रही थी कि आज क्या सब्ज़ी खाओगे?'

'घिउरा बनाइए ना।' यह कहकर आरिफ़ पास में बैठीं दादी के पास बैठ गया। दादी उर्दू में एक किताब पढ़ रही थी, *सीरत-उन-नबी।* लेकिन जैसे ही किसी ने डोरबेल बजी दादी ने किताब को बंद कर दिया और अंदर चली गई।

'अब्दुल रशीद साहब घर पर हैं क्या?' आरिफ़ यह आवाज़ तुरंत पहचान गया। वह शमीमउल्ला ख़ान थे। वह अम्मा के चचेरे भाई थे। कुछ बरस पहले ही बिहार सरकार में सीनियर अकाउंटेंट के पद से रिटायर हुए थे। उन्होंने समनपुरा में अपना मकान बना लिया था। उसने आगे बढ़कर दरवाज़ा खोल दिया।

अम्मा अभी वहीं थीं और उन्होंने अपने साड़ी का पल्लू सिर पर रखकर कहा, 'अंदर आइए भाई साहब।'

'अब्दुल रशीद कहां है?' शमीमउल्ला ख़ान ने पूछा।

'राजा बाज़ार गए हैं। आते ही होंगे,' अम्मा ने कहा।

शमीमउल्ला ख़ान सामने सोफ़े पर बैठ गए थे।

'नींबू वाली चाय बनाऊं आपके लिए?'

'जब से यह शुगर बढ़ी है चाय-वाय छूट ही गई है। बिना चीनी की चाय मुझे बिलकुल पसंद नहीं। इसलिए कोई तकलीफ़ करने की ज़रूरत नहीं।' ये बात कहते हुए उन्होंने जेब में रखे लिफ़ाफ़े से एक फ़ोटो निकाली।

'यह ख़ूबसूरत नौजवान कौन है?'

'आज़ाद ख़ान, मेरे दोस्त कासिम का बेटा है। स्टेट बैंक में पीओ है। पिछले महीने समनपुरा के किसी शादी में कासिम की बेगम ने राबिया को

देखा था और अब वह राबिया को अपनी बहू बनाना चाहती हैं,' शमीमउल्ला ख़ान ने मुस्कराते हुए कहा।

'या अल्लाह तू कितना मेहरबान है,' आरिफ़ ने अम्मा को बुदबुदाते हुए सुना।

'लेकिन दहेज़ कितना देना पड़ेगा?' अम्मा ने पूछा।

'कुछ भी नहीं बहन। अपनी मर्ज़ी से जो बन पड़े। वह अल्लाह और रसूल को मानने वाले लोग हैं उनको कोई दहेज़ नहीं चाहिए।'

आरिफ़ यह सब सुनकर मुस्करा उठा। उसने देखा कि अम्मा का चेहरा ख़ुशी से दमक रहा था।

यह तो काफ़ी अच्छी ख़बर थी। इस ख़बर के चलते आरिफ़ के घर में ख़ुशी की एक लहर सी दौड़ गई। अम्मा के चेहरे पर मुस्कराहट ही मुस्कराहट थी। दादी भी बहुत ख़ुश थी। राबिया चुपचाप आज़ाद का फ़ोटो हाथों में छुपाए हुए घर में घूमती रहती थी। हुमा और नाज़नीन, राबिया को चिढ़ाती रहती थी। अब्बा ने अपने आस-पड़ोस के लोगों के सामने यह ऐलान किया कि अपने होने वाले दामाद की हैसियत को ध्यान में रखकर शादी का फ़ंक्शन करेंगे।

जैसे-जैसे निकाह की तारीख़ क़रीब आती गई घर मेहमानों से भरने लगा। उनका पुलिस कॉलोनी का फ़्लैट तो पूरी तरह भर चुका था। कॉलोनी के बाहर भी अब्बा ने किराए पर एक मकान लिया था जहां पर बहुत सारे रिश्तेदारों के रहने का इंतज़ाम किया गया था।

शादी के ठीक 4 दिन पहले जब अब्बा, आरिफ़ और ज़ाकिर बारातियों के खाने का मेन्यू डिस्कस कर रहे थे कि तभी लड़के वालों की तरफ़ से कोई मिलने आया। वह एक अधेड़ आदमी था और वह लड़के के पिता का ख़त लेकर आया था। वो अब्बा को लिफ़ाफ़ा थमा कर वहां से चुपचाप निकल गया। अब्बा ने जब लिफ़ाफ़ा खोला था तो उनकी आंखें फटी की फटी रह गईं। वह चिट्ठी दहेज़ की मांग की लंबी फ़ेहरिस्त थी जिसमें एक कार भी शामिल थी।

आरिफ़ के घर में जो गाना-बजाना शुरू हुआ था, वह अचानक बंद हो गया। हल्दी की रस्म शुरू हुई थी वह भी रोक दी गई। अम्मा और दादी का चेहरा उतर गया था। अब्बा गुस्से से कांपने लगे और बोले, 'ऐसे लालची

आदमी के घर अपनी बेटी की शादी मैं नहीं करूंगा। अगर उनकी मांग आज मान ली तो कल कुछ और भी मांग सकते हैं। ज़िंदगी भर की कमाई एक ही बेटी पर ख़र्च कैसे कर दूं?'

अम्मा अब्बा के सामने कुछ बोल नहीं पा रही थीं और उनसे गुज़ारिश करने लगीं कि वह कुछ करें और अब्बा को समझाएं।

'सगाई तोड़ने से कोई फ़ायदा नहीं होगा। हमारे घर की बदनामी होगी और फिर दूसरा रिश्ता मिलना भी तो मुश्किल हो जाएगा,' आरिफ़ ने कहा।

ज़ाकिर ने भी आरिफ़ का साथ देते हुए कहा, 'अब्बा, भैया सही तो कह रहे हैं। जहां तक नाज़नीन और हुमा के लिए दहेज़ इकट्ठा करने का सवाल है हम दोनों हैं। कुछ न कुछ कर लेंगे। अगर कुछ नहीं तो अपनी खानदानी ज़मीन बेच कर दहेज़ का इंतज़ाम हो ही जाएगा।'

'राशिद बेटा, आरिफ़ और ज़ाकिर ठीक कह रहे हैं। यह राबिया के मुस्तकबिल का सवाल है। गुस्सा होने से कुछ काम नहीं बनेगा। अल्लाह बहुत बड़ा है। उसने हमें तीन बेटियां दी हैं। उनका इंतज़ाम भी वही करेगा,' दादी ने समझाते हुए कहा।

आख़िरकार अब्बा का गुस्सा शांत हो गया। अम्मा आंसू पोंछकर मुस्कराने लगी जब अब्बा ने यह कहा कि वह सगाई नहीं तोड़ेंगे और जो भी डिमांड आई है उस हिसाब से दहेज़ का इंतज़ाम करेंगे। थोड़ी देर बाद अम्मा वहां से निकलकर कमरे में शुक्राने का नमाज़ पढ़ने के लिए चली गईं।

राबिया की निकाह के 10 दिन बाद आरिफ़ अपने कमरे में बैठकर मुक्तिबोध का *'चांद का मुंह टेढ़ा है'* पढ़ रहा था कि तभी उसने नाज़नीन के हँसने की आवाज़ सुनी। उसने कमरे के अंदर झांक कर देखा कि नाज़नीन उस दिन बिस्तर के किनारे बैठी लगातार हँसे जा रही थी। उसकी हँसी अजीब थी। अम्मा और हुमा सामने बैठी समझ नहीं पा रही थीं कि क्या करें? नाज़नीन की हँसी और तेज़ होती गई और ऐसा लगता था जैसे वह पागल हो गई थी। फिर वह अचानक रोने लगी।

'क्या हुआ बेटी?' अम्मा ज़ोर से बोलीं और आरिफ़ अपनी किताब वहीं छोड़ कर नाज़नीन के कमरे की तरफ़ भागा। वह कमरे के अंदर दाख़िल

होते ही नाज़नीन के गाल को थपथपाते हुए बोला, 'क्या हुआ नाज़नीन?'

लेकिन नाज़नीन ने कोई जवाब नहीं दिया और वह रोती रही।

अम्मा ने कहा, 'आरिफ़ जाओ, डॉक्टर को जल्द बुला कर ले आओ।'

आरिफ़ दौड़ते हुए घर से बाहर निकला और पुलिस हॉस्पिटल की तरफ़ चला गया। जब तक वह डॉक्टर लेकर लौटा नाज़नीन रोना बंद कर चुकी थी और बिस्तर पर वह बेहोशी की हालत में पड़ी थी। उसकी सांसें तेज़ चल रही थीं। अम्मा एक किताब हाथ में लेकर उसके चेहरे पर हवा देने की कोशिश कर रही थीं। दादी पास में ही बैठ कर सूरा यासीन पढ़ कर नाजनीन को फूंक रही थीं।

डॉक्टर ने नाज़नीन का मुआयना किया और बोला, 'घबराने की कोई ज़रूरत नहीं है। लगता है कि कुछ ऐसी चीज़ है जो इसे दिमाग़ी तौर पर परेशान कर रही है,' डॉक्टर ने इतना कहा और फिर वह सामने टेबल से गिलास का पानी उठाकर नाज़नीन के चेहरे पर पानी छिड़कने लगा। नाज़नीन की आंखें अचानक खुल गईं।

'क्या हुआ?' उसने पूछा। वह थोड़ी घबराई सी लग रही थी। उसे समझ में नहीं आ रहा था कि इतने सारे लोग क्यों इकट्ठा हैं और डॉक्टर क्यों आया है।

'ज़्यादा गर्मी की वजह से तुम बेहोश हो गई थीं,' अम्मा ने जवाब दिया।

थोड़ी देर बाद जब डॉक्टर उठ कर जाने लगा तो अम्मा और आरिफ़ उसके साथ दरवाज़े तक गए। फिर डॉक्टर ने अम्मा को सलाह दी कि किसी साइकाइट्रिस्ट से नाज़नीन को दिखाए। अम्मा को पता नहीं था कि 'साइकाटिस्ट' क्या होता है इसलिए उन्होंने डॉक्टर के जाने के बाद आरिफ़ से पूछा। जब उसने बताया कि यह दिमाग़ का इलाज करने वाला डॉक्टर होता है तो बेहद ख़फ़ा हो गईं। इस डॉक्टर की हिम्मत कैसे हुई मेरी बेटी को पागल कहने की?

'यह दौरा तो बार-बार पड़ रहा है, हमीदा,' दादी ने कहा, 'याद है पिछली बार जब दौरा पड़ा था तो तुम्हारे भाई हकीम साहब यहीं थे। उन्होंने किसी ख़ास बीमारी का नाम लिया था।'

आरिफ़ को याद था कि उसके मामू जान ने क्या कहा था। उन्होंने कहा था कि नाज़नीन को हिस्टीरिया है। 'जब किसी लड़की की जिस्मानी ज़रूरत पूरी नहीं हो पाती है तो इस तरह की बीमारी हो जाती है। इसका सबसे अच्छा इलाज यही है कि इसकी शादी करवा दो।' मामूजान ने अम्मा को सलाह दी थी।

आरिफ़ को पता था कि हिस्टीरिया को एलोपैथिक डॉक्टर आज के वक़्त में कोई बीमारी नहीं मानते।

'अच्छा है ना कि तुम किसी यूनानी डॉक्टर को दिखा लो,' दादी ने कहा।

'मैं हकीम साहब से बात करूंगी। शायद वही कोई दवा दे दें। मेरी नाज़नीन पागल नहीं है।'

दो दिन बाद ही हकीम साहब पटना आए और नाज़नीन का मुआयना करने बाद बोले कि उसे वही बीमारी है जो पहले बताई थी। उन्होंने नाज़नीन की जल्दी से जल्दी शादी करने की सलाह दी। 'इंशाल्लाह एक बार शादी हो जाए सब कुछ ठीक हो जाएगा। तब तक यह दवा देते रहिए।' हकीम साहब ने अपने बैग से दवा का एक डिब्बा निकाल कर दिया। आरिफ़ उस दवा का नाम पढ़ सकता था : खमीरा गौज़बान अंबरी जादवार ऊद सलीब।

अम्मा अपने भाई की हर बात को मानने को तैयार थीं। अब्बा चाहते थे नाज़नीन को दिमाग़ के किसी डॉक्टर को दिखा दिया जाए लेकिन अम्मा ने साफ़ मना कर दिया और अब्बा से बोलीं, 'हकीम साहब जो कहते हैं वह चुपचाप कीजिए।'

'मैंने तो अपनी सारी ज़िंदगी कमाई राबिया की शादी में लगा दी। नाज़नीन के शादी के ख़र्चे का इंतज़ाम करने के लिए थोड़ा वक्त तो चाहिए,' अब्बा अपने सिर को खुजाते हुए बोले।

'देखिए आरिफ़ के अब्बा, अब राबिया की शादी जैसी धूमधाम हम कर नहीं सकते। हमें कोई मिडिल क्लास फ़ैमिली का ही लड़का देखना पड़ेगा जो ज़्यादा दहेज़ न मांगे। वैसे भी पीओ या बड़े अफ़सर से रिश्ता जोड़ने की औकात नहीं है अपनी।'

अब्बा ने अम्मा की हां में हां मिलाई। उनके चेहरे पर परेशानी की लकीरें उभरने लगी थीं। नाज़नीन के शादी के ख़र्चे का इंतज़ाम करना अब्बा

के लिए आसान नहीं होगा। उसे अपने आप पर गुस्सा आ रहा था कि वह अपने अब्बा की कोई मदद नहीं कर सकता।

इतनी मेहनत के बावजूद भी आरिफ़ आईएएस एग्ज़ाम में कामयाब नहीं हो सका। अब्बा को भी बड़ी उम्मीद थी कि इस आख़िरी मौक़े का उनका बेटा ज़रूर फ़ायदा उठाएगा। हुमा, नाज़नीन और अम्मा को भी बड़ी मायूसी हुई।

दादी ने कहा, 'बेटा यह जो क़िस्मत में होता वही मिलता है। अल्लाह हर काम किसी ख़ास वजह से करता है। इसलिए परेशान मत हो।'

ज़ाकिर अपने भाई को गले लगा कर रुआंसी आवाज़ में बोला, 'मुझे मालूम है भैया कि एक सपना टूट जाता है तो कैसा महसूस होता है। लेकिन क्या कर सकते हैं। यही ज़िंदगी है।'

आरिफ़ कई दिनों तक तो कोचिंग इंस्टिट्यूट में क्लास लेने भी नहीं गया। वह घर में बैठा इधर-उधर वक़्त बिताता रहा। कई बार छत पर बैठकर आसमान को देखकर यूं ही हँसता रहता - अपने आप पर, अपनी क़िस्मत पर। उसे लगता था कि अब उसकी ज़िंदगी का कोई मक़सद नहीं बचा है।

आख़िर इस बार तो उसने काफ़ी तैयारी की थी। मेन्स एग्ज़ाम भी अच्छा हुआ था। यहां तक कि हिंदी साहित्य का पेपर भी अच्छा हुआ था। इंटरव्यू भी ठीक-ठाक हुआ था। कुछ घपला तो नहीं या मुसलमान होने के नाते मुझे छांट दिया।

कुछ दिनों के बाद आरिफ़ का दर्द और बढ़ गया जब उसने अपने दोस्त मृत्युंजय का फ़ोटो *टाइम्स ऑफ़ इंडिया* के पहले पन्ने पर देखा। उसके दोस्त की आल इंडिया रैंक 7 थी। उसे तो पक्के तौर पर आईएएस का पद मिलेगा।

शाम को उसने मृत्युंजय को फ़ोन किया और उस को बधाई दी। उसके दोस्त को बहुत अफ़सोस था कि आरिफ़ आईएएस का एग्ज़ाम नहीं निकाल पाया। मृत्युंजय ने उसे बिहार पब्लिक सर्विस कमीशन में ट्राई करने को कहा, 'स्टेट सिविल सर्विसेज के भी लोग आईएएस कैडर में आ जाते हैं। 7 से 10 साल लगते हैं।' आरिफ़ को अचानक वह दिन याद गया जब वह पब्लिक

एडमिनिस्ट्रेशन की तैयारी में अपने दोस्त की मदद किया करता था। और आज वह कहां और उसका दोस्त कहां।

लगभग दो-तीन महीने बाद जुमे के दिन मस्जिद से वापस आते हुए अब्बा ने आरिफ़ के उदास चेहरे को देखते हुए कहा, 'दिल छोटा मत करो बेटा। आईएएस का एग्ज़ाम पास करना आसान नहीं था। हज़ारों में एक ही लड़का सलेक्ट होता है। तुम्हारे पास तो इतनी फैसिलिटी भी नहीं थी फिर भी तुमने अच्छा किया। आईएएस नहीं बनने का मतलब यह नहीं कि ज़िंदगी ख़त्म हो गई, और भी मौक़े मिलेंगे ज़िंदगी में। तुम हौसला रखो और कोशिश करो।'

आरिफ़ ने अब्बा की तरफ़ सफ़कत भरी निगाह डाली लेकिन वह कुछ बोला नहीं। उसे लगा कि उसके जिस्म में इतनी ताक़त ही नहीं बची है कि वह कुछ कर सके।

लेकिन अपने खानदान के लिए कुछ तो करना पड़ेगा। इंशाल्लाह मैं बिहार सिविल सर्विसेज़ ज़रूर ट्राई करूंगा।

16

नाज़नीन के लिए मैरिज ब्यूरो से दर्ज़नों फ़ोटो और बायोडाटा आए थे। इनमें से तीन छाया चित्रों को अब्बा ने अलग किया।

पहला फ़ोटो मुज़फ़्फ़रपुर के एक बैंक कैशियर का था। उसके घर वाले बहुत मोटा दहेज़ मांग रहे थे। 'यह रिश्ता हम लोग नहीं कर सकते। इतना पैसा है नहीं है मेरे पास। यहां तक कि अगर जमालपुरा का अपना घर भी बेच दें तब भी उनकी डिमांड पूरी होने वाली नहीं होगी। यह दरभंगिया और मुज़फ़्फ़रपुरिया बड़े लालची होते हैं। कैशियर के लिए पांच लाख रुपये मांग रहे हैं,' अब्बा ने कहा और उस फ़ोटो एक तरफ़ रख दी। दूसरी फ़ोटो गया शहर के किसी लड़के की थी। वह थोड़ा सा मोटा था लेकिन अच्छा लग रहा था। वह सिंचाई विभाग में क्लर्क था और लड़के का बाप कोई ज़्यादा दहेज़ की मांग नहीं कर रहा था। लेकिन यहां एक पेंच था। दूल्हे का बाप तो पठान था लेकिन मां नहीं थी। वह किसी नीची जात से आती थी शायद जुलाहा।

'आजकल जात-पात को कौन मानता है। लड़का अच्छा है इसे इसे हां कह दीजिए,' आरिफ़ ने कहा। और ज़ाकिर ने भी आरिफ़ की हां में हां मिलाई।

'बेटा, हम लोग इसी समाज में रहते हैं तो इसके नियम-क़ानून को हमें मानना ही पड़ेगा। मुझे एक और बेटी की शादी भी करनी है,' अब्बा थोड़े गुस्से में बोले। अम्मा शायद कुछ कहना चाहती थीं पर कुछ नहीं बोलीं।

तीसरी तसवीर उस लड़के की थी जो बकौल अब्बा प्योर पठान था, पिता यूसुफ़ज़ई सिवान जिले से और मां शेरवानी पठान दरभंगा की। अब्बा लड़के के दादा को भी जानते थे और उनका ताल्लुक़ दरभंगी ख़ान के खानदान से था। लड़के ने बिहार इंस्टिट्यूट ऑफ़ लॉ से एलएलबी कर रखा

था और पटना हाई कोर्ट के मशहूर वकील का असिस्टेंट था। 'लड़का थोड़ा सांवला नहीं है?' अम्मा ने फ़ोटो देखते हुए, थोड़ा हिचकिचाते हुए बोलीं। उन्हें डर लग रहा था कि उनकी बात का अब्बा बुरा न मान जाएं।

'लड़के का सांवला होना कोई बुरी बात थोड़े है,' अब्बा के लहज़े में थोड़ा गुस्सा था। वह चाहते थे कि आगे कोई भी इस बात पर डिस्कशन नहीं करे। आरिफ़ अपने हाथ में फ़ोटो को लेकर बिलकुल घबरा सा गया। यह तो कोई बदसूरत सा इंसान था सिर के आधे बाल उड़े हुए थे। रंग सांवला नहीं, बिलकुल काला था। घनी मूंछें और निकला हुआ पेट देखकर कोई भी नहीं मानेगा कि वह चालीस से कम होगा। जब ज़ाकिर ने फ़ोटो देखी तो वह फूट पड़ा।

'इस लड़के से नाज़नीन की शादी करने से अच्छा है कि बेटी को गंगा नदी में ढकेल दीजिए,' ज़ाकिर बड़ी तल्ख़ आवाज़ में बोला।

अब्बा यह सुनकर बिफर पड़े, 'तुम घर के गार्जियन हो क्या? यह बताओ क्या है तुम्हारी औकात? क्या अपनी बहन की शादी के लिए एक पैसा भी जमा किया है तुमने? तुमने अभी तक वक्त बर्बाद करने के अलावा किया क्या है? मुझे पता है कि अपनी बेटी के लिए क्या करना चाहिए। मुझे अपनी औकात मालूम है और मैं खुली आंखों से सपना नहीं देखता।'

ज़ाकिर का चेहरा फक पड़ गया क्योंकि उसे उम्मीद नहीं थी कि अब्बा इस तरह से उस पर तंज़ करेंगे। आरिफ़ ने भी अब्बा को कभी ऐसे बोलते हुए नहीं सुना था। ज़ाकिर कमरे से उठा और दूसरे कमरे में चला गया। इस बीच अब्बा ज़ोर-ज़ोर से खांसने लगे। अम्मा ने हुमा को जल्दी से पानी लाने के लिए कहा। नाज़नीन पास के कमरे से सब कुछ सुन रही थी और तुरंत भाग कर इस कमरे में आ गई। आरिफ़ ने सोचा कि ऐसे हालात में कुछ बोलना ठीक नहीं होगा। नाज़नीन आंखों में आंसू लिए हुए बोली, 'किसी को हक़ नहीं बनता कि अब्बा से कोई सवाल करे। मुझे अपने वालिद पर पूरा यक़ीन है कि वो जो भी करेंगे मेरे लिए अच्छा ही करेंगे।'

आरिफ़ वहां से निकल कर अपनी स्टडी रूम में चला गया। उसने देखा कि ज़ाकिर खिड़की से बाहर झांक रहा था और उसकी आंखों से टप-टप आंसू गिर रहे थे। आरिफ़ ने अपने भाई के कंधे पर हाथ रख कर कहा, 'भाई! सब कुछ ठीक हो जाएगा।'

'क्या ठीक होगा, भैया। अब्बा ठीक कह रहे हैं। नाज़नीन के साथ जो हो रहा है उसके लिए हम ही लोग ज़िम्मेदार हैं,' ज़ाकिर रोते हुए बोला। आरिफ़ ने आगे बढ़कर ज़ाकिर को अपने गले लगा लिया। आरिफ़ को अंदर से कुछ खाए जा रहा था। वह ज़ोर से चिल्लाना चाहता था। यह कहना चाहता था कि उसकी नाकामयाबी की क़ीमत न जाने कितने लोगों को चुकानी पड़ेगी।

एक हफ़्ते के अंदर आरिफ़ और ज़ाकिर ने क़िस्मत से समझौता कर लिया और नाज़नीन की शादी की तैयारी में जी-जान से जुट गए। आरिफ़ को अचानक बरसों पहले नगमा, जो जमालपुरा की सबसे ख़ूबसूरत लड़की थी, की शादी की याद आई। नगमा की शादी एक अधेड़ आदमी से हो रही थी। आरिफ़ ने उस वक़्त कहा था कि नगमा के भाइयों को शर्म से पानी में डूब मरना चाहिए था कि वे कैसे अपनी बहन को इस बुड्ढे के साथ ज़िंदगी भर के लिए बांधने जा रहे हैं। मैं उसके भाई की जगह पर होता तो ऐसा कभी भी नहीं होने देता। और अब जब नाज़नीन की शादी हो रही थी तो वह कुछ भी नहीं कर पा रहा था। उसके अपने कहे शब्द लौट-लौट कर उसे बिच्छू की तरह डंक मार रहे थे।

नाज़नीन के निकाह से तीन दिन पहले कमांडेंट ऑफ़िस से सरकारी क्वार्टर ख़ाली करने का नोटिस आया। अब्बा को रिटायर हुए एक साल से ज़्यादा हो चुका था। नियम के अनुसार छः महीने से ज़्यादा सरकारी क्वार्टर में नहीं रह सकते। इससे पहले भी कई नोटिस आ चुके थे।

हालांकि इस नियम को बहुत लोग नहीं मानते थे। अब बब्बन यादव को देख लीजिए उसको रिटायर हुए तीन साल हो गए थे लेकिन मजाल है कि कोई उसे एक नोटिस भेज दे। वैसे भी उसकी बात कुछ अलग ही थी क्योंकि उसका मुख्यमंत्री आवास में आना-जाना था। दूसरे थे राजनाथ सिंह जिनका ट्रांसफ़र मुंगेर हो चुका था लेकिन डेढ़ साल से सरकारी मकान में डटे हुए थे। आख़िर वह तो राजपूत थे जैसे कमांडेंट राजपूत था। अब्बा का तो मुख्यमंत्री के साथ कोई लेना-देना नहीं था, ना ही वह राजपूत थे। इसलिए अब्बा कमांडेंट ऑफ़िस गए और उनसे गुज़ारिश की कि नाज़नीन की शादी होने तक उन्हें सरकारी मकान में रहने दें। आरिफ़ भी उनके साथ था।

कमांडेंट बहुत गुस्से में था। 'जब भी तुम्हें नोटिस मिलता है कोई ना कोई बहाना बनाकर आ जाते हो। अब यह कह रहे हो कि दूसरी बेटी की शादी है। रशीद ख़ान यहां कोई सिस्टम और नियम-क़ानून भी है कि नहीं जिसे सबको मानना पड़ता है। हम तुम्हें अब ज़्यादा वक्त नहीं दे सकते। दो दिन के अंदर मकान ख़ाली करो नहीं तो मुझे ज़बरदस्ती करनी पड़ेगी,' कमांडेंट बड़ी बदतमीज़ी से बोला।

आरिफ़ को यह सब सुनकर बड़ा ही ताज्जुब हो रहा था। यह वही आदमी था जो एक ज़माने में अब्बा को अपना भाई कहा करता था। उसे याद था कि उस दिन जब इसी कमांडेंट पर करप्शन के आरोप लगे थे तो दौड़ा हुआ मदद के लिए अब्बा के पास आया था क्योंकि वह जानता था कि डीजीपी साहब अब्बा पर बहुत विश्वास करते हैं। उनकी हर बात पर यक़ीन करते हैं।

अब्बा ने आख़िरकार हाथ जोड़कर विनती की। 'एक हफ़्ता दे दीजिए, हुज़ूर। शादी होने के अगले दिन ही मैं मकान ख़ाली कर दूंगा।'

अब्बा को उस जगह गुज़ारिश करते देखकर आरिफ़ का दिल तार-तार हो गया। अगर मैं लायक़ होता तो शायद अब्बा को हाथ नहीं जोड़ने पड़ते।

'नियम तो नियम है,' कमांडेंट ने बड़ी बेरुख़ी से कहा। अब्बा मायूस होकर लौटने लगे कि तभी उस कमांडेंट की आवाज़ आई, 'रुको अब्दुल रशीद। देखो मैं तीन महीने और देता हूं। लेकिन कृपा करके इस बार मकान ख़ाली कर देना।'

'थैंक यू सर,' अब्बा ने सिर झुका कर कहा, 'तीन महीने तो बहुत ज़्यादा हैं उससे पहले ही मैं मकान ख़ाली कर दूंगा।'

केबिन से बाहर निकलने के पहले अब्बा ने बार-बार कमांडेंट का शुक्रिया अदा किया। जैसे ही वे केबिन से बाहर निकले, आरिफ़ की निगाह कमांडेंट आरपी सिंह की नेम प्लेट पर पड़ गई। वह लाल और नीली नेम प्लेट थी जिस पर कमांडेंट के नाम के नीचे आईपीएस लिखा था। यह बोर्ड पढ़ते ही उसके दिल में एक अजीब ख़लिश का एहसास हुआ। अगर आज आरिफ़ के नाम के आगे आईपीएस या आईएएस लगा होता तो अब्बा को इस तरह से गिड़गिड़ाना नहीं पड़ता। वह हाथों को मलते हुए अपने गुज़रे हुए वक़्त का अफसोस करने लगा।

सामने परेड ग्राउंड में लगभग 50-60 नए रंगरूटों की पासिंग आउट परेड हो रही थी। हज़ारों बूटों की धमक से धरती कांप रही थी और लेफ़्ट-राइट-लेफ़्ट की आवाज़ हवा में गूंज रही थी। आसपास के पेड़ों पर पंछियों ने कोलाहल शुरू कर दिया था। अब्बा को किसी और आदमी से मिलना था इसलिए आरिफ़ अकेला ही अपने फ़्लैट की तरफ़ चल पड़ा।

जैसी उम्मीद थी नाज़नीन की शादी उतनी धूमधाम से नहीं हुई जैसी कि राबिया की शादी हुई थी। अब्बा ने गांव की आधी ज़मीन बेच दी थी और आरिफ़ ने कोचिंग इंस्टिट्यूट से साल भर की एडवांस सैलरी ले ली थी। अब्बा ने सिर्फ़ ख़ास लोगों को शादी में बुलाया था। राबिया अपने शौहर के साथ शादी के दो दिन पहले आई। हालांकि उसके शौहर आज़ाद ने कुछ माली मदद करने की पेशकश की लेकिन अब्बा ने यह कहकर मना कर दिया कि दामाद से मदद लेने का चलन नहीं है।

मृत्युंजय भी शादी में आया, वह भी तोहफ़े में एक महंगी बनारसी साड़ी लेकर। पुलिस कॉलोनी के बहुत लोग उसे पहले से जानते थे और उसके आईएएस बनने की ख़बर सुन रखी थी। सब उसे बधाई देने की कोशिश कर रहे थे। आईएएस की तैयारी करने वाले कॉलोनी के लड़कों ने उससे कामयाबी के टिप्स जानने के लिए उसे घेर रखा था। अब्बा ने भी बड़ी गर्मजोशी से मृत्युंजय को गले लगाया और शादी में आने के लिए शुक्रिया अदा किया। आरिफ़ के चेहरे पर मायूसी झलक रही थी क्योंकि उसके दोस्त की मौजूदगी ने उसके पुराने ख़्वाब की याद दिला दी थी।

निकाह के तुरंत बाद ही मृत्युंजय वहां से निकल गया।

'अगले महीने मौर्या होटल में बिहार कैडर के नए आईएएस ऑफ़िसर्स की एक पार्टी है। हर ऑफ़िसर्स को एक दोस्त या रिश्तेदार को बुलाने की इजाज़त है। प्लीज़ आरिफ़ तुम आना ज़रूर। मुझे अच्छा लगेगा,' अपनी कार में बैठते हुए मृत्युंजय ने कहा, 'मैं तुम्हें टाइम और डेट फ़ोन करके बता दूंगा।'

'ज़रूर।'

अपने उस ख़्वाब के दौरान आरिफ़ आस्मां की ऊंचाइयों पर उड़ रहा था, वह भी बग़ैर पंखों के। उसने देखा कि सामने चमकता हुआ चांद किसी बड़े बल्ब की तरह जल रहा था और सितारे ऐसे आसमान में सजे हुए थे जैसे किसी गोल गुंबद के अंदरूनी हिस्से पर छोटे-छोटे सीरीज़ बल्ब लगा दिए गए हों। एक अजीब सी बेकली, एक अजीब सी बेचैनी ने उसे जकड़ लिया और उसकी सांसें फूलने लगीं। वह आसमान से ज़मीन की तरफ़ गिरने लगा किसी स्काई डाइवर की तरह पर उसकी पीठ पर कोई भी पैराशूट बंधा नहीं था। ज़मीन के नज़दीक वह जैसे आया उसने अपने हाथ-पैर हिला कर अपने आप को हवा में रखने की कोशिश की लेकिन उसकी कोशिश का कोई फ़ायदा नहीं हुआ। धमाके के आवाज़ के साथ वह ज़मीन पर गिर पड़ा।

वह चौंक कर नींद से जाग गया। पूरा कमरा अंधेरे में डूबा हुआ था। हां, स्ट्रीट लैम्प से आने वाली रोशनी की एक किरण ज़रूर कमरे के फ़र्श पर एक पतली सी लकीर बना रही थी। उसने लाइट स्विच ऑन की और आईने में अपना चेहरा देखने लगा। उसकी आंखें लाल थीं और ऐसा लग रहा था कि जैसे उसने बहुत ज़्यादा पी रखी हो। वह चलकर खिड़की तक आया और वहां पर से जग उठाकर उसने पानी पिया। फिर खिड़की से बाहर सड़क को देखने लगा। स्ट्रीट लैम्प के ऊपर बहुत सारे पतंगे मंडरा रहे थे।

उसने एक गहरी सांस ली और फिर नाज़नीन के बारे में सोचने लगा। 'क्या किया हमने उस मासूम लड़की के साथ। एक बदसूरत अधेड़ से उम्र भर के लिए बांध दिया।' उसे दसवीं क्लास में पढ़ी कहानी *ब्यूटी ऐंड द बीस्ट* की याद आई। उस कहानी में ब्यूटी ने जब बीस्ट को एक बार चूमा तो वह एक ख़ूबसूरत राजकुमार में तब्दील हो गया था। लेकिन नाज़नीन के साथ ऐसा कुछ भी नहीं होने जा रहा था। उसे इस बदसूरत इंसान के साथ ही सारी ज़िंदगी गुज़ारनी पड़ेगी। अब्बा की परेशानी भी उसे परेशान कर रही थी। उनकी जितनी आमदनी थी उससे बहुत ज़्यादा घर का ख़र्च था। इन वजहों से अब्बा को कई तरह की बीमारियां भी लग गई थीं, ब्लड प्रेशर के अलावा गैस्ट्राइटिस भी उन्हें तंग कर रही थी। आरिफ़ ने सोचा, *मैंने अगर आईएएस के पीछे लगने की बजाय कुछ और कोशिश की होती तो शायद एक ढंग की नौकरी अभी तक मिल गई होती और मैं अब्बा की मदद कर पाता।*

सामने टेबल पर नाज़नीन की शादी के फ़ोटो पड़े हुए थे। आरिफ़ एक के बाद एक फ़ोटो देखने लगा। विदाई के ठीक पहले के फ़ोटो में नाज़नीन का शौहर खड़ा-खड़ा मुस्करा रहा था। वह मुस्कराते हुए और डरावना लग रहा था। यह सोचकर कि इस आदमी के साथ उसकी ख़ूबसूरत बहन नाज़नीन को सारी ज़िंदगी गुज़ारनी पड़ेगी, आरिफ़ की तबियत ख़राब होने लगी। दूसरे फ़ोटो में राबिया और आज़ाद खड़े थे और उनको देखकर बहुत ही सुकून मिला। एकदम परफ़ेक्ट कपल थे वे दोनों। क्रीम कलर के सूट में आज़ाद तो बिलकुल आमिर ख़ान लग रहा था। काश! नाज़नीन को भी ऐसा ही दूल्हा मिलता।

अल्लाह ने मुझे मेरे गुनाहों की सज़ा दी है। एक शादीशुदा औरत से अफ़ेयर करने की सज़ा दी है।

अगले दिन आरिफ़ सुमित्रा से मिलने गया। पिछले कई महीनों से वह सुमित्रा से मिला नहीं था। दो महीने पहले उसने सुना था कि कविता की शादी किसी एनआरआई लड़के से हो रही है। बाद में सुमित्रा ने कार्ड भी भेजा था। लेकिन उसके जाने का मन नहीं किया। उस दिन सुमित्रा ने जिस तरह की बात कही थी वह अब भी आरिफ़ के दिल में शूल की तरह चुभ रही थी। दूसरी बात यह भी थी कि वह कविता का सामना नहीं करना चाहता था।

लेकिन नाज़नीन के निकाह में सुमित्रा आई थी। कुछ सेकेंड के लिए उससे आमना-सामना भी हुआ और उसने एक काग़ज़ का टुकड़ा आरिफ़ को पकड़ा दिया था जिस पर उसने अपनी ख़ूबसूरत लिखावट में 'आई एम सॉरी' लिखा था। आरिफ़ के पास और कोई चारा नहीं था माफ़ करने के अलावा।

हालांकि आरिफ़ के मन में यह एहसास था कि उसमें कमी की वजह से उसकी बहन की शादी एक अधेड़ उम्र के वकील से हुई थी। वह यह भी सोच रहा था कि सुमित्रा के पास जाकर वह अपना ग़म कम कर पाएगा। *क्या अजीब ढकोसला है एक तरफ़ तो मैं यह सोचता हूं कि सुमित्रा की वजह से मैं नाकाम हुआ और दूसरी तरफ़ उसी की बांहों में राहत और आराम ढूंढ़ रहा हूं।* आरिफ़ के तस्सवुर में अचानक सुमित्रा आ गई और

वह महसूस कर सकता था, सुमित्रा की रेशमी ज़ुल्फ़ों की छुअन को, उसकी ख़ुशबू भरी गर्म सांसों को।

मेरी नाकामयाबी में सुमित्रा की क्या ग़लती है? वह तो हमेशा अपने प्यार से मुझे आगे बढ़ने के लिए कहा करती थी। मुझे तो उसके पास जाकर हमेशा सुकून मिला है। यह सोचते हुए आरिफ़ ने अपनी साइकिल की गति बढ़ा दी। उसके चेहरे पर एक मुस्कराहट थी और आंखों में प्यार की चमक।

अभी बैंक कॉलोनी के बाहर ही था कि उसकी साइकिल का अगला पहिया पंचर हो गया। पैदल चल कर पास की साइकिल रिपेयर शॉप पर गया। लेकिन साइकिल मैकेनिक किसी और काम में व्यस्त था। उसने कहा कि थोड़ा वक़्त लगेगा तो आरिफ़ अपनी साइकिल वहीं छोड़कर सामने चाय की दुकान पर बैठ गया। उसने एक कप चाय का ऑर्डर दिया और उसके बाद सामने पड़े अख़बार को उठा लिया। तभी उसने कुछ लड़कों को कुछ बात करते हुए सुना।

'वह तो बहुत चालू टाइप की आंटी है,' आरिफ़ ने मुड़कर देखा तो एक बेंच पर 18-19 साल के तीन लड़के बैठकर गप्पें मार रहे थे।

'सचमुच,' एक मोटा सा चश्मिश लड़का चौंककर बोला।

'हां भाई, मैंने सुना है कि एक मुसलमान लड़के से उसका चक्कर था। वह इसके बेटे को ट्यूशन पढ़ाता था। लेकिन कई महीनों से मैंने उस लड़के को उसके घर आते देखा नहीं।'

'अरे ऐसी औरतों का क्या भरोसा। उसने नया प्रेमी ढूंढ़ लिया होगा।' फिर तीनों ठहाका मारकर हँसने लगे।

'बेचारा पति, क्या नाम है उसका, रमेश कुमार। उसको पता ही नहीं कि उसकी वाइफ़ उसके पीछे क्या गुल खिला रही है।'

आरिफ़ का मन किया कि वह गर्म चाय इन लड़कों के चेहरे पर फेंक दे। *वह मेरी सुमित्रा के बारे में इतने गंदे तरीक़े से बातें कैसे कर सकते हैं।*

तभी उसमें से एक लड़का चाय की चुस्की लेते हुए बोल पड़ा, 'हां, याद आया आज सुबह ही एक आदमी को उसके घर के अंदर जाते देखा था मैंने। घनी मूंछ वाला वह आदमी चोरी-चुपके उसके फ़्लैट के अंदर जा रहा था। लगता है कि वही उसका नया प्रेमी है।'

तीनों लड़के ज़ोर-ज़ोर से हँसने लगे। तभी उसमें से एक लड़का उठते हुए बोला, 'अरे चलो, इंडिया की इनिंग स्टार्ट हो गई होगी।' तीनों लड़के जब आरिफ़ के सामने से गुज़रे तो आरिफ़ ने अपना चेहरा न्यूज़पेपर से कवर कर लिया था। उन लड़कों की बात सुनकर आरिफ़ के अंदर जैसे गुस्से का लावा फूट रहा था लेकिन किसी तरह से उसने अपने आप को क़ाबू में किया। फिर वह सोचने लगा कि अगर ये लड़के उसके और सुमित्रा के अफ़ेयर के बारे में इतना कुछ जानते हैं तो दूसरे आदमी के बारे में बताई बात भी सच होगी। क्या वाकई में सुमित्रा एक कुलटा है? हां क्यों नहीं? जो औरत अपने पति के साथ धोखा कर सकती है तो अपने प्रेमी के साथ क्यों नहीं कर सकती?

महीनों पहले सुनी एक बात आरिफ़ को याद आ गई जब मृत्युंजय की मां से पड़ोस की कोई औरत सुमित्रा के बारे में कुछ कह रही थी। 'बहन जी, मैं जमशेदपुर में सुमित्रा के पड़ोस में रहती थी। माया नाम की औरत उसकी पक्की दोस्त थी और मोहल्ले में सभी जानते थे कि माया अच्छी औरत नहीं है मैंने सुमित्रा को बताया भी था। लेकिन उस पर कोई असर नहीं हुआ। बाद में मुझे पता चला कि सुमित्रा भी वैसी ही है जैसी माया थी।' फिर आरिफ़ ने सोचा कि माया के बारे में तो सुमित्रा ने खुद ही बता दिया था और चिट्ठी में पूरी तफसील में लिखा भी था। आरिफ़ को कभी लगता कि सुमित्रा ऐसा कुछ कर नहीं सकती। कभी लगता कि शायद उन लड़कों की बात सही है। इन्हीं ख़यालों की उधेड़बुन में उसने पता भी नहीं चला कि उसकी चाय ठंडी हो गई। उसने एक बार में ही चाय ख़त्म की और वहां से निकल पड़ा। साइकिल मैकेनिक के पास उसकी साइकिल तैयार खड़ी थी।

अगले पांच मिनट में वह सुमित्रा के घर के सामने था। साइकिल सड़क के किनारे खड़ा करके वो सुमित्रा के फ़्लैट की तरफ़ चला गया। दरवाज़ा अंदर से बंद नहीं था और उसने हल्का सा धक्का दिया तो खुल गया। उसने देखा कि बालकनी में एक कुर्सी पर गुलाबी रंग का लिफ़ाफ़ा रखा हुआ है और एक हेलमेट भी। इसका मतलब यह था कि कोई तो अंदर है। आरिफ़ दबे क़दमों से आगे बढ़ा और फिर साथ वाले रूम की खिड़की पर कान लगा दिए। अंदर से एक मर्द के हँसने की आवाज़ आ रही थी। वह आवाज़ रमेश की तो नहीं थी। उसने खिड़की के शीशे में अंदर देखने की कोशिश की और उसने देखा कि सुमित्रा एक मर्द को गले लगा रही है। आरिफ़ को

अब यक़ीन हो गया था जो दुकान में लड़के जो बात कर रहे थे, वह सच है। यह सब सोचते ही आरिफ़ का चेहरा गुस्से से लाल हो गया। लेकिन वो कोई आवाज़ किए बिना फ़्लैट के बाहर आ गया और बाहर सड़क पर खड़ा होकर इंतज़ार कर रहा था कि वह आदमी जाए तो वह सुमित्रा से बात करे।

आज इंडिया और ऑस्ट्रेलिया का वर्ल्ड कप का मैच था इसलिए सड़कें सुनसान थीं। आसपास के मकानों से लोगों के ख़ुशी से चिल्लाने की आवाज़ आ रही थीं। लगता है इंडिया ने कोई छक्का या चौका मारा है, आरिफ़ ने सोचा।

कुछ मिनटों बाद ही 40-42 साल का एक आदमी फ़्लैट से बाहर आया। उसकी घनी मूंछें थीं और बाल घुंघराले थे। वह लंबा और गोरे रंग का था। वह कोई फ़िल्मी गाना गुनगुना रहा था। जब वह अपने स्कूटर पर बैठकर आरिफ़ के पास से गुज़रा, वह एक क़दम पीछे हो गया। गुस्से से उसका खून खौलने लगा था सुमित्रा के इस नए लवर को देखकर। यह चरित्रहीन औरत है। न जाने और कितने लड़कों और मर्दों को फंसा रखा है। वह सुमित्रा से अभी बात करना चाहता था और उससे पूछना चाहता था कि उसने ऐसा क्यों किया। लेकिन तभी आरिफ़ ने पड़ोस की 3-4 औरतों को उसके घर में दाख़िल होते हुए देखा और वहीं पर रुक गया। जब काफ़ी इंतज़ार के बाद भी वे औरतें बाहर नहीं आईं तो आरिफ़ ने अपनी साइकिल उठाई और अपने घर की तरफ़ चल पड़ा।

रास्ते में आरिफ़ को एक टेलीफ़ोन बूथ दिखा और वहां पर उसने साइकिल रोक दी। दुकान का मालिक ब्लैक ऐंड वाइट टीवी पर इंडिया और ऑस्ट्रेलिया का मैच देखने में मशगूल था। अभी अज़रुद्दीन बैटिंग कर रहा था और मैकग्राथ बॉलिंग। आरिफ़ ने देखा एक शॉर्ट राइज़िंग बॉल पर अज़रुद्दीन ने आगे आकर शॉट खेलने की कोशिश की लेकिन गेंद बल्ले का हल्का सा किनारा लेते हुए पॉइंट पर खड़े स्टीव वॉ के हाथ में चली गई।

'भाग साले,' आरिफ़ के मुंह से निकल गया। स्क्रीन पर इंडिया का स्कोर था 17 पर 4।

'अब जीतने का कोई चांस नहीं,' दुकानदार ने ठंडी सांस भरते हुए कहा और फिर उसने टीवी बंद कर दिया।

आरिफ़ दुकानदार की तरफ़ मुड़ कर बोला, 'लोकल कॉल।'

उसने शीशे के केबिन की तरफ़ इशारा कर दिया। आरिफ़ ने जब सुमित्रा का नंबर डायल किया तो सुमित्रा की 'हेलो' सुनाई दी। उसकी शहद से भी मीठी आवाज़ सुनकर कुछ पलों के लिए तो वह सारी बातें भूल ही गया। फिर उसने अपने आपको याद दिलाया कि उसने पिछले कुछ घंटों में क्या-क्या सुना था और क्या-क्या देखा था। फिर वह सुमित्रा को कई तरह की भद्दी गालियां देने लगा। उसे भी अपने आप पर विश्वास नहीं हो रहा था। क्या नहीं कहा था उसने?

उसकी बातें सुनकर सुमित्रा रोने लगी और उसका दिल पिघलने लगा। लेकिन तभी उसे बड़े बुज़ुर्गों की कही बातें याद आईं : औरतों का सबसे बड़ा हथियार आंसू होता है। इस आंसू से औरतों ने बड़े-बड़े लड़ाकों से लेकर बड़े-बड़े सुल्तानों तक को अपने क़ब्ज़े में किया है। मर्दों को हराने का सबसे मज़बूत हथियार है यह आंसू। आख़िर में आरिफ़ ने सुमित्रा को 'रंडी' कहा और फ़ोन रख दिया।

अचानक आरिफ़ को अपने गले के पिछले हिस्से में तेज़ दर्द का एहसास हुआ और उसने अपने होंठ भींच लिए। ग़मज़दा आरिफ़ अपनी साइकिल पर बैठा और अपने घर की तरफ़ चल पड़ा। क्षितिज पर अंधेरा छाने लगा था। आरिफ़ घर के रास्ते में पीपल के पेड़ के सामने रुका और थोड़ी देर तक पीपल के उस पेड़ को देखता रहा। उसे लगा कि सुमित्रा की बेवफ़ाई में यह पेड़ भी तो शामिल है। अगले पल ही उसने अपनी जेब से वॉलेट निकाला। उसमें से उसने सुमित्रा की पुरानी फ़ोटो निकाली उसके टुकड़े-टुकड़े किए और सामने के तालाब में फेंक दिया।

17

साल 2000 के जुमे की एक सुहानी शाम थी। आरिफ़ जब कोचिंग क्लास से थोड़ी देर में घर वापस लौटा तो उसे दूसरे कमरे से नाज़नीन की हँसी सुनाई दी। किसी बात पर वह ज़ोर-ज़ोर से हँस रही थी। आरिफ़ को हमेशा ये लगता था कि उस अधेड़ वकील से शादी के बाद नाज़नीन तो हमेशा गमगीन रहती होगी। जब वह उस कमरे में दाख़िल हुआ तो नाज़नीन के दमकते हुए चेहरे को देखकर उससे बहुत अच्छा लगा। उसने आगे बढ़कर अपनी बहन को गले लगाया और उसके माथे को प्यार से चूमा।

'मेरी बहन कैसी है?' आरिफ़ ने पूछा।

'अल्लाह के फ़ज़ल से सब ठीक है, भैया,' नाज़नीन ने मुस्कराते हुए जवाब दिया।

तभी हुमा हाथ में लड्डुओं का डिब्बा लेकर कमरे में आ गई और बोली, 'दो अच्छी ख़बरें हैं भैया, एक साथ।' उसने आरिफ़ के सामने लड्डू का डिब्बा कर दिया।

'अच्छी ख़बर क्या है?' आरिफ़ ने डिब्बे से एक लड्डू उठाते हुए पूछा।

'आप जल्दी ही मामू बनने जा रहे हैं और नाज़नीन बाजी मां बनने वाली हैं।' हुमा की यह बात सुनकर नाज़नीन का चेहरा शर्म से लाल हो गया।

'और दूसरी ख़बर?'

'जीजू का बिहार ज्यूडिशियल सर्विसेज़ में सलेक्शन हो गया है। अब वह जज बनने वाले हैं और नाज़नीन बाजी एक जज की वाइफ़,' हुमा हँसते हुए बोली।

'माशाअल्लाह, माशाअल्लाह।' आरिफ़ ने एक बार फिर से नाज़नीन को गले लगा लिया। उसकी आंखों से खुशी के आंसू निकल आए थे। उसने अपनी बहन का हाथ अपने हाथ में लिया और फिर कहा, 'चलो बहना स्टडी रूम में बैठकर बातें करते हैं।'

फिर दोनों भाई-बहन अपनी-अपनी बातें करने लगे। नाज़नीन ने कहा, 'मुझे मालूम है भैया। कई बार आप यह सोचते होंगे कि शफ़ीक़ के साथ शादी कराके आप लोगों ने मेरे साथ बहुत जुल्म किया है। लेकिन मेरे लिए चेहरा-मोहरा उतना ज़्यादा मायने नहीं रखता जितना इंसान का दिल। मेरा शौहर एक अच्छा इंसान है, सोने के दिलवाला। मेरे सास-ससुर तो मुझे अपनी बेटी से भी ज़्यादा मानते हैं। घर में कुछ भी फ़ैसला होना हो तो मुझसे पूछे बिना कोई कुछ नहीं करता। मेरे देवर रफ़ीक़ का तो क्या कहना!'

नाज़नीन की बातें सुनकर उसे बड़ा सुकून मिला। उसे लगा कि उसके जिस्म से किसी ने बहुत भारी बोझ उतार दिया हो। आरिफ़ यह जानकर कि उसकी बहन खुश है बहुत ही खुश हो गया।

'अस्सलाम अलैकुम, भाई जान।' यह आवाज़ शफ़ीक़ की थी और वह सामने दरवाज़े पर खड़ा था। पहले के मुक़ाबले वह काफ़ी पतला हो गया था और उसने अपनी मूंछें हटा दी थीं जिसकी वजह से ठीक-ठाक दिख रहा था।

'वालेकुम अस्सलाम, वालेकुम अस्सलाम। बहुत-बहुत मुबारकबाद शफ़ीक़ बाबू,' आरिफ़ ने गर्मजोशी से उठकर अपने बहनोई को गले लगाया। 'बहुत-बहुत शुक्रिया मेरी बहन की ज़िंदगी को बेहतर बनाने के लिए।'

जब हुमा आरिफ़ के लिए नोकिया का मोबाइल फ़ोन लेकर आई तो आरिफ़ अचंभित हो गया।

'यह फ़ोन?'

'जीजू लाए हैं, बैंगलोर से।'

'शफ़ीक़ बाबू, इतना महंगा फ़ोन ख़रीदने की क्या ज़रूरत थी?'

'अरे भाई जान यह बिलकुल महंगा नहीं है।'

आरिफ़ ने नीले और सिल्वर कलर के उस फ़ोन को हाथ में लेकर शफ़ीक़ का शुक्रिया अदा किया। उसका दिल चाहा क्यों ना वह मृत्युंजय को फ़ोन करे लेकिन फिर उसने अपना इरादा बदल दिया।

सिविल सर्विसेज़ की नाकामयाबी और फिर सुमित्रा का दिया धोखा आरिफ़ के लिए ज़िंदगी की सबसे तकलीफ़देह हादसा था। लेकिन उसे पता नहीं था कि क़िस्मत उनके साथ उससे भी बुरा जालिमाना बर्ताव करने वाली है। उसे बिलकुल भी यह कयास नहीं था कि ज़ाकिर का दिल्ली जाना उसके घर परिवार के लिए कितना दुःख लेकर आएगा।

नाज़नीन की शादी के तुरंत बाद ज़ाकिर ने फ़ैसला किया था कि वह दिल्ली जाकर नौकरी तलाश करेगा। उसके बचपन के दो दोस्त शाहीन बाग में रहते थे और वह उन्हीं के साथ रहने वाला था।

अब्बा ने भी हां कह दी। 'अच्छा है ज़ाकिर मुंबई की अपनी नाकामी भूलकर, ज़िंदगी को नए सिरे से शुरू करना चाहता है,' आरिफ़ ने सोचा। पढ़ने-लिखने में ज़ाकिर उतना तेज़ तो था नहीं और किसी एग्ज़ाम की तैयारी से कुछ ज़्यादा फ़ायदा नहीं होने वाला था।

आरिफ़ तब तक दूसरे कोचिंग इंस्टिट्यूट में पढ़ाने लगा था जहां तनख़्वाह अच्छी थी लेकिन वहां वक़्त भी ज़्यादा देना पड़ता था। घर का बड़ा बेटा होने के नाते उसका यह फ़र्ज़ था कि वह अब्बा की माली तौर पर मदद करे। उसके बचपन का आईएएस बनने का सपना कब का मर चुका था। अब इकतीस साल की उम्र में ज़्यादातर जॉब के लिए वह एलिजिबल ही नहीं था।

'भैया मैं सोचता हूं कि डिप्लोमा इन कंप्यूटर एप्लीकेशन कर लूं तो मुझे नौकरी मिलने में बड़ी आसानी होगी। मैं चाहता हूं कि हुमा की शादी में अब्बा की मदद कर सकूं,' ज़ाकिर ने कहा, 'लेकिन आप इतना ज़्यादा वक़्त कोचिंग क्लास में मत दिया कीजिए और आप बिहार सिविल सर्विसेज़ की तैयारी पर ध्यान दें। अल्लाह कामयाबी ज़रूर देगा।'

ज़ाकिर के दिल्ली जाने के दो महीने बाद ही दिल्ली में हुए सीरियल बम ब्लास्ट ने पूरे देश को हिला दिया। करोल बाग के गफ़्फ़ार मार्केट में एक स्कूटर में रखा बम फट गया और दर्जनों दुकान बर्बाद हो गईं। इस धमाके में 50 से ज़्यादा लोग मारे गए। पहाड़गंज टर्मिनल न्यू दिल्ली स्टेशन के बाहर बम तो एक कार में रखा गया था और वहां पर मरने वाले लोगों की तादाद 25 थी। नेहरू प्लेस के बम धमाके ने 21 लोगों की जान ली। दिल्ली पुलिस के बम स्क्वाड ने दो बमों को समय रहते डिफ्यूज़ कर दिया, एक इंडिया गेट के सामने और दूसरा पालिका बाज़ार में।

आरिफ़ का पूरा परिवार परेशान था क्योंकि ज़ाकिर के बारे में कोई ख़बर नहीं आई थी। अब्बा ने ज़ाकिर को फ़ोन करने की कोशिश की लेकिन फ़ोन नहीं लगा क्योंकि सारे नेटवर्क बिज़ी आ रहे थे। देर रात जब फिर से फ़ोन चलने लगे तो ज़ाकिर का फ़ोन आया उसने कहा, 'अब्बा, मैं घर पर हूं और बिलकुल ठीक हूं। फ़िक्र करने की कोई ज़रूरत नहीं।'

लेकिन लगभग आधी रात को फिर मोबाइल फ़ोन बजने लगा। आरिफ़ सबसे पहले जगा और उसने फ़ोन उठाया। यह ज़ाकिर का फ़ोन था। उसकी आवाज़ में घबराहट थी, 'भैया, पुलिस ने हमें अपने घर से उठा लिया है मेरे दोस्तों के साथ। वे कहते हैं कि इस बम ब्लास्ट में हम लोगों का हाथ है। हमें किसी फ़ार्म हाउस पर रखा है महरौली की तरफ़। वे शायद हमें मार डालेंगे, भैया। आप अब्बा के साथ जल्दी दिल्ली आओ और हमें बचा लो...' अचानक आरिफ़ ने ज़ाकिर की चीख़ की सुनी और उसके बाद एक आवाज़ आई जिसकी टोन हरियाणवी थी, 'अबे दहिया, इस लड़के की तलाशी ठीक से नहीं ली थी क्या? देख ये लौंडा फ़ोन पर बात कर रहा था। मादरचोद, तुम हम सबको मरवाएगा।' इसके बाद अचानक झनाक से आवाज़ हुई शायद उसने फ़ोन को ज़मीन पर फेंका था।

आरिफ़ को लगा कि जैसे उसे लक़वा मार गया हो। उसका हाथ फ़ोन पर था और फ़ोन कान से चिपका हुआ था। तब तक आरिफ़ के घर के सब लोग जग चुके थे और उसके सामने खड़े थे। वे यह इंतज़ार कर रहे थे कि आरिफ़ कुछ बोले लेकिन आरिफ़ काफ़ी देर तक कुछ भी नहीं बोला। थोड़ी देर बाद अब्बा ने आरिफ़ को झकझोर दिया तब जाकर कहीं उसे होश आया। फिर वह हिचकियों में रोते हुए यह बताया कि ज़ाकिर के साथ क्या हुआ था। अब्बा घंटों तक कुछ नहीं बोले। बाक़ी सबका रोना-पीटना शुरू हो गया। आरिफ़ ने सोचा कि ज़ाकिर जैसे रोशन दिमाग़ इंसान को पुलिस आतंकवाद के केस में फंसा सकती है। ज़ाकिर मज़हबी कट्टरपन और ख़ूनख़राबे से सख़्त नफरत करता था। लेकिन हिंदुस्तान में किसी भी मुसलमान पर आतंकवादी का ठप्पा लगा देना बहुत आसान सी बात होती जा रही है। जब चाहो किसी को भी आतंकवादी बता दो, जब चाहो फेक एनकाउंटर में मार दो। कुछ अगर अपनी जान गंवाने से बच भी गए तो उनकी सारी ज़िंदगी मुकदमे में निकल जाएगी।

ज़ाकिर भी पुलिस के इसी पूर्वाग्रह का शिकार हुआ है। आरिफ़ ने सोचा।

अगले दिन आरिफ़ और अब्बा श्रमजीवी एक्सप्रेस से दिल्ली के लिए निकल गए। उनका टिकट कन्फर्म भी नहीं हुआ था, इतनी जल्दी में भला होता भी कैसे।

उस भीड़ भरी ट्रेन में अब्बा ने एक बेडशीट कोरिडोर में बिछा दी और दोनों वहीं पर बैठ गए थे। 16 घंटे के मुश्किल सफ़र के बाद वह दिल्ली पहुंचे तो दोनों बिलकुल ख़ामोश थे। दिल्ली स्टेशन से सीधे वह शाहीन बाग गए जहां पर ज़ाकिर किराएदार था। वह एक छोटा सा तीन मंज़िला मकान था। दोनों तरफ़ से गंदे नाले बह रहे थे और सामने कूड़े का ढेर पड़ा था। मकान मालिक सबसे निचली मंज़िल पर रहता था लेकिन वह उस वक़्त घर पर नहीं था।

मकान मालिक की पत्नी ने आरिफ़ और अब्बा को अपने ड्रॉइंग रूम में बैठाया जब उन्होंने अपना नाम और आने का मक़सद बताया। उसने बताया कि दो रात पहले कुछ पुलिस वाले आए थे और आरिफ़ और उसके दोस्तों को उठा कर ले गए थे। उसने अपनी आंखों से पुलिस की कार देखी थी। 'मैं उस रात घर पर बेटियों के साथ अकेली थी इसलिए बाहर कुछ पूछने नहीं जा पाई।' मकान मालिक की बीवी पर्दे के पीछे खड़े होकर बात कर रही थी। 'मैंने एक पुलिस वाले का चेहरा भी साफ़-साफ़ देखा था उसके चेहरे गाल पर कटे का निशान था।'

'आपको पता है कि बच्चों को वे किस पुलिस थाने ले गए हैं,' अब्बा ने पूछा।

'मुझे पक्का पता तो नहीं लेकिन मैंने उन लोगों को जामिया नगर थाने का नाम लेते सुना था,' वह बोली, 'भाई साहब! आप घबराइए मत। ज़ाकिर बहुत ही नेक लड़का है। ज़रूर पुलिस को कोई ग़लतफ़हमी हुई होगी। मेरे ख़याल से कुछ पूछताछ करने के बाद वे उसे छोड़ देंगे, ज़ाकिर आज कल में वापस आ जाएगा।'

अब्बा को उसकी बातों से तसल्ली नहीं हुई। अब्बा ख़ुद पुलिस विभाग में 35 साल काम कर चुके और उन्हें पता था कि हिंदुस्तान की पुलिस कैसे काम करती है। किसी भी बेकसूर को किसी भी केस में फंसा देना आम बात

थी। आरिफ़ ने भी अब्बा से कई बार सुना था कि किस तरह आदिवासी नौजवानों को नक्सलाइट बता कर फेक एनकाउंटर कर मार दिया जाता था और वो भी एक मैडल या प्रमोशन के लिए।

'आपके शौहर से कब बात हो सकती है?' अब्बा ने पूछा।

'आज रात तक वापस आएंगे। ऐसा कीजिए आप कल सुबह आ जाइए।'

'क्या आप मुझे ज़ाकिर का कमरा दिखा सकती हैं।'

'हां क्यों नहीं?' यह कह कर वह घर के अंदर चली गई और फिर एक चाबी का गुच्छा लेकर आईं। उसके पीछे-पीछे संकरी सीढ़ियों से चढ़ कर वे तीसरी मज़िल पर गए।

उसने एक कमरे का दरवाज़ा खोला। वह एक छोटा सा कमरा था, 15 फ़ीट लंबा और 10 फ़ीट चौड़ा। बड़ी मुश्किल से उसमें चार तख़्त रखे गए थे। कमरे में हर चीज़ अपनी जगह पर बिलकुल ठीक से रखी हुई थी। नहीं लगता था यहां कोई हादसा हुआ है या किसी के साथ ज़ोर-ज़बरदस्ती की गई है। एक बिस्तर के पास दीवार पर आमिर ख़ान और सलमान ख़ान की फ़िल्म *अंदाज़ अपना अपना* का पोस्टर लगा हुआ था। आरिफ़ ने तुरंत अंदाज़ लगा लिया कि वह ज़ाकिर का बेड है। आरिफ़ उस बिस्तर पर बैठकर आस पास की चीज़ों को ग़ौर से देखने लगा लेकिन उनसे ज़ाकिर के ग़ायब होने का कोई सुराग नहीं मिला। उसने सामने दीवार पर देखा कि कुछ अरबी में लिखा हुआ है। उनमें से एक पोस्टर पर लिखा हुआ था : नसरुम मिनल्लाही फ़तहन क़रीब।

जब अब्बा और आरिफ़ वहां से जाने लगे तो उस औरत ने कहा, 'भाई साहब, नाश्ता कर लीजिए।'

'शुक्रिया हमशीरा, लेकिन मुझे अभी कहीं पहुंचना है,' अब्बा ने जवाब दिया और फिर दोनों एक मकान से बाहर आ गए।

20 मिनट बाद वे जामिया नगर पुलिस स्टेशन पहुंच गए। वहां का एसएचओ बड़ा ही ख़तरनाक दिखने वाला इंसान था और उसके चेहरे पर कटे का निशान भी था। वह अब्बा के साथ बदतमीज़ी से पेश आने लगा जब उन्होंने उससे ज़ाकिर के बारे में पूछा। अब्बा ने यह भी बताया कि वह एक रिटायर्ड पुलिस अफ़सर हैं फिर अपना आई कार्ड भी दिखाया। लेकिन

इन सब चीज़ों का उस पर कोई असर नहीं हुआ। जब अब्बा ने कहा कि ज़ाकिर की मकान मालकिन ने उस रात चेहरे पर कटे के निशान वाले आदमी को देखा था तो अचानक उस पुलिस वाले का हाथ चेहरे पर चला गया।

'आप यहां से तुरंत जाइए,' एसएचओ चिल्ला कर बोला।

वे थाने से निकल आए और अब्बा ने इशारे से एक ऑटो को बुलाया। वे आरिफ़ की तरफ़ मुड़कर बोले, 'हमें जैन साहब की मदद लेनी पड़ेगी।' जैन साहब बिहार के रिटायर्ड डायरेक्टर जनरल ऑफ़ पुलिस का नाम था और वह नोएडा में रहते थे। अब्बा ने उनके साथ पांच साल तक साथ काम किया था।

कुछ घंटों बाद जब वह जैन साहब के साथ वापस लौटे तो एसएचओ का व्यवहार बिलकुल ही अलग था। वह बड़ी इज़्ज़त व एहतराम के साथ बात कर रहा था। हालांकि उसने फिर भी ज़ाकिर के बारे में कुछ भी जानने से इनकार किया। वह अब्बा, आरिफ़ और मिस्टर जैन के साथ ज़ाकिर के उस फ़्लैट पर भी गया जहां वह रहा करता था। मकान मालिक वापस आ चुका था। वह एक ठिगना सा इंसान था और छोटी दाढ़ी रखे हुए था। पुलिस के सामने उसने तो साफ़ ही मना कर दिया है कि उसने एक पुलिस या किसी और को ज़ाकिर या उसके दोस्तों को ले जाते हुए देखा था। जब अब्बा ने कहा कि उनकी बात उसके बेगम से हुई थी और उसे यक़ीन नहीं हो तो वह अपनी बीवी को यहां बुला ले। यह सुन कर वह बिलकुल तैश में आ गया।

'आपको ज़रूर ग़लतफ़हमी हुई होगी, भाई साहब। मेरी बेगम तो पर्दानशीन है वह ग़ैरमर्दों से बात नहीं करती,' वह गुस्से में बोला।

'खुदा का ख़ौफ़ करो और सच बताओ,' अब्बा ने रोते हुए कहा। आरिफ़ ने आगे बढ़कर अपने पिता को थाम लिया।

वह एसएचओ जैन साहब से मुखातिब होकर कहा, 'सर! मैंने आपको कहा था ना कि मेरा कुछ लेना-देना नहीं है इन मामलों से लेकिन फिर भी आप की तसल्ली के लिए मैं यहां आया।' फिर अब्बा की तरफ़ मुड़कर बोला, 'ख़ान साहब मुझे आपसे पूरी सहानुभूति है। अपने बेटे के ग़ायब होने का एफ़आईआर चाहे तो लिखवा सकते हैं। मैं पूरी कोशिश करूंगा आपके बेटे को तलाशने की।' इतना कहकर वह अपनी जीप में बैठा और वहां से चला गया।

'मैं भी निकलता हूं अभी। मैं पुलिस कमिश्नर से बात करने की कोशिश करूंगा। लेकिन तुम तो जानते ही हो ना कि रिटायर होने के बाद डिपार्टमेंट में कोई वैल्यू नहीं रहती,' जैन साहब ने कहा और फिर इशारे से थोड़ी दूर पर खड़े अपने ड्राइवर को बुला लिया।

अगले तीन-चार दिनों तक अब्बा और आरिफ़ जगह-जगह फिरते रहे। कभी कमिश्नर के ऑफ़िस गए तो कभी कोई मीडिया हाउस और कभी अल्पसंख्यक आयोग। उन्होंने कई एनजीओ के भी चक्कर लगाए लेकिन वह किसी को भी इस बात से क़ायल नहीं कर पाए कि ज़ाकिर के ग़ायब होने में पुलिस का हाथ है।

चौथे दिन फ़जर की अजान के साथ ही आरिफ़ की नींद खुल गई और उसने देखा कि अब्बा वज़ू कर रहे थे।

आहट सुनते ही अब्बा ने पीछे मुड़कर पूछा, 'बेटा नमाज़ पढ़ने चलोगे क्या?' उस वक्त वे अपना चेहरा एक नीले-सफ़ेद रंग के गमछा से पोंछ रहे थे।

'हां अब्बा चलूंगा,' आरिफ़ की आवाज़ में ग़म था, बेकसी थी, परेशानी थी।

नमाज़ पढ़कर आते वक़्त आरिफ़ ने देखा कि आस पास के कई ढाबों पर बड़े गोश्त का कीमा तला जा रहा था और उसकी महक इतनी तेज़ थी उसे रूमाल निकालकर नाक पर रखना पड़ा। अब्बा वहीं पर एक अख़बार वाले की दुकान पर रुक गए थे। उन्होंने एक हिंदी का अख़बार ख़रीदा और जैसे ही फ्रंट पेज पर उनकी नज़र गई उनके चेहरे का रंग उड़ गया। ख़बर ये थी कि दिल्ली के मुख्तलिफ़ इलाक़े में तीन लाशें मिली थीं। यह पता नहीं था कि उन्हें किसने और क्यों मारा? लेकिन तीनों मरहूम का नाम लिखा हुआ था। तीनों बिहार के रहने वाले थे और उनका नाम था अल्ताफ़, कामिल और अब्दुल वहाब। ये वही तीन लड़के थे जो ज़ाकिर के रूममेट्स थे और पुलिस जिन्हें ज़ाकिर के साथ उठा के ले गई थी।

'क्या ज़ाकिर को भी इन्होंने मार दिया?' अब्बा घबरा कर बोले और अख़बार आरिफ़ को दे दिया। फिर अब्बा वहीं सड़क के बीचो-बीच ज़मीन पर बैठ गए और फूट-फूट कर रोने लगे। आरिफ़ को लगा कि उसकी दुनिया जैसे बिखरने लगी है। उसने अख़बार को टुकड़े-टुकड़े करके सड़क पर फेंक

दिया और अब्बा को अपने बांहों में जकड़कर ज़ार-ज़ार रोने लगा। दोनों बाप बेटे क़रीब एक घंटे तक वहां पर बैठे आंसू बहाते रहे। आसपास से गुज़रने वाले लोग अजीब निगाहों से देखते हुए गुज़र जाते। कुछ आंखों में हमदर्दी होती लेकिन कहते वे भी कुछ नहीं थे।

शाम को एक बार फिर अब्बा और आरिफ़ जामिया नगर थाने गए और एसएचओ से बहस की। अब्बा ने उसे मीडिया के सामने एक्सपोज़ करने की भी धमकी दी।

'देखो ख़ान साहब, अपने दूसरे बेटे की हिफ़ाज़त का ख़याल करो। फ़ालतू में पुलिस के साथ पंगा लेने का मतलब जानते ही हो आप। हां जानोगे कैसे नहीं, ख़ुद ही पुलिस डिपार्टमेंट में काम किया है।' एसएचओ ने अब्बा को धमकाते हुए कहा।

अब्बा ने जवाब में कुछ भी नहीं कहा और चुपचाप पुलिस थाने से बाहर आ गए।

'अब हम क्या करेंगे, अब्बा?' आरिफ़ ने रुआंसी आवाज़ में पूछा।

'मुझे पक्का यक़ीन है कि यह एसएचओ कुछ छुपा रहा है। वैसे शक्ल से ही जालिम लग रहा है। मैं शफ़ीक बाबू को फ़ोन करके आता हूं।' अब्बा यह कहते हुए पुलिस स्टेशन के गेट के पास ही एक टेलीफ़ोन बूथ में चले गए।

लगभग 10 मिनट बाद अब्बा टेलीफ़ोन बूथ से बाहर आ गए और उन्होंने बताया कि शफ़ीक पटना में नहीं है। फिर थोड़ा ठहर कर बोले, 'फिर मैंने पटना के जान-पहचान वाले एक एडवोकेट से बात की है। उसने मुझे माहताब आलम से मिलने को कहा है। माहताब उससे वाक़िफ़ है और नेशनल लीगल फ़र्म फ़ॉर ह्यूमन राइट्स में काम करता है वह।'

कुछ देर में ऑटो रिक्शे से दोनों बाप बेटा साउथ दिल्ली के एक छोटे से ऑफ़िस में पहुंचे। पुरानी इमारत थी और हर तरफ़ दीवारों से सीमेंट झड़ रहे थे। पता चला कि माहताब बिहार के अररिया ज़िले का रहने वाला है। उसकी उम्र क़रीब 30-32 साल रही होगी। मझोला क़द, छोटी-छोटी दाढ़ी और सांवले रंग वाले माहताब के चेहरे पर संजीदगी थी। उसने बड़े इत्मीनान से ज़ाकिर के बारे में सारी बातें सुनी। बहुत सारी बातें उसने अपनी डायरी में भी नोट की और जब आरिफ़ और अब्बा चलने लगे तो उसने तसल्ली

दी कि वह पूरी कोशिश करेगा ज़ाकिर के बारे में पता लगाने की। शाम को माहताब का फ़ोन लॉज में आया। उसने बताया कि वह जामिया नगर थाने गया था और वहां के पुलिस अफ़सर से काफ़ी बहस भी हुई। उसे शक है कि वहां का एसएचओ ज़रूर इस मामले में शामिल है। वह अपने साथियों के साथ यह मामला डिस्कस करके फिर आगे क्या करना है यह फ़ैसला लेगा।

माहताब से बात होने के बाद आरिफ़ ने अपनी शर्ट पहनी और मदीना लॉज से नीचे उतरा ताकि खाने-पीने का कुछ सामान लेकर आ सके। अभी वह मुश्किल से दस गज ही गया होगा कि उसके सामने आ कर एक कार रुकी। फिर किसी ने पीछे से उसके चेहरे पर रूमाल रख दिया। वह सिर्फ़ एक लंबे और काले चश्मे वाले आदमी को देख पाया। अजीब से महक थी उस रूमाल में। उस महक से वह मदहोश होता चला गया। उसे बस इतना याद रहा कि उसे कुछ लोगों ने किसी कार की पिछली सीट पर घसीट कर डाल दिया।

जब आरिफ़ की आंख खुली तो उसने अपने आप को एक छोटे से कमरे में पाया एक अटैच बाथरूम के साथ। वह एक लकड़ी के तख़्त पर पड़ा हुआ था। एक बेड शीट और एक तकिया अलावा बिस्तर के नाम पर कुछ भी नहीं था। एक दरवाज़ा था जो बाहर से बंद था। वह घबराने लगा और दरवाज़े को ज़ोर-ज़ोर धक्का देने लगा लेकिन कुछ भी नहीं हुआ। उसने यह ध्यान दिया कि सामने एक छोटी-सी खिड़की है। उसने खिड़की के पट को खोलने की कोशिश की लेकिन वे खुले नहीं। परेशान हाल होकर वह फ़र्श पर बैठ गया और रोने लगा। घंटे भर बाद दरवाज़ा थोड़ा खुला और किसी ने एक प्लेट धकेल दी। थाली में तंदूरी रोटी और आलू गोभी की सब्ज़ी थी।

कई दिन बीत गए और उस अकेलेपन के एहसास ने उसके होश-हवास को छीन लिया। दिनों के बाद हफ़्ते बीते और आरिफ़ को यह भी नहीं पता चल रहा था कि तारीख़ क्या है और दिन कौन सा है। वह यह भी नहीं याद कर पा रहा था कि कितने दिनों से वह यहां क़ैद में है।

फिर एक दिन दोबारा दरवाज़ा खुला लेकिन इस बार खाने की प्लेट या पानी का गिलास रखने के लिए नहीं बल्कि दो नक़ाबपोश आदमी उस कमरे में दाख़िल हुए। आरिफ़ अपनी जगह पर खड़ा हो गया था और उसने मन बना लिया था कि वह सामने वाले पर हमला करेगा और ज़ोर से चिल्लाएगा।

लेकिन तभी उन दोनों ने आगे बड़ी फुर्ती से आगे बढ़कर आरिफ़ के हाथों पकड़ लिया। फिर उसके चेहरे पर एक अजीब सी बदबू वाला रूमाल रख दिया गया और उसकी निगाहों के सामने अंधेरा सा हो गया।

इस बार जब आरिफ़ की आंख खुली तो उसने अपने आपको किसी सड़क के फुटपाथ पर पड़ा पाया। अंधेरी रात थी और आस पास कोई भी नहीं था। बिलकुल सुनसान सड़क थी। उसका सिर बहुत ही भारी-भारी सा महसूस हो रहा था आस पास सब कुछ धुंधला दिख रहा था। उसकी सांसों में एक अजीब सी महक समाई हुई थी और जाने का नाम नहीं ले रही थी। उसने अपनी आंखों पर बहुत ज़ोर दिया तो सामने शराब की बंद दुकान दिखाई दी। पहले तो उसे यक़ीन नहीं हुआ, इसलिए उसने दोबारा फिर दुकान के ऊपर लिखा है एड्रेस पढ़ा : फ्रेज़र रोड, पटना 800001। आख़िर मैं पटना कैसे पहुंच गया? अब्बा कहां हैं? ज़ाकिर का क्या हुआ? यह सब सोच-सोच कर आरिफ़ परेशान हो रहा था कि उसे थोड़ी दूर पर पानी का एक नल दिखा। वह किसी तरह से अपने आप को खींचते हुए वहां तक ले गया। उसने नल चालू कर अपने चेहरे और सिर को अच्छी तरह से धोया। फिर उसने कुल्ला किया और नाक के अंदरूनी हिस्सों को धोया ताकि उसकी महक से वह निजात पा सके। फिर उसकी निगाह नल के बाजू में एक साइकिल रिक्शे पर पड़ी। रिक्शावाला गहरी नींद में सोया हुआ था। आरिफ़ ने हिलाकर उसे जगा दिया। लेकिन रिक्शेवाले ने जाने से साफ़ मना कर दिया। काफ़ी हाथ-पैर जोड़ने के बाद और सौ रुपये किराये के वादे के बाद वह पुलिस कॉलोनी जाने को तैयार हुआ।

आरिफ़ पुलिस कॉलोनी के अंदर अपने फ़्लैट के सामने पहुंच चुका था। फ़जर का वक़्त हो चुका था और वेटेनरी कॉलेज से मस्जिद से अज़ान सुनाई दे रही थी। रिक्शा वाले को अपने पैसे लेने के लिए उसके साथ ऊपर तक आना पड़ा क्योंकि आरिफ़ के जेब में अठन्नी भी नहीं थी। उसने जैसे ही दरवाज़ा खटखटाया किसी ने दरवाज़ा फटाक से खोल दिया। ऐसा लगता था कि जैसे दरवाज़ा खोलने के लिए कोई पहले से इंतज़ार कर रहा था। आरिफ़ ने देखा कि अब्बा सामने खड़े हैं। उन्होंने आरिफ़ को देखते ही अपने बांहों में भर लिया और ज़ोर-ज़ोर से चिल्ला कर रोने लगे। अम्मा,

दादी और हुमा अंदर वाले कमरे से बाहर आईं और उन्होंने भी आरिफ़ को एक एक करके गले लगाया। रिक्शा वाला सामने खड़ा चुपचाप यह सब देख रहा था। थोड़ी देर बाद उसने दरवाज़ा खटखटाया। आरिफ़ को तभी ध्यान आया और उसने अब्बा से कहा, 'इसे 100 रुपये दे दीजिए।'

अब्बा ने जब 50 रुपये के दो नोट रिक्शे वाले को देने चाहे तो उसने सिर्फ़ एक ही नोट लिया और वहां से चला गया।

उसके जाते ही पूरा खानदान फिर से रोने लगा। थोड़ी देर बाद जब सब शांत हुए तब दादी आरिफ़ का हालचाल पूछने लगीं। अम्मा दौड़ कर आरिफ़ के खाने के लिए कुछ लाने किचन में गईं। अब्बा चुपचाप बैठ कर आरिफ़ को निहार रहे थे और उनका हाथ अपने आप कांप रहा था। दादी आरिफ़ के ठीक पीछे बैठकर उसके बाल सहला रही थी। हुमा की आंखों में आंसू थे। वह सामने अपने भाई का हाथ पकड़कर बैठी थी।

'उन्होंने तुम्हें मारा तो नहीं,' अब्बा ने पूछा।

'नहीं अब्बा, उन्होंने मेरे साथ कोई मारपीट नहीं की। वे मुझे बेहोश करके ले गए थे और मैंने किसी को देखा भी नहीं। दरअसल...' आरिफ़ ने पूछा, 'मैं कितने दिन तक उनके क़ैद में रहा, मुझे याद भी नहीं है।'

'15 दिन,' अब्बा ने भर्राई आवाज़ में कहा।

'लेकिन कौन थे वे लोग? ज़ाकिर कहां है? और पटना कब वापस आए?'

अब्बा की आंखों में अचानक आंसू भर आए और वह अपना माथा ठोकते हुए ज़ोर-ज़ोर से रोने लगे। दादी और हुमा भी उनके साथ शामिल हो गईं। रोने की आवाज़ सुनकर अम्मा रसोई से दौड़ कर वापस आईं। अम्मा ने रोते हुए अब्बा को पकड़कर समझाने की भी कोशिश कर रही थी। जब सब चुप हुए तो अब्बा ने बताया कि आरिफ़ की ग़ैरमौज़ूदगी में क्या हुआ था।

'तुम्हारे नीचे जाने के 15 मिनट बाद ही मुझे होटल के कमरे में एक फ़ोन आया। फ़ोन करने वाला बोला कि तुम उसके क़ब्ज़े में हो और अगर मैंने ज़ाकिर के बारे में पता लगाने की कोशिश की या माहताब आलम से कोई मदद लेने की कोशिश की वह तुम्हें मार देगा। उसने मुझे कहा कि मैं तुरंत पटना लौट जाऊं।'

'फिर क्या हुआ, अब्बा?'

'मुझे उस वक़्त समझ में नहीं आ रहा था कि आख़िर मैं करूं तो क्या करूं। मेरे दोनों बेटे ग़ायब थे और दिल्ली शहर मेरे लिए नया था। माहताब के कहने पर मैं पुलिस के पास रिपोर्ट लिखवाने गया लेकिन यह भी ख़बर उसके पास पहुंच गई। रिपोर्ट लिखाने के बाद जैसे ही मैं होटल वापस पहुंचा कि उसी गुमनाम इंसान का टेलीफ़ोन आया। उसने मुझे फिर से धमकाया कि तुम्हें अपने दूसरे बेटे से प्यार नहीं है। तुम अभी भी माहताब से मिल रहे हो। फिर तुमने पुलिस रिपोर्ट भी लिखवा दी। आख़िरी मौक़ा है, सोच लो। उसकी धमकी ने हमें हिला दिया।' मैं समझ गया था कि वह जो भी है, हम पर निगाह रखे हुए है। फिर माहताब ने मुझे फ़ोन किया, पुलिस के पास फिर से जाने के लिए। मैंने उसका फ़ोन काट दिया और उससे कोई बात नहीं की। मैंने सोच लिया था एक बेटा तो जा चुका और दूसरे को मुझे गंवाना नहीं है। इसलिए मैं पुलिस स्टेशन गया और एफ़आईआर वापस ले ली और फिर मैं तुरंत पटना के लिए निकल गया। दिन बीते जा रहे थे और हम लोग तुम्हारा इंतज़ार करते रहे। मैंने सोचा कि माहताब को फिर से फ़ोन करके उसकी मदद मांगी जाए। मुझे लगा कि शायद एफ़आईआर वापस लेना ठीक नहीं था।'

'अब्बा, मैं तो वापस आ गया लेकिन ज़ाकिर कहां है? क्या उस फ़ोन करने वाले आदमी ने कुछ बताया नहीं ज़ाकिर के बारे में।'

अब्बा फूट-फूट कर रो पड़े, 'मुझे लगता है कि ज़ाकिर को हम खो चुके हैं, बेटा। मैं तुम्हें नहीं खोना चाहता था इसलिए वापस आ गया।' अब्बा ने क़रीब आकर आरिफ़ को अपने गले से लगा लिया। फिर अम्मा की तरफ़ मुड़कर अब्बा ने कंपकंपाती आवाज़ में कहा, 'हमीदा, हम अपने बेटे को खो चुके हैं हमेशा के लिए। ज़ाकिर को इन जालिमों ने मार डाला। हमारे मुल्क में कोई इंसाफ़ नहीं है। उसने हमारे बेटे का आख़िरी दीदार भी नहीं करने दिया। हम कुछ भी नहीं कर सकते। अल्लाह का शुक्र है कि कम से कम आरिफ़ को उन्होंने ज़िंदा छोड़ दिया।'

अम्मा ग़मज़दा सी अपनी होंठ को भींच कर अब्बा को पकड़ कर बैठ गईं। दादी ने जब तक *कुरान शरीफ़* निकाल कर एक किनारे बैठ कर पढ़ना शुरू कर दिया था और उनके आंसुओं से *कुरान शरीफ़* के पन्ने भीगने लगे थे। हुमा फ़र्श पर बैठी अपने घुटनों को पकड़कर आंसू बहा रही थी। आरिफ़ को लगा कि उसके गले में कुछ खराश हो रही है, उसके पेट

में कुछ उबल सा रहा है। वह वहां से उठा दौड़कर सीधे बाथरूम गया फिर उल्टियां करने लगा।

अगले एक महीने तक रिश्तेदारों और दोस्तों का आना-जाना लगा रहा। सभी लोग मातमपुर्सी के लिए आ रहे थे। कई रिश्तेदारों ने यह भी कहा कि ज़ाकिर का उसके गायबाना में ही जनाज़ा पढ़ाया जाए। जनाज़ा लफ्ज़ सुनते ही अम्मा चीख़ पड़ी। आरिफ़ और अब्बा ने मिलकर अम्मा को संभाला। फिर जनाज़े की बात कभी नहीं की गई हालांकि वे मान चुके थे कि ज़ाकिर इस दुनिया में नहीं है लेकिन दिल इस चीज़ को मानने को तैयार नहीं था।

शफ़ीक ने अब्बा को सलाह दी कि दिल्ली पुलिस के ख़िलाफ़ केस किया जाए। उसके पास ताक़त नहीं है और पैसा नहीं है। वह कोर्ट कचहरी के चक्कर लगाकर वक़्त ज़ाया नहीं करना चाहते हैं। अब्बा को कहीं न कहीं यह डर था कि अगर ज़ाकिर के केस को आगे ले जाएंगे तो आरिफ़ की जान को ख़तरा था।

इसी बीच, कमांडेंट ऑफ़िस से फिर एक नोटिस आया जिसमें लिखा था :

डियर मिस्टर ख़ान,

मुझे यह बताते हुए खुशी हो रही है कि आपके फ़्लैट का एलॉटमेंट 12 महीने के लिए बढ़ा दिया गया और इस दौरान आपको सिर्फ़ 100 रुपये प्रति माह किराया देना पड़ेगा।

आपसे निवेदन है कि 30 अप्रैल 2001 से पहले यह फ़्लैट ख़ाली कर दें।

आपका
आर.पी. सिंह
दिनांक : 11-04-2000

18

महीने के बाद महीने गुज़रते गए। लेकिन ज़ाकिर की ग़ैरमौजूदगी का ग़म गहरे कुहासे की तरह आरिफ़ के घर में छाया रहा।

फिर नवम्बर, 2000 में बिहार को दो हिस्सों में तकसीम कर दिया गया। नए सूबे झारखंड के लोग राजधानी रांची की सड़कों पर खुल कर नाचे। आरिफ़ ऊनी चादर ओढ़कर अपने ब्लैक ऐंड वाइट टीवी पर नए राज्य बनने का जश्न देख कर ज़ाकिर को याद करता रहा। ज़ाकिर बिहार के बँटवारे के सख़्त ख़िलाफ़ था।

फिर अचानक आरिफ़ को जमालपुरा में बिताए गए बचपन की वो सर्द भरी सुबहें याद आ गईं, जब वह ज़ाकिर के साथ अपने गांव के बाहर चला जाता था माउंट एवरेस्ट की झलक देखने। फज़र की अज़ान के ठीक बाद दोनों भाई चुपचाप गांव बाहर खेतों में खड़े होकर क्षितिज पर आसमान को चूमते एवरेस्ट को देखते। हालांकि हिमालय जमालपुरा से काफ़ी दूर था लेकिन जाड़े में तड़के एवरेस्ट दिखाई देता था, धुंधला सा और धुंध की चादर में लिपटा हुआ।

ज़ाकिर हमेशा कहा करता था, 'भैया एवरेस्ट पहाड़ कितना बड़ा है।' जब वह यह कहता तो उसकी आंखों में अजीब सी चमक होती और चेहरे पर मुस्कान। इससे पहले कि आरिफ़ कुछ कहे ज़ाकिर बोल पड़ता, 'अल्लाह तआला तो इससे भी बड़े होंगे ना, जिन्होंने इतना बड़ा पहाड़ बनाया है।'

आरिफ़ को वो दिन भी याद आया जब ज़ाकिर उसके लिए डिस्ट्रिक्ट पुलिस के एक सब-इन्स्पेक्टर से भिड़ गया था और मरते-मरते बचा था। आरिफ़, ज़ाकिर के लिए भाई और दोस्त से बढ़कर अहमियत रखता था।

आरिफ़ इन पुरानी यादों के चलते बेचैनी सी महसूस करने लगा और बिस्तर से सटे टेबल की दराज़ से एक छोटी-सी टेबलेट निकाल कर पानी के साथ निगल गया। वो अक्सर रात को नींद न आने पर इन छोटी-सी गोलियों का इस्तेमाल किया करता करता है।

उसके घर में हर कोई अपने तरीक़े से ज़ाकिर के जाने के दर्द से निपटने की कोशिश करता था।

दादी लगातार *कुरान शरीफ़* की तिलावत करती रहती थीं और उनकी आंखों से लगातार बहते आंसू कलाम-ए-पाक के पन्ने भिगोते रहते। इन दिनों वे खाना भी ठीक से नहीं खाती थीं और कभी-कभी तो पूरे दिन एक दाना भी उनके पेट में नहीं जाता था।

आरिफ़ पक्का नमाज़ी बन गया था और पांचों वक़्त मस्जिद जाया करता था। इससे उसे काफ़ी हद तक दिमाग़ी सुकून मिलता था।

एक जुमे के दिन मौलाना साहब ने अपनी तक़रीर में ज़िंदगी व मौत के बारे में बातें कीं और कहा कि ज़िंदगी और मौत तो अल्लाह के हाथ में है। कोई अपना जाता है तो दुःख होता ही है लेकिन ये तो ज़िंदगी की सच्चाई है और इसे मान लेने में ही भलाई है। अल्लाह पाक ने *कुरान शरीफ़* में फ़रमाया है : कुल्लो नफसिन ज़ायकातुल मौत यानी हर ज़िंदा को मौत का मज़ा चखना है।

मस्जिद से वापसी के बाद आरिफ़ बिस्तर पर लेटा हुआ था। वह सोच रहा था, *'ज़ाकिर अब कभी भी वापस नहीं आएगा और उसके लिए दिन-रात ग़म मनाने से क्या होगा। मुझे अब्बा के बारे में सोचना चाहिए। मुझे हुमा के बारे में सोचना चाहिए। उसकी उम्र शादी के लायक़ हो चुकी है। दहेज़ का इंतज़ाम भी करना पड़ेगा। मुझे कोई न कोई नौकरी तो करनी पड़ेगी। बीपीएससी के लिए आख़िरी कोशिश है। मुझे जी-जान लगा देनी चाहिए।'*

उसने मन ही मन जो फ़ैसला लिया था उससे आरिफ़ को कुछ राहत महसूस हुई। ज़िंदगी जीने की एक नई चाह जागी। आरिफ़ ने *कॉम्पटिशन सक्सेस रिव्यु* का एक बहुत ही पुराना अंक टेबल पर से उठा लिया। उस पर 1987 के सिविल सर्विसेज़ टॉपर आमिर सुभानी की तसवीर छपी थी है। आमिर सुभानी की कामयाबी ने हज़ारों मुसलमान लड़कों को आईएएस का इम्तिहान देने के लिए हौसला दिया था।

अब्बा कहा करते थे कि मामूली घराने का होते हुए भी आमिर सुभानी ने अपनी मेहनत से वह कर दिखाया जो एक मिसाल बन गई। आरिफ़ आमिर सुभानी की तसवीर देख कर परेशान सा हो गया। काश! मैंने भी कुछ आमिर सुभानी जैसा कुछ किया होता। लेकिन अपने भाई की याद आते ही फिर ग़म से निढाल हो गया और अल्लाह से दुआ करने लगा, 'अल्लाह मुझे ज़िंदगी में कुछ नहीं चाहिए। सिर्फ़ मेरे भाई को वापस भेज दो।' तभी आरिफ़ की निगाह अपनी स्टडी टेबल की पास वाली दीवार पर अल्लामा इक़बाल के लिखे एक शेर पर चली गई :

ख़ुदी को कर बुलंद इतना कि, हर तक़दीर से पहले
ख़ुदा बंदे से खुद पूछे, बता तेरी रज़ा क्या है?

(स्वयं को इतना अधिक बुलंद कर लो कि ख़ुदा भी तक़दीर लिखने से पहले पूछें कि बंदे बता तेरी इच्छा क्या है?)

यह पढ़कर उसे अंदर कोई जोश या कोई हौसला पैदा नहीं हुआ। हालांकि यह शेर वह बार-बार मन ही में दोहराता रहा। मुझे अपनी तकलीफ़ों को भूल जाना होगा और अपने परिवार के बारे में सोचना होगा। वह यह सोचते हुए स्टडी टेबल पर बैठ गया और जनरल स्टडीज़ की किताब खोल ली। किताब के अंदर एक गहरे भूरे रंग का चेक वाला रूमाल था जिसे सुमित्रा ने उसे कभी दिया था। रूमाल को देखते ही उसका मन फिर से ख़राब हो गया और चेहरे पर अजीब सी कड़वाहट भरा भाव उभर आया। वह अपनी जगह से झटपट उठा और उस रूमाल को खिड़की से बाहर फेंक दिया। लेकिन अपने दिल व दिमाग़ से सुमित्रा को बाहर कैसे फेंकेगा। आरिफ़ के अंदर अचानक सुमित्रा से मिलने की चाहत जाग उठी। वह सुमित्रा के कंधे पर सिर रख कर रोना चाहता था। वह उससे अपना दुःख बांटना चाहता था।

खिड़की से बाहर झांकते हुए उसने बिहार के दो पूर्व मुख्यमंत्रियों - लालू प्रसाद यादव व जगन्नाथ मिश्रा को सामने के पुलिस गेस्ट हाउस के लॉन में टहलते हुए देखा। इन्हें 950 करोड़ रुपये के चारा घोटाला के मामले में गिरफ़्तार कर के पुलिस गेस्ट हाउस में रखा गया था। थोड़ी देर बाद वह खिड़की से बाहर हट गया। फिर स्टडी रूम का दरवाज़ा बंद करके पढ़ाई के

लिए बैठ गया। उसका इरादा शाम तक बिना रुके पढ़ाई करने का था। वह सुमित्रा को किसी तरह से अपने दिमाग़ से निकाल देना चाहता था।

जैसे ही आरिफ़ किताब के पन्नों को पलटना शुरू करता है, दरवाज़े पर एक तेज़ दस्तक होती है और फिर हुमा की घबराई हुई आवाज़ आई, 'भैया, जल्दी दरवाज़ा खोलिए! दादी की तबियत बहुत ख़राब हो गई है।' फिर अम्मा के चीख़ने की आवाज़ सुनाई दी। आरिफ़ झटके से दरवाज़ा खोल कर दादी के कमरे की तरफ़ भागा।

दादी बिस्तर पर शांत पड़ी थी। उनकी आंखें बंद थीं। अम्मा उनकी नब्ज़ टटोल रही थीं। फिर अम्मा ने दादी को हिलाने की कोशिश की और एकदम से चीख़ पड़ीं। 'अम्मा जी, हो अम्मा जी! हमें छोड़ कर क्यों चली गईं?' हुमा भी उनके साथ रोने लगी।

आरिफ़ के दिल में एक तेज़ टीस सी उठी। अब्बा जो अभी-अभी राजा बाज़ार से वापस आए थे, दादी के पैरों से लिपट कर रोने लगे। अम्मा सुबकते हुए अब्बा को दिलासा देने लगीं।

दादी को देखने आने वाले लोगों का दिन भर मजमा लगा रहा। आसपास की हिंदू औरतें हाथ जोड़ कर दादी को अंतिम प्रणाम कर रही थीं। आरिफ़ उस भीड़ में सुमित्रा को ढूंढ़ रहा था। *उसे उम्मीद थी कि उन दोनों के बीच जो भी हुआ हो, दादी की मौत की ख़बर उसे यहां ज़रूर खींच लाएगी।* लेकिन सुमित्रा कहीं नहीं थी। सुमित्रा के ख़यालों से परे जब वो दादी के चेहरे को देखता तो दादी के चेहरे में उसे क़ुदरती नूर दिखाई देता। ऐसा लगता था कि जैसे वह गहरी नींद में सो रही हों।

तभी किसी के ज़ोर-ज़ोर से रोने की आवाज़ से उसका ध्यान दूसरी तरफ़ हो गया। दादी की एक दूर की भतीजी अभी-अभी खाजपुरा से आई थी।

अब्बा के ऑफ़िस के साथी जमील ख़ान जो कि समनपुरा में रहते थे, वे अब्बा से बोले, 'मैंने सबसे बात कर ली है। आपकी अम्मा जी को वेटेनरी कॉलेज के क़ब्रिस्तान में दफ़ना सकते हैं।' अब्बा ने सिर हिला कर सहमति दे दी।

तभी अम्मा बीच में बोल पड़ीं, 'अम्मा जी चाहती थीं कि उन्हें जमालपुरा के क़ब्रिस्तान में दफ़नाया जाए। उनके दादा-परदादाओं के बग़ल में।' उनकी आवाज़ के थोड़ी तल्ख़ी थी।

हालात की नज़ाकत को समझते हुए ज़मील ख़ान अम्मा की हां में हां मिलाने लगे। फिर दादी को जमालपुरा ले जाने के लिए गाड़ी का इंतज़ाम करने चले गए।

उसी शाम पुलिस का मिलिट्री रंग का पिकअप ट्रक, जिसे फ़ाइव टनर भी कहते थे, आरिफ़ के फ़्लैट के सामने आकर रुका। गाड़ी के पिछले हिस्से में दादी को बर्फ़ की सिल्ली पर लिटाया गया। घर के बाक़ी लोग ट्रक के पिछले हिस्से में ही बैठ गए। अब्बा का जूनियर मंगनी मंडल ड्राइवर के साथ बैठ गया।

पटना से हाजीपुर तक का सफ़र बड़ा ही आसान था लेकिन उसके बाद सड़क की हालत बहुत ही ख़राब थी। गाड़ी इतने हिचकोले खा रही थी कि आरिफ़ और हुमा को अपने हाथों से दादी को संभालना पड़ रहा था। नहीं तो दादी का बेजान जिस्म बर्फ़ से फिसल कर फ़ाइव टनर के फ़र्श पर आ सकता था।

पहले ज़ाकिर और फिर दादी को हमसे छीन लिया गया। दादी तो ज़ाकिर के गम में मर गईं। क्या ज़रूरत थी ज़ाकिर को दिल्ली जाने की? यहीं रह कर वह कुछ काम-वाम कर लेता। बड़ा होने के बावजूद मैंने कभी घर की ज़िम्मेदारियों का बोझ अपने कंधों पर नहीं लिया। आरिफ़ ये सब सोच रहा था।

तब तक गाड़ी मुज़फ़्फ़रपुर से बाहर निकल चुकी थी। मोतिहारी की सड़क पटना-मुज़फ़्फ़रपुर सड़क के मुक़ाबले बेहतर थी। आरिफ़ वहीं दादी के पास की सीट से पीठ टिकाए बैठा था और फिर नींद के आग़ोश में चला गया। उसे दादी सपने में दिखाई देने लगी, तरह-तरह की कहानी सुनाती हुईं। अचानक गाड़ी को ज़बरदस्त झटके लगे, जिससे आरिफ़ की नींद खुल गई। वह दादी को याद करके ज़ार-ज़ार रोने लगा। हुमा भी हिचकियां ले लेकर रो रही थी। ड्राइवर नीचे उतरकर ट्रैफ़िक रुकने की वजह पता करने गया। वापस आकर उसने बताया कि आगे सड़क का कुछ काम चल रहा था और 4 बजे के बाद ही रास्ता खुलेगा।

आरिफ़ फिर से दादी की ज़िंदगी के बारे में सोचने लगा। दादी की ज़िंदगी मुश्किलों में गुज़री थी। वह दादा की दूसरी पत्नी थी। दादा की पहली पत्नी के मौत के बाद इनकी शादी हुई थी। अब्बा इनके इकलौते बेटे थे।

शादी के कुछ बरसों के बाद ही दादा की मौत हो गई थी। फिर दादी ने बड़ी मुश्किल से अब्बा और उनके सौतेले भाई बड़का बाबा की परवरिश की थी। दादा के इकलौते भाई भी बँटवारे के वक़्त पाकिस्तान चले गए थे।

दादी की ख़्वाहिश थी कि अपने बड़े पोते आरिफ़ की शादी उनके मरने पहले हो जाए। वह भी पूरी नहीं हो पाई।

सुबह 11.30 बजे वे लोग जमालपुरा पहुंचे तो लगभग पूरा गांव ही उनका इंतज़ार कर रहा था। बड़का बाबा भागते हुए अब्बा के गले लग गए और फूट-फूट कर रोने लगे। अपनी पूरी ज़िंदगी में दादी ने उन्हें कभी भी सौतेला होने का अहसास नहीं होने दिया बल्कि उनका ज़्यादा ख़याल रखा। चाची अम्मा और हुमा को गले लगा कर रोने लगीं। उनके पीछे दर्जनों औरतें सुबक़ रही थीं।

नाज़नीन और उसके पति के आने के बाद ही दादी की अंतिम विदाई की तैयारी शुरू की गई। रबिया और उसके पति बेंगलुरू से कल तक आएंगे।

दादी को नहलाया कर सफ़ेद कफ़न ओढ़ा दिया गया और फिर एक चारपाई पर लिटा दिया गया। अब्बा, आरिफ़, मुनीर और बड़का बाबा ने कंधा देकर दादी की आख़िरी सफ़र की शुरुआत की। घर की औरतों के रोने की आवाज़ तेज़ हो गई थी।

जनाज़े की नमाज़ जामा मस्जिद के सामने अदा की जानी थी। आस पास के गांव से लगभग सारे रिश्तेदार और जान-पहचान वाले लोग दादी का आख़िरी दीदार करने आ गए थे। लोग नमाज़ के लिए क़तार बनाने लगे तब हकीम साहब चिल्ला कर बोले, 'अरे 6 नहीं 7 क़तारें बनाओ।'

जामा मस्जिद के इमाम ने जनाज़े की नमाज़ शुरू करने से पहले उसका तरीक़ा बताया। फिर 'अल्लाहो अकबर' के साथ नमाज़-ए-जनाज़ा शुरू हुई।

क़ब्रिस्तान में हकीम साहब और बड़का बाबा ने क़ब्र के अंदर उतर कर दादी को धीरे से क़ब्र के अंदर सुला दिया। हकीम साहब ने दादी का चेहरा आख़िरी दीदार के लिए खोला तो अब्बा फूट-फूट कर रोने लगे। आरिफ़ भी रो रहा था, आस पास के लोग उन्हें चुप करा रहे थे। बड़का बाबा और हकीम साहब क़ब्र से बाहर आ गए। क़ब्र को बांस की बल्लियों से ढंक दिया गया और उस पर चटाई डाल दी गई। इमाम साहब ने सबसे पहले अब्बा को क़ब्र पर मिट्टी डालने को कहा। अब्बा ने आंसू बहाते हुए

तीन बार मिट्टी उठाई और क़ब्र के ऊपर डाल दी। उसके बाद बाक़ी सभी लोगों ने भी मिट्टी डाली। आख़िर में क़ब्र खोदने वालों ने कुदाल से मिट्टी क़ब्र के ऊपर डाली। मिट्टी को हाथ से बराबर करने के बाद क़ब्र के किनारों पर बबूल की के कांटेदार टहनियां रख दी गईं ताकि सियार रात में क़ब्र को खोद नहीं सकें।

आरिफ़ रात भर अपनी पुश्तैनी हवेली के बरामदे के खम्भे से पीठ लगा कर बैठा रहा और दादी के बारे में सोचता रहा। चांदनी रात थी और वहीं से मज़ार का गुम्बद दिखाई दे रहा था। दादी हज़रत जमालुद्दीन रहमतुल्लाह अलैह को पीर साहब के नाम से बुलाती थीं और बार-बार कहा करती थीं कि पीर साहब सिर्फ़ हमारे पीर ही नहीं बल्कि हमारे पूर्वज भी हैं। दादी कभी भी मज़ार के अंदर नहीं जाती थीं और कहती थीं कि इस्लाम में औरतों का मज़ार पर जाना माना है। ज़ाकिर जब छोटा था तो अक्सर दादी का अंगुली पकड़ कर मज़ार के जालीदार दरवाज़े तक जाता और फिर अंदर जा कर दूसरे लोगों की नक़ल करते हुए दुआएं मांगता था। ज़ाकिर की याद उसको दिल में किसी ज़हर बुझे खंज़र की तरह चुभने लगी। आरिफ़ अल्लाह से शिकायत करने लगा कि क्यों उन्होंने पहले भाई और अब उसकी दादी को छीन लिया।

फिर आरिफ़ उठकर घर से निकल पड़ा। वहां से निकल कर मज़ार की सीढ़ियों पर बैठ गया। रात के तीन बज चुके थे। आसमान में तारे टिमटिमा रहे हैं। आरिफ़ उस पल को याद कर रहा था जब दादी और ज़ाकिर के साथ मज़ार पर आख़िरी बार आया था। उसका दिल पुरानी यादों से और ज़्यादा ग़मज़दा हो गया। दादी की इस मज़ार के बनने और पीर साहब इस गांव में आने की सुनाई कहानी याद आ गई। उसकी आंखें नींद से बोझिल हो चली थीं।

'मैं तुम्हें सुबह से ढूंढ़ रहा हूं। चलो, घर चलो और कुछ खा लो। दो दिनों से कुछ खाया नहीं तुमने।' आरिफ़ ने आंखें खोलीं तो उसके कानों में अब्बा की आवाज़ पड़ी। अब्बा ने अपने रूमाल से नाक साफ़ की। फिर आरिफ़ की तरफ़ हाथ बढ़ा दिया और वह अपने पिता का हाथ पकड़ कर खड़ा हो गया। फिर अब्बा के साथ घर वापस चल पड़ा।

दादी के गुज़र जाने के 40 दिन बाद आरिफ़ के घर कुरानख़्वानी हुई और ग़रीब-गुरबों को खाना खिलाया गया। उसके बाद आरिफ़ की फ़ैमिली पुलिस कॉलोनी वाले मकान में पटना वापस आ गई। फिर एक हफ़्ते के बाद ही वे लोग पुलिस कॉलोनी से समनपुरा में एक किराये के मकान में रहने चले गए।

पुलिस कॉलोनी का मकान बड़ा और हवादार था और साथ में दो बड़ी-बड़ी बालकनियां थीं। मकान के आसपास पेड़ों की कतार लगी हुई थी। वहां पर खड़े होकर गरमी की सुबह में मदमस्त हवाओं का और ठंड के दिनों में सुनहरी धूप का मज़ा मिलता था। बारिश के दिनों में झोंके से आने वाले पानी की बूंदों को अपने चेहरे पर महसूस करने का मज़ा ही अलग हुआ करता था।

समनपुरा का मकान महज़ दो कमरों का था और साथ में एक छोटा-सा बरामदा था। कमरों में बड़ी मुश्किल से एक-एक पलंग आ सकता था। बरामदे को परदे से घेर कर डाइनिंग हॉल की शक्ल दी गई थी। मकान का दरवाज़ा जिस गली में खुलता था, उधर दोनों तरफ़ बड़े-बड़े नाले थे जिनकी बदबू कभी-कभी आने-जाने वाले को भी नाक पर रूमाल रखने पर मज़बूर कर देती थी। किराये के फ़्लैट के ठीक बग़ल में एक तीन मंज़िला मकान था जो सूरज की रोशनी को पूरी तरह से रोक लेता था। अम्मा कभी-कभी शिकायत भी करतीं कि कमरा बहुत छोटा है तो अब्बा कहते कि 1800 रुपये में यही मिलेगा, कोई हवेली थोड़े ही मिलेगी।

इतना छोटा फ़्लैट होने के बावजूद भी यह घर ख़ाली-ख़ाली सा लगता था, जैसे किसी के आने का इंतज़ार हो दर-ओ-दीवार को। ज़ाकिर और दादी की कमी सबको खलती थी। और सब कुछ बदल सा गया था। अब्बा ने छोटी-छोटी बातों पर गुस्सा होना छोड़ दिया था। अम्मा और हुमा ने अपने दर्द पर क़ाबू करने के लिए ख़ामोशी का सहारा लिया था। आरिफ़ पढ़ाई नहीं करता तो भी अब्बा कुछ नहीं कहते थे। हुमा अब कभी भी आरिफ़ से नहीं पूछती कि वह खाने में क्या खाना पसंद करेगा।

आरिफ़ अब ज़्यादा से ज़्यादा वक़्त राजा बाज़ार में कोचिंग में पढ़ा कर बिताने लगा था।

19

साल 2001 का रमज़ान 16 दिसंबर को ख़त्म हुआ और अगले दिन ईद-उल-फितर थी। लेकिन आरिफ़ के घर में ईद की न कोई खुशी थी और न कोई हलचल। ईदगाह जाने के लिए आरिफ़ ने वही सफ़ेद रंग का पुराना कुर्ता और पायजामा पहन लिया था। उसके ऊपर भूरे रंग का हाफ़ स्वेटर। अब्बा ने भी बाबा आदम के ज़माने का कुर्ता-पायजामा पहन रखा था और ऊपर से जैकेट। वह कुर्ता-पायजामा बरसों पहले ज़ाकिर सब्ज़ी बाग से ख़रीद के लाया था।

अम्मा ने तो अभी तक नहाया भी नहीं था और पुराने कपड़ों में ही घूम रही थी। यह पहली ईद थी दादी और ज़ाकिर के बिना। हालांकि रस्म निभाने के लिए आरिफ़ फज़र के वक़्त ही घर के सभी लोगों को 'ईद मुबारक' कह चुका। यह बात अलग थी उसके लहज़े कोई जोश नहीं था। अम्मा की आंखें लाल और सूजी हुई थीं और इसका मतलब लगता है कि रात भर वह रोईं थीं।

'ईद मुबारक, बेटा', अब्बा ने दबी सी आवाज़ में कहा और फिर अपनी जेब से मजमुआ 96 की एक छोटी सी शीशी निकालकर और उसमें से इतर आरिफ़ हाथ पर और कान के पीछे लगा दिया।

आरिफ़ को तेज़ खुशबू से एलर्जी थी लेकिन आज ईद के मौके पर अब्बा को रोकना नहीं चाहता था। खुशबू की बात याद आते ही उसे ज़ाकिर याद आ गया। वह किस तरह से ईद के दिन स्प्रे परफ़्यूम पूरे बदन पर लगा लिया करता था। अम्मा कहती थी, 'बेटा परफ़्यूम वगैरह में अल्कोहल होता है। यह हराम है। नमाज़ क़बूल नहीं होगी।' लेकिन फिर भी ज़ाकिर नहीं मानता था।

कुछ देर के लिए आरिफ़ को यह गुमान हो गया कि ज़ाकिर नहा रहा है और अभी गुसलख़ाने से बाहर निकलेगा, तौलिया लपेटे हुए और ज़ोर से चिल्लाकर कहेगा, 'अम्मा कुर्ता-पायजामा दीजिए। नमाज़ के लिए बस आधा घंटा ही बचा है। अगर हम लोग देरी से गए तो ईदगाह में जगह नहीं मिलेगी। फिर सड़क पर नमाज़ पढ़नी पड़ेगी।' पता नहीं क्या बात थी कि ज़ाकिर हमेशा ईद के दिन तैयार होने में देर करता था। अपने भाई को याद करते हुए आरिफ़ मुस्कराने लगा और उसकी आंखों में आंसू के मोती चमकने लगे। 'ज़ाकिर भाई ईद मुबारक,' आरिफ़ ने बुदबुदा कर कहा और अपने हाथ से आंसू को पोंछ लिया।

'चलो बेटा ईदगाह चलते हैं,' अब्बा ने आरिफ़ की तरफ़ मुड़ कर कहा तो वह अपने ख़यालों की दुनिया से बाहर आ गया। अब्बा ने जाली वाली एक टोपी आगे कर दी जिसे आरिफ़ ने पहन लिया।

ईदगाह से लौटने के बाद पूरे खानदान ने एक ही दस्तरख़्वान पर सेवइयां और गोश्त-पुलाव खाया। आसपास के लोगों ने दावत भी दी थी लेकिन कोई कहीं गया नहीं। उसके बाद आरिफ़ बिस्तर पर पड़ गया और अब्बा बरामदे में बैठकर अख़बार पढ़ने लगे। इस बीच आरिफ़ की आंख लग गई। उसने सपने में देखा कि ज़ाकिर लौट आया है। अम्मा, अब्बा, उसकी बहन बारी-बारी से उसको गले लगा रहे हैं। आरिफ़ थोड़ी दूर पर चुपचाप खड़ा है। तभी अब्बा ने उसका नाम लेकर बुलाया और इसी के साथ उसकी नींद खुल गई। उसे पता चला कि उसके अब्बा वाकई में उसे बुला रहे थे। वह अपनी आंखें मलता हुआ अपने बिस्तर से बाहर निकला और अपनी हवाई चप्पल को पांव में अटकाकर बाहर चला गया। उसने देखा कि अब्बा अपने एक पुराने साथी जनार्दन गुप्ता के साथ बात कर रहे थे। सामने एक कुर्सी पर एक शीशे की तस्करी रखी हुई थी और एक चम्मच और आधा गिलास पानी।

'प्रणाम चाचा,' आरिफ़ ने हाथ जोड़कर मिस्टर गुप्ता को प्रणाम किया।

'हमेशा ख़ुश रहिए,' गुप्ता जी ने बड़े प्रेम से कहा। 'पढ़ाई कैसी चल रही है आपकी? बीपीएससी दे रहे हो ना?'

'हां, चचा।'

'मेरा बेटा भी इस साल फ़र्स्ट टाइम दे रहा है।'

'बढ़िया है,' आरिफ़ ने मुस्करा के जवाब दिया और यूं ही अपना सिर खुजाने लगा।

'अच्छा ख़ान साहब, अब हम चलते हैं। फिर से एक बार आपको ईद बहुत-बहुत मुबारक।' गुप्ता जी ने खड़े होकर अब्बा से हाथ मिलाया और वहां से चले गए। उनके जाने के बाद, इशारे से अब्बा ने पास वाली कुर्सी पर आरिफ़ को बिठाया और एक नीले रंग का अन्तर्देशी उसके हाथ में थमा दिया।

'बेटा, देखो तो किसकी चिट्ठी है। मेरा चश्मा नहीं मिल रहा है इसलिए पढ़ नहीं सकता। गुप्ता जी लेकर आए थे। किसी ने पुलिस कॉलोनी वाले एड्रेस पर भेज दी थी,' अब्बा ने कहा।

प्रिय ख़ान साहब,

नमस्कार।

आपका बेटा ज़ाकिर बिलकुल सुरक्षित है। भगवान की कृपा से वह छः-आठ महीने में घर वापस आ जाएगा। मैं यह नहीं बता सकता कि अचानक वह कहां ग़ायब हो गया है।

आप भी इस चिट्ठी कि जानकारी अपने क़रीबी रिश्तेदारों के अलावा और किसी को नहीं दीजिएगा।

आपका शुभचिंतक

ख़त में कोई भी तारीख़ नहीं लिखी हुई थी और पोस्ट ऑफ़िस की मुहर धुंधली पड़ चुकी थी। आरिफ़ को सिर्फ़ इतना पता चल सका कि यह चिट्ठी हौज़ खास पोस्ट ऑफ़िस, दिल्ली से भेजी गई थी। अब्बा ख़त का मज़मून सुनकर खुशी से उछाल पड़े और चिल्लाकर हुमा और अम्मा को बुला लिया।

आरिफ़ चुपचाप खड़ा था वहां। ख़त की हालत देखकर साफ़ लगता था कि यह कई महीने पहले पोस्ट किया गया था। आरिफ़ समझ नहीं पा रहा था कि इस चिट्ठी को पढ़कर उसे ख़ुश होना चाहिए या नहीं। *कहीं किसी ने मज़ाक़ तो नहीं किया? कोई इस तरह का मज़ाक़ क्यों करेगा? अगर यह मज़ाक़ नहीं है तो आख़िर चिट्ठी किसने भेजी? उसे कैसे पता है कि ज़ाकिर वापस आ जाएगा?* चाहे जो भी उस आरिफ़ के अंदर भी ज़ाकिर के ज़िंदा होने का उम्मीद सी जाग गई।

अम्मा और हुमा अब्बा को ज़ोर-ज़ोर से ठहाका मारकर हँसते हुए देखकर घबरा रही थीं। तब तक आरिफ़ अपने ख़यालों की दुनिया से बाहर आ चुका था। उसने उस अनाम चिट्ठी के बारे में बताया तो अम्मा और हुमा के चेहरे पर मुस्कराहट आ गई थी। तभी किसी के क़दमों की आवाज़ ने उनका ध्यान खींच लिया। 65-70 साल का एक बुड्ढा उसी गली में आ रहा था। उसने फटे-पुराने कपड़े पहन रखे थे और कंधे पर एक गंदा सा झोला लटका रखा था।

दरवाज़े पर आकर ज़ोर से बोला, 'सवाली को कुछ दे दे बेटा, सवाली को कुछ दे दे बेटा। अल्लाह तुम्हारे मन की सभी मुरादें पूरी करेगा, अल्लाह तुम्हारे घर को ख़ुशी से भर देगा।'

आरिफ़ ने अपनी जेब को तलाशा और उसे पांच रुपये के तीन सिक्के मिले जिसे उसने भिखारी के अलुमीनियम के कटोरे में डाल दिया। झनाक के साथ सिक्के उसकी कटोरी में जा गिरे।

'थोड़ा रुको बाबा,' यह कह कर अम्मा झट से अंदर चली गईं और थोड़ी देर बाद आईं तो उनके हाथ में प्लेट थी। प्लेट में दाल-चावल और चिकन था और स्टील के एक गिलास में पानी।

भिखारी वहीं बरामदे में ज़मीन पर बैठ गया और 10 मिनट में उसने सारा खाना निपटा दिया। फिर जाते वक़्त ज़ोर-ज़ोर से दुआएं देता रहा।

आरिफ़ को उम्मीद बंधने लगी थी कि अल्लाह उस ग़रीब फ़क़ीर की दुआ को ज़रूर सुनेगा और शायद एक दिन ज़ाकिर वापस आ जाए।

आरिफ़ ने अम्मा की तरफ़ मुड़कर देखा। उनको मुस्कराते हुए पाया हालांकि उनकी आंखों में आंसू की बूंदें भी थीं।

एक बात तो थी बेनाम सी उस चिट्ठी ने आरिफ़ और उसके घरवालों को महीनों बाद मुस्कराने एक वजह दे ही दी थी और हर दिल में उम्मीद का छोटा-सा दिया भी ज़रूर जला दिया था।

फिर उस दिन से हर रोज़, आरिफ़ अपने भाई के वापस आने का इंतज़ार करता। घर के बाक़ी लोग भी इंतज़ार करते थे।

क़िस्मत

तदबीर से क़िस्मत की बुराई नहीं जाती
बिगड़ी हुई तकदीर बनाई नहीं जाती

– दाग़ देहलवी

20

लगभग चार साल बीत गए लेकिन न ज़ाकिर वापस आया, न उसकी कोई ख़ैर-ख़बर आई। आरिफ़ और उसके घरवालों ने यह मानना छोड़ दिया था कि ज़ाकिर ज़िंदा है। आरिफ़ को लगने लगा कि उस चिट्ठी के ज़रिए किसी ने उनके साथ मज़ाक़ ही किया था। सबने यह सीख लिया था कि इतने भारी-भरकम दर्द के साथ कैसे जिया जाए। उन्होंने अपने ग़म को समेट कर दिल के किसी कोने में दबा देने का हुनर भी सीख लिया था।

'वक्त से बड़ा कोई मरहम नहीं होता।' यह कहावत आरिफ़ ने कई बार सुनी थी लेकिन उसे अब बहुत ताज्जुब हो रहा था कि यह सिर्फ़ कहावत नहीं बल्कि ज़िंदगी की हक़ीक़त भी है। हालांकि ज़ाकिर को खोने की तकलीफ़ और दादी के जाने का ग़म हमेशा बना रहेगा लेकिन पिछले कुछ सालों से वह यह सोचने लगा था कि कोई भी नौकरी कैसे हासिल करे और कैसे अपने घर-परिवार की दो पैसे से मदद कर सके।

बीपीएससी में तीन बार नाकाम होने के बाद वह इस बार फिर से कोशिश करना चाहता था हालांकि उसमें पहले जैसा जोश नहीं बचा था। अब उसमें 10-12 घंटा पढ़ने का हौसला भी नहीं था।

आरिफ़ 30 साल की उम्र सीमा पार कर चुका था तो बहुत सारी सरकारी नौकरियों के लिए वह अप्लाई भी नहीं कर सकता था। राजा बाज़ार की कोचिंग और कुछ लड़कों को प्राइवेट ट्यूशन पढ़ा कर उसे 5000 रुपये मिलते थे। लेकिन सुबह से शाम तक कमर तोड़ मेहनत के बाद जो रक़म कमाता था वह काफ़ी नहीं थी। हां, अब्बा की पेंशन से घर का गुज़ारा चल जाता था। लेकिन और भी तो ख़र्चे थे। जैसे 2 साल पहले अम्मा जब बीमार पड़ गई थीं तो बचे-खुचे गहने बेचकर पटना में इलाज हुआ था। *फिर*

हुमा के दहेज़ के लिए पैसे चाहिए थे। हुमा की शादी के लिए कम से कम तीन-चार लाख रुपये तो चाहिए थे।

आरिफ़ यही सब सोच रहा था और जगदेव पथ के राहुल मैगज़ीन सेंटर में खड़ा होकर सरकार में निकली हुई कुछ रिक्तियों के फ़ॉर्म देख रहा था।

वह मई की एक झुलसा देने वाली शाम थी। आरिफ़ बीच-बीच में रूमाल से अपना पसीना पोंछते जाता था।

आरिफ़ फ़ॉर्म देखते-देखते अचानक रुक गया। पटना कलेक्ट्रेट में स्टोर कीपर की नौकरी निकली थी जिसमें 35 साल तक के उम्मीदवार अप्लाई कर सकते थे। सिर्फ़ पांच पोस्ट ही निकली थीं। आरिफ़ ने 2 रुपये देकर एक फ़ॉर्म ख़रीद लिया और अगले दिन उसने फ़ॉर्म डाक के ज़रिए भेज भी दिया।

'मुझे नहीं लगता कि इस नौकरी में कोई उम्मीद है, बेटा। मेरी जान-पहचान वाले एक मिसीर जी हैं। उनसे पता चला है कि इस नौकरी के लिए मिनिस्टर लेवल की पैरवी चल रही है, नहीं तो 2-3 लाख की घूस,' अब्बा की आवाज़ में मायूसी थी। आरिफ़ अभी-अभी कोचिंग सेंटर से लौटा था और उसके हाथ में आज का *हिंदुस्तान* अख़बार था।

'कोशिश करने में क्या बुराई है, अब्बा। उम्मीद से ही तो दुनिया क़ायम है,' उसने अख़बार को अब्बा के सामने रख दिया। फिर अचानक पंखा धीरे-धीरे बंद होने लगा।

'फिर बिजली गई,' आरिफ़ ने अपने शर्ट का बटन खोला और शर्ट उतार कर सामने अलगनी पर टांग दी। अख़बार पढ़ते हुए अब्बा बड़े ख़ुश होकर आरिफ़ से बोले, 'बेटा, ज़रा यह न्यूज़ तो पढ़ो।'

वह ख़बर आरिफ़ के दोस्त मृत्युंजय के बारे में थी। वह हाल तक आरा का डीएम था और लेकिन अख़बार के मुताबिक़ उसे पटना का ज़िला अधिकारी बना दिया गया है।

अब्बा आरिफ़ की तरफ़ देखते हुए बोले, 'तुम्हारा पुराना दोस्त है। तुम जाकर मिलोगे तो तुम्हारी मदद ज़रूर करेगा। स्टोरकीपर की पोस्ट दिलवाना उसके लिए बहुत मुश्किल नहीं होगा।'

आरिफ़ ने कोई जवाब नहीं दिया, वह कहीं और गुम था। क्या उसे मृत्युंजय से मिलने जाना चाहिए। वह अपने दोस्त को क्या कहेगा अगर

उसने पूछा क्या वह कर रहा है। अगर उसने अपनी पत्नी से मिलवाया तो क्या वह मुझ जैसे बेकार आदमी से अच्छे से मिलेगी? नहीं, नहीं पांच साल से ज़्यादा हो गए अब तो वह अजनबी सा लगने लगा था। दरअसल, मौर्या होटल की पार्टी के बाद वह उससे मिला ही नहीं था और उस होटल में क्या हुआ था वह अभी भी उसके दिमाग़ में तरोताज़ा था। कैसे उसकी सरेआम बेइज़्ज़ती हुई थी?

उस दिन वह मृत्युंजय के बताए समय पर मौर्या होटल पहुंच गया था। उसने पुरानी जीन्स और साधारण-सी शर्ट पहन रखा था। एक होटल स्टाफ़ से पूछकर जहां पार्टी हो रही थी वहां पहुंच गया। उसने निगाह दौड़ाई लेकिन उसका दोस्त कहीं दिखा नहीं, शायद अभी तक नहीं आया था।

आस पास के लोगों को देखकर आरिफ़ परेशानी महसूस कर रहा था। महंगे कपड़ों में सजे हुए सभी लोग ड्रिंक्स और गॉसिप का लुत्फ़ ले रहे थे। औरतें रंग-बिरंगी साड़ियों में सजी-संवरी हँस-हँस कर आपस में बातें कर रही थीं। सफ़ेद ड्रेस और काले वेस्टकोट में वेटर खाने-पीने का सामान लेकर इधर-उधर टहल रहे थे। आरिफ़ की नज़र अपनी रेक्सीन की सस्ती सैंडल की तरफ़ चली गई और वह बहुत ही शर्मसार होने लगा। जब एक वेटर ने उसे ड्रिंक्स देना चाहा तो वह घबरा गया और झटाक से एक ऑरेंज ड्रिंक उठा ली।

तभी उसने देखा कि शोर-शराबा शुरू हो गया है और कुछ लोग मिलकर दो लोगों को गरदनिया रहे हैं। पता चला कि दो बिन बुलाए मेहमान पार्टी में आ गए थे और व्हिस्की के गिलास पर गिलास ख़ाली किए जा रहे थे। होटल के मैनेजर ने उन्हें पहचान लिया कि वे मुफ़्तखोर हैं। दोनों को दो-दो थप्पड़ रसीद कर धक्के मारकर होटल से बाहर फेंक दिया।

आरिफ़ ने देखा कि एक आदमी शक भरी निगाह से उसकी तरफ़ देख रहा था और दो वेटरों को कुछ बता रहा था। अभी आरिफ़ सोच ही रहा था कि मृत्युंजय को फ़ोन करे कि तब तक दो-तीन लोग आरिफ़ के पास आ गए और बड़े एहतराम से पूछा, ‘कौन से बैच से हैं आप, सर?’

‘मैं मैं... ,’ आरिफ़ हकलाने लगा।

‘तो आप आईएएस नहीं हैं?

‘जी, जी... नहीं।’

आरिफ़ इससे पहले कि कुछ जवाब दे दूसरा आदमी बोल पड़ा, 'इसके कपड़े देखो और इसकी शकल देखो। कहीं से आईएएस अफ़सर लगता है क्या? यह भी कोई मुफ़्तखोर है।'

'जैसे पहले दोनों को बाहर फेंका था, वैसे ही इसे भी उठाओ और फेंको बाहर,' यह आवाज़ एक ब्लू सूट वाले अधेड़ मर्द की थी। दो वेटरों ने आरिफ़ को दोनों तरफ़ से पकड़ लिया और घसीटकर बाहर ले जाने लगे।

'मुझे आईएएस मृत्युंजय पांडे ने इनवाइट किया था,' आरिफ़ अपने आप को उस वेटर से छुड़ाने की कोशिश करते हुए बोला।

वह दोनों वेटर आरिफ़ को धक्का मारकर आरिफ़ को हॉल से बाहर करने की कोशिश कर ही रहे थे तभी किसी ने दोनों का कॉलर पकड़कर खींचा और ज़मीन पर धकेल दिया। वह मृत्युंजय था।

'तुम्हारी हिम्मत कैसे हुई मेरे दोस्त को छूने की,' मृत्युंजय गरजते हुए बोला।

ब्लू सूटवाला आदमी बीच-बचाव के लिए आगे बढ़ा तो मृत्युंजय ने उसका भी कॉलर पकड़ लिया। तभी कुछ लोग उस तरफ़ मुखातिब हो गए और मृत्युंजय को खींच नीले सूटवाले से अलग किया।

'जाने दो ना, मृत्युंजय। ग़लतफ़हमी हो गई थी। हमें नहीं पता था कि यह तुम्हारा दोस्त है,' एक बुजुर्ग आदमी जो भूरे रंग के सूट में था वह आगे बढ़ कर बोला।

वेटर फ़र्श से झट से उठ गया और वह आरिफ़ तथा मृत्युंजय से माफ़ी मांगने लगा।

आरिफ़ का मन ख़राब हो चुका था। वह उस पार्टी में रुकना नहीं चाहता था। मृत्युंजय के लाख रोकने के बावजूद वह वहां से निकला और सड़क पर आ गया और फिर ऑटो पकड़कर अपने घर वापस आ गया।

अगले दिन सुबह मृत्युंजय उसके फ़्लैट पर आया और पिछली रात को हुई उस घटना के लिए माफ़ी मांगने लगा। उसने आरिफ़ से यह भी कहा कि उसकी पोस्टिंग हज़ारीबाग़ में हुई है और उसने अपने ऑफ़िस का नंबर भी दिया। तीन महीने बाद अख़बार से पता लगा कि मृत्युंजय का ट्रांसफ़र रांची हो गया था। फिर एक साल बाद उसके दोस्त की शादी का कार्ड भी आया था अब्बा के पुराने एड्रेस पर।

मृत्युंजय की शादी लखनऊ के किसी सीनियर आईएएस के बेटी से तय हुई थी और सारा फ़ंक्शन दिल्ली में होना तय हुआ था। आरिफ़ ने अपने आप को समझाने की कोशिश की कि अपने प्यारे दोस्त की शादी में ज़रूर जाए लेकिन उसकी हिम्मत नहीं हुई। एक तो उसके पास इतने पैसे नहीं थे कि मृत्युंजय कि हैसियत के हिसाब से कोई अच्छा तोहफ़ा ख़रीद सके और फिर उसे पक्का पता नहीं था कि मृत्युंजय की होने वाली वाइफ़ और उसके ससुराल वाले उसके साथ कैसा बर्ताव करेंगे? वहां सभी आईएएस-आईपीएस ही होंगे बारात में, तो फिर उन लोगों के सामने क्या बात कर पाएगा वह।

आरिफ़ शादी में नहीं गया और मृत्युंजय का उसके बाद कोई फ़ोन भी नहीं आया। आरिफ़ ने मृत्युंजय को यह भी तो नहीं बताया था कि वे लोग पुलिस कॉलोनी के क्वार्टर से हटकर समनपुरा में रहने चले गए थे।

अब इतने सालों बाद मृत्युंजय से मिलने जाना उसे अजीब लग रहा था और वह भी अपने काम के लिए। इतनी बड़ी पोस्ट पाकर मृत्युंजय बदल तो नहीं गया है? या अभी भी वह मुझे अपना दोस्त ही मानता है?

अब्बा ने आरिफ़ के चेहरे से उसके मन का भाव पढ़ लिया था। 'बेटा अगर मन नहीं मानता तो मत जाओ मिलने,' अब्बा ने बड़े इत्मीनान से कहा।

'नहीं अब्बा, मैं जाऊंगा मिलने। आख़िर पुराना दोस्त है मेरा,' उसने कहा और फिर मन ही मन में सोचने लगा कि अपनी फ़ैमिली और घर के लिए वह इतना भी नहीं कर सकता। मेरे लिए मेरे वक़ार और मेरी अना से बढ़कर है मेरे खानदान का मुस्तक़बिल।

—

आरिफ़ ऑटो रिक्शा से श्री कृष्णा साइंस सेंटर के सामने ही उतर गया और बिस्कोमान भवन की तरफ़ चलने लगा। वहां से डिस्ट्रिक्ट मजिस्ट्रेट का बंगला बमुश्किल 60-70 मीटर दूर रहा होगा। वह बंगला बहुत बड़ा था और लोहे का एक ऊंचा गेट लगा हुआ था। गेट के सामने वर्दी पहने हुए एक लंबा पतला सा संतरी खड़ा था जिसकी मूंछें रजनीकांत की तरह थीं। आरिफ़ ने संतरी से गुज़ारिश की, 'डीएम साहब से मिलना है।' उसकी

आवाज़ में बेचारगी थी और थोड़ी कंपकंपी भी। उसे लगा कि उसे यहां नहीं आना चाहिए था।

'साहब का मूड बहुत ही ख़राब है। आज वह किसी से नहीं मिल रहे हैं। उन्होंने मुझे साफ़ तौर से कहा है कि कोई मिलने भी आए तो मना कर दो,' संतरी ने कहा।

'लेकिन मैं तो उनका दोस्त हूं,' आरिफ़ तपाक से बोला।

संतरी बड़े ग़ौर से आरिफ़ को देखने लगा। शायद उसे विश्वास नहीं हो रहा था कि ऐसा फटेहाल आदमी उसके साहब का दोस्त हो सकता है।

'दरसअल डीएम साहब मुझे कॉलेज के दिनों से जानते हैं,' आरिफ़ ने मौक़े की नज़ाकत समझकर अपने शब्दों को बदल कर पेश किया। आरिफ़ ने जेब से एक कलम और छोटी-सी नोटबुक निकाली और एक पन्ना फाड़ कर उस पर अपना नाम लिखा। फिर उसे संतरी की तरफ़ बढ़ाते हुए बोला, 'भाई साहब यह चिट डीएम साहब तक पहुंचा देंगे क्या?'

'नहीं,' संतरी ने साफ़ मना कर दिया और नाराज़ होते हुए बोला, 'अगर तुम्हें कोई काम है तो कलेक्ट्रेट जाओ।'

आरिफ़ ने फिर ज़िद की तो संतरी नाराज़ होने लगा और तुनक कर बोला, 'जाओ यहां से, भागो।'

तभी बंगले के अंदर से कार के हॉर्न की आवाज़ आई और संतरी दौड़ कर गेट खोलने चला गया। भारी-भरकम लोहे का गेट खुलते ही एक सफ़ेद एम्बेसडर कार दिखी। आरिफ़ को पूरा यक़ीन था कि उसका दोस्त उसे देखकर पहचान लेगा।

आरिफ़ को पता भी नहीं चला और वह आगे बढ़ते-बढ़ते रास्ते के बीच आ गया था। 'अबे हटो, गाड़ी आ रही है,' संतरी चिल्ला कर बोला। लेकिन आरिफ़ ने उसकी बात सुनी कहां थी। वह वहां से हिला भी नहीं। उसकी निगाहें बिलकुल कार पर जमी थीं। तभी संतरी ने अपने बाएं हाथ से आरिफ़ को दूर धकेल दिया। वह अपने को संभाल नहीं पाया और सड़क पर लुढ़क गया। ज़मीन पर पड़े हुए उसने देखा कि कार ठीक उसके पास आकर रुक गई। आरिफ़ को लगा कि उसके दोस्त ने पहचान लिया है। उसे यह भी लगा कि अब मृत्युंजय दरवाज़ा खोल कर बाहर आएगा और झट से उसे गले लगा लेगा। भला क्यों नहीं पहचानेगा मुझे, आख़िर बचपन के

दोस्त हैं हम। लेकिन ऐसा कुछ हुआ नहीं। गाड़ी फिर से स्टार्ट हो गई और वहां से निकल पड़ी। आरिफ़ ने देखा कि उसका दोस्त कार में बैठकर कोई किताब पढ़ रहा है। जब संतरी उसे सैल्यूट किया तो उसमें बिना बाहर देखे ही सिर हिला दिया। उसके बगल में एक बॉब कट बाल वाली ख़ूबसूरत औरत बैठी थी। उसके चेहरे से साफ़ था कि वह ख़फ़ा थी। आरिफ़ ने मृत्युंजय को पुकारना चाहा पर उसके मुंह से आवाज़ भी नहीं निकली।

आरिफ़ अपने अतीत के बारे में सोचने लगा। काश! वह भी मृत्युंजय की तरह कोचिंग करने दिल्ली चला गया होता तो शायद आज वह भी कहीं पर आईएएस-आईपीएस बन कर बैठा होता। उसके पास भी ऐसे बंगले होते और उसके बंगले के सामने एक ऐसा ही संतरी खड़ा होता जो उसके आने जाने पर हमेशा सैल्यूट करता। इस तरह से उसे स्टोरकीपर की छोटी सी नौकरी के लिए जलील नहीं होना पड़ता। आरिफ़ अपने आपसे बातें किए जा रहा था और मुस्कराए जा रहा था। उसकी मुस्कराहट ग़म की चाशनी में सराबोर थी। लेकिन अब्बा के पास उतना पैसा कहां था दिल्ली भेजने के लिए।

आरिफ़ ने देखा संतरी गुस्से भरी निगाह से उसकी तरफ़ देख रहा है तो वह वहां से चुपचाप चल पड़ा। सड़क पार कर गांधी मैदान के अंदर दाख़िल हो गया। उसने चना बेचने वाले से तीन रुपये के भुने हुए चने ख़रीदे और सामने लगी सीमेंट की बेंच पर बैठ गया। अचानक उसके मन में उमराव जान की यह ग़ज़ल बजने लगी :

तमाम उम्र का हिसाब मांगती है ज़िंदगी
यह मेरा दिल कहे तो क्या ख़ुद से शर्मसार है

(ज़िंदगी तमाम उम्र का हिसाब मांगती है। मेरा दिल क्या कहे
यह तो स्वयं ही शर्मसार है।)

आरिफ़ ने अपनी घड़ी पर नज़र डाली और फिर खड़ा हो गया। उसने अंगड़ाई ली और फिर उसे अचानक जैसे ही जम्हाई आई, उसने अपना मुंह एक हाथ से बंद कर दिया। 'तौबा अस्तग़फ़ार, तौबा अस्तग़फ़ार, तौबा अस्तग़फ़ार,' आरिफ़ बोला और फिर मुस्करा दिया। दादी की कही एक पुरानी

बात उसे याद आ गई थी। दादी हमेशा ताकीद किया करती थीं : जब भी जम्हाई आए तीन बार 'तौबा अस्तग़फ़ार' कहो और अपना मुंह बंद कर लो नहीं तो शैतान मुंह में पेशाब कर देगा।

थोड़ी देर बाद, ऑटो स्टैंड के पास किसी ने आरिफ़ के कंधे पर हाथ रखा तो वह चौंक गया। पीछे मुड़कर देखा तो पाया कि रमेश कुमार सामने खड़े मुस्करा रहे थे। काफ़ी दिनों बाद उनसे मिला था आरिफ़। रमेश कुमार के बालों में सफ़ेदी आने लगी थी।

'प्रणाम चाचा,' उसने मुस्कराते हुए उनका अभिवादन किया।

फिर एक दूसरे का हाल-चाल पूछने के बाद रमेश कुमार ने पूछा, 'अच्छा बताओ आरिफ़ आजकल क्या चल रहा है?'

'आजकल एक कोचिंग में पढ़ा रहा हूं और साथ में बिहार स्टेट सिविल सर्विसेज की तैयारी भी कर रहा हूं।' आरिफ़ के जवाब उदासी और मायूसी साफ़ झलक रही थी। उसने स्टेट सिविल सर्विसेज का नाम इसलिए लिया था ताकि उसका जवाब में थोड़ा सम्मानजनक लगे।

'आईएएस का क्या हुआ था?'

'नहीं हुआ चाचा। इंटरव्यू लेवल पर ही फंस गए थे हम।'

'ओहो, इतने नज़दीक जाकर भी नहीं हुआ। आरिफ़ तुम बैंक का पीओ का एग्ज़ाम दो ना। यह आसान होता है।'

'मैं कब का पैंतीस का हो चुका हूं। मैं बैंक परीक्षा में बैठ नहीं सकता।'

'अरे हां, हम मिल भी तो रहे हैं - काफ़ी अरसे के बाद।'

'हां चाचा,' आरिफ़ ने कहा और उसका दिल चाहा कि सुमित्रा का हालचाल भी ले ले। लेकिन उसने अपने आप को रोका।

'मैंने ज़ाकिर के ग़ायब होने के बारे में सुना था। सुनकर बड़ा दुख हुआ।'

'क्या कर सकते हैं हम। सब कुछ तो अल्लाह के हाथ में है। वह जो चाहे देता है और जो चाहे छीन लेता है,' आरिफ़ भर्राई आवाज़ में बोला।

आरिफ़ जब अपने भाई के बारे में बात करना शुरू किया तो उसकी आंखें डबडबा गईं और यह देखते हुए रमेश कुमार ने तुरंत डिस्कशन का

टॉपिक बदल लिया। फिर उन्होंने अपनी जेब से एक विज़िटिंग कार्ड निकालते हुए कहा, 'आजकल मैं बेगूसराय में पोस्टेड हूं और जल्दी ही पटना ट्रांसफ़र होने वाला है।' उन्होंने अपना विज़िटिंग कार्ड पलट के पीछे कुछ लिख दिया, 'यह मेरा कार्ड है। कार्ड के पीछे मैंने तुम्हारी सुमित्रा आंटी का मोबाइल नंबर लिख दिया है। शाम को चाहो तो सुमित्रा के नंबर पर कॉल कर सकते हो। ऑफ़िस टाइम के बाद मेरा मोबाइल फ़ोन बंद ही रहता है।'

सुमित्रा का नाम सुनते ही आरिफ़ के दिल की कलियां खिलने लगीं। इतना कुछ होने के बावजूद भी अभी भी कितना लगाव था उससे।

'राहुल और कविता के बारे में बताइए।'

'कविता न्यू जर्सी, अमेरिका में है। उसको बेटा हुआ है पिछले साल। और राहुल मैकेनिकल इंजीनियरिंग पढ़ रहा है आईआईटी, खड़गपुर में।'

'सुन कर बड़ी खुशी हुई,' आरिफ़ ने मुस्कराते हुए कहा।

जैसे ही वह रमेश कुमार का विज़िटिंग कार्ड जेब में रख रहा था तो एक आदमी को अपनी तरफ़ आते देख वह चौंक गया। रमेश कुमार के क़रीब आकर उसने उनके कंधे पर हाथ रख कर बोला, 'रमेश, चलो चलते हैं।' यह तो वही आदमी था जिससे बरसों पहले आरिफ़ ने सुमित्रा को गले लगाते देखा था। उसकी मूंछों को कैसे भूल सकता था वह। *लेकिन यह साला यहां क्या कर रहा है। क्या रमेश कुमार को पता है कि यह आदमी इनके पीठ पीछे सुमित्रा के साथ क्या करता है।* आरिफ़ यह सब सोच ही रहा था कि रमेश कुमार ने आगे बढ़कर उस आदमी का आरिफ़ के साथ परिचय कराया, 'यह मेरे साले साहब हैं। ज्ञान प्रकाश जी सुमित्रा के बड़े भाई साहब।'

रमेश और उसके साले के चले जाने के बहुत देर बाद तक आरिफ़ वहीं खड़ा रहा और वर्षों पहले हुए उस वाकये के बारे में सोचता रहा जब उसने सुमित्रा की बेइज़्ज़ती करके सारे रिश्ते नाते तोड़ लिए थे। अरे! यह तो सुमित्रा का अपना सगा भाई था जिसे वह गले लगा रही थी और मैंने जलन, डाह में कुछ और ही समझ लिया था। आरिफ़ का दिमाग़ बिलकुल सुन्न हो गया था और उसे अपने किए का बड़ा पछतावा हो रहा था। सुमित्रा को उस दिन उस ने क्या-क्या नहीं कहा था। उस बेचारी का तो कोई भी कसूर नहीं था।

वह तुरंत उससे बात करना चाहता था ताकि उससे माफ़ी मांग सके। लेकिन उस वक्त उसने उसे 'रंडी' भी कह दिया था। क्या सुमित्रा उसे माफ़ करेगी? क्या उसका सुमित्रा से बात करना ठीक रहेगा। बात करने से उसके पुराने रिश्ते फिर से शुरू न हो जाएं। सुमित्रा और मेरा फिर से मिलना न मेरे लिए दुरुस्त है और न सुमित्रा के लिए अच्छा।

कई दिनों तक आरिफ़ सोचता रहा कि सुमित्रा से बात करे या न करे। फिर एक दिन वह टेलीफ़ोन बूथ पर चला ही गया। बड़ी हिम्मत करके उसने सुमित्रा का नंबर डायल किया और तभी उसके अंदर से आवाज़ आई, 'सुमित्रा के नज़दीक मत जाओ। तुम्हारी ज़िंदगी ऐसे ही बर्बाद है और बर्बाद हो जाएगी।' उसने तुरंत फ़ोन डिसकनेक्ट किया और चुपचाप टेलीफ़ोन बूथ से बाहर आ गया।

लेकिन आठवें दिन आख़िरकार उसने फ़ोन डायल कर ही दिया। 'हेलो,' सुमित्रा ने अपनी सुरीली आवाज़ में कहा। वह बड़ी मुश्किल से कह पाया, 'मैं आरिफ़ बोल रहा हूं।' उधर से कोई जवाब नहीं आया क्योंकि सुमित्रा ने तुरंत टेलीफ़ोन काट दिया था। उसने दोबारा फ़ोन करने की कोशिश की तो सुमित्रा का फ़ोन स्विच ऑफ़ था।

दो दिन बाद उसने सुमित्रा को फिर फ़ोन किया।

इस बार उसने जवाब दिया और नाराज़गी भरी आवाज़ में बोली, 'अब क्या चाहिए मुझसे तुम्हें?'

आरिफ़ ने बिना किसी लाग-लपेट के एक ही सांस में बरसों पहले हुए वाक़यात को पूरी तफ़सील से बयान कर दिया। उसने सुमित्रा को बताया कि किस तरह से चाय की दुकान पर बैठे तीन लड़कों की बातें सुनकर उसका दिमाग़ फिर गया था और फिर जब वह सुमित्रा घर पहुंचा तो उस वक्त उसका भाई उसे गले लगा रहा था और वहीं उसे बहुत बड़ी ग़लतफ़हमी हो गई थी जो उस दिन गांधी मैदान में दूर हुई। आख़िर में उसने कहा, 'आई एम सॉरी।' उसके बाद वह सुमित्रा की तेज़ होती सांसों की आवाज़ फ़ोन पर सुनता रहा। शायद वह सुबक रही थी। 'क्या हम फिर से मिल सकते हैं?' आरिफ़ ने हिचकिचाते हुआ पूछा और फिर अपने आप को कोसने लगा।

किधर जा रहे हो आरिफ़। सुमित्रा के चक्कर में अपनी ज़िंदगी बर्बाद ना करो और सोचो सुमित्रा का हँसता-खेलता परिवार बिखर जाएगा अगर यह सब उसके पति को पता चला तो। काफ़ी देर तक उधर से कोई आवाज़ नहीं आई और फिर सुमित्रा ने धीमी आवाज़ में कहा, 'ज़रा सोचने दो मुझे।'

जब अगली बार आरिफ़ ने सुमित्रा से बात की तो ऐसा लगा कि जैसे उनके बीच कभी कुछ हुआ ही नहीं था। सुमित्रा बिलकुल पहले की तरह बात कर रही थी। उसने आरिफ़ को बताया कि वह आजकल कटिहार में है, अपने पापा के घर।

'अगले संडे मैं बीपीएससी का प्रीलिम्स देने कटिहार आ रहा हूं,' आरिफ़ ने बताया।

'फिर ठीक है, हम कटिहार में मिल लेंगे,' सुमित्रा में कहा।

आरिफ़ को न जाने क्यों यक़ीन सा हो गया था कि इस बार उसका इम्तहान बहुत अच्छा होने वाला है। वैसे भी उसने पिछले छः महीने से जी-तोड़ मेहनत की थी। आईएएस नहीं तो डीएसपी या बीडीओ ही सही। इतना भी हो जाए तो मुझे काफ़ी अच्छा महसूस होगा और अब्बा को भी ख़ुशी मिलेगी।

इम्तहान डी.एस. कॉलेज, कटिहार में होने वाला था, 22 मई 2005 को।

वर्षों के बाद सुमित्रा से मिलने जाने की ख़ुशी आरिफ़ से संभाले नहीं संभल रही थी। उसने आंखें बंद कर लीं और सुमित्रा के ख़ूबसूरत चेहरे का तसव्वुर करने लगा। उसकी उसकी शहदनुमा आवाज़ उसके कानों में घुलने लगी और जिस्म की ख़ुशबू उसे मदहोश सी करने लगी।

—

शनिवार की शाम को आरिफ़ ने अपना पर्स चेक किया। उसमें 330 रुपये पड़े थे। उसने दिमाग़ में ही हिसाब-किताब लगा लिया था कि कटिहार जाकर वापस आने के लिए इतने पैसे काफ़ी हैं। वैसे भी जनरल क्लास में जाने वाले स्टूडेंट्स टिकट कहां ख़रीदेंगे। जब भी इस तरह के इम्तहान होते हैं तो सारी ट्रेन उम्मीदवारों से भर जाती है। नौजवानों से भरे डिब्बे में कोई भी टिकट चेकर जाने की हिम्मत नहीं करता था। तो यह रिवाज़ सा बन गया था कि कोई भी कॉम्पिटिटिव एग्ज़ाम देने जाने के लिए टिकट कटाने

की ज़रूरत नहीं। उम्मीदवारों को जहां जगह मिलती बैठ जाते, यहां तक कि रिज़र्व्ड बोगी में घुस जाते थे। रिज़र्वेशन वाले पैसेंजर्स को भी बहुत परेशानी का सामना करना पड़ता था क्योंकि उन्हें अपने ही सीट पर बैठने का मौक़ा नहीं मिलता था। कई लोग अपनी टिकट कैंसिल करा लेते थे या दूसरे साधन से सफ़र करते थे।

एक वक़्त था कि आरिफ़ बिना टिकट कटाए नहीं जाता था क्योंकि उसका ज़मीर इस बात को गवारा नहीं करता था। लेकिन वक़्त और हालात बदल गए थे और कुछ-कुछ आरिफ़ की सोच भी। फिर उसका हाथ भी तंग रहता था। ऐसे में उसने भी बिना टिकट जाने का फ़ैसला कर लिया था।

आरिफ़ शाम को सफ़ेद धुआं फेंकने वाले विशाल विक्रम टेम्पो पर बैठकर स्टेशन पहुंचा। पटना जंक्शन तो सोनपुर का मेला बना हुआ था जिधर देखो एग्ज़ाम देने वाले लड़के ही लड़के दिख रहे थे। यहां तक कि प्लेटफ़ॉर्म पर बैठने की जगह पाना भी बहुत बड़ा काम था। जिन मुसाफ़िरों ने रिज़र्वेशन करा रखा था, वे परेशान दिख रहे थे। वे यही सोच रहे होंगे कि ट्रेन में कैसे घुसा जाए। बहुत से लोग काउंटर पर जाकर अपना टिकट कैंसिल कराने में लगे थे।

एक घंटे बाद ट्रेन चल पड़ी और आख़िरी वक्त में ट्रेन पकड़ने वालों की भीड़ दौड़ पड़ी। आरिफ़ पहले ही जनरल कंपार्टमेंट के एक बोगी में घुसकर ऊपरी बर्थ पर बैठ गया था जहां पहले से दो लड़के मौजूद थे। आरिफ़ के ठीक बगल में एक तगड़ा सा नौजवान बैठा था। उसका रंग बिलकुल गोरा-चिट्टा था और उसकी छोटी दाढ़ी थी। कुछ लड़कों ने उस बर्थ पर चढ़ने की कोशिश ज़रूर की लेकिन दाढ़ीवाले लड़के ने सबको हड़का कर भगा दिया।

एक लड़के ने कहा कि हर जगह एक बर्थ पर चार लोग हैं तो यहां तीन क्यों? इसके जवाब में उस दाढ़ीवाले लड़के ने गुस्से में मगही में दो-चार गालियां निकालीं और वह लड़का वहां से चला गया।

बिहार में यह सब तो रोज़-रोज़ होता है। आम आदमी से लेकर अमीर उमरा तक रोज़मर्रा की ज़िंदगी में दूसरों को डराने और धमकाने की कला का इस्तेमाल अपने फ़ायदे के लिए करते हैं। आरिफ़ इस धमकाने के फन में थोड़ा कमज़ोर था। नीचे की सीट पर दो लड़के आपस में ज़ोर-ज़ोर से

गालियां दे-दे कर लड़ाई कर रहे थे। वह मई महीने की एक उमस भरी शाम थी। गर्मी बहुत थी जिसकी वजह से आरिफ़ का गला सूखने लगा था। उसने अपने ट्रेवल बैग से ठंडे पानी की बोतल निकाली और गटागट पीने लगा।

'भाई, थोड़ा पानी मिल सकता है क्या?' उस दाढ़ी वाले नौजवान ने आरिफ़ से पूछा।

'क्यों नहीं?' आरिफ़ ने कहा और बोतल आगे बढ़ा दी।

नौजवान ने पहले दो घूंट पानी पिया और फिर उसने पूरी बोतल ख़ाली कर दी। वह थोड़ा लजाते हुए बोला, 'सॉरी भाई, मैं इसे अगले स्टेशन पर भर दूंगा।'

'कोई बात नहीं,' आरिफ़ ने कहा।

दाढ़ी वाले लड़के ने फिर अपना नाम बताया। 'वैसे इस नाचीज़ को उनैब ख़ान कहते हैं।'

'अस्लाम अलैकुम।' आरिफ़ ने अपना हाथ मिलाने के लिए आगे बढ़ा दिया।

'वालेकुम अस्सलाम,' उनैब ने बड़ी गर्मजोशी से हाथ मिलाया।

थोड़ी देर इधर-उधर की बात करने के बाद दोनों कल के सिविल सर्विसेज़ इम्तिहान के बारे में डिस्कस करने लगे। संयोग से उनैब का भी ऑप्शन पब्लिक एडमिनिस्ट्रेशन था। वह उनैब से अपने सब्जेक्ट पर तब तक बातें रहा जब तक उनैब को नींद नहीं आ गई। आरिफ़ की भी पलकें बोझिल हो रही थीं। लेकिन गर्मी उसे बहुत परेशान कर रही थी। शर्ट पसीने से भीगकर बदन से चिपक गई थी। पास में ट्रेन की सीलिंग से लटका पंखा गर्मागर्म हवा फेंक रहा था। अचानक उसे ख़याल आया कि वह सुमित्रा से मिलने वाला है और उसके चेहरे पर मुस्कान बिखर गई। फिर उसे लगा कि सुमित्रा से मिलने का फ़ैसला सही नहीं था। यही सब सोचते-सोचते नींद ने उसे अपने आगोश में ले लिया।

आरिफ़ को किसी शोर-शराबे की आवाज़ ने जगा दिया। उसने आंखें मलते हुए देखा कि कुछ लड़के आपस में लड़ रहे हैं। सुबह के पांच बज चुके थे। सुबह की ठंडी बयार माहौल को ख़ुशनुमा बना रही थी। कटिहार जंक्शन के ठीक बाहर ट्रेन थोड़ी देर के लिए रुकी थी। अचानक ट्रेन से एक साथ हज़ारों लड़के उतरे और रेलवे ट्रैक पर पेशाब करने लगे बिलकुल

जुगलबंदी के साथ। आरिफ़ ने भी सोचा कि वह कुछ अपने आप को हल्का कर ले और ऊपर के बर्थ से नीचे आ गया। दो तगड़े से लड़के फ़र्श पर न्यूज़ पेपर बिछा कर बेख़बर सो रहे थे। आरिफ़ को एक पैर की सैंडल मिल गई लेकिन दूसरे पांव की सैंडल भारी-भरकम बैग के नीचे दबी हुई थी। आरिफ़ बड़ी कोशिश के बाद उसे खींचकर निकालने में कामयाब हुआ। तब तक ट्रेन चल पड़ी और ट्रैक पर पेशाब कर आ रहे लड़के आनन-फानन में ट्रेन पर चढ़ गए। इस तरह से बाथरूम की ओर जाने वाला गलियारा पूरी तरह से ठसाठस भर गया गया। आरिफ़ ने सोचा कि अब स्टेशन पर ही जाकर बाथरूम जाएगा।

कटिहार जंक्शन पर उतरने के बाद आरिफ़ और उनैब ने 1-2 घंटे की नींद निकालने का फ़ैसला किया। दोनों ने अपनी-अपनी बेडशीट निकाली और फिर अपने ट्रेवल बैग को तकिया बनाकर लेट गए।

आठ बजे जब उनकी नींद खुली तो उन्होंने देखा कि सुलभ शौचालय के सामने काफ़ी लंबी लाइन लगी है। बिहार की यही तो अच्छी बात है हर जगह शौचालय मिल जाता है।

यह बड़ी मज़ेदार बात है कि हमारे राज्य में लोगों के पास भले ही खाने को ना हो लेकिन एक रुपया देकर हगने का सही इंतज़ाम है। आरिफ़ शौचालय की लाइन में खड़ा था और अपनी बारी आने का इंतज़ार कर रहा था।

इम्तहान काफी अच्छा हुआ था। आरिफ़ जब एग्ज़ामिनेशन हॉल से बाहर निकला तो उसके चेहरे पर मुस्कराहट थी। कॉलेज के बाहर से उसने एक टेलीफ़ोन बूथ से सुमित्रा को फ़ोन किया। पहली दो बार जब किसी ने मर्दाना आवाज़ में फ़ोन का जवाब दिया। लगता है सुमित्रा के पिता जी हैं, आरिफ़ ने सोचा। एक घंटे बाद उसने फिर फ़ोन को ट्राई किया तो सुमित्रा से बात हो गई।

'सुमित्रा मैं आरिफ़ ही बोल रहा हूं।'

'इम्तहान कैसा हुआ?' सुमित्रा का सबसे पहले सवाल था।

'बहुत अच्छा।'

'गुड।'

'हम लोग कब मिल रहे हैं?' आरिफ़ ने सुमित्रा से पूछा।

'कल ढाई बजे वाली ट्रेन, पटना-कटिहार एक्सप्रेस से मैं बेगूसराय जा रही हूं। मेरे पिताजी आएंगे मुझे स्टेशन छोड़ने के लिए। तुम ऐसा करो कि एक जनरल टिकट ले लेना और सेकंड एसी में आ जाना। सीट नंबर 35। वहां टीटी से कहकर तुम्हारी टिकट बनवा देंगे।'

'अच्छा,' आरिफ़ ने सिर हिला कर ऐसे जवाब दिया जैसे सुमित्रा उसके सामने खड़ी हो।

'तुम ठहरे कहां हो?'

'स्टेशन के सामने एक होटल है,' आरिफ़ ने झूठ बोला। अगर वह यह बताता कि उसके पास इतने पैसे नहीं हैं कि होटल का कमरा किराए पर ले सके तो वह बहुत दुखी हो जाएगी।

आरिफ़ ने फ़ोन को बंद किया और मुस्कराता हुआ टेलीफ़ोन बूथ के बाहर आ गया। बूथ के ठीक बाहर फुटपाथ पर एक ठेला गाड़ी पर पूड़ियां तली जा रही थीं। कड़ाही के उबलते तेल में सुनहरे रंग की पूड़ियां बड़ी ही लुभावनी लग रही थीं। सामने एक बड़े से बर्तन सुर्ख लाल शोरबे में आलू दम बहुत ही शानदार दिख रहे थे और ऊपर से हरा धनिया उसको और रंगीन बना रहा था। उसने एक प्लेट पूड़ी-सब्ज़ी का ऑर्डर दे दिया। जब उसका पेट भर गया तो उसने ऑटो रिक्शा पकड़ा और स्टेशन की तरफ़ चल पड़ा।

स्टेशन पर काफ़ी भीड़ थी। वेटिंग हॉल से लेकर प्लेटफ़ॉर्म तक पांव रखने की जगह नहीं थी। सभी उम्मीदवार अपने-अपने घर वापस जाने के लिए ट्रेन का इंतज़ार कर रहे थे। साढ़े नौ बजे पटना जाने वाली ट्रेन आई तो लड़के सैलाब की तरह ट्रेन पर चढ़ने लगे। यहां तक कि एसी कंपार्टमेंट में सब घुस गए और बाद में पुलिस को बुलाना पड़ा। कुछ लड़कों की पुलिस झड़प भी हो गई और फिर पुलिस ने लाठी चार्ज कर दिया। सभी लड़के इधर-उधर भागने लगे। आरिफ़ दूर खड़ा सारा तमाशा देख रहा था और इसके लिए भी तैयार था ज़रूरत पड़ने पर भाग सके।

बाद में जब मामला शांत हो गया तो उसने किताब की एक बंद दुकान के पास सोने की जगह तलाश ली। उसने अपने बैग से बेडशीट निकाली तो पाया कि वह भीगा हुई है। सुबह नहाने के बाद जल्दी-जल्दी में उसने तौलिया बैग में ठूंस दिया था। बैग के दूसरे हिस्से में कुछ कपड़े थे जो

न्यूज़ पेपर में लिपटे हुए थे। उसने एक पेपर को बाहर निकाल लिया ताकि उससे बेडशीट का काम लिया जा सके। उसके पहले पन्ने पर छपी ख़बर ने आरिफ़ का ध्यान खींचा :

> **नई दिल्ली :** अमेरिकी सरकार ने गुजरात के मुख्यमंत्री नरेंद्र मोदी को अमेरिका का वीज़ा देने से इनकार कर दिया है।
>
> बीजेपी और हिंदुत्व के इस बड़े नेता के ख़िलाफ़ एक मजबूत स्टैंड लेते हुए अमेरिकन एंबेसी के प्रवक्ता ने कहा इन्हें डिप्लोमेटिक वीज़ा नहीं दिया जाएगा। वे यह कहना चाहते थे कि 2002 में हुए गुजरात दंगे में उनका भी हाथ है। उस दंगे में क़रीब 2000 जानें गई थीं।
>
> अमेरिकी सरकार ने इमीग्रेशन ऐंड नैशनलिटी एक्ट के तहत गुजरात के मुख्यमंत्री का बिज़नेस टूरिस्ट वीज़ा भी निरस्त कर दिया है।

'साला जॉर्ज बुश कितना बड़ा ढोंगी है! एक तरफ़ तो दुनिया भर में मुसलमानों को मरवाता रहता है। पर गुजरात के मुख्यमंत्री को वीज़ा न देकर अपने आप को महान साबित करने की कोशिश कर रहा है।' आरिफ़ बड़बड़ाते हुए अख़बार बिछाने लगा और फिर ट्रेवल बैग को तकिया बनाकर लेट गया। वह कल सुमित्रा से होने वाली मुलाक़ात के बारे में सोच रहा था। तभी दिन भर की थकान ने उसे नींद की आगोश में भेज दिया।

सुबह में सुलभ शौचालय के सामने लाइन काफ़ी छोटी थी। वह झट से नहा-धोकर तैयार हो गया। दाढ़ी बनवाने के लिए आस पास कोई सलून ढूंढ़ने लगा। वह इस तरह से दाढ़ी बढ़ाकर सुमित्रा के सामने नहीं जाना चाहता था। उसे सड़क के किनारे एक इटालियन सलून मिला। एक पतला-दुबला और लंबा इंसान था जिसने अमिताभ बच्चन की तरह सफ़ेद फ़्रेंच कट दाढ़ी राखी थी। वह वहां उस्तरा लेकर बैठा था।

'क्रीम से दाढ़ी बनवाने पर पांच रुपये लगेंगे और अगर साबुन का इस्तेमाल किया तो तीन,' उस फ़्रेंच कट वाले हज्जाम ने कहा।

आरिफ़ ने साबुन वाला ऑप्शन चुना। सामने छह ईंटें इकट्ठी करके बनाई गई सीट पर आरिफ़ बैठ गया। यहां इटालियन सलून का इटली से

कुछ लेना-देना नहीं। दरअसल, सड़क के किनारे उस सलून को इटालियन कहते हैं जहां बैठने के लिए ईंटों का इस्तेमाल किया जाता है।

दाढ़ी बनाने की प्रक्रिया बड़ी ही पीड़ादायक थी। जब-जब आरिफ़ के चेहरे पर रेज़र चलता तो उसे काफ़ी जलन महसूस होती। एक-दो बार उसने हज्जाम से शिकायत भी की लेकिन उसका फ़ायदा कुछ नहीं हुआ। उसने कहा कि दाढ़ी कड़ी है इसलिए शेविंग करने में मुश्किल हो रही है। जब वह आरिफ़ के चेहरे पर फिटकरी को पानी में डुबोकर उसके गाल पर रगड़ने लगा तो आरिफ़ को लगा कि जैसे उसके चेहरे पर आग लग गई हो। उसने अपना चेहरा आईने में देखा तो वह अब काफ़ी बेहतर लग रहा था। कंघी से बाल बनाते वक़्त उसके होंठों से अपने आप एक मुस्कान फैल गई।

थोड़ी दूर पर बैठे मोची की तरफ़ मुड़कर आरिफ़ ने देखा। वह आरिफ़ के सैंडल की सिलाई कर चुका और अब वह उसकी सैंडल पर पॉलिश कर रहा था। 'अरे भाई, जल्दी करो नहीं तो मेरी ट्रेन छूट जाएगी,' आरिफ़ ने कहा।

जब स्टेशन पर पहुंचा तो वहां टिकट काउंटर पर लंबी कतार लगी थी। काउंटर पर बैठा एक बुज़ुर्ग आदमी इलेक्ट्रॉनिक टिकटिंग मशीन से जद्दोजहद कर रहा था। उसके काम उसके करने के अंदाज़ से बिलकुल साफ़ ज़ाहिर था कि उसे कोई जल्दी नहीं है। जबकि कतार में खड़े लोग बेचैन हो रहे थे कि कहीं ट्रेन छूट न जाए। आरिफ़ अभी भी सुमित्रा के बारे में ही सोच रहा था। तब तक आरिफ़ का नंबर आया और ट्रेन की सीटी बजने लगी। टिकट मिलते ही आरिफ़ प्लेटफ़ॉर्म की तरफ़ दौड़ा।

ट्रेन पर चढ़ने के बाद आरिफ़ एसी 35 नंबर सीट पर पहुंचा तो वहां सुमित्रा नहीं थी। आस पास भी सुमित्रा का कोई नामोनिशान नहीं था। ट्रेन ने गति पकड़ ली थी तो आरिफ़ घबराने लगा। कुछ ही मिनटों बाद काला ब्लेज़र पहने हुए अधेड़ उम्र का एक टीटीई आ गया। वह अपने चश्मा को ठीक करते हुए शक भरी निगाह से आरिफ़ की तरफ़ देखने लगा।

'हां जी टिकट दिखाइए', टीटीई आरिफ़ को घूरते हुए बोला।

'मैं तो यहां अपनी भाभी से मिलने आया हूं,' आरिफ़ हकलाते हुए बोला। वह सीट नंबर 35 के सामने खड़ा होकर इधर-उधर सुमित्रा को तलाशने की कोशिश कर रहा था। आरिफ़ को बड़ा ही ताज्जुब हुआ कि वह सुमित्रा को भाभी कह कर बुला रहा है।

'मैं पूछ रहा हूं टिकट कहां है?' टीटीई ने गुस्से में पूछा।

आरिफ़ ने अपनी जेब से अपना टिकट निकाल लिया।

'अरे यह तो जनरल टिकट है। तुमको जनरल और एसी का फ़र्क़ नहीं पता है,' टीटीइ तुनकर बोला।

आरिफ़ कुछ बोल नहीं पाया।

'भागो यहां से। गेट के पास खड़े रहना और अगले स्टेशन पर उतर जाना। नहीं तो मोटा फ़ाइन लगेगा। पता नहीं कहां-कहां से चले आते हैं।'

आरिफ़ वहां से मुड़कर जाने ही वाला था कि उसने देखा सुमित्रा सामने खड़ी है, हाथ में एक ट्रेवल बैग लेकर। उसने काले रंग की साड़ी पहन रखी थी जिस पर पीले और लाल रंग की डिज़ाइन बनी थी। उसने काले रंग का फुल स्लीव ब्लाउज़ भी पहन रखा था। आरिफ़ सुमित्रा को देखता रह गया। वह हमेशा की तरह बेहद हसीन लग रही थी हालांकि उसके चेहरे पर कुछ झुर्रियां आने लगी थीं जो उसकी बढ़ती उम्र की तरफ़ इशारा कर रही थीं। सुमित्रा एक आध साल में 50 की होने वाली थी।

'बात क्या है?' सुमित्रा ने टीटीई की तरफ़ मुड़ कर पूछा।

'कुछ भी नहीं मैडम, यह एक आदमी जनरल टिकट लेकर एसी में घुस गया है।'

'वह मेरे साथ है। ऐसा कीजिए आप डिफ़रेंस लेकर इसका एसी का टिकट बना दीजिए। सीट नंबर 36 तो ख़ाली ही है,' सुमित्रा की आवाज़ थोड़ी कड़क थी।

टीटीई ने तुरंत अपनी जेब से केलकुलेटर और किराए का चार्ट निकाल लिया और हिसाब-किताब लगाने लगा। फिर वह बड़े शातिराने ढंग से मुस्कराते हुए बोला, 'मैडम यहां से पटना का एसी टिकट तो बहुत महंगा पड़ेगा। हम इनको ऐसे ही पटना ले चलेंगे और आप थोड़ा-बहुत चाय-पानी के लिए हमें दे दीजिएगा।'

'नहीं आप टिकट ही बना दीजिए। वही ठीक रहेगा। बाद में कोई भी लफड़ा नहीं चाहती मैं,' सुमित्रा ने कहा।

'अरे मैडम जी इस बोगी का इंचार्ज तो मैं ही हूं। पटना तक चलूंगा। कोई भी परेशानी नहीं होगी। सिर्फ़ 200 रुपये दे दीजिए,' टीटीई बोला। उसके चेहरे पर बड़ी ही मासूम मुस्कराहट थी।

'नहीं, आप टिकट बनाइए,' सुमित्रा थोड़ा डपट कर बोली।

'ठीक है मैडम आप कहती हैं तो बना देते हैं लेकिन इसमें ना आपका फ़ायदा होगा ना मेरा। सारे पैसे सरकार के ख़ज़ाने में जाएंगे।'

'मुझे टिकट की रसीद चाहिए। अगर आपको चाय-पानी के लिए कुछ एक्स्ट्रा चाहिए तो मैं दे देती हूं।'

'मैं इतना भी बेशर्म नहीं हूं मैडम कि आप से टिकट के पैसे भी लूं और घूस भी।'

'मेहरबानी के लिए बहुत-बहुत शुक्रिया।'

'टिकट के पैसे मैं दे देता हूं,' आरिफ़ बोला और उसने जेब से पर्स निकाल लिया। लेकिन तभी उसे याद आया कि उसकी जेब में उतने पैसे तो है नहीं।

'तुम रहने दो,' सुमित्रा ने आरिफ़ को मना किया और जल्दी से अपने पर्स से 500 रुपये का नोट निकालकर टीटीई को थमा दिया।

आरिफ़ मन ही मन खुदा का शुक्र अदा करने लगा। अच्छा हुआ कि सुमित्रा ने उसे पैसे देने से मना कर दिया वरना बड़ी बेइज़्ज़ती होती आज उसकी।

टीटीई ने मुस्कराते हुए सुमित्रा से पैसे ले लिए फिर वह कोच अटेंडेंट की तरफ़ मुड़कर बोला, 'ऐसा करो साहब को तकिया और बेडशीट दे दो। सीट नंबर 36।'

उस डिब्बे की ज़्यादातर सीट ख़ाली थीं। सुमित्रा के आस पास तो कोई नहीं दिख रहा था। आरिफ़ सुमित्रा के साथ सीट नंबर 35 पर ही बैठ गया। अगले दो-ढाई घंटे में आरिफ़ ने सुमित्रा को यह बताया कि पिछले चार-पांच साल में किस-किस अज़ाब से गुज़रा था। सुमित्रा ज़ाकिर के बारे में सुन ही चुकी थी कि वह कैसे दिल्ली गया और कैसे फिर अचानक ग़ायब हो गया। लेकिन दादी के इंतकाल का उसे पता नहीं था।

'मैं उस वक्त पटना में नहीं थी। रमेश का ट्रांसफ़र बेगूसराय हो चुका था। वरना दादी को देखने मैं कैसे नहीं आती? कितनी नेक दिल और अच्छी औरत थीं वो,' सुमित्रा की आंखें नम हो चुकी थीं।

तब तक ट्रेन थाना बिहपुर जंक्शन पार कर चुकी थी। फिर अचानक ट्रेन रुक गई। थोड़ी देर बाद कोच अटेंडेंट ने सुमित्रा और आरिफ़ को बताया कि ट्रेन के इंजन में कुछ ख़राबी आ गई है और जब तक कटिहार या खगड़िया से नया इंजन नहीं आता गाड़ी नहीं चलेगी।

'खाने-पीने को कुछ मिलेगा?' सुमित्रा ने कोच अटेंडेंट से पूछा।

'मैडम, पेंट्री कार तो है नहीं इस ट्रेन में। यहां से नारायणपुर स्टेशन और थाना बिहपुर दोनों बहुत दूर है। इसलिए खाने-पीने का तो कुछ मिलेगा नहीं,' वह अफसोस जताते हुए बोला।

आरिफ़ को भूख लगने लगी थी और उसके सिर में हल्का-हल्का दर्द भी होने लगा था।

'तुम ठीक हो, आरिफ़?' सुमित्रा ने पूछा। फिर उसने अपने ट्रेवल बैग की साइड पॉकेट से झंडू बाम निकाला। 'तुम ऐसा करो बर्थ पर लेट जाओ। मैं थोड़ा बाम लगा देती हूं। राहत मिलेगी।' आरिफ़ आराम से सीट पर सो गया। सुमित्रा उसके पास बैठकर हौले-हौले उसके माथे पर बाम मलने लगी। ज़ाकिर के ग़ायब होने और दादी के इंतकाल के बाद आरिफ़ ने अपनी सारी ख़्वाहिशें कहीं छुपा ली थीं। अब जब सुमित्रा ने उसे छुआ था तो उसके अंदर कुछ जज़्बात जागने लगे। उसकी धड़कनें तेज़ होने लगीं और सांसें बहकने लगीं।

कुछ मिनट बाद ही सुमित्रा और आरिफ़ एक दूसरे से चिपक कर बर्थ पर बैठे थे। उन्होंने अपनी सीट का पर्दा खींच दिया था। एक दूसरे के क़ुरबत का मज़ा लेते हुए दोनों एक दूसरे से रूमानी बातें करने लगे।

'तुम जानते हो आरिफ़ मैं हमेशा यही सोचती थी कि हमारा रिश्ता हमेशा के लिए होगा। लेकिन जब तुमने अचानक सारे रिश्ते तोड़ लिए थे तो मेरा दिल टूट ही गया था। लेकिन फिर किसी तरह मैंने तुमको भुला दिया था। लेकिन फिर तुम वापस आ गए हो तो मुझे डर लगता है कि कुछ ऐसा ना हो कि मैं तुमको फिर से खो दूं।'

'डोंट वरी सुमित्रा, मैं हमेशा तुम्हारा था और तुम्हारा ही रहूंगा। मैंने यह भी फ़ैसला कर लिया कि मैं कोई शादी नहीं करूंगा और तुम्हारा होकर रहूंगा और सिर्फ़ तुम्हारा होकर रहूंगा।' आरिफ़ की आवाज़ में लर्ज़िश थी।

आरिफ़ सुमित्रा के आंचल के एक किनारे को अपनी अंगुली में फंसाता हुआ खेल रहा था और सुमित्रा बोलती रही, 'आरिफ़ मैंने हम दोनों के लिए प्लान सोचा है। ऐसा क्यों नहीं करते कि तुम चित्रकार नगर मार्केट में एक स्टेशनरी और बुक्स की दुकान खोल लो। वहां पर बहुत सारे स्कूल हैं। दुकान बहुत चलेगी। इस तरह से हम दोनों पास-पास भी रहेंगे और जब चाहेंगे मिल भी सकेंगे। तुम बुरा न मानो तो मैं 50-60 हज़ार से तुम्हारी मदद भी कर सकती हूं। हां, यह तभी करना जब बीपीएससी में सेलेक्शन नहीं हो।'

'सुमित्रा, तुम्हारे अलावा मैं अपनी ज़िंदगी में किसी और औरत को नहीं ला सकता,' आरिफ़ ने सुमित्रा का हाथ थाम लिया और अपने होंठों को उसके गर्दन के पिछले हिस्से में रख दिया। सुमित्रा के बदन की ख़ुशबू ने उसे मदमस्त कर दिया था और वह बहकने ही वाला था कि तभी ट्रेन की सीटी बजी और गाड़ी चल पड़ी। आरिफ़ और सुमित्रा ने किसी के क़दमों की आहट सुनी और तुरंत एक दूसरे से अलग हो गए। वह कोच अटेंडेंट था।

क़रीब एक बजे रात को ट्रेन बेगूसराय स्टेशन पर पहुंची। आरिफ़ ने सुमित्रा के गाल पर हल्की सी चुम्मी ली और फिर उसे ख़ुदा हाफ़िज़ कहा।

ट्रेन से उतरने से पहले सुमित्रा ने आरिफ़ से कहा, 'रमेश का ट्रांसफ़र जल्द ही पटना हो रहा है। फिर हम लोग रोज़ मिला करेंगे। इस बीच तुम मुझे फ़ोन ज़रूर करना।'

आरिफ़ ने खिड़की से बाहर देखा कि सुमित्रा अपना बैग लेकर स्टेशन के बाहर वाले गेट की तरफ़ जा रही थी। फिर रमेश कुमार दिखे। उन्होंने सुमित्रा को आवाज़ दी। वह एक दम से पीछे मुड़ गई। उन्होंने सुमित्रा का बैग अपने हाथों में ले लिया। फिर वे दोनों स्टेशन से बाहर चले गए। और आरिफ़ को एक तरह के ख़ालीपन ने घेर लिया।

ट्रेन फिर से चल पड़ी। आरिफ़ तकिया पीठ पर लगाकर पैर फैला कर बैठ गया। उसने आंखें बंद कर लीं और सुमित्रा के बारे में सोचने लगा। क्या सुमित्रा से मिलने का उसका फ़ैसला सही था? पुराने रिश्तों को फिर से ज़िंदा करना क्या सही था? ऐसा तो नहीं कि दोनों किसी मुसीबत में पड़ जाएंगे? अगर रमेश को पता चल गया तो क्या होगा? आरिफ़ पक्का नहीं था कि कुछ देर पहले इश्क़ की मदहोशी में जो सुमित्रा से वादा किया था वो

निभा पाएगा। क्या ज़िंदगी भर सुमित्रा का साथ दे पाएगा? यह सब सोचते हुए आरिफ़ की आंख लग गई।

सुबह गाड़ी पटना पहुंची और आरिफ़ विक्रम टेम्पो पकड़ कर राजा बाज़ार पहुंचा। फिर पैदल चलते हुए समनपुरा के अपने फ़्लैट में पहुंचा तो वहां कोई दिखा नहीं। सिर्फ़ उसकी छोटी बहन हुमा बिस्तर पर बैठ कर रोये जा रही थी।

'क्या हुआ?' आरिफ़ ने घबराकर हुमा से पूछा। उसे अंदाज़ लग गया था कि ज़रूर कोई बुरी ख़बर है।

'भैया, अब्बा की तबीयत ठीक नहीं है,' हुमा सुबकते हुए बोली, 'अम्मा और जमील चाचा उन्हें हॉस्पिटल में ले कर गए हैं।'

'कौन से हॉस्पिटल? कैसे ले गए?'

'शायद गेटवेल क्लीनिक गए हैं,' आरिफ़ ने तुरंत अपने बैग को ज़मीन पर फेंका और राजा बाज़ार की तरफ़ दौड़ा। क्लीनिक पहुंचकर उसने देखा कि अब्बा रिसेप्शन के पास एक कुर्सी पर बैठे हुए हैं। अम्मा उनके पास हैं और परेशान दिख रही हैं। जमील ख़ान एक गिलास में पानी लेकर खड़े हुए हैं। फिर उन्होंने एक टैबलेट निकाली और गिलास में उसे डाल दिया। आरिफ़ ने झुक कर उस टैबलेट का रैपर उठा लिया। वह एसिडिटी और गैस दूर करने की दवा थी। अब्बा ने उसे देख लिया था और उन्होंने इशारे से क़रीब बुलाया।

'बेटा, परेशान होने की ज़रूरत नहीं सिर्फ़ गैस है। अल्लाह सब ठीक कर देगा।'

लेकिन वह सिर्फ़ गैस की परेशानी नहीं थी। तीन दिन बाद आधी रात को अब्बा की तबीयत फिर ख़राब हो गई। इस बार सीने में दर्द था, घबराहट थी और सांस लेने में मुश्किल। उन्होंने दो बार उल्टी भी की। घर के सभी लोग परेशान हो गए।

आरिफ़ को पता था कि पटना में एंबुलेंस बुलाना कितना मुश्किल है इसलिए उसने सीधे फिरोज़ टैक्सी सर्विस के मोबाइल नंबर पर फ़ोन कर दिया। लेकिन उसका फ़ोन स्विच ऑफ़ आ रहा था। आरिफ़ के किसी भी रिश्तेदार और जान-पहचान वालों के पास कार नहीं थी। उनके मकान मालिक साबिर अली के पास बजाज स्कूटर था। जमील ख़ान, जो पड़ोस में ही रहते थे, अभी भी साइकिल का इस्तेमाल किया करते थे।

अचानक उसे विशम्भरनाथ मिश्रा का ख़याल आया। वे मृत्युंजय के मौसेरे भाई थे और बी.एन. कॉलेज में पब्लिक एडमिनिस्ट्रेशन के लेक्चरर थे। कई साल पहले मृत्युंजय के साथ वह 2-3 बार उनके घर ले गया था, सिविल सर्विसेज़ एग्ज़ाम की तैयारी में उनकी मदद के लिए। पहली मुलाक़ात में उसे लग गया था कि वे बहुत ही दिलदार आदमी हैं और लोगों की मदद करना उन्हें अच्छा लगता है। जब भी आरिफ़ गया बड़े प्यार से उन्होंने स्वागत किया। आख़िरी बार जब वह मिला था तो उन्होंने अपना मोबाइल नंबर दिया और कहा था, 'जब भी कोई हेल्प चाहिए तो इस नंबर पर फ़ोन करना।' आरिफ़ को यह भी याद था कि उसी वक्त उन्होंने नई-नई मारुति 800 ख़रीदी थी।

अब्बा फिर से उल्टियां कर रहे थे। तब तक आरिफ़ को याद आया कि उसने अवस्थी ऐंड अवस्थी की पब्लिक एडमिनिस्ट्रेशन की किताब के आख़िरी पन्ने पर फ़ोन नंबर लिखा था। उसने जल्दी से उस किताब को ढूंढ़ा और पन्ने पलटते ही फ़ोन नंबर मिल गया। आरिफ़ ने मोबाइल झट से लिया और नंबर डायल करने लगा।

'हैलो,' एक औरत की अलसाई सी आवाज़ आई।

आरिफ़ ने कहा, 'विशम्भर भैया हैं?'

अगले ही पल विशम्भर टेलीफोन लाइन पर थे और आरिफ़ ने जल्दी-जल्दी से अब्बा के बारे में बताया और उनसे मदद की अपील की।

'कहां पर रहते हो तुम?'

'साबिर अली का मकान है। समनपुरा में पुरानी मस्जिद के पास। सामने एक किराना स्टोर है जिसका नाम है 786 किराना शॉप,' आरिफ़ एक ही सांस में बोल गया और फिर मोहल्ले के अंदर आने का रास्ता बता रहा था कि बीच में फ़ोन कट गया। उसने फिर से डायल किया लेकिन किसी ने फ़ोन नहीं उठाया नहीं। दो-तीन बार कोशिश करने के बाद उसने सोचा शायद विशम्भर मदद करना नहीं चाहते हैं या उनकी पत्नी नहीं चाहती कि वे आधी रात को कहीं जाएं। आरिफ़ परेशान था और समझ नहीं पा रहा था कि आख़िर अपने अब्बा को जल्द से जल्द हॉस्पिटल लेकर जाए कैसे। आख़िरकार उसने डायरी उठाई और पटना मेडिकल कॉलेज हॉस्पिटल के एंबुलेंस का नंबर डायल करने लगा।

10-15 मिनट के बाद ही आरिफ़ को घर के बाहर से एक गाड़ी के रुकने की आवाज़ आई। आवाज़ सुन कर बाहर निकला तो देखा विशम्भर अपनी कार से बाहर निकल रहे हैं। उन्होंने अभी भी नाइट सूट ही पहन रखा था।

बेली रोड बिलकुल सुनसान थी और मुश्किल से 10-12 मिनट में वे इनकम टैक्स चौराहा पहुंच गए। फिर आगे जाकर जब वे म्यूज़ियम रोड की तरफ़ मुड़े और छज्जू बाग के बैप्टिस्ट चर्च से आगे बढ़े तो उन्हें सड़क के बीचो-बीच दो इंसानी साये दिखाई दिए। वे कार को रोकने की कोशिश करते हुए इशारे कर रहे थे।

विशम्भर नाथ मिश्रा अंग्रेज़ी में बोले, 'भाई लगता है कि ये चोर-बदमाश हैं और लूटपाट कर सकते हैं।'

'हम लोग क्या करेंगें?' आरिफ़ थोड़ा घबरा कर पीछे मुड़ गया। देखा कि अब्बा अभी भी बेसुध से पिछली सीट पर लेटे हुए थे। अम्मा *कुरान शरीफ़* की आयतें पढ़-पढ़ कर उन्हें फूंक रही हैं।

'तुम चुपचाप आराम से बैठो,' इतना कहते ही विशम्भर ने कार को धीमा कर दिया। फिर पीछे मुड़कर अम्मा से बोले, 'चाची जी, चाचा जी को ज़ोर से पकड़ लीजिए। आगे सड़क ऊबड़-खाबड़ है, झटका लगेगा।'

कार आगे बढ़ी और हेडलाइट की रोशनी में उन्होंने देखा कि वे पांच लोग और थे जिनमें से तीन सड़क के किनारे खड़े थे। सबने अपने चेहरे पर गमछा बांध रखा था और हाथों में हॉकी स्टिक थी। अब तो पक्का हो चुका था कि वे डकैत ही हैं। गाड़ी को धीरे-धीरे आगे बढ़ते देख कर वे दोनों सड़क के बीचोबीच खड़े हो गए लेकिन तभी विशम्भर ने गियर बदला और एक्सेलेटर को पूरा दबा दिया। गाड़ी फर्राटे से उन दोनों को टक्कर मारती हुई आगे निकल गई। पीछे से लोगों के चीख़ने-चिल्लाने के साथ गाली देने की आवाज़ भी सुनाई दी।

'क्या वे हमारा पीछा कर रहे हैं?' विशम्भर ने आरिफ़ से पूछा।

'नहीं,' आरिफ़ ने खिड़की से मुंडी निकाल कर पीछे की तरफ़ देखा।

फिर वह गांधी मैदान के साथ वाली सड़क पर मुड़ गए।

अम्मा को कुछ भी समझ में नहीं आया क्योंकि उन्हें अंग्रेज़ी नहीं आती थी और उनका पूरा ध्यान अब्बा पर था। फिर भी उन्होंने इंसानी चीख़ सुनी थी।

'क्या था वह?'

'एक कुत्ता था उसको ठोकर लग गई, चाची जी।'

'कितना वक्त और लगेगा, बेटा, हॉस्पिटल पहुंचने में?'

'दस मिनट से ज़्यादा नहीं लगेंगे चाची जी।'

—

पीएमसीएच पहुंचे तो वहां इमरजेंसी वार्ड में कोई भी डॉक्टर मौजूद नहीं था।

वहां पर मौजूद नर्स ने बताया कि डॉक्टर को उसने ख़बर कर दी है और कुछ देर में वह आ जाएंगे। लेकिन जब अगले 15-20 मिनट तक कोई भी डॉक्टर नहीं आया तो विशम्भर का गुस्सा बहुत ज़्यादा बढ़ गया और नर्स पर चिल्लाया।

नर्स ने आराम से जवाब दिया, 'मेरा काम डॉक्टर को ख़बर करना है। डॉक्टर आता है कि नहीं आता है यह तो उस पर है। मैं क्या कर सकती हूं।'

विशम्भर ने अपना मोबाइल फ़ोन निकाला और एक नंबर डायल करने लगे और फिर बोले, 'क्या मैं हेल्थ मिनिस्टर द्विवेदी जी से बात कर रहा हूं?' यह कहते हुए वह हॉस्पिटल से बाहर निकल गए।

आरिफ़ ने अब्बा की तरफ़ देखा जो सामने बेड पर लेटे हुए थे और बार-बार खांस रहे थे और उन्हें डकारें भी आ रही थीं। 'या अल्लाह रहम कर,' उन्होंने अम्मा को कहते सुना।

क़रीब 10 मिनट बाद ही एक बुज़ुर्ग आदमी वार्ड में दाख़िल हुआ और नर्स उसे देखकर तुरंत खड़ी हो गई। उसके चेहरे से लगता था कि वह व्यक्ति काफ़ी पावरफुल है।

'जूनियर डॉक्टर्स कहां हैं?' इस बुज़ुर्ग व्यक्ति ने कड़क आवाज़ में नर्स से पूछा।

'सर जूनियर डॉक्टर्स की तो हड़ताल चल रही है ना,' वह कंपकंपाती आवाज़ में बोली।

'लेकिन कोई तो ड्यूटी पर होगा यहां इमरजेंसी वार्ड में।'

'हां, डॉक्टर सिन्हा हैं।'

'कहां है वह? बुलाओ जल्दी से उसे।'

नर्स बदहवासी की हालत में टेलीफ़ोन डायल करने लगी।

उस बुज़ुर्ग ने आरिफ़ और अम्मा की तरफ़ मुड़ कर पूछा, 'यहां पर मिस्टर विशम्भर नाथ मिश्रा कौन है?'

'मैं हूं,' विशम्भर उसके सामने आते हुए बोले।

'मिश्रा जी, असुविधा के लिए हमें खेद है। अभी-अभी बिहार के स्वास्थ्य मंत्री का फ़ोन आया था मेरे पास। मुझे सुन कर बड़ा आश्चर्य हुआ कि इमरजेंसी वार्ड में कोई भी डॉक्टर नहीं है। वैसे मेरा नाम डॉक्टर ठाकुर है। कहां है आपका पेशेंट? मैं देख लेता हूं।'

विशम्भर सुबह होने तक उनके साथ रहे जब तक अब्बा को हॉस्पिटल से डिस्चार्ज नहीं कर दिया गया। डॉक्टर ने बताया कि यह फूड प्वॉइजनिंग की वजह से परेशानी हुई थी। यह शायद पानी की वजह से इन्फ़ेक्शन हुआ था। डॉक्टर ने यह भी कहा कि इनको गैस्ट्राइटिस की भी बहुत ज़्यादा प्रॉब्लम है जिसके लिए क़ायदे से इलाज कराना बहुत ज़रूरी है। विशम्भर ने सलाह दी कि क्यों ना डॉक्टर दत्ता को दिखाया जाए जो शहर के जाने-माने पेट के डॉक्टर हैं।

—

अगले दिन डॉक्टर दत्ता के यहां अपॉइंटमेंट लिया गया और आरिफ़ अब्बा को लेकर वहां गया। अम्मा भी साथ थीं। डॉक्टर दत्ता की उम्र 70 से ऊपर हो चुकी थी। वह बहुत ही गुस्सैल थे। अब्बा ने डॉक्टर को बताया कि उन्हें बार-बार बहुत पसीना आता है, दिल की धड़कन तेज़ हो जाती है और सांस लेने में मुश्किल होती है। कई बार पेट तथा सीने में दर्द भी होता है और बदबूदार गैस भी निकलती है। डॉ. दत्ता ने अपने अनुभव के आधार पर तुरंत पहचान लिया कि प्रॉब्लम कहां है। वह ज़रा तुनक कर बोले, 'मिस्टर ख़ान! आपने अपने शरीर के साथ अब तक बहुत अन्याय किया है। अब

थोड़ा आराम करना पड़ेगा और आराम का मतलब बिलकुल आराम। मैं जो आपको परहेज़ बता रहा हूं उसे सख़्ती से लागू कीजिए नहीं तो आपकी अंतड़ियों को काटना पड़ेगा।'

इसके बाद डॉक्टर दत्ता अम्मा की तरफ़ मुड़ गए और बड़ी नरमी से कहा, 'आप ध्यान दीजिएगा कि आपके शौहर वक्त से दवा लें और वही चीज़ खाएं जो हमने बताई है। अगले तीन महीने तक तो बिलकुल बेड रेस्ट और परहेज़ रहेगा।'

अब्बा की बीमारी से एक अच्छी बात यह हुई कि उनके सारा दिन घर रहने की वजह से आरिफ़ को अब्बा के साथ वक्त बिताने का मौक़ा मिला। बाप-बेटे में बहुत सारी बातें होने लगीं। सुबह तो आरिफ़ कोचिंग क्लास में चला जाता था क्योंकि उसने अब्बा के इलाज के ख़र्चे के हिसाब से कुछ एक्सट्रा क्लासें लेना शुरू कर दी थीं। लेकिन शाम को वह अब्बा के साथ बैठता। कैरम खेलता, चेस खेलता और कभी ताश भी। संडे को तो दोनों बाप-बेटा सारा दिन साथ गुज़ारते। बहुत सारी बातें होती और अक्सर अब्बा अपने बचपन की जद्दोजहद की दास्तान बताते। कैसे मुश्किल से उन्होंने मैट्रिक तक की पढ़ाई पूरी की थी। बड़े गुरबत के दिन देखे थे अब्बा ने। फिर कोई पुरानी बात निकलती तो दादी का भी ज़िक्र आ ही जाता और फिर अब्बा भावुक हो जाते। एक दिन अब्बा अपने वालिद की कहानी सुनाने लगे जो आरिफ़ कुछ-कुछ दादी के मुंह से सुन चुका था।

'1930 के दशक में मेरे वालिद का टिंबर का बहुत अच्छा कारोबार था। उस काम से उन्होंने काफ़ी पैसे कमाए। उन्होंने जमालपुरा के अलावा मोतिहारी और पटना में भी शानदार मकान बनवाया। जमालपुरा में जनाब अली ख़ान की हवेली बहुत मशहूर थी। दरवाज़े पर दो-दो हाथी रहते थे। उनके पास एक बग्घी भी थी जो घर की औरतों को बाहर लाने-ले जाने के काम आती थी। घर में दर्जनों नौकर-चाकर थे। मेरी मां यानी तुम्हारी दादी से मेरे वालिद कि दूसरी शादी थी। उनकी पहली बेगम यानी तुम्हारे बड़के बाबा की मां बहुत पहले अल्लाह को प्यारी हो गई थीं।'

'मेरे वालिद अपने भाइयों में सबसे बड़े थे। 1945 की बात है। मेरे एक चाचा अचानक ही चल बसे। अभी इस तकलीफ़ से मेरे वालिद उबर

भी नहीं पाए थे कि दूसरा भाई नदी में डूब गया। उस वक़्त लकड़ी को ढोने के लिए नदी के बहाव का इस्तेमाल किया जाता था। लकड़ी की बोटों को रस्सी से एक साथ बांधकर एक प्लेटफ़ॉर्म की तरह बना दिया गया था तथा उससे कुछ लोग बैठ कर नाव की तरह खेते हुए दूर-दूर तक ले जाते। मेरे वालिद के एक भाई यानी मेरे चाचा ने लकड़ी पर सफ़र करने का जोखिम उठाया और एक हादसे में उनका इंतकाल हो गया।'

'तीन महीने बाद एक हाथी पागल हो गया और मेरे आख़िरी बचे चाचा ने जब उसे मनाने की कोशिश की तो उसने उन्हें कुचल कर मार दिया। एक के बाद एक तीन भाइयों की मौत ने मेरे वालिद को ग़मगीन कर दिया। ज़िंदगी में उनकी कोई दिलचस्पी नहीं रही। फिर कुछ सालों में वह तो बिस्तर पर ही पड़ गए।'

'1947 में जब मुल्क का बंटवारा हुआ और पाकिस्तान बना तो मेरे कई रिश्तेदार पाकिस्तान चले गए। यहां तक कि मेरी अपनी फूफू भी पाकिस्तान चली गईं। उन्होंने मेरे अब्बा से कहा भी कि यहां रहोगे तो हिंदुओं के हाथ मारे जाओगे। लेकिन मेरे वालिद ने कहा कि मैं यहीं मरना और यहीं दफ़न होना पसंद करूंगा – अपने क़ब्रिस्तान में अपने बाप-दादा के साथ। लेकिन अफसोस की बात यह है कि उन्हें अपना क़ब्रिस्तान नसीब नहीं हुआ। बीमारी की वजह से उन्हें इलाज़ के लिए एक मशहूर हकीम के पास समस्तीपुर ले जाया गया था। वहीं पर उनका इंतकाल हो गया और वही उन्हें दफ़न भी किया गया।'

'मेरे वालिद के इंतकाल के बाद घर में कोई मर्द नहीं था। मेरी मां ने कोशिश की कि सब कुछ संभाल लें लेकिन आख़िरकार वह पर्दानशीन औरत थीं। दुनियादारी की बहुत ज़्यादा समझती नहीं थीं और इसी का फ़ायदा उठाकर रिश्तेदारों ने बहुत सारी ज़मीन हड़प ली। उन्होंने बची-खुची ज़मीन बेचकर घर का ख़र्च चलाया और किसी तरह से मैंने अपनी पढ़ाई पूरी की। मैं बहुत छोटा था। मेरे वालिद कहा करते थे कि मैं डिस्ट्रिक्ट कलेक्टर बनूं। लेकिन मैं उनका ख़्वाब पूरा नहीं कर सका और किसी तरह से मैट्रिक पास करके पुलिस की नौकरी में लग गया। मेरी मां ने बड़ी मुश्किल से मुझे और मेरे बड़े भाई को पाला है।' वे जब भी दादी की बात करते उनकी आंखें नम हो जाती थीं।

एक दिन वह अपनी शादी की बात बताने लगे : 'उस वक़्त मैं सिर्फ़ 18 साल का था। एक दिन मैं बाहर से अभी घर में दाख़िल ही हुआ था कि तुम्हारी दादी ने बताया कि इनायत नगर के मशहूर हकीम के यहां से उनकी बेटी का रिश्ता आया है। उस वक्त तुम्हारे मामू यानी हकीम साहब अलीगढ़ मुस्लिम यूनिवर्सिटी के तिबिया कॉलेज में पढ़ रहे थे। हमारी शादी बड़ी धूमधाम से हुई। लेकिन जब हमीदा यानी तुम्हारी अम्मा मेरे घर जमालपुरा आईं तो उसे बड़ी मायूसी हुई। उसने एक कामयाब हकीम की आराम और आराइश भरी ज़िंदगी देखी थी। मेरी ख़स्ताहाल खानदानी हवेली देखकर उसका चेहरा उतर गया लेकिन वह पहला और आख़िरी दिन था जब वह मायूस हुई थी। उसके बाद मैंने कभी उसके चेहरे पर उदासी को आने नहीं दिया। उसने अपने नए माहौल के हिसाब से अपने आप को ढाल लिया था।'

'हमारा पहला बच्चा यानि कि तुम्हारा सबसे बड़ा भाई मरा हुआ ही पैदा हुआ था। दूसरा बच्चा पैदा होने के 6 महीने बाद ही चल बसा। तीसरी बेटी हुई थी। वह भी 2 महीने की होकर गुज़र गई। हमीदा तो जैसे पागल ही हो गई थी। पहले तो अपनी बेटी को दफ़न नहीं होने दे रही थी और फिर वह हर रोज़ घर से निकलकर क़ब्रिस्तान की तरफ़ दौड़ जाती। बड़ी मुश्किल से उसे संभाला मैंने।'

'हमीदा पूरी तरह से ठीक तब हुई जब तुम पैदा हुए। उसके चेहरे पर फिर से मुस्कराहट वापस आ गई थी। वह साल अच्छा था मेरे लिए क्योंकि तुम्हारी पैदाइश के कुछ महीनों बाद ही मेरा प्रमोशन भी हो गया था। हमारी ज़िंदगी में खुशी फिर से लौट आई थी।' यह कहते हुए अब्बा झुककर पास वाले कमरे में देखने लगे। वहां पर अम्मा रहती थीं। 'हमीदा ने बहुत साथ दिया है मेरा। हर सुख में हर दुख में।' अब्बा की बातों से अम्मा के लिए प्यार और इज़्ज़त साफ़-साफ़ झलक रही थी।

'ज़िंदगी तो वैसे कभी भी बहुत ज़्यादा मेहरबान नहीं रही मुझ पर। जब छोटा था तब अपने बाप को खो दिया। मेरा एक ख़्वाब था कि मेरा बेटा बड़ा होकर आईएएस अफ़सर बने लेकिन मेरा यह ख़्वाब सिर्फ़ ख़्वाब ही बनकर रह गया। सिर्फ़ मेरी ही ग़लती थी कि मैंने तुम्हारी पढ़ाई पर अच्छे से ध्यान दिया ही नहीं। तुम तो पढ़ने में स्कूल टाइम से ही अच्छे थे। अगर मैंने किसी अच्छी जगह पर कोचिंग क्लास से एडमिशन करवाया होता तो शायद आज तुम कलेक्टर बन गए होते लेकिन मैं भी क्या करता

जो मेरी तनख़्वाह थी वह तो इतने लोगों की मामूली ज़रूरतों को भी पूरा करने में नाकाम थी।'

'नहीं अब्बा अपने आप को इल्ज़ाम मत दीजिए। यह मेरी ग़लती थी मुझे और मेहनत करनी चाहिए थी,' आरिफ़ ने कहा।

'तुम तो हमेशा एक अच्छे बेटे रहे हो। कभी कोई शिकवा नहीं किया अपने बाप से। मैं देखता हूं कि हमारे दोस्तों के बेटे उनके बाप के इतना कुछ करने के बाद भी अपने बाप की इज़्ज़त उतारते रहते हैं,' अब्बा की आवाज़ में जज़्बात का बहाव था। उनकी आंखें नम हो चुकी थीं।

जब भी इस तरह की कोई बात होती थी तो ज़ाकिर का नाम भी ज़रूर आ जाता था। ज़ाकिर का नाम आते ही अब्बा के चेहरे की लकीरें बदल जातीं, होंठ भिंच जाते और आंखों से आंसू टप-टप गिरने लगते। आरिफ़ अपने अब्बा के आंसू पोंछता और तसल्ली देने की कोशिश करता।

एक दिन की बात थी। हुमा जिसने अपना बीए डिस्टिंक्शन के साथ तीन साल पहले ही पास कर लिया था, अब्बा से बोली कि वह एमए करना चाहती है। आरिफ़ की मौजूदगी में अब्बा ने साफ़ मना कर दिया था।

आरिफ़ को पता था वह हुमा के लिए कुछ ज़्यादा नहीं कर सकता है। उसकी कमाई से जो भी थोड़े पैसे बचते थे उन्हें वह हुमा के शादी के लिए जमा कर रहा था। वो 26 साल की हो भी गई थी। उसके रिश्तेदार कानाफूसी शुरू कर चुके थे। कई बार कुछ रिश्तेदार घुमा-फिराकर अम्मा से पूछते थे कि हुमा की शादी कब हो रही है।

उधर, अब्बा के बीमार होने की ख़बर रिश्तेदारों तक पहुंच चुकी थी और कई लोग अब्बा को देखने पटना आने लगे थे। अम्मा किचन में दिन-रात लगी रहती थीं मेहमानों के लिए खाना बनाने में। लेकिन इस बात का शुक्र था अब गैस का चूल्हा आ चुका था।

हकीम साहब भी पटना आए, अपनी बेटी फ़रज़ाना और बेगम के साथ। दो दिन बाद लौटते वक्त वह फ़रज़ाना को ही छोड़कर जाने लगे। उन्होंने कहा, 'फ़रज़ाना रहेगी तो हमीदा बाजी की मदद करेगी घर के कामकाज में। जब तक दूल्हा भाई पूरी तरह से ठीक नहीं हो जाते, यहीं रहेगी। अपने फूफा की ख़िदमत करेगी।'

वह इतवार का दिन था। आरिफ़ अपने कमरे में बैठा अख़बार पढ़ रहा था। तभी उसने अम्मा को अब्बा से बात करते हुए सुना। दोनों बरामदे में थे। आरिफ़ के अब्बा से अम्मा ने कहना शुरू किया, 'हकीम साहब और उनकी बीवी का फ़ोन आया था। वह कह रहे थे कि आप आरिफ़ से शादी के बारे में बात कर लीजिए। वे कितने दिन इंतज़ार करें। लड़की की भी उम्र होती जा रही है। आस पास के लोग तरह-तरह के सवाल भी पूछने लगे हैं। बचपन से तय हुआ रिश्ता है।' वे बात ही कर रहे थे कि फ़रज़ाना एक गिलास पानी और अब्बा की दवा लेकर बरामदे में आ गई। अब्बा और अम्मा दोनों चुप हो गए।

इस बार आरिफ़ ने फ़रज़ाना को काफ़ी क़रीब से देखा था। जिस दिन से वह पटना आई थी, दिन-रात काम में ही लगी रहती थी। खाना बनाने, कपड़ा धोने के अलावा अब्बा का पूरा ख़याल रखती थी। सफ़ाई ऐसी कि फ़र्श आईना सा चमकता था। राबिया और नाज़नीन के ससुराल जाने के बाद पहली बार घर-दरवाज़ा इतना साफ़ दिख रहा था। अम्मा की तो उम्र हो चुकी थी। वह बेचारी कितना काम करतीं? हुमा का घर के कामकाज में ज़्यादा मन नहीं लगता था और वह काम से बचने के लिए कई बार किताबें उठा लिया करती थी। हालांकि फ़रज़ाना के कहने पर हुमा घर का थोड़ा बहुत काम करने लगी थी। आरिफ़ के परिवार के लिए 500 रुपये महीने पर नौकरानी रखना मुश्किल था।

इन सब बातों से आरिफ़ का नज़रिया फ़रज़ाना के बारे में बदलने लगा था। उसे याद आया कि उस रात जब जमालपुरा में दंगे हुए थे तब किस तरह से वे जान बचाकर वहां से भाग गए थे। उस समय झाड़ियों में छुपी हुई फ़रज़ाना ने उसे कैसे ज़ोर से पकड़ रखा था। यह सब याद करके आरिफ़ को काफ़ी अच्छा लगने लगा। फ़रज़ाना के बारे में सबसे अच्छी बात तो यह थी कि वह अब्बा का कितना ख़याल रखती थी। वह हमेशा खाना इस हिसाब से बनाती कि मसाला और तेल बिलकुल कम हो, जैसा कि डॉक्टर दत्ता ने बताया था। उसे हमेशा याद रखना रहता था कि अब्बा को कौन सी दवा कब देनी है। सुबह जब आरिफ़ कोचिंग इंस्टिट्यूट जाता तो फ़रज़ाना नाश्ता तैयार रखती थी और हर रोज़ कुछ न कुछ नए तरह का खाने को मिलता था। आरिफ़ फ़रज़ाना के बारे में बड़ी संजीदगी से सोच रहा था। यह तो अच्छी वाइफ़ बन सकती है। उसके लिए वह एक अनपढ़

गंवार लड़की नहीं रही बल्कि भरे-भरे जिस्म वाली एक खूबसूरत लड़की थी। इस उम्र में उसके चेहरे में ग़ज़ब का निखार आ गया था। उसकी बड़ी-बड़ी आंखें, उसके लंबे बाल और उसके बदन की बनावट को देखता तो आरिफ़ को गुदगुदी होने लगती।

अब्बा लगभग ठीक हो चुके थे और एक हफ़्ते बाद ही डॉक्टर के पास फ़ाइनल चेकअप के लिए जाना था। एक शाम उन्होंने आरिफ़ को अपने पास बुलाकर बैठाया और बड़े प्यार से बोले, 'बेटा मैं जानता हूं कि तुम अपने वालिद की बहुत इज़्ज़त करते हो। आज मैं तुम से कुछ मांगना चाहता हूं? उम्मीद है कि तुम मुझे मायूस नहीं करोगे।'

'अब बोलिए तो सही। आप जो कहेंगे वही करूंगा,' आरिफ़ ने बड़े एहतराम से कहा।

अब्बा ने अपना हाथ आरिफ़ के दाहिने हाथ पर रख दिया और बोले, 'बेटा, बरसों पहले जब फ़रज़ाना पैदा हुई थी तो मैंने हकीम साहब से वादा किया था कि वह मेरी बहू बनेगी। अब उस वादे को पूरा करने का वक्त आया है। क्या तुम मेरी ज़बान का मान रखोगे? क्या फ़रज़ाना से निकाह के लिए हां कहोगे?' अब्बा ने लगभग लरजते हुए कहा।

'आप सिर्फ़ हुक्म कीजिए। उसकी तामील होगी।'

'क्या वाकई में तुम फ़रज़ाना से निकाह करने को तैयार हो?' अब्बा ने पूछा।

'हां, आपकी खुशी मेरे लिए सबसे ज़्यादा क़ीमती है।'

'मन से कह रहे हो ना। कोई ज़ोर-ज़बरदस्ती तो नहीं?'

'नहीं अब्बा। लेकिन एक फ़िक्र मुझे सताये जा रही है।'

'वह क्या बेटा?'

'अभी कोई पक्की नौकरी नहीं है। मैं शादीशुदा ज़िंदगी की ज़िम्मेदारी कैसे उठा सकूंगा?'

'वह फ़िकर छोड़ दो, आरिफ़। मेरी भी शादी हुई थी तो मैं तो बेरोज़गार था। अल्लाह ने दुनिया में जिसको भी पैदा दिया है उसके रिज़्क का इंतज़ाम भी वही करता है,' अब्बा ने बड़े ही फ़लसफ़ाना अंदाज़ में कहा। आरिफ़ के हां कहने की वजह से अब्बा का चेहरा खिल गया। वह तुरंत

बिस्तर से उठे और अम्मा को यह ख़ुशख़बरी सुनाई। उसके बाद उन्होंने सीधे फ़ोन लगाकर हकीम साहब और उनकी बेगम से बात की।

अगले दिन ही हकीम साहब अपनी बेगम के साथ पटना आ गए। जैसे ही आरिफ़ ने उन्हें 'अस्सलाम अलैकुम' कहा, हकीम साहब ने अपने जेब से तुरंत 500 रुपये का नोट निकालकर आरिफ़ के दाहिने हाथ में रख दिया। आरिफ़ ने हिचकिचाते हुए उस पैसे को क़बूल किया।

'आरिफ़ को पहली सलामी मिली है,' अम्मा ने मुस्कराते हुए कहा।

हुमा ने अपना हाथ आगे फैला दिया। 'भाई जान! सलामी में से मेरा हिस्सा कहां है?'

हकीम साहब को देखते ही अब्बा उठ खड़े हुए और उन्हें गले से लगा लिया। अब्बा बहुत ज़ोर से बोले, 'बहुत-बहुत मुबारक हो समधी।' अब्बा के चेहरे पर मुस्कराहट देखकर आरिफ़ को बड़ा सुकून मिला।

अगले दिन शाम को आरिफ़ जब अपने घर में दाख़िल हुआ तो उसे एक जानी-पहचानी ख़ुशबू ने चौंका दिया और उसे पता चल गया कि सुमित्रा उसके घर आई हुई है।

वह अपने कमरे में गया तो उसने देखा कि पास वाले कमरे में सुमित्रा एक कुर्सी पर बैठी है और हाथ में चाय का कप लिए अम्मा से बात कर रही है। लेकिन उसने इस तरह का बर्ताव किया जैसे उसने उसको देखा ही ना हो। उसने चुपचाप *टाइम्स ऑफ़ इंडिया* उठाया और जाकर बरामदे में एक कुर्सी पर बैठ गया। उसकी निगाह अख़बार पर थी लेकिन ख़यालों में सुमित्रा ही चल रही थी। उसे एहसास हुआ कि सुमित्रा की मौजूदगी से अभी भी उसके दिल को कितना सुकून मिलता है। कुछ मिनटों बाद अम्मा सुमित्रा को बाहर छोड़ने आई। आज वो चुपचाप अख़बार में आंख गड़ाए हुए बैठा था। सुमित्रा ने जब उसकी तरफ़ देखा तो वह सिर उठाकर हल्का सा मुस्कराया।

तभी सुमित्रा अम्मा की तरफ़ मुड़ी और बोली, 'दीदी लगता है मेरा मोबाइल कमरे में ही छूट गया।'

अम्मा जैसे ही कमरे की तरफ़ गई उसने एक काग़ज़ का टुकड़ा आरिफ़ की तरफ़ फेंक दिया। उसने झपट कर उस काग़ज़ को अपनी जेब में ठूंस लिया। थोड़ी देर में अम्मा सुमित्रा का मोबाइल लेकर बाहर आ गईं। अम्मा के अंदर जाते ही आरिफ़ उस काग़ज़ के टुकड़े को खोलकर पढ़ने लगा। वह एक ख़त था :

प्यारे आरिफ़,

मैं तुम पर बहुत नाराज़ थी कि तुमने मुझे पटना आकर फ़ोन क्यों नहीं किया लेकिन जब मुझे पता चला कि तुम्हारे पिताजी बहुत बीमार हैं तो मैंने गुस्सा थूक दिया। आज मुझे यह देख कर अच्छा लगा कि तुम्हारे अब्बा बिलकुल ठीक हैं। जैसा कि तुम्हें पता है कि मैं पटना वापस आ गई हूं। चित्रकार नगर के K-ब्लॉक में अपना मकान भी बन गया है।

हमने साथ में जो वक़्त गुज़ारा है उसकी मीठी-मीठी यादें अभी हैं मेरे पास। मुझे वह रात भी याद है जब ट्रेन में हमने इकट्ठे होकर सफ़र किया था। मैं तुमसे एक बात और कहना चाहती हूं। इस बार ट्रेन के अंदर जब तुमने मेरा बदन छुआ था तो उस चीज़ के लिए ना मुझे पछतावा है ना गुनाह का एहसास बल्कि मैं चाहती हूं कि वह फिर दोबारा हो। मैं यह चाहती हूं कि अपने रिश्ते में और गहराई हो और हमारे रिश्ते के बीच जो भी हदें हैं, दीवारें हैं, उसे तोड़ना चाहती हूं। यूं कहो कि हम - मैं और तुम, एक होना चाहते हैं। इस महीने की 24 तारीख़ को रमेश हैदराबाद जा रहे हैं किसी ट्रेनिंग के लिए। उस रात मैं अकेली रहूंगी। बिलकुल तन्हा। तुम आओ उस रात को मैं वादा करती हूं कि वह एक यादगार रात होगी। तुम्हें वह सब कुछ मिलेगा जो एक शौहर अपनी बीवी से उम्मीद रखता है। उस रात हम अपने बीच की सारी दीवारें तोड़ देंगे। न कोई गुनाह का डर, न किसी सवाब का लालच। वह रात हमारे-तुम्हारे बीच के रिश्ते और हमारी ज़िंदगी के आगे के रास्ते को तय करेगी।

सदा के लिए तुम्हारी,

सुमित्रा

आरिफ़ वह ख़त पढ़कर भौंचक्का हो गया क्योंकि उसे सुमित्रा से इस तरह के संदेशे की उम्मीद क़तई नहीं थी। उसे याद था कि जज़्बातों की रौ में आरिफ़ थोड़ा सा बहक गया तो सुमित्रा किस तरह से परेशान हो गई थी।

आरिफ़ को सुमित्रा का जो ऑफ़र मिला था, वह उसके तन-मन में आग लगा रहा था। रोम-रोम ख़ुशी से फूला नहीं समा रहा था। अपने तसव्वुर में सुमित्रा के साथ होने के ख़याल से ही उसके बदन में बिजलियां दौड़ रही थीं। लेकिन फिर शऊर ने और ज़मीर ने मिलकर आरिफ़ को लताड़ा। आरिफ़ ने ख़ुद को भी समझाया, इस तरफ़ के रिश्तों को दुनिया से कब तक छुपा कर रख पाओगे। *निकलो इस रिश्ते के जाल से और फ़रज़ाना से चुपचाप शादी करके नई ज़िंदगी शुरू करो। वर्ना तुम्हारे साथ-साथ सुमित्रा का घर भी बर्बाद हो जाएगा।* आरिफ़ वैसे भी नाजायज़ रिश्ते में बांधकर सारी ज़िंदगी नहीं गुज़ारना चाहता था।

फिर उसे दादी की बातें याद आने लगीं : 'क़यामत के दिन हर इंसान के हाथ में उसके अच्छे आमाल और बुरे आमाल का लेखा-जोखा दिया जाएगा। फिर उसी के मुताबिक़ जन्नत और जहन्नुम का फ़ैसला होगा।'

'मैं एक गुनहगार बनकर नहीं मरना चाहता।' जिस तरह के दीनी माहौल में उसकी तर्बियत हुई थी उसे लगता था उसे शैतान बहका रहा है ताकि वह सुमित्रा के साथ हमबिस्तर होने का गुनाह कर ले। 'नहीं, नहीं नफ़्स-ए-अम्मारा के बहकावे मैं नहीं आऊंगा मैं।'

तभी मग़रिब की अज़ान सुनी उसने, पहले समनपुरा के मस्जिद से और फिर हई मेडिकल रिसर्च सेंटर के अंदर बनी मस्जिद से। वह नमाज़ पढ़ने चला गया।

रात बड़ी बेचैनी वाली थी। आरिफ़ ने सुमित्रा के ख़त को टुकड़े-टुकड़े करके नाले में बहा दिया था लेकिन उस चिट्ठी का हरेक लफ़्ज़ उसके दिमाग़ में मौजूद था।

अगली सुबह आरिफ़ फ़ज़र के वक़्त उठ गया था और मस्जिद में नमाज़ पढ़ने गया। मस्जिद से वापस आते वक़्त उसने फ़ैसला कर लिया था। सुमित्रा को उसकी ज़िंदगी से दूर जाना पड़ेगा क्योंकि फ़रज़ाना ही अब उसकी

मुक़द्दर है। अब्बा की सलाह के हिसाब से वह बीपीएससी के रिजल्ट का इंतज़ार करेगा और अगर कुछ नहीं हुआ तो इनायत नगर में अपना कोचिंग सेंटर खोल लेगा। सुमित्रा से जुदाई तो बेशक तकलीफ़देह होगी, लेकिन उस दर्द-ए-जुदाई को सहने को वह तैयार था।

21

आरिफ़ बिहार सिविल सर्विसेज़ की प्रीलिम्स परीक्षा भी पास नहीं कर पाया। उसे समझ में नहीं आ रहा था कि उससे कहां ग़लती हुई थी। बरामदे में बैठकर, वह बार-बार अख़बार में छपे रिज़ल्ट को देखता रहा लेकिन उसका रोल नंबर कहीं नहीं था। थक-हार कर उसने अख़बार सामने पड़े स्टूल पर रख दिया। उसने पिछले कुछ महीनों से जो उम्मीदें लगा रखी थीं, वे चकनाचूर हो चुकी थीं। उसे अकेलापन महसूस होने लगा और उसके दिल में एक खलिश का एहसास हो रहा था। वह अपनी आंखें मूंदकर कुर्सी पर टेक लगा कर अपने मुस्तक़बिल के बारे में सोचने लगा।

'भैया,' यह हुमा की आवाज़ थी। आरिफ़ अपनी बहन की तरफ़ देख कर मुस्करा दिया। उसकी मुस्कराहट में एक दर्द छुपा था। हुमा के हाथ में चाय का कप था। उसने चाय की प्याली को हुमा से लेकर एक घूंट पिया और फिर स्टूल पर रख दिया। उसने अख़बार को फिर से उठा लिया और पन्ने पलटने लगा। आख़िरी पेज पर एक और इम्तहान का रिजल्ट छपा था।

बिहार राज्य अवर सेवा चयन परिषद
कनीय उर्दू अनुवादक परीक्षा का अंतिम परिणाम
(माननीय सर्वोच्च न्यायालय के आदेशानुसार)

नीचे कामयाब उम्मीदवारों का रोल नंबर और नाम लिखे हुए थे। धड़कते दिल से आरिफ़ अपनी शहादत की अंगुली रखकर अपना नाम तलाशने लगा।

आयशा परवीन, अब्दुल हमिद, अब्दुल हक़ अंसारी, आदिल सिद्दीकी, आरिफ़ ख़ान... आरिफ़ का नाम पांचवें नंबर पर था। आरिफ़ के लबों पर

मुस्कराहट फ़ैल गई। वह कुछ बोलना चाहता था लेकिन उसकी आवाज़ गले में अटक गई। अचानक वह बुरी तरह से खांसने लगा। हुमा सामने अलगनी से कपड़े उतार रही थी। उसे छोड़कर पीछे मुड़कर देखा और दौड़कर अंदर पानी लेने चली गई।

पांच साल पहले ठीक इलेक्शन के पहले बिहार के मुख्यमंत्री ने उर्दू तर्जुमाकारों की बहाली का ऐलान किया था। मुख्यमंत्री के मुस्लिम-यादव की सोशल इंजीनियरिंग में मुसलमानों को खुश करने की तरकीब थी यह। दरअसल, आज़ादी के बाद उर्दू उत्तर भारतीय मुसलमानों की भाषा बन कर रह गई थी। बिहार में जितने भी ग्रेजुएट बेरोज़गार मुसलमान नौजवान थे सबके सबने इस इम्तहान के लिए अप्लाई किया था। अब्बा की ज़िद पर आरिफ़ ने भी ये एग्ज़ाम दिया था। लेकिन बाद में कुछ उम्मीदवारों में चयन प्रक्रिया में धांधली का आरोप लगा कर हाईकोर्ट में रिट पिटिशन लगाई थी। अब बरसों बाद सुप्रीम कोर्ट के फ़ैसले के बाद रिज़ल्ट निकाला गया था।

एक ज़माना था कि आरिफ़ आईएएस से नीचे कुछ सोचता ही नहीं था। लेकिन वक़्त और हालात ऐसे बदल गए थे कि यह छोटी-मोटी नौकरी भी अल्लाह की तरफ़ से भेजे गए तोहफ़े की तरह मालूम होती थी। कैसे वक़्त के साथ इंसान के ख़्वाब अपनी शक्ल बदल लेते हैं। अब न वह आरिफ़ था और न उसके बड़े-बड़े ख़्वाब। आरिफ़ को बरसों पहले लिखी अपनी ही एक नज़्म याद आई :

कामचलाऊ ख़्वाब

यादों की कश्ती पर बैठ कर
ख़यालों के समंदर में निकल पड़ा था मैं
तलाशने
अपने बरसों पहले डूबे हुए ख़्वाब को

शक-ओ-शुबहा के स्याह बादल
नाउम्मीदी के दहशतअंगेज़ तूफ़ान
अंदेशे की ऊंची-ऊंची लहरें
रोकती रहीं मुझे

मेरे हौसले की पतवार
अब छूटने ही वाली थी
मेरे हाथों से
तभी मुझे दिख गया उम्मीदों का लाइट हाउस

और मैं समझ गया
यही है साहिल
हसरतों के जज़ीरे का
इस जज़ीरे पर एक जंगल है तसव्वुर के दरख़्तों का

इस अजनबी जज़ीरे पर
मेरा खोया हुआ ख़्वाब मिले न मिले
मगर मुझे कोई न कोई ख़्वाब मिल ही जाएगा
कोई भी छोटा-मोटा कामचलाऊ ख़्वाब

तो आरिफ़ को एक छोटा-मोटा कामचलाऊ ख़्वाब मिल गया था। उसने आवाज़ देकर सारे घरवालों को इकट्ठा किया फिर जूनियर ट्रांसलेटर के रूप में सेलेक्शन की खुशख़बरी दी। अब्बा ने आगे बढ़कर आरिफ़ को गले लगा लिया। अम्मा तुरंत नफिल नमाज़ के लिए चटाई बिछाने लगीं। आरिफ़ को मुबारकबाद देते हुए हुमा बरसों बाद दिल खोल कर हँसी। यह ख़बर इनायत नगर तक पहुंची और फिर हाकिम साहब और उनकी बेगम का फ़ोन आया, आरिफ़ को मुबारकबाद देने के लिए। फ़रज़ाना ने भी बधाई दी लेकिन उसकी आवाज़ में उतना जोश नहीं था।

उस शाम फ़रज़ाना ने बहुत ही लज़ीज़ चिकन बिरयानी बनाई। इतनी लज़ीज़ कि आरिफ़ का दिल चाहता था कि उसका हाथ चूम ले।

'फ़रज़ाना के हाथ में जादू है,' अम्मा ने पतीली से बिरयानी निकलते हुए कहा। 'और लक्षण भी कितने अच्छे हैं इसके। इधर रिश्ते की बात पक्की क्या हुई, आरिफ़ को नौकरी भी मिल गई।'

'अल्लाह की बहुत मेहरबानी है,' अब्बा ने मुस्कराते हुए कहा।

आरिफ़ को अचानक ख़याल आया क्यों न यह खुशख़बरी सुमित्रा को सुनाया जाए। लेकिन आरिफ़ ने खुद को समझाया और फ़रज़ाना के बारे में

सोचने लगा। अगली सुबह उसने उठकर सबसे पहले सुमित्रा के नाम एक चिट्ठी लिखी और फिर उसे अपने हाथ से दे आया।

प्रिय सुमित्रा,

तुम्हें यह चिट्ठी पाकर बहुत ताज्जुब होगा। यक़ीन करो मुझे भी विश्वास नहीं हो रहा है कि यह ख़त मैंने लिखा है।

हमारे इस रिश्ते ने हमें परेशानी के अलावा कुछ भी नहीं दिया। अगर यह सब चलता रहा तो हमारा घर-परिवार बर्बाद हो जाएगा। सोचो, अगर तुम्हारे बच्चों को यह सब पता चल गया तो किस निगाह से देखेंगे तुम्हें। खुदा न करे तुम्हारे शौहर को इस अफ़ेयर की भनक भी लग गई तो वो मर जाएंगे। मैं जानता हूं रमेश बहुत प्यार करते हैं तुम से।

मैं 24 तारीख़ को तुमसे मिलने नहीं आ पाऊंगा।

तुम्हें शायद यह जानकर अच्छा न लगे कि मेरी शादी मेरी ममेरी बहन से तय हो गई है। तारीख़ अभी फ़ाइनल नहीं हुई है। यह सब मैं अपने मां-बाप को खुश करने के लिए कर रहा हूं।

हां, एक खुशख़बरी है। मुझे बिहार सरकार में उर्दू ट्रांसलेटर का जॉब मिल गया है। 2-4 दिन में मैं भागलपुर ज्वॉइन करने चला जाऊंगा। उसके बाद शायद हम ज़िंदगी में दोबारा नहीं मिल पाएं। लेकिन हमारी जुदाई हम दोनों के लिए अच्छी है। मेरा पूरा परिवार जमालपुरा रहने के लिए जा रहा है।

मैंने कुछ तोहफ़े ख़रीदे हैं तुम्हारे लिए। उम्मीद है कि तुम्हें पसंद आएंगे। एक पायल भी है, जिसकी रुनझुन मैं नहीं सुन पाऊंगा और नोज पिन जिसे पहन कर तुम बेहद हसीन लगोगी।

इस चिट्ठी के ज़रिये अगर मैंने तुम्हारे दिल को ठेस पहुंचाई है तो मैं माफ़ी चाहता हूं। तुम्हारा इतना अहसान है मुझ पर कि ताउम्र चुका नहीं सकता।

मैं तुम्हें कभी भी भुला नहीं पाऊंगा।

तुम्हारा और सिर्फ़ तुम्हारा,

आरिफ़

उस दिन आरिफ़ बीएमपी कॉलोनी गया था - अपने सर्टिफ़िकेट्स की फ़ोटोकॉपी एक गज़टेड अफ़सर से अटेस्ट करवाने। ये सब जॉब ज्वाइन करने की औपचारिकताएं थीं।

जब आरिफ़ वापस आया तो घर पर फ़रज़ाना के अलावा कोई नहीं था। अम्मा और हुमा अब्बा के साथ डॉक्टर दत्ता के पास गई थीं। उसने आख़िरी चेकअप के लिए बुलाया था। अगर सब कुछ ठीक रहा तो अब्बा की दवाई पूरी तरह बंद हो जाएगी और कुछ दिनों में आरिफ़ का पूरा परिवार जमालपुरा चला जाएगा।

पिछले हफ़्ते ही अब्बा ने फ़ैसला किया था कि पटना के इस छोटे से मकान में रहने से अच्छा है अपने गांव की दो मंज़िला हवेली में रहा जाए। इस तरह से किराये के 2000 रुपये भी बचेंगे जो हुमा की शादी में काम आएगा। अब्बा ने दहेज़ के लिए खेती की कुछ ज़मीन भी बेचने का फ़ैसला कर लिया था। आरिफ़ भी अपनी तनख़्वाह से कुछ तो बचा ही लेगा। जमालपुरा जाते ही अब्बा हुमा के लिए रिश्ता देखना शुरू कर देंगे।

बरामदा में खड़ा आरिफ़ सोच रहा था कि बस कुछ दिन और बचे हैं पटना में जहां उसने अपनी ज़िंदगी के 18 साल गुज़ारे। उसे शहर से जुदाई के ख़याल से ही तकलीफ़ हो रही थी। उससे भी ज़्यादा सुमित्रा से बिछड़ने का ग़म था।

उसने दादी और ज़ाकिर के बारे में सोचा और मन ग़म से भारी हो गया। फिर वह गुज़रे हुए वक़्त के हर बुरे ख़याल को दूर धकेल कर, उसकी फ़रज़ाना साथ होने वाली शादी के बारे में सोचने लगा।

आरिफ़ ने तिरछी नज़र से देखा कि फ़रज़ाना पास के कमरे में बैठकर *गृहशोभा* का एक पुराना अंक पढ़ रही है। तभी उसका दुपट्टा सरक गया और जिस्म के उभार दिखने लगे। पहले उसे फ़रज़ाना को देखकर ख़्वाहिश जगी थी। अपने तस्सवुर में आरिफ़ फ़रज़ाना को अपनी बांहों में समेटने लगा। तभी फ़रज़ाना ने किताब से नज़रें उठा लीं और आरिफ़ शरमा कर दूसरी तरफ़ देखने लगा।

आरिफ़ को अचानक याद आया कि उसे बाज़ार से नई शर्ट और पतलून ख़रीदनी है। 'मैं राजा बाज़ार जा रहा हूं। यदि तुम्हें किचन के लिए कुछ चाहिए हो, तो बता दो,' आरिफ़ ने फ़रज़ाना से पूछा।

'नहीं भाईजान, कुछ नहीं लाना है,' फ़रज़ाना ने आरिफ़ की तरफ़ देखे बिना जवाब दिया।

बेवकूफ लड़की, महीने दो महीने में निकाह होना है और अभी भी वह मुझे 'भाईजान' ही कहे जा रही है। आरिफ़ ने सोचा और घर से बाहर निकल गया।

वह सड़क पर चलते हुए मदरसा रोड तक गया और जैसे ही मगध विक्रमशिला अपार्टमेंट्स तक पहुंचा तो उसे पता चला कि वह पर्स तो घर पर ही छोड़ आया है। वह तुरंत वापस आया तो देखा कि दरवाज़ा खुला हुआ है और पहले कमरे के बिस्तर पर ही उसका पर्स पड़ा हुआ है। वह वापस आने के लिए मुड़ने ही वाला था कि उसे बगल के कमरे से फ़रज़ाना के सुबकने की आवाज़ सुनाई दी। फिर वह धीमी आवाज़ में कुछ बोलने लगी। वह फ़ोन पर किसी से बात कर रही थी।

'तुम्हीं बताओ जब हर कोई इस रिश्ते से इतना खुश है तो मैं कैसे कह दूं कि मुझे आरिफ़ भाईजान से शादी मंज़ूर नहीं?'

थोड़ी देर के लिए फ़रज़ाना ख़ामोश हो गई। शायद वह दूसरी तरफ़ की बात सुन रही थी।

'वह कहता है कि वह आरिफ़ भाईजान की बहुत इज़्ज़त करता है और उनकी खुशी में आड़े नहीं आना चाहता,' फ़रज़ाना फिर सुबकने लगी थी, 'मैं आरिफ़ भाईजान से शादी करके खुश नहीं रह सकती। यह जानते हुए भी कुछ नहीं कर सकती।'

आरिफ़ को महसूस हुआ कि उस पर बिजलियां गिर पड़ी हों। वह बरामदे के किनारे रखी चारपाई पर सिर पकड़ कर बैठ गया।

'यह मेरे साथ ही क्यों हो रहा है?' आरिफ़ आसमान की तरफ़ देखते हुए बोला। 'मैं जब भी ज़िंदगी से समझौता करना चाहता हूं, यह मेरे लिए मुश्किलें खड़ी कर देती है।' आरिफ़ हमेशा यही सोचता था कि फ़रज़ाना उसे बहुत पसंद करती है और उससे शादी के लिए 'हां' कह कर वह एहसान कर रहा है।

लेकिन यह कौन है जिसे फ़रज़ाना प्यार करती है? लेकिन क्या फ़ायदा होगा अगर फ़रज़ाना के आशिक़ का नाम मालूम भी हो जाए उसे। उसकी परेशानी हल तो नहीं निकलेगा न?

आसमान में अंधेरा हो चला था और मच्छर के झुंड हवा में भनभना रहे थे और आरिफ़ यूं ही सड़क पर चला जा रहा था। घंटों तक वह ऐसे ही चलता रहा है बगैर जाने और समझे कि उसकी मंज़िल कहां है। फिर वह जहां रुका वहां पर वही पीपल का पेड़ था जिसने उसके और सुमित्रा के प्यार को परवान चढ़ते देखा। यह पेड़ उसकी ज़िंदगी की नाकामियों का भी गवाह था। हज़ारों साल पहले एक पीपल के नीचे ही राजकुमार सिद्धार्थ को ज्ञान प्राप्त हुआ था और वह महात्मा बुद्ध हो गए थे। क्या यह वृक्ष आरिफ़ की ज़िंदगी की पहेली का हल करेगा। उसके होंठों पर अचानक एक मुस्कान खेल गई।

आरिफ़ फिर घर लौट आया। अब्बा डॉक्टर के यहां से वापस आ गए थे। उसे बड़ी राहत हुई कि डॉक्टर ने अब्बा को बिलकुल फिट करार दिया था और सभी दवाई बंद कर दी थी।

अगले ही सुबह को आरिफ़ के परिवार को हाजीपुर ले जाने के लिए 6 सीट वाला ऑटो रिक्शा बुलाया गया। वहां से ट्रेन पकड़ कर इनायत नगर जाना था। साथ ले जाने वाले सामान को ऑटो की सबसे पीछे वाली सीट पर रखकर नारियल की रस्सी से बांध दिया था। घर के फ़र्नीचर और चीज़ों को अब्बा ने सुबह ही मिनी ट्रक से भेज दिया था। अब्बा आगे ड्राइवर के बगल में बैठ गए और ड्राइवर के पीछे वाली सीट पर अम्मा, हुमा और फ़रज़ाना साथ बैठ गईं। आरिफ़ ने फ़रज़ाना की तरफ़ देखा। वह उदास थी और उसकी आंखें भी सूजी हुई थीं।

अब्बा के चेहरे पर बड़ा इत्मीनान था। आरिफ़ जैसे ऑटो के क़रीब आया, अब्बा ने अपना मोबाइल निकाल कर आरिफ़ के हाथ में रख दिया।

'अब्बा मेरे ख़याल से घर में भी एक फ़ोन होना चाहिए। मेरे ऑफ़िस में तो फ़ोन होगा ही,' आरिफ़ ने कहा।

'लेकिन बेटा, अपने गांव जमालपुरा में नेटवर्क कहां है? यह तो वहां बेकार ही हो जाएगा,' अब्बा ने मुस्कराते हुए कहा, 'तुम पहली बार घर से दूर जा रहे हो। अपना अच्छे से ख़याल रखना। हां, भागलपुर पहुंचकर फ़ोन ज़रूर करना। हकीम साहब के नंबर पर करना। हम लोग 4-5 दिन तक इनायत नगर में रहेंगे।'

‘ठीक है, अब्बा।’

‘बउआ, मैंने कुछ ठेकुआ और निमकी तुम्हारे लिए पैक कर दिया है,’ अम्मा ने कहा।

अभी वे बात कर ही रहे थे कि उनके मकान मालिक शब्बीर अली आ गए। वह बड़े ही मिलनसार इंसान थे। इरीगेशन डिपार्टमेंट में इंजीनियर हुआ करते थे। अब्बा के ऑफ़िस के समय के साथी जमील ख़ान भी आ गए थे।

शब्बीर अली अपनी सफ़ेद दाढ़ी खुजाते हुए बोले, ‘अब्दुल रशीद भाई! आपको अगर मेरे मकान में रहने के दौरान कुछ तकलीफ़ हुई हो तो माफ़ी चाहूंगा।’ शब्बीर अली ने आगे बढ़कर अब्बा से हाथ मिलाया।

‘इंजीनियर साहब, आप बड़े अच्छे इंसान हैं। हम लोग आपके घर में बिताए वक़्त को हमेशा याद रखेंगे।’

‘शुक्रिया,’ शब्बीर अली ने मुस्कराते हुए कहा।

‘अच्छा एक बात कहनी थी। आरिफ़ कल भागलपुर जॉब ज्वॉइन करने जाएगा। वह कल शाम को आपको घर की चाबी दे देगा।’

‘ठीक है, ठीक है। वह कोई बात नहीं।’

अब्बा ने अपनी घड़ी देखी और बोले, ‘हाजीपुर से इनायत नगर की ट्रेन 11 बजे चलती है। हमें अब निकलना चाहिए। गांधी सेतु पर तो अक्सर जाम ही लगा रहता है।’ अब्बा ने फिर से शब्बीर अली और जमील ख़ान से हाथ मिलाया।

‘फ़ी अमानुल्लाह,’ शब्बीर अली ने कहा।

‘ख़ुदा हाफ़िज़,’ जमील ख़ान ने कहा।

अब्बा ने कहा, ‘ख़ुदा हाफ़िज़।’

इसके बाद ऑटो रिक्शा चल पड़ा और गली के आख़िर कोने पर ग़ायब हो गया। आरिफ़ सामने सड़क को काफ़ी देर तक निहारता रहा ऐसा लगता था कि वह अपनी कोई खोई हुई चीज़ तलाश रहा हो। शायद वह अपनी खोई हुई खुशी तलाश रहा था। अचानक उदासी के एक तेज़ झोंके ने उसे हिला दिया।

वह कमरे में वापस आ गया था और अपने ट्रैवल बैग में सामान डालने लगा। अचानक एक पुरानी डायरी उठाते वक़्त अंदर से एक तसवीर

निकल आई। यह आरिफ़ की ज़ाकिर के साथ वाली पुरानी तसवीर थी। उस समय आरिफ़ दस का और ज़ाकिर नौ साल का था। उसे याद था कि वह तसवीर नाज़ो चाचा ने खींची थी, मुहर्रम के दिन। हालांकि तसवीर ब्लैक ऐंड वाइट थी लेकिन आरिफ़ को अच्छी तरह से याद था कि उस दिन आरिफ़ ने लाल कुर्ता पायजामा और ज़ाकिर ने हरा कुर्ता पायजामा पहना था।

आरिफ़ उस दिन अपने भाई का हाथ पकड़ कर कर्बला गया था। गांव के बाहर एक खुला मैदान था, जहां मुहर्रम का ताज़िया लाया जाता था। उसे कर्बला में रखा जाता था। हालांकि अम्मा ने ताकीद की थी कि वह अकेले कर्बला न जाए। लेकिन उसने झूठ बोल दिया कि वह बड़के बाबा के साथ जा रहा है। कर्बला में कभी भीड़ थी और लोग तलवार, फरसा और भाला ले कर 'या हुसैन, या हुसैन' का नारा लगा रहे थे। कुछ लोग हज़रत हसन हुसैन को याद करके मर्सिया गा रहे थे। ज़ाकिर का हाथ पकड़ कर वह भीड़ से बच-बचकर चल रहा था तभी ज़ोर का शोर होने लगा। पता चला कि जमालपुरा और शमशाद नगर के बीच लड़ाई हो गई है। दोनों तरफ़ से ईंटें और पत्थर बरसने लगे। लोग जान बचाकर भागने लगे। आरिफ़ भी पास के एक आम के बगीचे की तरफ़ भागा। थोड़ी देर बाद उसे कयास हुआ कि ज़ाकिर का हाथ छूट गया है और वह आस पास कहीं नहीं दिख रहा है। वह ज़ाकिर का नाम लेकर चिल्लाता रहा लेकिन उसका भाई कहीं नहीं था।

एक घंटे बाद पुलिस आई तो बीच-बचाव हुआ और दंगा करने वाले लोग भाग गए। आरिफ़ अभी भी कर्बला के किनारे खड़ा रो रहा था और उसकी आंखें ज़ाकिर को तलाश रही थीं। एक सिपाही उसे वहां देखकर डांटकर बोला, 'भागो यहां से। जाओ घर।'

वह रोता हुआ आम के बगीचे से होकर अपने घर की तरफ़ चल पड़ा। उसे जो भी क़ुरान की आयतें याद थीं वह उन्हें पढ़े जा रहा था और अल्लाह से दुआ मांग रहा था कि उसका भाई उसे मिल जाए। उसने ये भी मन्नत मांगी कि उसका भाई लौट आया तो वह 10 रकात नफिल नमाज़ पढ़ेगा। तभी जैसे करिश्मा ही हो गया। ज़ाकिर सामने बांस के झुरमुट से बाहर निकलकर आ गया। वह अपने भाई को बांहों में जकड़ कर ज़ोर-ज़ोर से अल्लाह का शुक्रिया अदा करने लगा।

आरिफ़ को वह लम्हा याद था जब वह ज़ाकिर को गले लगाकर रोया था, बिना कुछ कहे। फिर ज़ाकिर ने उससे पूछा था, 'क्या हुआ भैया?'

आरिफ़ के कानों में उस दिन की सदायें गूंज रही थीं। उसने ख़ुदा से दुआ की और यह उम्मीद की कि उसी तरह ज़ाकिर अचानक आकर उसके गले जाएगा और उस दिन की तरह फिर से वह जी भर कर रोएगा।

अगले दिन शाम को जब आरिफ़ भागलपुर के लिए निकलने ही वाला था कि बड़ी तेज़ आंधी आई। कुछ देर के लिए आसमान धूल से भर गया। लेकिन बारिश की एक फुहार ने असमान साफ़ और माहौल ठंडा कर दिया। आरिफ़ पटना जंक्शन जाने के लिए बाहर निकला तो मौसम बहुत ख़ुशगवार था और ठंडी हवा चल रही थी। लेकिन इसके बावजूद आरिफ़ का मन उदास था।

आरिफ़ फिर से ज़ाकिर के बारे में सोचने लगा था। उसका गोलगोल ख़ूबसूरत चेहरा और उसके कंधे को चूमते लम्बे-लम्बे बाल उसकी निगाहों के सामने आ गए। आरिफ़ ने एक आह भरी और फिर एक गहरी सांस ली। आंखों से बहते आंसुओं को रूमाल से पोंछकर मकान मालिक की चाबियां लौटाने चला गया।

शब्बीर अली नमाज़ पढ़ने मस्जिद गए हुए थे। आरिफ़ ने चाबी उसके छोटे बेटे को थमा दी जो सड़क के किनारे खड़ा होकर दोस्तों से बतिया रहा था। उसने चाबी लेते वक़्त आरिफ़ की तरफ़ ठीक से देखा भी नहीं और अपने दोस्तों से बात करने में मशगूल रहा।

राजा बाज़ार की तरफ़ जाते वक़्त आरिफ़ मगध विक्रमशिला अपार्टमेंट्स के पास रुक गया। सामने एक बड़ा सा शामियाना लगा था। खम्भे से बंधी दो बड़ी हेलोजन लाइटें जगमगा रही थीं। सौ-डेढ़ सौ प्लास्टिक की कुर्सियां लगी थीं जिन पर लोग बैठे हुए थे। एक स्टेज भी बना था वहां, जिस पर शहर के मशहूर सर्जन डॉक्टर अब्दुल हई माइक्रोफ़ोन लेकर खड़े थे। उन्होंने बोलना शुरू किया, 'हम यहां इसलिए इकट्ठे हुए हैं ताकि मोहतरमा शहला खान का ख़ैर मक़दम कर सकें। उन्हें सम्मानित कर सकें जिन्होंने आईएएस एग्ज़ाम में टॉप करके अपनी क़ौम का नाम रोशन किया है। सोचने वाली बात यह है...'

आरिफ़ को पता था कि यह तक़रीब समनपुरा और राजा बाज़ार के मुसलमानों ने आईएएस टॉपर शहला ख़ान के एहतराम में किया है। वह

पड़ोस में ही रहती थी और कुछ दिन पहले उसने कुछ लोगों से उसके बारे में सुना था। शहला स्टेज पर एक कुर्सी पर बैठी थी। उसने हलके हरे रंग की सलवार-कमीज़ पहन रखी थी और उसके चेहरे पर ग़ज़ब का सुकून झलक रहा था। आरिफ़ अपनी नाकामयाब कोशिशों के बारे में सोचने लगा। काश! वह भी आईएएस एग्ज़ाम निकाल पाता और काश! उसे भी आज इस स्टेज पर बैठने का मौक़ा मिलता। पुरानी बातें याद कर उसके दिल एक हूक सी उठने लगी। वहां पर ठहरना उसके लिए मुश्किल हो गया। लाउडस्पीकर पर शहला की तारीफ़ में कहा गया हर लफ्ज़ उसे चिढ़ा रहा था।

22

आरिफ़ पटना जंक्शन के टॉयलेट में एक आईने के सामने खड़ा होकर अपने आपको लगातार निहार रहा था। आरिफ़ को ऐसा लगा कि सामने जो अक्स दिख रहा है वह किसी अजनबी का है। सूजी हुई आंखें, धंसे हुए गाल और बाल झड़ जाने से चौड़ा हुआ माथा। आरिफ़ अपनी उम्र से 5-6 साल बड़ा दिखा रहा था। उसने पुराने स्टाइल की बैगी जीन्स और फुल स्लीव चेक वाली शर्ट पहन रखी थी। उसके चेहरे पर उदासी ऐसे चिपकी हुई थी जैसे बोरोलीन क्रीम।

प्लेटफ़ॉर्म नंबर एक पर वापस आने के बाद आरिफ़ ने अपने ट्रैवल बैग को वहीं फ़र्श पर रख दिया और सामने धूल से भरे हुए स्टील के बेंच को हाथ से झाड़ कर बैठ गया। फिर उसने अपनी आंखें बंद कर लीं और अपने पुराने वक़्त को याद करने लगा। उसे याद आया जमालपुरा का एक दिन जब वो तेरह साल का था और ज़ाकिर बारह साल का। वह और ज़ाकिर अपनी खानदानी हवेली के बरामदे में बैठे हुए थे। मेहराब और उस पर की गई नक़्क़ाशी की वजह से वह हवेली बहुत ख़ूबसूरत लगती थी। उसे लगभग सौ साल पहले उसके परदादा ने बनवाया था। दादी सामने बांस के मचिये पर बैठी थीं और कहानी सुनाने की तैयारी कर रही थीं। ज़ाकिर की कहानी सुनने की बेताबी उसकी आंखों में झलक रही थी। अतीत की हसीन यादों ने उसके लब पर मुस्कान बिखेर दी थी।

अचानक आसमान में बिजली कड़की और आरिफ़ ख़यालों की दुनिया से बाहर आ गया। प्लेटफ़ॉर्म पर बिजली गुल हो गई थी। उसने हड़बड़ा कर अपने ट्रैवल बैग को पकड़ने की कोशिश की। इस शहर में कोई भरोसा नहीं, न जाने कब कोई चोर-उचक्का सामान ले कर रफूचक्कर हो जाए।

पिछले दो-तीन दिन में जो कुछ हुआ था वह सोच कर उसका दिल दुखने लगा। फ़रज़ाना की बात जो उसने फ़ोन पर सुनी थी अब भी उसके ज़ेहन के गलियारे में गूंज रही थी। तो क्या उसे शादी से इनकार कर देना चाहिए? सुमित्रा की दावत-ए-इश्क़ उसे अपनी तरफ़ खींच रही थी, और जब सुमित्रा के ख़त की तहरीरें उसके आंखों के सामने आतीं तो उसके जिस्म व जान में एक अजीब सा वसवसा पैदा हो जाता। फिर उसे अब्बा की उम्मीद और खुशी से चमकती आंखें याद आ जातीं और वह खुद को समझाने लगता कि क़िस्मत से जो भी मिल रहा है, उसे चुपचाप क़बूल कर ले।

आरिफ़ को ऐसा लगा कि उसका दिमाग़ किसी परिंदे के पंख की तरह हल्का होकर हवा में तैर रहा है। तभी उसने देखा कि एक अकेला जुगनू उसके ट्रैवल बैग पर बैठा हुआ है। जुगनू वहां से उड़ा और उसके कंधे पर आ बैठा। शायद वह उसे दिलासा दे रहा था – उसके हर ग़म के लिए। वाक़ई ज़िंदगी ने उसका कैसा मज़ाक़ बना दिया था। उस जुगनू की मौजूदगी से उसे राहत महसूस हो रही थी। थोड़ी देर के लिए तो वह अपनी हर परेशानी भूल गया। लेकिन बिजली वापस आ गई और प्लेटफ़ॉर्म चमचमाती रोशनी में नहा गया। जुगनू इस रोशनी के सैलाब में कहीं गुम हो गया। आरिफ़ को उदासी ने फिर से घेर लिया।

आरिफ़ उसी बेंच पर पैर फैला कर लेट गया। उसने अपने बैग को अपना सिरहाना बना लिया। ठंडी-ठंडी बयार की थपकी से वह नींद के आगोश में चला गया। फिर उसने एक अजीब सा ख़्वाब देखा :

सुमित्रा बग़ैर कपड़ों के एक धान के खेत में टहल रही है। हां, उसके गले में मंगलसूत्र और कमर पर काले रंग के धागे का डोरा ज़रूर है। आंखों में गहरा काजल है, होंठों पर सुर्ख़ लाल लिपस्टिक। खेत में हरे-हरे, नन्हे से धान के पौधे हवा के साथ झूम रहे हैं। सुमित्रा मस्ती से छपाक-छपाक की आवाज़ करती हुई आगे बढ़ रही है। उसका हर क़दम मुलायम ज़मीन पर छाप छोड़ जाता है और कुछ मासूम पौध कुचल कर मर जाते हैं।

एक नक़ाबपोश आदमी, जिसकी छाती घने बालों से भरी हुई है और जिसने सिर्फ़ लाल रंग का लंगोट पहन रखा है, कहीं से अचानक आ जाता है। वह आगे आकर सुमित्रा का हाथ थाम लेता है और उसे अपनी तरफ़ खींचने लगता है। सुमित्रा उससे बचने की कोशिश करती है और आरिफ़ का

नाम लेकर चिल्लाने लगती है। आरिफ़ सुमित्रा की तरफ़ दौड़ता है लेकिन वह आदमी बहुत ही ताक़तवर है। वह आरिफ़ को ज़ोर से धक्का देता है और आरिफ़ ज़मीन पर गिर पड़ता है। उसके सिर में दर्द की एक लहर सी दौड़ जाती है।

आरिफ़ की आंख खुली तो उसने अपने आप को प्लेटफ़ॉर्म पर पाया। वह बेंच से नीचे गिर गया था और उसका माथा चकरघिन्नी बना हुआ था। उसने अपने सिर को हाथों से पकड़ लिया और वापस बेंच पर बैठ गया।

वह सोचने लगा, आख़िर इस सपने का मतलब क्या था? यह ख़्वाब-ए-रहमानी था या इबलीस के ज़रिये दिखाया गया ख़्वाब-ए-शैतानी या बस ख़्वाब-ए-ज़ेहानी। जो भी हो उस ख़्वाब ने आरिफ़ के दिल में एक अजीब हलचल पैदा कर दी। वह अब सुमित्रा से तुरंत मिलना चाहता था। उसे अपनी बांहों में समेटना चाहता था। उसके सारे कपड़े उतार कर उसके साथ प्यार की सभी हदें पार करना चाहता था। रात भर बिना रुके।

मुझे क्या सुमित्रा के पास वापस जाना चाहिए? उसके ज़मीर ने उसके साथ बहस करनी शुरू कर दी। हालात ऐसे थे कि अगर वह वहां गया तो सभी तरह की जिस्मानी हदें ज़रूर टूट जाएंगी। वैसे भी आरिफ़ ने अपनी ख़्वाहिशों की उफनती नदी पर बांध बना रखा था। उस बांध को टूटने के लिए ज़रा सा इशारा चाहिए।

आरिफ़ के ज़ेहन में ग़ालिब का एक शेर आ गया।

ईमां मुझे रोके है जो खींचे है मुझे कुफ़्र
काबा मिरे पीछे है कलीसा मिरे आगे

(ईमान मुझे रोकता है और कुफ़्र मुझे खींचता है। काबा मेरे पीछे है जबकि गिरजाघर मेरे आगे।)

क्या करूं मैं? अब्बा को ये सब बगैर बताए फ़रज़ाना से शादी कर लूं? या अब्बा को कह दूं कि मैं फ़रज़ाना से शादी नहीं करूंगा क्योंकि वह मुझ से शादी नहीं करना चाहती? या बिना कोई वजह बताए शादी से साफ़ ही मना कर दूं? आरिफ़ को पता था कि इन्हीं तीन रास्तों में से उसे एक चुनना

पड़ेगा। यह कोई आईएएस प्रीलिम्स का एग्ज़ाम नहीं था, जहां चौथा विकल्प 'इनमें से कोई नहीं' होगा।

आरिफ़ फ़ैसला नहीं कर पा रहा था। वह दुखी होकर चुपचाप वहीं बैठा रहा। ख़यालों में गुम, वह अपनी अंगुलियां चटका रहा था। वह अचानक अपनी जगह से उठा, उसने अपना ट्रैवल बैग उठाया और तेज़ क़दमों से स्टेशन से निकल गया।

बाहर की आब-ओ-हवा खुशनुमा थी। पूरा शहर अंधेरे में डूबा हुआ था सिवाए उन घरों के जिनमें अपना जनरेटर या इन्वर्टर था। उसने अपनी जेब से मोबाइल निकाल कर देखा तो 12 बजने में सिर्फ़ 15 मिनट बचे थे। उसने सोचा कि सुमित्रा को फ़ोन कर दे लेकिन फिर उसने अपना फ़ैसला बदल लिया। हनुमान मंदिर पास से टहलते हुए वह सड़क पार करके ऑटो स्टैंड पहुंच गया। वहां पर नितीश कुमार का एक बड़ा कट आउट लगा हुआ था। वह अभी-अभी बिहार के मुख्यमंत्री चुने गये थे। स्टैंड में सिर्फ़ तीन-चार ऑटोरिक्शा ही खड़े थे। उसने सबसे नज़दीक वाले ऑटो ड्राइवर से पूछा कि क्या वह चित्रकार नगर जाएगा। ड्राइवर ने हां तो कह दिया लेकिन वह नब्बे रुपये मांग रहा था। चित्रकार नगर के लिए इतना किराया बहुत ज़्यादा था लेकिन आरिफ़ ने उसकी बात झट से मान ली। मोल-भाव करने का उसका मन नहीं था।

उसे अचानक फ़रज़ाना का ख़याल आया और वह गुस्से से सुलगने लगा। अंदर की बेचैनी दूर करने के लिए उसने उस दिन का तसव्वुर किया जब उसने सुमित्रा को पहली बार देखा था। उसे ट्रेन में गुज़ारी वह रात भी याद आई जब अचानक आरिफ़ के अंदर बहके हुए जज़्बात का लावा फूट पड़ा। उसकी ख़्वाहिशें जाग उठीं और वह सुमित्रा को बांहों में समेटने के लिए बेक़रार हो गया। उसने अपनी आंखें बंद कर लीं और सुमित्रा के बारे में सोचने लगा। वह काले रंग की साड़ी पहने हुए थी और हर तरह के जेवर से सजी थी। उसके हाथ में *दीवान-ए-ग़ालिब* थी। सुमित्रा का नाम मन ही मन दुहराने के बाद वह ऑटो ड्राइवर की तरफ़ मुड़कर ज़ोर से बोला, 'भाई तेज़ चलो।'

उसके कहने पर ड्राइवर ने गाड़ी तेज़ कर दी। चित्रकार नगर में दाख़िल होते ही ऑटो ड्राइवर ने गाड़ी को अचानक रोक दिया। गाड़ी की

हेडलाइट में आरिफ़ को साफ़-साफ़ दिख रहा था कि सामने गली में पानी भरा हुआ था। उसने ऑटोवाले को उसका किराया दिया, अपने ट्रैवल बैग से पेन टॉर्च निकाली और अपना सामान उठाकर धीरे-धीरे सुमित्रा के घर की तरफ़ चलने लगा। सड़क के किनारे कंकड़ और पत्थरों को इकट्ठा करके लोगों के आने-जाने लायक़ फुटपाथ बना हुआ था।

पांच मिनट में वह सुमित्रा के घर के सामने आ गया। उसने गेट को धक्का देकर खोल दिया और बरामदे में आकर खड़ा हो गया। उसने देखा कि एक कमरे की खिड़की आधी खुली हुई थी और अंदर से दूधिया रोशनी बाहर निकल रही थी। वह खिड़की के क़रीब गया और अंदर झांकने लगा।

कमरे में रमेश कुमार बिस्तर पर लेटे हुए थे और उनके दोनों पांवों पर प्लास्टर चढ़ा हुआ था। उनके माथे पर सफ़ेद पट्टी बंधी हुई थी और उस पर लाल दवाई के निशान भी थे। सुमित्रा उनके पास बिस्तर पर बैठ कर उनके हाथ पकड़ कर रो रही थी।

'तुम मेरे लिए सब कुछ हो रमेश,' सुमित्रा जज़्बाती हो कर बोली।

'रोओ मत सुमित्रा सब ठीक हो जाएगा,' रमेश ने कमज़ोर आवाज़ में कहा और सुमित्रा के सिर पर हाथ रख कर उसको अपने क़रीब खींच लिया।

आरिफ़ समझ गया कि अब उसका कुछ नहीं हो सकता। सुमित्रा जिसकी थी उसके पास वापस जा चुकी है। आरिफ़ के अंदर एक उदासी का तूफ़ान उठा और उसे घुटन सी होने लगी। उसकी आंखें लगातार सावन-भादों की झड़ी लगाए हुए थीं। भारी मन लेकर वह सुमित्रा के घर से बाहर निकल गया। बूंदा-बांदी शुरू हो चुकी थी। ट्रैवल बैग काफ़ी भारी था और उसे कंधे पर लटकाने में दर्द हो रहा था। लेकिन उसे इस बात की परवाह कहां थी।

आरिफ़ जानता था कि आधी रात को उधर ऑटो रिक्शा नहीं मिलेगा। उसने फ़ैसला किया कि वह बैंक कॉलोनी का शॉर्टकट लेकर नया मोड़ जाएगा, जहां से स्टेशन जाने वाले ऑटो रात भर चलते रहते थे।

सड़क पर काफ़ी फिसलन थी इसलिए आरिफ़ काफ़ी संभल-संभल कर चल रहा था। वह आख़िरकार फुलवारी शरीफ़-नया मोड़ रोड पर पहुंच गया।

लेकिन जैसे ही वह मेन रोड पर आया उसका ध्यान सड़क के किनारे गया। उसने देखा कि वह पीपल का पेड़ उखड़ कर पड़ा हुआ था। शायद शाम को आए तूफ़ान में गिर गया होगा। आरिफ़ को सदमा लगा। वहां पर

खड़ा होकर, अपनी टॉर्च से पीपल के ऊपर रोशनी फेंकते हुए, उस पेड़ की मातमपुर्सी कर रहा था। यह पेड़ नहीं उसका दोस्त था। वह गवाह था उसकी मोहब्बत का।

बारिश लगभग बंद हो चुकी थी। अचानक उसके मोबाइल की घंटी बजने लगी। उसने स्क्रीन पर निगाह डाली तो उसे बड़ा आश्चर्य हुआ। अब्बा इस वक्त क्यों फ़ोन कर रहे हैं?

उसने फ़ोन को रिसीव किया और अभी पूरी तरह से हेलो बोला भी नहीं था कि अब्बा बोल पड़े, 'ज़ाकिर ज़िंदा है!' अब्बा की आवाज़ में जोश था। अब्बा ने बताया कि आरिफ़ के बचपन के दोस्त सदाक़त ने ज़ाकिर को मुंबई में देखा था। कुर्ला स्टेशन पर वह कुर्ला-पटना एक्सप्रेस में चढ़ रहा था। उसने सफ़ेद रंग का कुर्ता और जींस पहन रखी थी। सदाक़त ने दौड़ कर उस तक पहुंचने की कोशिश की लेकिन तब तक ट्रेन चल चुकी थी।

'इसका मतलब बरसों पहले जो गुमनाम चिट्ठी मिली थी, उसमें लिखी बातें सच थीं।'

'हां, बेटा। अच्छा यह बताओ तुम हो कहां?' अब्बा ने पूछा।

आरिफ़ ने अब्बा से झूठ बोला कि वह पटना जंक्शन के बाहर है।

'ऐसा करो, तुम जंक्शन के अंदर चले जाओ और पता करो कुर्ला-पटना एक्सप्रेस आई कि नहीं। जैसे ही कोई ख़बर मिले मुझे तुरंत फ़ोन करो।'

'ठीक है अब्बा,' आरिफ़ ने कहा। अब बारिश पूरी तरह से रुक चुकी थी। आसमान से काले बादल छंटने लगे थे। आरिफ़ ने ट्रेवल बैग को उठाकर अपने कंधे पर रख लिया, फिर दौड़ने लगा। उसे ऐसा लग रहा था कि उसके पर लग गए हों और वह हवा में उड़ रहा हो।

पटना जंक्शन के एक बेंच पर बैठकर आरिफ़ लगातार सामने लगी हुई इलेक्ट्रॉनिक घड़ी को निहार रहा था। घड़ी में 2 बजकर 43 मिनट हो चुके थे।

आरिफ़ अपनी जगह से उठा और धीरे-धीरे चलता हुआ इन्क्वायरी बूथ तक पहुंचा। काउंटर पर बैठा आदमी टेबल पर सिर रख कर खर्राटे

ले रहा था। उसका मुंह अजीब तरह से खुला हुआ था। आरिफ़ ने जब काउंटर का ग्लास खटखटाया तो वह आदमी हड़बड़ा कर जाग गया। अपने हाथों से आंखों को मलते हुए, उसने सामने पड़ी पानी की बोतल की तरफ़ हाथ बढ़ाया। फिर दो घूंट पानी पीकर उसने गुस्से भरी नज़रों से आरिफ़ को देखा। 'देखो मिस्टर, मैंने तुम्हें पहले ही बता दिया था कि जब कुर्ला-पटना एक्सप्रेस की कोई भी इन्फ़ॉर्मेशन होगी तो हम लाउडस्पीकर पर अनाउंस करेंगे,' वह खीज कर बोला।

आरिफ़ ने कुछ नहीं कहा, बस भारी क़दमों से धीरे-धीरे चलता हुआ वापस उसी जगह आ गया जहां पहले बैठा था। उसके चेहरे पर परेशानियों के निशान साफ़ दिख रहे थे। कुछ ही दूरी पर गाय डस्टबिन से कचरा निकाल कर खाने की कोशिश कर रही थी। दो कुली ठेला गाड़ी पर पहाड़ जैसा पार्सल लेकर उधर से गुज़रे। बेचैनी और बेकरारी ने उसे घेर लिया और वह मन ही मन दुआ मांगने लगा, *'या अल्लाह, मुझे मेरा भाई लौटा दो। उसके बाद मैं आपसे कुछ भी नहीं मांगूंगा। कुछ भी नहीं।'*

वह चुपचाप दुआ मांगते हुए बेंच पर लेट गया। ट्रैवल बैग को उसने फिर से तकिया बना लिया, अपनी आंखें बंद कर लीं और एक झपकी आ ही गई। उस मुख़्तसर सी नींद में उसने एक बहुत ही डरावना सपना देखा। उसने देखा कि एक ट्रेन के कंपार्टमेंट में उसके भाई की लाश पड़ी हुई है। ख़ून से लथपथ उसके बदन पर दर्ज़नों बुलेट के निशान हैं।

'ज़ाकिर मेरे भाई,' वह चिल्लाकर उठ बैठा। फिर उसे एहसास हुआ कि यह तो बस एक ख़्वाब था। उसे थोड़ी राहत महसूस हुई। पौने चार बजे के आसपास लाउडस्पीकर पर अनाउंस होने लगा कि कुर्ला-पटना एक्सप्रेस दानापुर पहुंच चुकी है और जल्द ही पटना जंक्शन पर आने वाली है।

ट्रेन के आने की ख़बर सुनकर आरिफ़ की धड़कनें बेक़ाबू और सांसें तेज़ हो गईं। वह अपनी जगह से उठा और प्लेटफ़ॉर्म के किनारे चला गया। उसने पश्चिम की तरफ़ निगाह उठाकर देखा। दूर से हरा हो चुका सिग्नल दिखाई पड़ा। आसमान बेरंग था और हवाएं गुमसुम सी थीं। अंदर की बेचैनी को कम करने के लिए वह *कुरान शरीफ़* का सूरा अल इख़लास पढ़ने लगा।

आरिफ़ के दिल के अंदर उम्मीद और नाउम्मीदी आपस में लुका-छिपी खेल रही थीं। कभी उसे लगता कि ज़ाकिर सही-सलामत है और इसी ट्रेन में

वापस आ रहा है। यह सोचकर ख़ुशी के मारे उसका रोम-रोम खिल जाता था। लेकिन थोड़ी देर में फिर मायूसी उसे घेर लेती जब उसे लगता कि उसके भाई के वापस आने की ख़बर झूठी है, और सदाक़त को कोई ग़लतफ़हमी हुई होगी। अब तो इंजन की हेडलाइट भी दिखने लगी और फिर ट्रेन की सीटी सुनाई देने लगी। आरिफ़ की बेचैनी और बढ़ गई, धड़कनें और तेज़ हो गईं। आरिफ़ के क़ुरान की आयतें पढ़ने की रफ़्तार और तेज़ हो गईं।

आख़िरकार कुर्ला-पटना एक्सप्रेस प्लेटफ़ॉर्म पर दाख़िल हुई। मुसाफ़िरों की एक भीड़ गाड़ी से उतरने लगी। आरिफ़ प्लेटफ़ॉर्म से बाहर जाने वाले दरवाज़े पर खड़ा हो कर हर चेहरे को बड़े उम्मीद के साथ निहारता। शायद, इनमें से कोई ज़ाकिर निकल आए। लेकिन उसका भाई कहीं नहीं दिखा। कुछ मिनटों में ही प्लेटफ़ॉर्म ख़ाली हो गया। ट्रेन भी प्लेटफ़ॉर्म से चली गई। आरिफ़ ने पहले तो सारा प्लेटफ़ॉर्म छान मारा और फिर सोचने लगा, कहीं ऐसा तो नहीं कि वह दूसरे गेट से निकलकर ऑटो स्टैंड चला गया हो।

क़रीब एक घंटे तक स्टेशन के आस पास बौराने के बाद वह फिर से प्लेटफ़ॉर्म पर लौट आया। ज़रूर सदाक़त ने किसी और को देखकर उसे ज़ाकिर समझ लिया होगा। उसके पांव की कूव्वत बिलकुल ख़त्म सी हो गई थी और दिल डूबने लगा था। आरिफ़ वहीं प्लेटफ़ॉर्म के फ़र्श पर बैठ गया। उसने अपनी जेब से मोबाइल निकाल कर अब्बा का नंबर डायल किया और बोला, 'अब्बा, ज़ाकिर का कुछ...'

अभी उसका जुमला अधूरा ही था कि उसने सामने वाले नल पर एक आदमी को देखा और चौंक गया। वह आदमी अपना चेहरा पानी से धो रहा था। उसकी शक्ल हूबहू ज़ाकिर से मिलती थी।

'वह ज़ाकिर है? नहीं-नहीं, कोई और है। मेरी आंखों को धोखा हो रहा है।' ज़ाकिर जैसा दिखने वाला नौजवान ताज्जुब से उसे देख रहा था। आरिफ़ के दिल में उम्मीदें हिलोरे मारने लगीं और वह एक नई ऊर्जा से भर गया। वह धड़कते दिल के साथ, तेज़ मगर लड़खड़ाते क़दमों से उस नौजवान की तरफ़ चल पड़ा। कुछ ही दूरी पर दो भिखारी सोए हुए थे जिनसे वह टकराते-टकराते बचा।

वह दाढ़ी वाला नौजवान अब आरिफ़ के ठीक सामने था। लेकिन आंसुओं से लबरेज़ आंखों से आरिफ़ को कुछ भी साफ़-साफ़ नहीं दिख रहा

था। हां, इतना ज़रूर पता चल रहा था कि वह आदमी जीन्स और कुर्ता पहने हुए है। उसके माथे पर कटे का निशान था। उसके बालों में सफ़ेदी की झलक आने लगी थी। आरिफ़ ने अपने हाथ के पिछले हिस्से से आंसू पोंछ लिए और अपने सामने ज़ाकिर को खड़ा पाया। वह आरिफ़ को अजीब निगाहों से निहार रहा था। फिर वह मुस्कराने लगा, वही जानी-पहचानी मुस्कान जिसके लिए वह पिछले 5 साल से तरस गया था।

आरिफ़ की नाक से पानी बहने लगा। उसने आंसुओं को अच्छी तरह पोंछ लिया। लेकिन आरिफ़ अपने अंदर उठे तूफ़ान को क़ाबू में नहीं कर पाया और फ़र्श पर उकड़ूं बैठ गया। वह अपने पेट को दोनों हाथों से थाम कर ज़ोर-ज़ोर से खांसने लगा। उसे अब भी यक़ीन नहीं हो रहा था कि ज़ाकिर सही-सलामत उसके सामने खड़ा है। उसे यह सब छलावा लग रहा था। या कोई ख़्वाब। वह अपने हाथों से फ़र्श पर ज़ोर लगा कर फिर से खड़ा हो गया। आस पास की दुनिया घिरनी की तरह नाच रही थी। फिर वह अपनी आंखों को बड़ी बेरहमी से रगड़ने लगा।

ज़ाकिर उसके और क़रीब आ चुका था।

बेशक ज़ाकिर ही था वह। आख़िर अपने भाई का चेहरा कैसे भूल सकता था वह। फिर भी अपने आपको यक़ीन दिलाने के लिए वह अपने आप को ज़ोर-ज़ोर से थप्पड़ मारने लगा।

ज़ाकिर उसकी तरफ़ झपटा और आरिफ़ के दोनों हाथ पकड़ कर बोला, 'भैया, मैं हूं। आपका छोटा भाई ज़ाकिर।'

'ज़ाकिर, मेरे भाई,' आरिफ़ दर्द भरी आवाज़ में चीख़ पड़ा और फिर उसने अपने भाई को बांहों में भर लिया।

आभार

मैं इन सबका बहुत-बहुत आभारी हूं :

अमिताव कुमार का, मेरे लेखन करियर की शुरुआत में महत्त्वपूर्ण सुझाव देने के लिए।

अमित चौधरी और रोमेश गुणशेखर का, यूनिवर्सिटी ऑफ़ ईस्ट आंग्लिया राइटिंग वर्कशॉप में लेखन संबंधी अपने महत्त्वपूर्ण सुझाव देने के लिए।

नीता गुप्ता और राहुल सोनी का मुझे संगम हाउस रेज़ीडेंसी के दौरान इस उपन्यास के लेखन में मार्गदर्शन के लिए। नोआ ल्यूकमैन का, न्यू यॉर्क से उपन्यास लेखन के बारे में अपनी बेहतरीन किताबें भेजने के लिए।

अनीस सलीम, ऐल्बर्ट अल्ला, अनिर्बन बोस, हर्ष साहनी, कनिष्का गुप्ता, अतुल ठाकुर, किशोर राम, सिद्धार्थ बनर्जी, लेक्सी रेवेलियन, मार्सी दर्मेन्स्की, मरियम करीम अहलावत, मिशेल कोएन कोरासांति, समित बसु, सिद्धार्थ चौधरी, श्रीराम करी, सुमना रॉय, उषा सान्याल और ज़फ़र अंजुम का, ज़बर्दस्त नैतिक समर्थन और प्रोत्साहन देने के लिए।

मेरे मित्रों, बिशम्भर नाथ मिश्रा, बिशेश्वर, दिग्विजय, मूर्ति, मनीष, नगिंदरप्रीत, रियाज़, सतीश, सुभाष और उनैब का, मेरे मनोबल को ऊंचा उठाए रखने के लिए।

मेरे पिता मोहम्मद क़ादिर ख़ान का, जब मैं 5-6 वर्ष का था, तब कहानी की किताब का उपहार देने के लिए।

मेरी बहनों, निकहत और इशरत; मेरे भाइयों ज़ियाउल्लाह और रेज़ाउल्लाह; और मेरी साली मुसर्रत का मेरी कहानी का शुरुआती उत्साही श्रोता और पाठक होने के लिए।

मेरी बेटियों सना और अयाना का, उनके प्यार और उपन्यास की प्रगति के बारे में लगातार पूछने के लिए।

मेरी पत्नी तरन्नुम का, बिना शर्त प्यार और समर्थन जताने के लिए तथा उपन्यास को पूरा होते देखने के लिए तमाम कुर्बानियां देने के लिए।

मंजुल पब्लिशिंग हाउस के एम.डी. विकास रखेजा, संपादक कपिल सिंह एवं उनके सहयोगी विनोद तैलंग का।